अरेबा–परेबा

अरेबा–परेबा

उदय प्रकाश

वाणी प्रकाशन

वाणी प्रकाशन

4695, 21-ए, दरियागंज, नयी दिल्ली 110 002

फ़ोन : +91 11 23273167 फ़ैक्स : +91 11 23275710

शाखाएँ

अशोक राजपथ, पटना 800 004, बिहार

कॉफ़ी हाउस कैम्पस, महात्मा गांधी मार्ग, इलाहाबाद 211 001, उत्तर प्रदेश

महात्मा गांधी अन्तरराष्ट्रीय हिन्दी विश्वविद्यालय, वर्धा 442 001, महाराष्ट्र

सुल्तानिया रोड, मोतिया पार्क, भोपाल 462 001, मध्य प्रदेश

www.vaniprakashan.com
marketing@vaniprakashan.in
sales@vaniprakashan.in

AREBA-PAREBA
by Uday Prakash

ISBN : 978-93-87648-42-5
Collection of Stories

प्रथम संस्करण 2017
द्वितीय संस्करण 2020

सिटी प्रेस, दिल्ली-110 095 में मुद्रित

वाणी प्रकाशन का लोगो मक़बूल फ़िदा हुसेन की कूची से

एक-दो शब्दों से कुछ ज़्यादा

पिछले कुछ वर्षों से अक्सर मैं अपने दोस्तों और पाठकों से कहा करता हूँ, 'मैं कुछ-कुछ उस कुम्हार की तरह हूँ, जिसने धोखे से या किसी ज़रूरतवश, कभी कोई एक कमीज़ सिल डाली और अब सब लोग उसे दर्जी कहते हैं। ग्राहक अब उसके पास घड़े-सुराही ख़रीदने नहीं, बल्कि कमीज़-पैंट सिलवाने आते हैं।'

मेरी स्थिति उस कुम्हार जैसी ही है। बचपन से, जब से मैं कुछ जानने-समझने लायक़ हुआ, चित्र और कविता ही बाहरी संसार और समाज के साथ मेरे सम्बन्ध और संवाद का ज़रिया थे। बाहरी संसार ही नहीं, शायद मैं अपने भीतर की दुनिया को इन्हीं दो माध्यमों के द्वारा जान-समझ पाता था। उस छोटी उम्र में मैंने .खूब चित्र बनाये और .खूब कविताएँ लिखीं। (अभी भी, ख़ाली समय में, मैं यही दोनों काम करता रहता हूँ।) मूलतः मैं कवि ही हूँ।

जहाँ तक कहानी की बात है, तो पहली कहानी मैंने तब लिखी, जब मैं कॉलेज में फ़र्स्ट इयर का छात्र था। वे बहुत कठिन दिन थे। चार साल पहले, श्वासनली में कैंसर से माँ की मृत्यु हो चुकी थी, मैं घर छोड़कर आगे की पढ़ाई करने पास के ही एक शहर में चला आया था। उन दिनों मैं बहुत अकेला और असुरक्षित रह गया था। आने वाले दिनों या भविष्य की ओर देखते हुए डर लगता था। मेरी पहली कहानी—'बिजली का बल्ब और मौत का फ़ासला', जो कॉलेज मैगज़ीन में छपी, उसी अकेलेपन, असुरक्षा और भविष्य के डर से उपजी कहानी थी। आश्चर्य की बात यह कि वह कहानी कॉलेज में बहुत लोकप्रिय

हुई और उसने कुछ ऐसे दोस्त बनाये, जो आज लगभग चालीस वर्ष बीत जाने के बाद भी मेरे दोस्त हैं। तब से मुझे लगातार यह लगता रहा है कि हमारे समय के वे सारे लोग, जो बिल्कुल साधारण, मामूली लोग हैं, जो किसी सत्ता, राजनीतिक व्यवस्था और किसी औपचारिक संस्था या संगठन के लोग नहीं हैं और अपनी बिल्कुल मामूली ज़िन्दगी के सुख-दुख, हँसी-ख़ुशी, रोग-शोक, राग-विराग, हार-जीत के बीच साँस लेते हुए अपना साधारण जीवन गुज़ार रहे हैं—उन सबके भीतर भी वही, मेरी कहानियों के पात्रों जैसा अकेलापन, लाचारी, असुरक्षा और डर मौजूद है।

संक्षेप में कहूँ तो यह कि मैं स्वयं और मेरी रचनाओं के ज़्यादातर पाठक, अपने समय, समाज और यथार्थ के हाशिए के लोग हैं। समय और समाज की जो केन्द्रीय सत्ताएँ हैं यानी इस व्यवस्था की जो धुरी है, उसकी परिधि और उसके भी बाहर के लोगबाग। एक तरह के 'सबऑल्टर्न' जीवन और अनुभव के लोग।

लेकिन यह भी एक सच है कि हाशिया हमेशा से केन्द्र से बड़ा होता आया है। बड़ा, वृहत्तर और व्यापक। संसार के हाशिए में बहुत बड़ी जनसंख्या निवास करती है और अपना जीवन बिताती है। मेरी कहानियों की लोकप्रियता और शक्ति का मुख्य आधार शायद यही तथ्य है। मेरी कहानियाँ जब छपती हैं तो पाठकों के बहुत सारे पत्र और कई फ़ोन आते हैं। ये पत्र उन लोगों के होते हैं, जो अपने समय के यथार्थ और उसकी तमाम सत्ताओं का दबाव अपने रोज़मर्रा के जीवन में अनुभव कर रहे होते हैं। हर रोज़ जन्म लेती और फिर मिटती उम्मीदों, अन्याय और विपत्तियों के सामने कभी जीतती, कभी हारती कोशिशों, अपने चारों ओर मौजूद विद्रूप से घबराकर किसी स्वप्न की ओर भागते और फिर वहाँ भी किसी दुःस्वप्न में जागकर वापस जीवन और यथार्थ की ओर दौड़ते हुए लोग। बेरोज़गार युवा, अतीत की 'एब्सर्ड' स्मृतियों में डूबे अकेले बूढ़े, भरपूर शिक्षा, योग्यता और प्रतिभा के बावजूद इस भ्रष्टतन्त्र के द्वारा नौकरियों से वंचित, भीतर किसी बेचैनी, सामाजिक परिवर्तन की किसी धुँधली-सी उम्मीद में किसी नशे, अध्यात्म या फिर

किसी राजनीतिक-सामाजिक संगठन से जुड़े बरबाद-व्याकुल युवा। कुछ ऐसे लोग भी, जो अपने समय और यथार्थ को ठीक-ठीक जानना और समझना चाहते हैं और उनके भीतर अब तक के तैयारशुदा जवाबों और इतिहास के हवालों के प्रति कोई गहरा विश्वास नहीं है।

यहाँ पर पॉल वेलेरी का एक कथन याद आता है कि मनुष्य के विचारों का समूचा इतिहास और कुछ नहीं, अनगिनत दुःस्वप्नों का छोटा-मोटा खेल भर है। ऐसे छोटे और मामूली खेल, जिनकी परिणतियाँ बहुत बड़ी होती है। जबकि इसके ठीक उलट, हम नींद में छोटी और मामूली परिणतियाँ वाले, लेकिन बड़े और डरावने दुःस्वप्नों में से होकर गुज़रते हैं। मेरी कहानियों में ऐसे दुःस्वप्नों-स्वप्नों, जागरण और जीवन के अनगिनत खेल हैं, जिन्हें मेरे समय के पाठकों की बहुत बड़ी संख्या ने बहुत पंसद किया है। आलोचक अपनी किताबी भाषा में जिसे 'फैंटेसी' कहते हैं, वह मेरी कहानी में किसी भी जीवन के दुःस्वप्न और जागरण की परिणतियों का विवरण है।

लेकिन शायद पाठकों की संख्या ही वह कारण है जिसके चलते हिन्दी साहित्य की केन्द्रीय राजनीतिक-सांस्थानिक सत्ताओं से जुड़े आलोचक और लेखक मेरे लेखन को लगातार नकारते हैं। बाहरी समाज की ही तरह अपनी भाषा के भीतर भी सक्रिय समानान्तर सत्ता संरचनाओं के दबाव में कई-कई बार कभी न लिखने का निर्णय लेकर, फिर दुबारा उसी भाषा और उसी कर्म (लेखन) में लौट आना कुछ-कुछ उस 'फीनिक्स की तरह है, जो हर बार अपने ही विनाश और विध्वंस की राख से उठता है और अपने (शायद) जले हुए डैने फैलाकर एक बार फिर आकाश की ओर उड़ान भरता है। मिर्ज़ा ग़ालिब के शब्दों में—'मैं हूँ वो सब्ज़ा कि ज़हराब उगाता है मुझे।'

लेकिन यह सब कुछ, बार-बार, बहुत कठिन और बहुत यातनादायक है।

मैंने एक नहीं, कई तरह की कहानियाँ लिखी हैं। कई-कई कहानियाँ बहुत लम्बी हैं—लगभग उपन्यास की सरहद को छूती हुईं। कुछ आलोचक (उनसे कैसे बचा जा सकता है?) इन्हें कहानियाँ मानने

से इनकार करते हुए, उन्हें 'नॉवेला' (लघु उपन्यास) घोषित करते हैं। 'पीली छतरी वाली लड़की', 'वारने हेस्टिंग्स का साँड' या 'और अन्त में प्रार्थना' ऐसे ही लम्बे आख्यान हैं। लेकिन मैं यह अच्छी तरह जानता हूँ कि इन रचनाओं का गठन, इनका विन्यास और इनकी आन्तरिक संरचना उपन्यास की तरह नहीं है। साधारण प्रचलित कहानियों के मुक़ाबले कई बार लगभग दस गुना लम्बी ये कहानियाँ इतने पृष्ठों के विस्तार के बावजूद अपनी गति और आवयविक बनावट में अन्ततः कहानियाँ ही हैं, 'लघु' या 'दीर्घ' उपन्यास नहीं।

इसी तरह मेरी कुछ कहानियाँ ऐसी भी हैं, जो मुश्किल से कुछ वाक्यों में ही समाप्त हो जाती हैं या अधिक-से-अधिक एक-दो पैराग्राफ़ में। लेकिन इतनी संक्षिप्त और छोटी होने के बावजूद वे कहानी ही हैं, 'लघुकथा', 'पैरेबल्स' या 'फ़ेबल्स' नहीं। उनकी अन्विति, संरचना और अन्तिम प्रभाव कहानी जैसा ही है। शायद किसी गद्य में लिखे गये रूपक-काव्य के क़रीब पहुँचती हुई कहानी।

पिछले कई वर्षों से तो मैं कुछ ऐसी भी कहानियाँ लिखने के फेर में हूँ, जो एक वाक्य के पूरा होने के पहले ही पूरी होकर समाप्त हो जायें, लेकिन तब भी उनमें अपने समय के जीवन की मार्मिक और अर्थपूर्ण अनुगूँजें हों।

मैं हिन्दी ही नहीं, अन्य भाषाओं के पाठकों का भी हृदय से आभारी हूँ जिन्होंने आख्यान के इलाक़े में मेरे कई आकस्मिक प्रयोगों और दुस्साहसिकताओं को समूची आत्मीयता से अपनाया और स्वीकार किया।

मुझे भरपूर विश्वास है कि पाठक इस संग्रह—'अरेबा-परेबा' की कहानियों को पसन्द करेंगे। उनके सामने इस संग्रह को प्रस्तुत करते हुए बहुत ख़ुशी हो रही है।

—उदय प्रकाश

अनुक्रम

डिबिया

डिबिया अभी तक मेरे पास है। कई वर्षों से मैंने उसे खोलकर भी नहीं देखा, लेकिन उसे खोलने का निर्णय पूरी तरह मुझ पर निर्भर करता है। समाज या कोई और, कोई दोस्त भी मुझ पर यह दबाव नहीं डाल राकता कि मैं उसका ढक्कन सिर्फ़ इसलिए खोल दूँ कि इससे मेरी बातों के प्रति उसका विश्वास पैदा हो जायेगा। नहीं तो मैं कभी भी, जीवन भर, विश्वसनीयता नहीं हासिल कर सकूँगा।

यानी अगर मुझे अपने अनुभव की सत्यता को प्रमाणित करना है तो मैं उन लोगों के सामने अपनी उस डिबिया का ढक्कन हटा दूँ, जो मुझ पर विश्वास नहीं करते। मेरे अनुभव जिन्हें अविश्वनीय लगते हैं।

लेकिन समस्या यह है कि यह कैसे पता चले कि उन लोगों का विश्वास हासिल करना, मेरे लिए इस डिबिया को खोलने से जोखिम और दाँव से ज़्यादा मूल्यवान है? यह भी तो हो सकता है कि उन सबको मेरी बात के प्रमाणित हो जाने पर सिर्फ़ मेरे एक इस अनुभव पर विश्वास हो जाये, लेकिन दूसरे बाकी अनुभवों को वे फिर भी अविश्सनीय मानते रहें।

ऐसे में तो अपनी बातों को उन तमाम लोगों के सामने प्रमाणित करते-करते ही मैं बूढ़ा हो जाऊँगा। मर भी जाऊँगा। और तब भी मेरे बहुत-से अनुभव अप्रमाणित ही रहे आयेंगे यानी अन्ततः मैं उन लोगों के लिए अविश्सनीय ही बना रहूँगा।

फिर एक सबसे बड़ी समस्या तो यह है कि अपने दूसरे बाकी अनुभवों का प्रमाण देने के लिए मेरे पास दूसरी डिबिया भी नहीं है।

मैं किस तरह से अपने जीवन की सत्यता को इतने सारे लोगों के लिए प्रमाणित करता रहूँ? यही कारण है कि मैं उस डिब्बी का ढक्कन नहीं हटाता। अकेले में भी, दूसरों के सामने भी। क्योंकि सन्देह मुझे कभी-कभी अपने ऊपर भी होता है। इतने वर्षों बाद मैं भी तो, उस एक अनुभव के लिए, एक दूसरा आदमी बन चुका हूँ।

वह डिब्बी बचपन से मेरे पास है। उसकी कहानी बहुत छोटी-सी है, ऐसी भी नहीं कि वह अरुचिकर हो।

तो, था यह कि उस समय मेरी उम्र आठ साल की रही होगी। सातवें साल से दूधिया दाँत टूटने लगते हैं। लेकिन तब तक दाढ़ में वे दाँत नहीं उग पाते, जिनसे अक्ल पैदा होती है।

हमारा घर गाँव में है। पहले मिट्टी का घर था। छप्पर खपड़ैल की होती थी। अभी भी खपड़ैल की ही होती है। गाँव से लगा हुआ जंगल था। जंगल में लंगूर बहुत होते थे। बल्कि लंगूर शब्द मैंने काफ़ी बाद में सीखा, किताबों से। हम उन्हें काले मुँह का बन्दर कहते थे। और कौए बहुत होते थे। हमारी दादी खाना खाने के बाद दोपहर आँगन में कौओं को बुलाती थीं, खाना देने के लिए, तो वे पूरे आँगन में भर जाते थे।

लंगूर और कौए, दोनों हमारे घर के छप्पर के दुश्मन थे। लंगूर छप्पर पर दौड़ते तो खपड़े फूट जाते। कौए भी जगह-जगह से खपड़ैलों को हटा देते थे। जहाँ-जहाँ खपड़ैलें फूट गयी होती थीं, वहाँ बरसात का पानी घर के अन्दर टपकने लगता था। हम वहाँ खाली बाल्टी रख देते थे।

लेकिन जब बारिश न होती तो उन छेदों से धूप कमरे के भीतर फ़र्श पर गिरती थी। फ़र्श पर धूप के वे गोल टुकड़े बहुत रहस्यपूर्ण, आकर्षक और कुछ-कुछ जीवित लगते थे। वे टुकड़े सूर्य के साथ-साथ सरकते थे और उनका आकार भी बदलता जाता था। जिस टुकड़े को सुबह मैं किसी मछली के रूप में देख जाता था, दोपहर वह हाथी के रूप में होता या मुँह फाड़े हुए राक्षस की तरह। कभी-कभी किरणों का कोण या सूर्य की स्थिति बदलने से कोई टुकड़ा अदृश्य भी हो जाता। देखते-देखते वह छोटा होता जाता और फिर अन्तर्धान हो जाता। अगले दिन ठीक उसी

समय पर प्रकट होने के लिए। कभी-कभी कमरे में कई ऐसे टुकड़े दिखने लगते। फिर धीरे-धीरे छोटे वाले टुकड़े सब ग़ायब हो जाते और जो सबसे बड़ा होता, वह सबसे देर तक टिकता।

इन टुकड़ों के साथ एक बात और भी थी। कमरे के अँधेरे में, जिस जगह वह गिरते, वहाँ अपने चमकदार अस्तित्व के चारों ओर, वृत्ताकार रोशनी का एक मद्धिम दायरा और बनाते थे। उस दायरे में आकाश का धुँधला प्रतिबिम्ब होता था। उल्टा आकाश और हल्के नीले रंग का। चिड़ियाँ कभी अगर ऊपर से जातीं तो कमरे के अन्दर उनकी उड़ती हुई परछाईं गुज़र जाती। रेंगते हुए बादल दिखते। कभी-कभी ये बादल उस टुकड़े को ही ढक लेते। तब ऐसे में कुछ भी न बचता। न प्रतिबिम्ब, न टुकड़ा।

वे टुकड़े मुझे बहुत जीवित और जादुई लगते थे। मैं उन्हें अपने साथ वहाँ से दूसरी किसी जगह ले जाने के फेर में रहता। इतना तो निश्चित था कि इनमें जीवन था और उनके साथ मैं सिर्फ़ किसी पराये दर्शक जैसा सम्बन्ध नहीं रखना चाहता था। मैं उनके साथ इस पूरे दिन भर के खेल में शामिल होना चाहता था।

मैं बहुत कोशिश करता, लेकिन वे अपनी जगह से कहीं नहीं जाते थे। जिस चीज़ को मैं उनके नीचे रखता, वे उसके ऊपर आ तो जाते, लेकिन उसे खींचते ही वे वहीं रह जाते। हथेली में वे रहते, लेकिन मुट्ठियाँ बाँधते ही वे उँगलियों के ऊपर आ जाते और मेरा हाथ खाली ही लौट आता। कई बार हारकर गुस्से में मैं उन्हें ज़ोरों से पीटता। लात मारता। लोहे से ज़मीन खोद डालता, लेकिन वे बिल्कुल अप्रभावित रहते थे। मेरे प्रति उनकी यह तटस्थता मेरे बर्दाश्त के बाहर थी। फिर उस दिन ऐसा हुआ। मैं अकेला था। यह रसोई थी। एक बड़ा-सा, सुन्दर-सा टुकड़ा वहाँ गिरा हुआ खेल रहा था। माँ खाना बनाकर कहीं चली गयी थीं। मैंने उस टुकड़े को ख़ूब प्यार करने की कोशिश की। उसे चूमा, फिर मैंने भात और दाल निकालकर उसे दिया। रसोई में बेना रखा हुआ था। चूल्हे की आग को हवा करने के लिए उसी का इस्तेमाल होता है। मैंने बेने के ऊपर उस टुकड़े को रखा और उसे खींचा।

मैंने देख लिया कि वह बेने के साथ-साथ सरक रहा है। वह आ रहा था। यह मेरे जीवन की सबसे बड़ी सफलता थी। वह अब छप्पर से मुक्त हो चुका था। सूर्य से भी। मेरे साथ उसका सम्बन्ध बन चुका था और उसने अपने बाकी सारे सम्बन्ध तोड़ दिये थे। वह मेरा था। सिर्फ़ मेरा। मैं उसे रसोईघर के दूसरे कोने तक ले गया। फिर मैंने उससे प्यार से कहा, 'मेरा इन्तज़ार करना, मैं अभी आया।' और मैं भागा। टिन की यह डिबिया, जिसमें पहले माँ का काजल था, उसे लेकर मैं लौटा। वह मेरा इन्तज़ार कर रहा था, बेने के ऊपर। धीरे-धीरे काँपता हुआ। मैंने तभी से उसे इस डिबिया में बन्द कर रखा है। मैं जानता हूँ कि वह वहीं हैं, वह हमेशा वहीं हैं, वह हमेशा वहीं रहेगा। और यह बात सच है।

क्या इस डिबिया का ढक्कन हटाकर उसे खो देने का इतना बड़ा ख़तरा मैं सिर्फ़ इसलिए मोल लूँ कि इससे उन लोगों को मेरे इस अनुभव पर विश्वास हो जायेगा, वरना मैं उनका विश्वास कभी हासिल नहीं कर सकूँगा। लेकिन जो नहीं है, उसके लिए, जो है, उसे दाँव पर लगाना क्या कोई समझदारी है!

नेलकटर

सावन में घास और वनस्पतियों के हरे रंग में हल्का अँधेरा-सा घुला होता है। हवा भारी होती है और तरल। वर्षा के रवे पतों में तैरते हैं।

मैं नौ साल का था।

इसी महीने राखी बँधती है। कजलैयाँ होती है। नागपंचमी में गोबर की सात बहनें बनायी जाती हैं। धान की लाई और दूध दोने में भरकर हम साँपों की बाँबियाँ खोजते फिरते हैं।

हरियरी अमावस भी इसी महीने होती है। मैं बाँस की ख़ूब ऊँची जेंड़ी बनाकर उस पर चढ़कर दौड़ता था। मेरी ऊँचाई कम-से-कम बारह फुट की हो जाती होगी।

माँ दक्षिण की ओर के कमरे में रहती थीं। बम्बई के टाटा मेमोरियल अस्पताल से उन्हें ले आया गया था। सिर्फ़ अनार का रस पीती थीं। वे बोलने के लिए अपने गले में डॉक्टरों द्वारा बनायी गयी छेद में उँगली रख लेती थीं। वहाँ एक ट्यूब लगी थी। उसी ट्यूब से वे साँस लेती थीं। बहुत बारीक, ठण्डी और कमज़ोर आवाज़ होती थी वह। कुछ-कुछ यन्त्रों जैसी आवाज़। जैसे बहुत धीमे वॉल्यूम में कोई रेडियो तब बोलता है, जब बाहर ख़ूब ज़ोरों की बारिश हो रही हो और बिजलियाँ पैदा हो रही हों या तब, जब सुई किन्हीं बहुत दूर के दो स्टेशनों के बीच कहीं अटक गयी हो।

माँ को बोलने में दर्द बहुत होता होगा। इसलिए कम ही बोलती थीं। उस यन्त्र जैसी आवाज़ में हम माँ की पुरानी अपनी आवाज़ खोजने की कोशिश करते। कभी-कभी उस असली और माँ जैसी आवाज़ का

कोई एक अंश हमें सुनाई पड़ जाता। तब माँ हमें मिलती, जो हमारी छोटी-सी स्मृति में होती थी।

लेकिन माँ सुनना सब कुछ चाहती थीं। सब कुछ। हम बोलते, लड़ते, चिल्लाते या किसी को पुकारते तो व्याकुलता से वे सुनतीं। हमारे शब्द उन्हें राहत देते होंगे।

उनकी सिर्फ़ आँखें बची थीं, जिन्हें देखकर मुझे उम्मीद बँधती थी कि माँ कहीं जायेंगी नहीं। मेरे पूरे जीवन भर रही आयेंगी। मैं हमेशा के लिए उनकी उपस्थिति चाहता था। चाहे वे चित्र की तरह या मूर्ति की तरह ही रही आयें। और न बोलें।

लेकिन उनके जीवित होने का विश्वास भी रहा आयें, जैसा कि चित्रों के साथ नहीं होता।

मैं कभी-कभी बहुत डर जाता था और रोता था। अपने जीवन में अचानक मुझे कोई एक बहुत खाली—बिल्कुल खाली जगह दिख जाती थी। यह बहुत डरावना होता था। उस दिन माँ ने मुझे बुलाया। बाहर मैदान में घास का रंग गहरा हरा था। बादल बहुत थे और हवा में भार था। वह भीगी हुई थी।

माँ ने अपनी हथेली मेरे सामने फैला दी। दाएँ हाथ की सबसे छोटी उँगली की बगल वाली उँगली का नाख़ून एक जगह से उखड़ गया था। उससे उन्हें बेचैनी होती रही होगी। इस उँगली को सूर्य की उँगली कहते हैं।

मैं समझ गया और नेलकटर लाकर माँ के पलँग के नीचे फ़र्श पर बैठ गया। नेलकटर में लगी रेती से मुझे उनकी उँगली का नाख़ून घिसकर बराबर करना था। माँ यही चाहती थीं। वह नेलकटर पिताजी इलाहाबाद से लाये थे, कुम्भ के मेले से लौटने पर, दो साल पहले। नेलकटर में नीले काँच का एक सितार बना था।

माँ की उँगलियाँ बहुत पतली हो गयी थीं। उनमें रक्त नहीं था। पीली-सी त्वचा। पतंगी काग़ज़ जैसी। पीली भी नहीं, ज़र्द। और बेहद ठण्डी। ऐसा ठण्डापन दूसरी बेजान चीज़ों में होता है। कुर्सियों, मेज़ों, किवाड़ों या साइकिल के हैंडिल जैसा ठण्डापन।

और हाथ उनका इतना हल्का कैसे हो गया था? कहाँ चला गया सारा वज़न? वह भार शायद जीवन का होता है, जिसे पृथ्वी अपने चुम्बक से अपनी ओर खींचा करती है। जो अब माँ के पास बहुत कम बचा था। पृथ्वी उन्हें खींचना छोड़ रही थी।

मैंने उनकी हथेली थाम रखी थी और नाख़ून को रेती से धीरे-धीरे घिस रहा था। मैं उनके नाख़ून को बहुत सुन्दर, ताजा और चिकना बना डालना चाहता था।

मैं एक बार हँसा। फिर मुस्कुराता ही रहा। माँ को ढाढ़स बँधाने और उन्हें ख़ुश करने का यह मेरा तरीक़ा था। मैंने देखा, माँ को नाख़ून का हल्का-हल्का रेती से घिसा जाना बहुत अच्छा लग रहा है। उनके चेहरे पर एक सुख था, जो एक जगह नहीं, बल्कि पूरे शरीर की शान्ति में फैला हुआ था। उन्होंने आँखें मूँद रखी थीं।

एक घण्टा लगा। मैंने उनकी एक उँगली ही नहीं, सारी उँगलियों के नाख़ून ख़ूब अच्छे कर दिये। माँ ने अपनी उँगलियाँ देखीं। यह कितना कमज़ोर और हार का क्षण होता है, जब नाख़ून जीवन का विश्वास देते हैं। कितने सुन्दर और चिकने नाख़ून हो गये थे।

माँ ने मेरे बालों को छुआ। वे कुछ बोलना चाहती थीं, लेकिन मैंने रोक दिया। वे बोलतीं तो पूछतीं कि मैं सिर से क्यों नहीं नहाता? बालों में साबुन क्यों नहीं लगाता? इतनी धूल क्यों है? और कंघी क्यों नहीं कर रखी है?

रात में ठण्ड थी। बाहर पानी ज़ोरों से गिर रहा था। सावन में रात की बारिश की अपनी एक गम्भीर आवाज़ होती है। कुछ-कुछ उस तरह, जैसे दुनिया की सारी हवाएँ किसी बड़े से घड़े के अन्दर घूमने लग गयी हों। हर तरफ़ से बन्द।

सुबह पाँच बजे आँगन में पाँच औरतें रो रही थीं। यह रोना नहीं था, विलाप था। पता चला माँ रात में नींद में ही ख़त्म हो गयीं।

माँ ख़त्म हो गयीं।

मैंने फिर कभी उनके घिसे हुए नाख़ून नहीं देखे। मैंने उस रात सोने से पहले अपने तकिये के नीचे वह नेलकटर रख दिया था। उसे

मैंने बहुत खोजा, बल्कि आज तक। कई वर्षों बाद भी, लेकिन वह कभी नहीं मिला। वह पता नहीं कहाँ खो गया था।

हो सकता है वह किसी बहुत ही आसान-सी जगह पर रखा हुआ हो और सिर्फ़ मेरे भूल जाने के कारण वह मिल नहीं पा रहा हो। मैं अक्सर उसे खोजने लगता हूँ।

क्योंकि चीज़ें कभी खोती नहीं हैं, वे तो रहती ही हैं। अपने पूरे अस्तित्व और वज़न के साथ। सिर्फ़ हम उनकी वह जगह भूल जाते हैं।

अपराध

मेरे भाई मुझसे छह साल बड़े थे। आश्चर्य था कि पूरे गाँव में सभी लड़के मुझसे छह वर्ष बड़े थे। मैं इसीलिए सबसे छोटा था और अकेला था। सब खेलते तो मैं उनके पीछे लग जाता।

मेरे भाई बचपन से अपाहिज थे। उनके एक पैर को पोलिया हो गया था, लेकिन वे बहुत सुन्दर थे। देवताओं की तरह। वे आस-पास के कई गाँवों में सबसे अच्छे तैराक थे और उनको हाथ के पंजों की लड़ाई में कोई नहीं हरा सकता था। घूँसे से नारियल और ईंटें तोड़ देते थे।

जबकि मैं दुबला-पतला था। कमज़ोर और चिड़चिड़ा। मुझे अपने भाई से ईर्ष्या होती थी, क्योंकि उनके बहुत सारे दोस्त थे।

मैं सबसे छोटा था, इसलिए मैं भाई के लिए एक उत्तरदायित्व की तरह था। वे मुझसे प्यार करते थे और मेरे प्रति उनका रुख़ एक संरक्षक की ज़िम्मेदारी जैसा था।

सब खेलते और मैं छोटा होने के कारण अकेला पड़ जाता तो भाई आकर मेरी मदद करते। जोड़ी और पाली वाले कई खेलों में वे मुझे अपनी पाली में शामिल कर लेते थे। कोई दूसरा लड़का अपनी पाली में मुझे शामिल करके हार का ख़तरा नहीं उठाना चाहता था। अक्सर भाई मेरी वजह से ही हारते। फिर भी वे मुझसे कभी कुछ नहीं कहते थे। मैं उनकी ज़िम्मेदारी था और वे उसे निभाना चाहते थे। जहाँ तक मुझे याद है, उन्होंने कभी मुझे नहीं मारा।

जो कुछ मैं बताने जा रहा हूँ, उसका सम्बन्ध भाई और मुझसे ही है। यह बहुत महत्त्वपूर्ण घटना है। ऐसी घटना जो जीवन भर आपका

साथ नहीं छोड़ती और अक्सर स्मृति में, बीच-बीच में, कहीं अचानक सुलगने लगती है। किसी अंगारे की तरह।

हुआ उस दिन यह कि मैं भाई के साथ खेलने गया। उस दिन बारिश हो चुकी थी और शाम की ऐसी धूप फैली हुई थी, जो शरीर में उल्लास भरा करती है। ऐसे में कोई भी खेल बहुत तेज़, गतिमय और सम्मोहक हो जाता है।

सभी लड़के खड़ब्बल खेल रहे थे। लकड़ी की छोटी-छोटी डंडियाँ हर लड़के के पास थीं। पूरी ताक़त से खड़ब्बल को ज़मीन पर आगे की ओर गति देते हुए, सीधे मारा जा रहा था। ताक़त और संवेग से नम धरती पर गिरा हुआ खड़ब्बल गुलाटियाँ खाते हुए बहुत दूर तक जाता था।

मुझमें न इतनी ताक़त थी, न मैं इतना बड़ा था कि खड़ब्बल उतनी दूर पहुँचाता, जबकि वहाँ एक होड़, एक प्रतिद्वन्द्विता शुरू हो चुकी थी। कोई भी हारना नहीं चाहता था। यह एक ऐसा खेल था जिसमें कोई पाली नहीं होती, कोई किसी का जोड़ीदार नहीं होता। हर कोई अपनी अकेली क्षमता से लड़ता है।

भाई भी उस खेल में डूब गये थे। वे कई बार पिछड़ रहे थे, इसलिए गुस्से और तनाव में और ज़्यादा ताक़त से खड़ब्बल फेंक रहे थे।

वे मुझे भुला चुके थे और मैं अकेला छूट गया था। छह वर्ष पीछे। कमज़ोर। उस दिन, उस खेल में शामिल होने के लिए मुझे छह वर्षों की दूरी पार करनी पड़ती, जो मैं नहीं कर सकता था।

भाई जीतने लगे थे। उनका चेहरा .ख़ुशी और उत्तेजना में दहक रहा था। उन्होंने एक बार भी मेरी ओर नहीं देखा। वे मुझे पूरी तरह भूल चुके थे।

मुझे पहली बार यह लगा कि मैं वहाँ कहीं नहीं हूँ।

मुझे रोना आ रहा था और भाई के प्रति मेरे भीतर एक बहुत ज़बरदस्त प्रतिकार पैदा हो रहा था। मैं अपने खड़ब्बल को, अकेला अलग खड़ा हुआ एक पत्थर पर पटक रहा था। मैं ईर्ष्या, आत्महीनता, उपेक्षा और नगण्यता की आँच में झुलस रहा था।

तभी अचानक मेरा खड़ब्बल चट्टान से टकराकर उछला और सीधे मेरे माथे पर आकर लगा। माथा फूट गया और .ख़ून बहने लगा। मैं चीख़ा तो भाई मेरी ओर दौड़े। खेल बीच में ही रुक गया था।

"क्या हुआ? क्या हुआ?" भाई घबरा गये थे और मेरे माथे को अपनी हथेली से दबा रहे थे। मेरा ग़ुस्सा मिटा नहीं था। मैं भाई को अपनी उपेक्षा का दण्ड देना चाहता था।

मैंने भाई को झटक दिया और .ख़ुद को छुड़ाकर घर की ओर भागा। भाई डर गये थे और दौड़कर मुझे मनाना चाहते थे। लेकिन उनका दायाँ पैर पोलियो का शिकार था, इसलिए वे मेरे साथ दौड़ नहीं सकते थे। उन्होंने लँगड़ाकर दौड़ने की कोशिश भी की, लेकिन वे गिर गये।

मेरी कमीज़ .ख़ून से भीग गयी थी। सिर के बाल .ख़ून से लिथड़ गये थे। माँ मुझे देखकर डर गयीं और रोने लगीं। पिताजी घबराए हुए घाव पर पाउडर डालने लगे।

मैंने रोते हुए माँ को बताया कि मुझे भाई ने खड़ब्बल से मारा है।

तभी मैंने देखा कि भाई लँगड़ाते हुए चले आ रहे थे। अकेले। उनको आशंका हो गयी होगी। वे डरे हुए रहे होंगे।

भाई बार-बार कहते रहे कि मैंने इसे नहीं मारा, लेकिन पिताजी उन्हें पीटे जा रहे थे। भाई रो रहे थे। वे सच बोल रहे थे, लेकिन उन्हें सज़ा मिल रही थी।

मैंने भाई का चेहरा देखा। वे मेरी ओर देख रहे थे। उनकी आँखें लाल थीं और उनमें करुणा और कातरता थी, जैसे वे मुझसे याचना कर रहे हों कि मैं सच बोल दूँ, लेकिन तब तक देर हो चुकी थी। उन्हें सज़ा मिल चुकी थी। फिर इतनी जल्द बात को बिल्कुल बदलना मुझे सम्भव भी नहीं लग रहा था। क्या पता, पिताजी फिर मुझे ही मारने लगते! मैं डर रहा था।

यह घटना वर्षों पुरानी है, लेकिन भाई की वे कातर आँखें अब भी मुझे कभी-कभी घूरती हैं। याचना करती हुईं, सच बोलने की भीख माँगती हुईं। मेरी स्मृति में जब भी वे आँखें जाग उठती हैं, मेरी पूरी चेतना ग्लानि, बेचैनी और अपराध-बोध से भर उठती है।

मैं अपने इस अपराध के लिए क्षमा माँगना चाहता हूँ। इस अपराध की सज़ा पाना चाहता हूँ। लेकिन अब तो माँ और पिताजी भी नहीं हैं, जिनको मैं यह बताऊँ कि उस दिन ठीक-ठीक क्या हुआ था।

भाई ही मुझे क्षमा कर सकते हैं, जिन्हें मेरे झूठ का दण्ड भोगना पड़ा। उनसे मैंने इस घटना का ज़िक्र भी करना चाहा, लेकिन उन्हें वह घटना याद ही नहीं। वे इसे बिल्कुल, पूरी तरह भूल चुके हैं।

तो इस अपराध के लिए मुझे क्षमा कौन कर सकता है? क्या यह ऐसा अपराध नहीं है जिसके बारे में जो निर्णय लिया गया था, वह ग़लत और अन्यायपूर्ण था, लेकिन जिसे अब बदला नहीं जा सकता?

और क्या यह ऐसा अपराध नहीं है, जिसे कभी भी क्षमा नहीं किया जा सकता? क्योंकि इससे मुक्ति अब असम्भव हो चुकी है।

सहायक

पिताजी की एक विशेषता यह थी कि वे अक्सर दूसरों की मदद करना चाहते थे। कई बार दूसरों को मदद की उतनी ज़रूरत नहीं भी रहती थी, तब भी पिताजी उनकी किसी-न-किसी रूप में मदद करने की कोशिश करते।

कोई अगर उनसे वैसे भी मिलने आता तो उन्हें भीतर से महसूस होता कि वह ज़रूर किसी संकट में है। संकोचवश खुलकर कुछ कह नहीं पा रहा है तो वे बहुत तरीक़े से घुमा-फिराकर यह जानने का प्रयत्न करते कि उसकी परेशानी है क्या और किस प्रकार वे उसकी सहायता कर सकते हैं।

कई लोग तो उतने संकट में नहीं होते थे या अपनी दिक़्क़तों में .ख़ुद ही कुछ कर डालने का सामर्थ्य या भरोसा रखते थे, वे पिताजी का मज़ाक़ उड़ाते।

कुछ ऐसे लोग भी थे जो पिताजी की अपनी सीमाओं को अच्छी तरह से जानते थे, इसलिए उन्हें पता था कि पिताजी किन मामलों में कितनी मदद कर सकते थे और कहीं बिल्कुल भी नहीं। सीधे शब्दों में उन्हें पिताजी की हैसियत, उपयोगिता और औक़ात का पता था। ऐसे लोग, जहाँ पिताजी की उपयोगिता की ज़रूरत पड़ती, वहाँ उनका इस्तेमाल करते और जहां उन्हें लगता कि यहाँ वे किसी काम के नहीं, वहाँ वे उन्हें सूचित भी न करते।

उदाहरण के लिए पिताजी के मन्त्रियों, उद्योगपतियों, तस्करों और बहुत बड़े अफ़सरों आदि से सम्पर्क नहीं थे, इसलिए वे क़स्बे या शहर

के बड़े लोगों के बहुत काम के नहीं थे। हालाँकि अगर वे पिताजी के पास आते और उनसे अपने संकटों का रोना रोते तो पिताजी उनकी भी मदद का प्रयत्न अवश्य करते।

लेकिन तब भी बहुत-से लोग ऐसे थे, जिन्हें पिताजी की मदद की सचमुच ज़रूरत पड़ती और उनके लिए वे उपयोगी थे। जैसे किसी के घर में कोई बीमार पड़ता और उसे गाँव से अस्पताल ले जाना पड़ता, दवाई और डॉक्टर के लिए पैसे न होते, ऐसे में पिताजी सहायता करते। ट्रैक्टर में वे मरीज़ को क़स्बे के अस्पताल ले जाते, वहाँ भरती करते और अक्सर अपने पास से पैसे लगाते।

एक लालू नाम का आदिवासी था, जो टी.बी. के रोग में बीस साल की उम्र में अस्सी साल का बूढ़ा लगता था। वह सूखकर कंकाल रह गया था और खाँसते-खाँसते ख़ून की उल्टियाँ करता था। उसे पिताजी अपना गल्ला बेचकर भोपाल ले गये थे। दो साल में वह ठीक होकर आ गया था। अब उसे देखकर कोई नहीं कह सकता था कि दो साल पहले वह बिल्कुल मृत्यु के मुँह तक जा पहुँचा था।

जो घटना मैं बता रहा हूँ, उसमें भी दूसरों को मदद करने वाली पिताजी की आदत का ज़िक्र है।

बरसात के दिन थे। कई दिनों से लगातार पानी बरस रहा था। रुक-रुककर सारे गड्ढे-तालाब भर गये थे। जंगल भीग गये थे। ओसारों में पानी भरा था।

हमारे घर के बग़ल में जो नदी बहती थी, उसमें बाढ़ आ गयी थी। नदी के दोनों पाटों के बीच हहराता हुआ मटैला पानी बह रहा था। फेन, टूटे हुए पेड़ और पता नहीं कहाँ-कहाँ का कूड़ा-कचरा, सब उसकी धार में उतराते-डूबते बहते थे।

नदी डरावनी हो गयी थी। उसे देखकर, उसकी लहरों का शोर सुनकर भय पैदा होता था। रात में या दिन में भी आप अगर बाढ़ में उफ़नती नदी के आस-पास खड़े होकर अपनी आँख मूँद लें तो लगता है, जैसे चारों ओर आप बाढ़ से घिर गये हैं। आप धार के बीच में हैं।

यह उस समय की बात है, जब नदी पर पुल नहीं बना था। नदी

पार करने के लिए नाव चलती थी। घाट का ठेका होता था। पार उतराई के लिए इकन्नी, दुअन्नी देना पड़ती थी।

नदी के इस पार के ज़्यादातर गाँव बरसात के दिनों में क़स्बों और शहर से कट जाते थे। लेकिन क़स्बे में ही हफ़्ते, हर बुधवार को लगने वाला हाट लोगों के लिए बहुत ज़रूरी था। वे गाँव से बाज़ार सिर्फ़ चीज़ें ख़रीदने ही नहीं, अपनी चीज़ें बेचने भी जाते थे। इसीलिए बुधवार के दिन सुबह से ही नदी पार करने वालों का ताँता लगा रहता था और उस दिन दिन-भर नाव ख़ूब चलती थी।

जिस दिन की यह घटना है, वह बुधवार का ही दिन था। क़स्बे में आज हाट का दिन था। नदी में बाढ़ थी, लेकिन गाँव के लोगों के झुण्ड हाट जाने के लिए घाट पर पहुँच रहे थे। लोगों और उनके सामान से भरी हुई नाव जाती और उस पार उन्हें उतारकर लौट आती।

लोगों की यह संख्या जो नदी के उस पार जा रही थी, ज़ाहिर है कि हाट करके उस पार से इस पार भी लौटने वाली थी। मल्लाहों की थैलियाँ, जॉर्ज पंचम या क्वीन विक्टोरिया के चेहरे वाले सिक्कों से भारी हो गयी थीं।

धीरे-धीरे शाम हो गयी और अँधेरा घिरने लगा। यह कृष्ण पक्ष था, जब आकाश में चाँद भी नहीं होता। गाँव में कहीं-कहीं दीये या लालटेनें टिमटिमाती हुई दिखतीं। बाक़ी सब कुछ एक बिल्कुल सपाट अन्धकार में डूबा हुआ था जिसमें बाढ़ में उफ़नती नदी का शोर, कभी-कभी इधर-इधर उड़ते जुगनू, मवेशियों और मुर्गियों की आवाज़ें या फिर मेंढक, पुनकुकरी या झींगुरों के स्वर छिपे हुए थे।

पिताजी अँधेरा उतरते ही शराब लेकर बैठ जाते थे। उनके साथ गाँव के कुछ और लोग भी होते। पिताजी उनसे जीवन और मृत्यु, राजनीति और खेती आदि की बातें करते थे।

यह तब की बात है, जब हिन्दी के कवि और अन्य साहित्यकार गाँवों के लोगों के बीच भी अपरिचित नहीं थे। पिताजी को पन्त, निराला, मैथिलीशरण गुप्त की कई कविताएँ याद थीं। बच्चन की 'मधुशाला' कई बार वे पीने के बाद या उसके साथ गाते।

पिताजी अँधेरे में तीन-चार लोगों के साथ बैठे पी रहे थे, जब किसी ने आकर बताया कि हाट से लौटने वालों की संख्या इतनी लम्बी कभी नहीं थी, जितनी आज है। अगर नाव लगातार चलती रहे, तब भी सबको पार लाने में चार-पाँच घण्टे लग जायेंगे।

समस्या यह थी कि अँधेरा बहुत गाढ़ा था। लालटेन लेकर नाव चलाने में भी ख़तरा बना रहता था, क्योंकि थोड़े-से दायरे के अलावा और कुछ नज़र आता ही नहीं था। मल्लाह नाव चलाने से डर रहे थे, जबकि उस पार के लोग इधर आने के लिए बेचैन थे। सब अपना घर इस पार यों ही छोड़ गये थे। वहाँ उनका लौटना ज़रूरी था।

इतने अँधेरे में, इतनी बाढ़ में, इतने सारे लोगों को लादकर नाव चलाने में बहुत जोखिम था। नाव घाट में, अँधेरे से बहकर आती किसी मलबे या पेड़ के तने से ठोकर खाकर उलट सकती थी।

अगर कहीं से थोड़ी-सी रोशनी का प्रबन्ध हो जाये तो सब कुछ आसान हो सकता था।

पिताजी तब तक काफ़ी शराब पी चुके थे। उस नशे में दूसरों की सहायता करने का उनका स्वभाव भी नशे में आ गया होगा और उन्हें समाधान सूझ गया। उन्होंने ट्रैक्टर स्टार्ट किया, उसकी हेडलाइट को और ऊपर उठाकर फिट किया, फिर वे नदी के घाट की ओर चल पड़े।

घाट की ढलान के ऊपर उन्होंने ट्रैक्टर खड़ा किया। एक्सीलरेटर दबाते ही हेडलाइट की रोशनी तेज़ हुई और बस नाव चलाने के लिए, घाट और पाट की स्थिति जानने के लिए उतनी रोशनी पर्याप्त थी।

नाव चलने लगी और उस पार के लोगों को ढोकर इस पार लाने लगी।

पीने के बाद कई बार पिताजी कहते, "जानते हो पाप क्या है और पुण्य क्या है?" फिर वे स्वयं बताते, 'परोपकाराय पुण्याय पापाय परपीड़नम्!'

आधी रात का वक़्त होगा, जब नदी के घाट की ओर से लोगों के चीख़ने-पुकारने की आवाज़ें आने लगीं। वहाँ कुहराम-सा मचा हुआ था। शायद नाव उलट गयी।

मैं तब छोटा था। लगभग दस वर्ष का।

थोड़ी देर में रोने की आवाज़ें हमारे घर से भी उठने लगीं। सबसे ज़्यादा माँ रो रही थीं। वे पागल हुई जा रही थीं। बुआ-चाची और गाँव की औरतें भी रो रही थीं। लालटेनें लेकर सब घाट की ओर जा रहे थे। मैं भी रोता हुआ माँ के साथ घाट की ओर गया।

घाट का लगभग दो-तिहाई हिस्सा पानी में डूबा हुआ था। नदी का हहराता हुआ सर्वव्यापी शोर। लोगों के ज़ोर-ज़ोर से चीख़ने-चिल्लाने की आवाज़ें। इधर-उधर दौड़ती हुई लालटेनें।

तभी मेरा ध्यान गया। घाट पर ट्रैक्टर नहीं था। ट्रैक्टर की हेडलाइट की रोशनी भी नहीं थी। वहाँ सिर्फ़ अँधेरा था, बाढ़ का पानी था। तो क्या पिताजी...?

वह एक विकट अनुभव था। मुझे लगा, मेरे हृदय में अचानक एक बहुत बड़ी ख़ाली जगह पैदा हो गयी है। एक ऐसा गुब्बारा जो फूला हुआ हो, लेकिन ख़ाली हो जिसके भीतर हवा न हो। इसके बाद मेरे पूरे शरीर में कम्पन हुआ और मैं रोने लगा।

फिर मुझे माँ का विक्षिप्त चेहरा दिखा। वे बारिश से भीगी ज़मीन पर लोट-लोटकर रो रही थीं।

हुआ शायद यह था कि घाट की ढलान पर खड़े ट्रैक्टर का या तो ब्रेक खुल गया था या फिर वह अचाकर न्यूट्रल हो गया था। पिताजी ट्रैक्टर की सीट पर थे। दो-तीन लोग, जो मडगार्ड के साथ लगे लकड़ी के फट्टे पर बैठे थे, वे कूदकर भाग गये थे और ट्रैक्टर पिताजी को लेकर बाढ़ में चला गया था।

किसी ने बताया कि उस समय नशे की हालत में पिताजी ट्रैक्टर पर बैठे कुछ गा रहे थे।

मुझे पता है वे क्या गा रहे होंगे...

"जोदी तोर डाक श़ुने केउना आशी, तोबी एकला चोलो रे।

एकला चोलो, एकला चोलो, एकला चोलो रे।"

सौभाग्य था कि घाट में आगे चलकर टापू था, जिसमें ट्रैक्टर के पहिए फँस गये थे। ट्रैक्टर डूब तो गया था, लेकिन बन्द हो गया था। शायद साइलेंसर में पानी भर जाने से।

मैंने लालटेन की मद्धिम रोशनी में देखा। घाट से काफ़ी आगे, बाढ़ में उफ़नती नदी की मटैली धार में पिताजी का सिर दिख रहा था। उनका चेहरा उधर था, जिधर नदी की धार थी। ट्रैक्टर डूब गया था। सीट पर बैठे पिताजी डूब गये थे, सिर्फ़ गरदन के ऊपर का हिस्सा बचा था।

वे हमारी ओर चेहरा घुमाकर नहीं देख रहे थे। वे सम्भवतः भय के मारे स्तब्ध या जड़ हो चुके थे। उनके कानों में बाढ़ का भयानक शोर सुनाई देता होगा और आँखों की रोशनी अँधेरे में जितना देख सकती है, वहाँ तक उफ़नती हुई नदी का अपार जल दिखाई देता रहा होगा।

हम सब असहाय थे। पिताजी का शरीर ख़ूब भारी-भरकम था। उन्हें वहाँ से घाट तक लाया कैसे जाये? नाव अभी नदी के उस पार थी। वे अभी नशे में होंगे। उनका सिर डूबने से इसलिए बचा हुआ था, क्योंकि वे ट्रैक्टर की ऊँची सीट पर थे। अगर वे ट्रैक्टर से उतरने को कोशिश करते तो बाढ़ में डूब जाते। उन्हें तैरना भी नहीं आता था।

उस रात का वह दृश्य किसी बेचैन कर डालने वाले चित्र की तरह मेरी स्मृति में हमेशा के लिए स्थिर हो गया है। कृष्ण पक्ष की रात, कई-कई दिनों तक होने वाली बारिश, बाढ़ में उफ़नती नदी के दोनों पाटों के बीच पानी का हहराता हुआ शोर।

और बहुत दूर, बीच में कहीं भय से जड़ हुआ पिताजी का सिर। बिल्कुल ख़ामोश।

अगर ट्रैक्टर कहीं गियर में होता और उसका इंजन बन्द नहीं होता तो वह नदी में चलता ही चला जाता। फिर पिताजी का वह सिर भी न दिखाई देता।

लेकिन शायद उसी दिन मैंने जाना कि हम सब दूसरे के गहन संकट के सिर्फ़ दर्शक हैं।

आख़िर उस दिन पिताजी का सिर बाढ़ के बीच था, लेकिन बाक़ी सारे लोग तट पर लालटेनें लेकर सिर्फ़ इधर-से-उधर दौड़ रहे थे। मेरी माँ भी जो इतना पागल होकर रो रही थी, एक दर्शक ही थीं। उनकी साँस रुकी जा रही थी, लेकिन उनके और पिताजी के सिर के बीच, दूर तक बाढ़ का पानी था।

मैं भी तो, जिसके हृदय में इतना बड़ा ख़ाली गुब्बारा पैदा हो रहा था और जो एक विकट अनुभव से गुज़र रहा था, एक दर्शक ही था।

शायद इसे पिताजी भी जानते थे, इसीलिए वे नदी के घाट की ओर चेहरा घुमाकर नहीं देख रहे थे। वे उधर देख रहे थे, जिधर मृत्यु थी।

तभी मुझे गोद में उठाकर मनोहर भागा। शायद उसे कहा गया होगा कि वह मुझे वहाँ से हटा ले जाये। मैं बहुत छटपटाया, लेकिन वह मुझे खींचता हुआ घर ले आया। मैं अब भी रो रहा था।

पिताजी का बाढ़ में डूबा वह स्तब्ध सिर मुझे बार-बार दिखाई दे जाता। काफ़ी देर बाद लालटेनें लोगों की बातचीत की आवाज़ के साथ हमारे घर की ओर आने लगीं।

मनोहर ने कहा, "अब चुप हो जाओ। पिताजी आ रहे हैं।"

अभिनय

फ़कीर मोहन सेन को कौन नहीं जानता? ख़ासतौर पर जिन्होंने भारतीय अभिनय का इतिहास पढ़ा है, वे उनके नाम से अपरिचित नहीं हैं।

लेकिन उनके बारे में एक सच ऐसा है, जिसे कोई नहीं जानता। फ़कीर मोहन सेन के दाहिने पैर के तलवे पर एक नासूर था। यह नासूर तब से था, जब उनकी उम्र तेरह वर्ष की थी और जब उनके माता-पिता का देहान्त हुआ था। उस नासूर से लागतार मवाद आता रहता था। उनके पास पैसे नहीं थे कि उसका इलाज कराते।

फ़कीर मोहन जानते थे कि अगर किसी को पता चल गया कि उनके दाहिने पैर में इतना पुराना और लाइलाज नासूर है तो उन्हें कोई काम नहीं मिलेगा। इसलिए वे लगातार उसे छिपाते रहे। कोई उसके बारे में जान न जाये, इसके लिए वे हमेशा प्रयत्न करते रहे। अपने चेहरे पर वे यही भाव रखते, जैसे उन्हें कुछ नहीं हुआ है, वे स्वस्थ हैं। जबकि वास्तविकता यह थी कि जैसे ही वे अपना दाहिना पाँव ज़मीन पर रखते और उनके शरीर का बोझ उस पर पड़ता, लगता जैसे कई लाख बिच्छुओं ने वहाँ एक साथ डंक मार दिया है। बहुत कठिन अभ्यास के बाद उन्होंने अपने चेहरे को पहले निर्विकार और बाद में प्रसन्न रखना सीख लिया था।

लेकिन उन्हें इसके बावजूद कहीं कोई काम नहीं मिला। रंगमंच ही उनके लिए आजीविका का पहला साधन बना, जहाँ उन्हें मसख़रे का काम मिला।

अपने चेहरे पर रंग पोतकर वे ढेर सारी सफ़ेद-काली लकीरें खींच

लेते थे। उनके चेहरे की पेशियाँ जैसे ही किसी भाव को अभिव्यक्त करतीं, वे सारी लकीरें हिलतीं। उनका एक ख़ास पैटर्न बनता। वे लकीरें काग़ज़ की छोटी-छोटी कतरनों की तरह थीं और उनका चेहरा केलाइडोस्कोप, जहाँ इतनी अनन्त और असंख्य डिज़ाइनें बनी थीं कि लोग अवाक् रह जाते। फिर कुछ देर बाद दर्शकों को हँसी आने लगती। वे हँसते और यही फ़कीर मोहन सेन की कामयाबी सिद्ध होती।

जिन्होंने भारतीय अभिनय का इतिहास पढ़ा है, वे जानते हैं कि फ़कीर मोहन सेन ने रंगमंच में कभी कोई बड़ी भूमिका नहीं निभाई। न वे कभी दुष्यन्त बने, न कालिदास, न किंग लियर, न सीज़र। अपने दस वर्ष के अभिनय काल में कोई महत्त्वपूर्ण संवाद भी उन्होंने नहीं बोला।

उनकी भूमिका बहुत सीमित और संक्षिप्त होती थी। वे नाटक के बीच-बीच में मंच के दाहिने कोने से निकलकर एक-दो बार मंच का चक्कर लगाते थे। अपना चेहरा कई कोणों से दर्शकों की ओर रखते थे, फिर बायें पार्श्व से निकल जाते थे।

लेकिन जैसे ही वे मंच पर आते और चलने की शुरुआत करते, दर्शकों की हँसी और तालियाँ पैदा होने लगतीं। प्रेक्षागृह में हंगामा-सा हो जाता। दर्शक हँस-हँसकर दोहरे हो जाते। जबकि फ़कीर मोहन सेन करते कुछ नहीं थे। वे सिर्फ़ चलते थे। और उनके रंगपुते चेहरे की काली सफ़ेद धारियाँ अलग-अलग नमूने पेश करती जाती थीं। काले चोग़े के नीचे उनका शरीर तरह-तरह से ऐंठता और काँपता था।

'भारतीय अभिनय का इतिहास' में यह विशेष रूप से रेखांकित किया गया है कि बहुत सारे दर्शक प्रेक्षागृह में नाटक नहीं, सिर्फ़ फ़कीर मोहन सेन का अभिनय देखने आते थे। ऐसा असम्भव था कि कोई फ़कीर मोहन सेन का चलना मंच पर देखे और हँसते-हँसते दोहरा न जाये। यहाँ तक कि बच्चे जब नाटक देखकर घर लौटते तो वे अपने चेहरों पर रंग पोतकर और काली सफ़ेद धारियाँ खींचकर उनकी नक़ल उतारने का खेल खेलते। वे ठीक उसी तरह चलने की कोशिश करते, जैसे फ़कीर मोहन सेन चलते थे।

फ़कीर मोहन सेन का हास्य अभिनय अभूतपूर्व था। भारतीय अभिनय के इतिहास में उसका एक निश्चित स्थान निर्धारित हो चुका है। रंग आलोचना और आधुनिक नाट्यशास्त्र में उनके अभिनय को 'जादुई अभिनय' की संज्ञा दी गयी है।

कहा जाता है कि अन्तिम समय में उनका अभिनय कलात्मकता और लोकप्रियता के चरम शिखर पर पहुँच गया था।

नौकरी

बात उन दिनों की है, जब महापण्डित राहुल सांकृत्यायन बेरोज़गार थे। उनकी पत्नी बीमार थीं, बच्चों की फ़ीस भर पाने में वे असमर्थ थे। यहाँ तक कि उनको खाने तक के लाले पड़े हुए थे।

लेकिन राहुल जी स्वाभिमानी थे, इसीलिए किसी के सामने अपना संकट और अपना दुख प्रकट नहीं करते थे।

उन्हीं दिनों अख़बारों में एक विज्ञापन निकला। 'अखिल भारतीय राहुल सांकृत्यायन शोध-संस्थान' में एक अनुवादक तथा एक ग्रन्थ सम्पादक के पद रिक्त थे।

राहुल सांकृत्यायन चूँकि कई भाषाएँ जानते थे और अपनी पुस्तकों तथा अनेक दुर्लभ पाण्डुलिपियों के सम्पादन और प्रकाशन का लम्बा अनुभव भी उन्हें था, इसलिए उन्होंने दोनों पदों के लिए आवेदन किया।

एक महीने बाद 'अखिल भारतीय राहुल सांकृत्यायन शोध-संस्थान' की ओर से साक्षात्कार के लिए उन्हें कार्ड मिला। आने-जाने का तृतीय श्रेणी का किराया मिल रहा था, इसलिए वे रवाना हो गये।

साक्षात्कार में उनसे 'वोल्गा से गंगा तक', 'दर्शन दिग्दर्शन', 'भागो नहीं, दुनिया को बदलो' तथा 'मध्य एशिया का इतिहास' पुस्तकों से सम्बन्धित प्रश्न पूछे गये। चूँकि ये पुस्तकें राहुल सांकृत्यायन ने स्वयं लिखी थीं, इसलिए वे बहुत सहजता से उत्तर देते गये। यहाँ तक कि कई बार उन्होंने साक्षात्कार समिति के सदस्यों की गलतियों को भी सुधारा।

उनके जाने के बाद शोध-संस्थान के अध्यक्ष ने, जो साक्षात्कार समिति का भी अध्यक्ष था, समिति के सदस्यों से पूछा कि इस कैंडीडेट के बारे में उनकी क्या राय है?

समिति के सदस्य असमंजस में थे। फिर एक ने कहा, "सवाल क्वालिफ़िकेशन का है और पास्ट एक्सपीरियेंस का है। हमारे पास सत्ताईस ऐसे लोगों के आवेदन हैं, जिन्होंने महापण्डित राहुल सांकृत्यायन के कृतित्व और व्यक्तित्व पर पीएच.डी. कर रखी है। पाँच साल से लेकर दस साल तक अध्ययन एवं शोध का अनुभव भी है।"

"फिर यह कैंडीडेट हमारे प्रश्नों का जवाब भी बड़े अपमानजनक और अभद्र ढंग से दे रहा था। आख़िर संस्थान की गरिमा और पद की स्तरीयता का भी तो हमें ध्यान रखना होगा।" एक अन्य सदस्य ने अपनी राय दी।

संस्थान के अध्यक्ष, जो कि साक्षात्कार तथा चयन समिति के भी अध्यक्ष थे, मुस्कुराए, "बिल्कुल ठीक राय है समिति की। मैं भी इससे शत-प्रतिशत सहमत हूँ। मुझे तो दो मिनट में ही यह आदमी 'अनरिलायबल' और 'चालाक' लग गया था। भाई, संस्थान को ऐसे तत्त्वों से दूर ही रखने में भलाई है।"

इसके बाद अध्यक्ष ने सुरती-चूना मिलाकर हथेली पर अँगूठे से घिसाई की, एक चुटकी नीचे के होंठ पर दबाई और उठते हुए कहा, "कल मुझे राहुल सांकृत्यायन जन्मशती समारोह में व्याख्यान देने भोपाल जाना है। मैं चल रहा हूँ। आप लोग लिस्ट आउट कर दीजिए। मेरी राय में अनुवादक के पद के लिए श्री मुलायम चन्द नौनिहाल और सम्पादक के लिए श्री गिरगिट जी उपयुक्त रहेंगे।"

जाते-जाते दरवाज़े पर अध्यक्ष फिर खड़े हुए और घूमकर मुस्कुराते हुए उन्होंने कहा, "भाई, लोकतान्त्रिक प्रणाली है। समिति के आप सब सदस्य सहमत तो हैं न?"

साक्षात्कार समिति के सदस्य अध्यक्ष के जाने के बाद भी कमरे में हाँ, हाँ, हाँ, हाँ कहते हुए सिर हिला रहे थे।

अगले दिन अख़बारों में छोटी-सी ख़बर थी—'दिल्ली से आज़मगढ़ जाने वाली रेलगाड़ी के तृतीय श्रेणी के कम्पार्टमेंट में एक अधेड़ उम्र के व्यक्ति का शव पाया गया है। चेहरा गोल, रंग गेहुआँ और आँखें छोटी हैं। हुलिये से यह व्यक्ति हिन्दी का कोई लेखक लगता है। उसकी जाँच से पता चला है कि मृतक पिछले कई दिनों से भूखा था।'

जब यह सूचना अध्यक्ष जी को दी गयी तो वे गम्भीर हो गये। सुरती मलकर उन्होंने उसे निचले होंठों में दबाया, फिर कहा, "यह जानबूझकर गढ़ी गयी ख़बर है। 'महापण्डित राहुल सांकृत्यायन शोध संस्थान' को बदनाम करना इसका उद्देश्य है। जबकि वास्तविकता यह है कि राहुल जी का जन्म 1893 में हुआ था। इस लिहाज़ से उनकी जन्मशती 1993 में होनी चाहिए। लेकिन 1993 में रेलगाड़ियों में तृतीय श्रेणी होती ही नहीं थी, इसलिए उसमें किसी के मरने का प्रश्न ही नहीं उठता।"

इतना कहकर अध्यक्ष हँसें, 'हो हो हो।'

आइये, हम सब भी हँसे, 'हो हो हो।'

छतरियाँ

वे दोनों शहर से काफ़ी बाहर निकल आये थे। अब दीवारें और इमारतें दूर-दूर तक नहीं दिखाई देती थीं। वे बड़े-बड़े दैत्याकार अक्षर भी नहीं दिखाई देते थे, जो लगभग हर दीवार पर किसी चीज़ के प्रचार के लिए लिखे जाते थे।

वे रेल की पटरी के किनारे चलते-चलते इतनी दूर आ गये थे। आगे चलकर एक पुल था, जो एक पहाड़ी बरसाती नाले के ऊपर बना था। इस नाले में पानी सिर्फ़ बरसात के दिनों में दो-ढाई महीने तक रहता था। इन दिनों, गर्मियों में सिर्फ़ कंकड, गिट्टियाँ, सीपियाँ, चमकीले पारदर्शी चकमक पत्थर के टुकड़े और चट्टानी पट्टी वहाँ बचती थी। कई सीपियाँ बड़ी होती थीं और उन्हें बीच में घिसकर उनमें छेद बना दिया जाता था। कच्चे आम के छिलके उतारने में वे सीप बहुत काम आती थीं।

और चकमक पत्थर, उन्हें लेकर वह घर के सबसे अँधेरे कोने में छिप जाता और एक को दूसरे के साथ मारकर रगड़ता। अँधेरे में कभी पीली और कभी नारंगी रंग की चिंगारियाँ फूटतीं और नन्हे-नन्हे फूलों की तरह उसकी हथेलियों और कलाइयों पर गिरतीं। उनमें अग्नि नहीं होती थी। भार भी नहीं होता था। बस, वे आग से बनी तिनगियाँ होतीं और अँधेरा जितना गाढ़ा होता, उतनी ही ज़्यादा वे सुन्दर होतीं।

आज वे दोनों सुबह-सुबह चार की चिरौंजी खोजने और खाने निकले थे। निकलते वक़्त सुबह बस फूटने-फूटने को थी, जबकि अब

सूरज बाँस भर ऊपर आकाश में चढ़ चुका था और धूप तेज़ी से गर्म और कड़ी होती जा रही थी।

लड़की ने सूती सलवार और समीज़ पहन रखी थी। बालों में पसीना, धूल और तिनके जमा हो गये थे। वह सुबह सोते से उठकर सीधी चली आयी थी। उसके सूखे भूरे-कत्थई बालों में पीठ की ओर गूँथी गयी दोनों चोटियाँ कई दिन पुरानी थीं, लेकिन लाल रंग का रिबन मैला होने के बावजूद भड़कीला और चटख था। लड़की की नाक के नीचे दायीं ओर, उसके पतले और लगभग पारभासक नाथुनों के ठीक बग़ल में, किसी कीड़े के काटने से एक छोटी-सी फुंसी निकल आयी थी, जिसकी पीक फूटने वाली थी।

"वहाँ दर्द हो रहा है क्या?" लड़के ने पूछा। उसकी आवाज़ बहुत कोमल थी। उसकी पैंट के घुटने मैले हो रहे थे और घिस जाने की वजह से उस हिस्से पर सूती कपड़े के तानों-बानों के धागे दिखाई देने लगे थे। उनके पार उसके घुटने थे। पैर के पाँयचे, जंगली बेर और सिरकिन की कंटीली झाड़ियों में उलझकर फट रहे थे।

"नहीं, दर्द तो नहीं...लेकिन मेरा गला सूख रहा है।" लड़की ने अपनी हथेलियाँ अपने पतले से गले में फिराईं। लड़के ने देखा, एक नीली-सी नस वहाँ धीरे-धीरे काँप रही थी। लड़की के गले में भी गर्द जमा थी। उसका चेहरा धूप में तपकर धीरे-धीरे ताँबई होता जा रहा था।

"तुम्हारा गला कब सूखता है...?" लड़के ने लगभग हँसते हुए पूछा। उसकी आवाज़ में लड़की की परेशानी के लिए एक तरह की तटस्थता और क्रूरता जैसी चीज़ थी, जिसे वह शरारत में बदलकर मगन हो रहा था।

"क्यों, जब प्यास लगती है, तब!" लड़की ने गम्भीरता से कहा। लड़का ठीक उसकी बग़ल में चल रहा था।

"मेरा तो डर के मारे भी सूखता है, कभी-कभी।" लड़के ने शरारत में कहा और लड़की को उसने घूरकर देखा, हालाँकि लड़की को उसकी बात पर ज़रा भी हँसी नहीं आयी। थोड़ी देर तक वे दोनों चुपचाप चलते रहे। लड़का इधर-उधर कुछ देखता हुआ चल रहा था।

वहाँ जंगल था। शाल और सागौन के पेड़ थे। पलाश और तेंदू तो बहुतेरे थे। पलाश को इस इलाक़े में 'छिउला' कहा जाता था। इसके पत्तों से लाख और टेसुओं से रंग बनता था। इसकी जड़ों को कूचकर मिट्टी के घरों में छुई (चाक) मिट्टी से पुताई के लिए कूंची बनायी जाती थी और तेंदू के पत्तों को सुखाकर, उनमें तम्बाकू भरकर बीड़ियाँ बनायी जाती थीं।

नम्बर सत्ताइस, शेर छाप, झण्डा छाप और गदा छाप बीड़ियाँ उस इलाक़े में बहुत बिकती थीं। बीड़ी वाले करोड़पति होते थे और हवाई जहाज़ में चलते थे। अंग्रेज़ उन्हीं को यहाँ राज सौंप गये थे। ज़्यादातर बीड़ी वाले बाहरी लोग थे। कोई गुजरात से आया था। कोई मारवाड़ से। उनके पास हज़ारों जीपें होती थीं।

सत्ताइस नम्बर बीड़ी के करोड़पति सेठ ने बॉबी फ़िल्म का गाना लिखा था, "गे गे गे गे हाय रे सायबाँ प्यार में सौदा नहीं! ना माँगू बँगला बाड़ी... ना माँगू घोड़ा गाड़ी..."

"गे गे गे..." लड़का जंगल में ज़ोरों से गाने में लगा था। उसके अन्दर पता नहीं क्यों, ढेरों .ख़ुशी भर गयी थी। और उमंग। उसे पता नहीं चल रहा था कि धूप बहुत गर्म हो गयी थी और दिन धीरे-धीरे दोपहर की ओर बढ़ रहा था। वह यह भी भूल चुका था कि वे दोनों अपने-अपने घरों से बहुत दूर इस जंगल में इतनी दूरी तक निकल आये हैं, जहाँ तक इसके पहले वह कभी अपने दोस्तों के साथ भी नहीं आया था।

"कहीं पानी नहीं मिलेगा क्या?" लड़की ने अचानक कहा। यह बात उसने लड़के से नहीं, अपने-आपसे कही थी। और उसकी आवाज़ बुझी हुई थी। कहीं कोई .ख़ुशी नहीं। वह सचमुच प्यासी थी। लड़के को पता था कि यहाँ आस-पास कहीं पानी नहीं है। यह बात उसके दोस्तों ने उसे बताई थी। पानी के लिए उन्हें वापस लौटना पड़ता। एक छोटा-सा स्टेशन था, जहाँ पूरे चौबीस घण्टे में सिर्फ़ एक बार एक पैसेंजर गाड़ी रुकती थी और जिसमें से कभी-कभार कोई इक्का-दुक्का आदमी चढ़ता या उतरता था और एकाध डाक की थैलियाँ। उसी

स्टेशन के प्लेटफ़ॉर्म पर पीने के पानी का एक नलका लगा रहता था। नलका अगर सूखा हुआ हो, तो पास में ही हैंड पम्प था।

लड़का इतनी जल्दी वहाँ लौटना नहीं चाहता था। वह जंगल में .खुश था। उसके भीतर उमंग या उछाह जैसी चीज़ थी, जो सीने के भीतर बार-बार मचलने लगती थी। ऐसा शायद लड़की के होने की वजह से था।

यह एक बहुत पुराना शाल का पेड़ था, जिसकी जड़ के पास लड़का बैठ गया था। वह पेड़ बहुत बूढ़ा हो चला था। उसके तने के छिलके सूखकर चटक रहे थे। जहाँ से तने का हल्का गुलाबी मांस दिखाई देता था। पूरे पेड़ में असंख्य टेढ़ी-मेढ़ी दरारों के कारण अजीब-सी संरचानाएँ बन गयी थीं। उसी पेड़ की जड़ के पास लड़का झुका हुआ कुछ देख रहा था। फिर उसने एक सूखी हुई टहनी उठाई और ढूह की भुरभुरी मिट्टी को खोदने लगा।

"इधर आओ। एक चीज़ दिखाता हूँ। एक चिज्जी..." लड़के ने प्यार और उत्साह से कहा। लड़की कुछ दूर दूसरे पेड़ के नीचे खड़ी थी। वह थक गयी थी।

"क्या है?" लड़की ने वहीं खड़े-खड़े ही पूछा।

"इधर आओ तो। है एक चीज़।" लड़का झुका हुआ नीचे देख रहा था।

लड़की धीरे-धीरे चलकर वहाँ आयी। वह उत्सुक नहीं लग रही थी। उसने लड़के की पीठ की तरफ़ से झाँककर नीचे देखा। लड़की के शरीर से भीगी हुई धूल और मिट्टी की महक आ रही थी। लड़के ने साँस ली और उसे लगा, उस महक में घास और नयी पत्तियों की गन्ध भी शामिल है।

"कहाँ? क्या है?" लड़की लड़के के कन्धे के पीछे से झुकती हुई झाँक रही थी, उसका सिर लड़के की गरदन के बहुत निकट था। उसकी साँसें लड़के के बायें कान को बार-बार छू रही थीं।

"देखना, अभी दिखाता हूँ। मज़ेदार चीज़।" लड़के ने लड़की की ओर चेहरा घुमाया, तो लगभग लड़की के चेहरे से उसका चेहरा टकरा गया।

"देखो।" लड़के ने कहा और टहनी से भुरभुरी मिट्टी के ढूह को धँसका दिया। यह पेड़ के तने से बिल्कुल सटा हुआ हिस्सा था और ताज्जुब की बात यह थी कि इतनी गर्मी और धूप के बावजूद, जबकि आस-पास कहीं पानी का कोई स्रोत नहीं था और आसमान तपते हुए आईने की तरह चमक रहा था, ढूह की भीतरी मिट्टी के दानेदार रवे अभी भी नम थे, जैसे वे नर्म मिट्टी के बुलबुले हों।

लड़के को पता था कि इन ढूहों को दीमकें बनाती हैं और मिट्टी को नम बनाने के लिए पानी पता नहीं कहाँ से लाती हैं। ज़मीन के भीतर से, हवा से या शायद अपने नन्हे-नन्हे शरीर से। शायद छोटे-छोटे कीड़ों को प्रकृति के रहस्यों और उसके अन्दर छिपे तमाम ख़ज़ानों के बारे में ज़्यादा पता होता है। लड़के को पता था कि यह बिल्कुल सम्भव है कि इस ढूह के भीतर से चीनी के कण, रोटी के टुकड़े या मूँगफली के दाने निकल आयें या प्लास्टिक की कोई चीज़, जबकि शहर वहाँ से बहुत दूर था। दीमकों के लिए तो वह एक असम्भव ग्रह जितना दूर था।

ढूह के धँसकते ही अचानक वहाँ कई सफ़ेद और काली-भूरी चित्तियों वाली छतरियाँ दिखने लगीं। वे बहुत सुन्दर थीं।

आश्चर्यजनक, और वे सब एक साथ बाहर की ओर झाँक रही थीं।

लड़का उन्हें मुग्ध होकर देख रहा था। वह सब कुछ भूल चुका था, जैसे कोई जादू हो गया हो। ''गे गे गे गे, हाय रे सायबाँ, प्यार में...'' वह अपने आपमें डूबती और थरथराती आवाज़ में गा रहा था। बहुत ही धीमी, मद्धिम आवाज़।

''देखो...देखो, कैसी दिखती हैं हरामज़ादियाँ...'' लड़का लड़की को छतरियों की उस अबोधता और अचानक ढूह के गिर जाने के कारण उघड़ जाने से उनकी चौंकी हुई शक्ल का मज़ा लेने के लिए आमन्त्रित कर रहा था। उसे पूरा विश्वास था कि छतरियों के जादू में लड़की भी डूब गयी होगी।

''अब लौटते हैं। देर हो रही है।'' लड़की ने इतना ही कहा। उसकी आवाज़ में थकान थी। वह उन छतरियों से ज़रा भी प्रभावित नहीं हुई थी।

एक पल के लिए लड़का स्तब्ध रह गया था। यह अचानक किसी साथ के छूट जाने से पैदा हो जाने वाला आकस्मिक अकेलापन था। छतरियों के जादू से पैदा होने वाले इस अनोखे ऐन्द्रजालिक अनुभव का कोई और साझीदार नहीं बचा था। वह अकेला रह गया था, जबकि इसी की उम्मीद में वह सुबह-सुबह लड़की को सोते से उठाकर चार की चिरौंजी खाने के बहाने इतनी दूर जंगल तक लाया था।

"तुम्हें पता है ये छतरियाँ क्यों और कैसे उगती हैं?" लड़का सिर झुकाये, टहनी की नोक से उन छतरियों पर जमा हो गये मिट्टी के कणों को हटाने में लगा था। उसकी आँखें डबडबा आयी थीं। वह शुरू से अकेला था और हर बार अकेला रह जाता था, लेकिन इतनी जल्दी वह अपनी कोशिश छोड़ना नहीं चाहता था।

उसने लड़की को बहुत करुणा-भरी आँखों से देखा, "जब पानी बरसता है या बरसने वाला होता है। जेठ-आषाढ़ में जब बादल गरजते हैं..." लड़के की आवाज़ कमज़ोर पड़ती जा रही थी। उसका गला भरा आ रहा था। यह एक दयनीय कोशिश थी। उसने कहना जारी रखा, "जब बादल गरजते हैं, तो उनकी धमक से यह धरती अन्दर से धड़कने लगती है...बादलों के गरजने से धरती में जो दरारें बनती हैं, उन्हीं में से ये छतरियाँ बाहर निकल आती हैं। कई बार मुझे लगता है, हो सकता है ये दरारें अपने लिए .ख़ुद ही छतरियाँ बनाती हों...हम अक्सर जिन चीज़ों को बहुत कोमल और लाचार समझ लेते हैं, वे चीज़ें काफ़ी ठोस और कठिन काम कर लेती हैं। हो सकता है इन बड़ी-बड़ी चट्टानों को बहुत नन्हे-नन्हे लिजलिजे कीड़ों ने बनाया हो। शंख के भीतर जो कीड़ा होता है, उसे तुम छू भी नहीं सकती। उँगली उसमें धँस जायेगी, लेकिन वह कितना मज़बूत कवच बनाता है। और कछुआ, जिसकी पीठ की ढाल बनाते हैं..." लड़का एक धुन में बोले चला जा रहा था।

लड़की ने आकाश की ओर देखा। वह गर्म-तपते हुए आईने की तरह चमक रहा था। बिल्कुल साफ़ और .ख़ूब गर्म। फिर उसने नीचे की ओर देखा। लड़का अभी भी दूह के पास बैठा हुआ था। वह उसे किसी लिजलिजे कीड़े जैसा लगा।

"तुमने तो सुबह कहा था कि जंगल में चार के पेड़ से चिरौंजी खायेंगे और पत्थर से जंगली ख़रगोश मारेंगे। यहाँ तो शाल-ही-शाल और महुए के पेड़ हैं।" लड़की की आवाज़ में चिढ़ से ज़्यादा निराशा थी। "मुझे बहुत तेज़ प्यास लगी है। यहाँ पानी मिलेगा कहीं?"

लड़के ने एक बड़ी छतरी को बहुत सँभालकर जड़ से उखाड़ लिया था। हालाँकि छतरियों में जड़ें होती नहीं थीं। एक बहुत कोमल-सा डंठल भर होता था। वे पृथ्वी पर परोपजीवी नहीं होती थीं। सिर्फ़ उस पर खड़ी रहती थीं और अपनी उम्र बीतते ही समाप्त हो जाती थीं।

लड़के ने जिस छतरी को निकाला था, वह सबसे बड़ी और सबसे सुन्दर थी। उसके ऊपर काले और कत्थई रंग की चित्तियाँ थीं। लगता था कि ये चित्तियाँ किसी ने बहुत सोच-समझकर कृत्रिम तरीक़े से बनायी हैं। वे प्राकृतिक नहीं लगती थीं। आश्चर्य था कि इन चित्तियों का कोई पैटर्न नहीं था। वे सब स्वतन्त्र थीं। उनकी कोई संगति, कोई तर्क नहीं था। फिर भी वे उस छतरी को एक साथ मिलकर बहुत सुन्दर बना रही थीं।

लड़का हँसा। अगर सारी चीज़ें स्वतन्त्र हो जायें और उनमें कोई तर्क न बचे, तो यह दुनिया कितनी सुन्दर हो जाये। इस छतरी की तरह। लड़के को पता था कि अगर वह यह छतरी अपने शहर के दोस्तों को दिखाएगा, तो वे यही सोचेंगे कि वे चित्तियाँ लड़के ने बाद में ख़ुद बनायी हैं। उसे अफ़सोस हुआ कि वे प्रकृति के बारे में कितना कम जानते हैं।

"इन्हें शहर में मशरूम कहते हैं। वे इन्हें खा जाते हैं। लेकिन ये छतरियाँ जो मैंने तुम्हें दिखाईं, वे खाने वाली नहीं हैं।"

"क्यों?" लड़की ने पूछा। वह छतरियों से उकता रही थी।

"क्योंकि इनमें एक तरह का ज़हर होता है और वह ज़हर इन सुन्दर-सुन्दर चित्तियों में होता है।" लड़का अपने हाथ की छतरी को देखते हुए खो गया था। उस अद्‌भुत चित्रकारी में ज़हर था। ऐसा क्यों होता है? जो कीड़े सबसे सुनहरे, सबसे चमकीले, रंग-बिरंगे और सुन्दर होते हैं, उनमें विष क्यों होता है? दीमकों के बनाये उस ढूह के

अन्दर जो इतनी सारी छतरियाँ थीं, उनमें यही छतरी सबसे विलक्षण थी। देखते ही आँखें वहीं जम जाती थीं। और लड़के को पता था कि ज़हरीली छतरी यही थी।

लड़का सोचता रहा। धूप कड़ी होती जा रही थी। हवा अब लू में बदलने लगी थी। बीच-बीच में गर्म झोंके आने लगे थे। शाल के ऊँचे-लम्बे पेड़ों से फूल फ़िरंगी की तरह हवा से टूटकर उड़ते हुए आते थे और कुछ दूर तक तैरकर ज़मीन पर गिर जाते थे। सूखी पत्तियों के ऊपर। पहले जब अकाल पड़ता था, तो गाँव के लोग इन्हीं शाल के फूलों के बीज को उबालकर उसका भात बनाकर खाते थे।

महुए के फूलों के साथ पके हुए शाल के बीजों के भात का स्वाद ही अलग होता है। लड़के को पता था कि लड़की ने कभी उसे नहीं खाया होगा। बहुत-से ऐसे अनुभव और स्वाद थे, जिनके बारे में वह चाहता था कि लड़की जाने। यह इच्छा उसके भीतर पिछले कुछ महीनों से, जितनी भी बार वह लड़की से मिलता था, तेज़ होती चली गयी थी। इतनी तेज़ उत्कंठा कि अब उसे सह पाना और छिपा पाना मुश्किल होता जा रहा था।

"इन छतरियों में जो ज़हर है, वह तो हमारे लिए ज़हर है। इनके लिए तो वह इन सुन्दर चित्तियों का रंग है। यह ज़हर ही है, जो उन्हें इतना सुन्दर बना रहा है और अगर ये ज़हरीली न हों, तो इन्हें जानवर या आदमी खा डालें।" लड़का हालाँकि यह बात लड़की को बताना चाहता था, लेकिन वह चुप ही रहा आया, क्योंकि लड़की इधर-उधर देख रही थी। लेकिन लड़के को थोड़ा सन्तोष हुआ। जैसे उसे किसी बात का उत्तर मिल गया हो।

लड़के ने पास आकर लड़की के गालों पर छतरी को धीरे से छुआया। लड़की ने गरदन दूसरी ओर घुमा ली। लड़के ने देखा कि उसके चेहरे पर हल्की-सी खीज पैदा हुई है। लड़का अकेला पड़ता जा रहा था। उसने लड़की की बाँह पकड़ ली। इतनी जल्द वह उससे नहीं छूटेगा।

लड़की की बाँहें नर्म थी। बाँहों के नन्हे-नन्हे बारीक़ रोयें पसीने में नम होकर लड़की की त्वचा से चिपक गये थे, जैसे सब सो गये हों।

लड़के का शरीर अभी भी ठण्डा था, जबकि लड़की का शरीर गर्म था और हल्के-हल्के काँप रहा था।

"तुम्हें बुख़ार है क्या?" लड़के ने पूछा।

"नहीं तो..." लड़की ने जैसे-तैसे कहा। उसकी समीज़ पसीने से भीग गयी थी और उसकी पीठ से चिपक रही थी। उसने लड़के से अपनी बाँह नहीं छुड़ाई। लड़का अब उसकी गरदन पर छतरी हल्के-हल्के छुआ रहा था।

"एक बार मैंने ग़लती से एक ऐसी ही चितकबरी और बड़ी सुन्दर छतरी खा ली थी।" लड़के ने कहा, "फिर तो देर तक मेरा सिर घूमता रहा...! यों...यों..." लड़का अपनी गरदन को दायें-बायें गोल-गोल घुमाने लगा।

लड़का जिस तरह से चकरघिन्नी की तरह अपने सिर को घुमाने में लगा था, उससे लड़की को हँसी-सी आयी। उसने अपनी बाँह छुड़ाकर पूछा, "तुमने खाई ही क्यों...? ये कोई खाने वाली चीज़ है?"

"बस, खा ली। यों ही। बात यह है कि वो छतरी मुझे बड़ी सुन्दर लग रही थी। इतनी सुन्दर कि मेरी समझ में ही नहीं आ रहा था कि इसके साथ मैं क्या करूँ...!

"तो तुमने खा डाली...?" लड़की हँस रही थी।

"और क्या करता? मुझे अभी तो लगता है कि मैं सारी सुन्दर चीज़ों को खा जाऊँ..." लड़के ने कहा, "खाने के बाद मैं वहीं बैठ गया। गनीमत थी कि वो छतरी हमारे घर के पिछवाड़े ही थी। शुरू में तो मुझे लगा, जैसे मैं कहीं नदी की किसी बहुत ही धीमी धार में बहा जा रहा हूँ। फिर अचानक ऊपर से एक कोई गोल-सी चीज़ घूमती हुई आयी और मुझे ऊपर खींचने लगी। मैं नीचे रहने की जितनी कोशिश करता, वह मुझे उतना ही ऊपर की ओर खींचती..."

"क्या वो गोल-सी चीज़ तुम्हें ऊपर खींच ले गयी?" लड़की डर गयी थी। लड़के के भीतर पहली बार एक उम्मीद पैदा हुई। आख़िरकार लड़की उसकी दुनिया में दाख़िल होने लगी थी।

"हाँ! मैं ऊपर की ओर खिंचने लगा।" लड़का थोड़ी देर तक चुप रहने के बाद बोला, "शुरू में तो मैंने ज़मीन की घास को मुट्ठियों में

पकड़ रखा था। फिर घास उखड़ गयी। ऊपर सब कुछ अलग था। सफ़ेद रंग था वहाँ और मेरे कानों में लगातर साइकिल की घण्टियों की आवाज़ें सुनाई दे रही थीं। लगता था, बहुत-सी साइकिलों पर लोग निकले हुए हैं और घण्टियाँ बजा रहे हैं...''

''घण्टियाँ?'' लड़की ने उसके अज्ञान पर तरस खाकर कहा, ''भला ऊपर साइकिल कौन ले जायेगा? उसके लिए तो सड़क होनी चाहिए कम-से-कम।''

लड़के ने धीरे से अपनी हथेलियाँ लड़की के कन्धे पर रखीं। फिर उसकी बाँह को पकड़ लिया। इस बार लड़की की बाँह के भीतर कुछ ऐसा था कि उसे छूने के बाद लड़का कुछ देर तक कुछ बोल ही नहीं पाया। उसके गले में कफ़ जैसी कोई चीज़ फँस रही थी। उसने लड़की की ओर इस बार बिल्कुल अलग तरह से देखा, ''अरे, तुम्हें पता नहीं है। चित्तियों वाली चितकबरी छतरी खाने से सब हो जाता है। मुझे पता है, अगर मैं इस छतरी को खाकर साइकिल चलाऊँ, तो सड़क या ज़मीन की बिल्कुल ज़रूरत नहीं है।''

''ऊपर तुम्हें कैसा लग रहा था?'' लड़की की आवाज़ में पहली बार ऐसा कुछ था, जिसमें लड़के के प्रति चिन्ता थी।

लड़का अपनी हथेलियाँ लड़की की बाँह के ऊपर धीरे-धीरे घुमाने लगा। बाँह पसीने में नम थी। लड़की की त्वचा का स्पर्श बिल्कुल अलग था। बहुत कोमल और हल्का-हल्का थरथराता हुआ-सा। यह छतरी से भी ज़्यादा नाज़ुक और बिखर जाने वाली चीज़ थी। लड़का उसकी बाँह को इस तरह से छू रहा था, जैसे वह उसको सहेज रहा हो। जिस तरह गिलहरी या ख़रग़ोश के नन्हे से छौने को जब कोई सहलाता है, तो उसमें प्यार से ज़्यादा उसकी सुरक्षा या हिफ़ाज़त का स्पर्श होता है।

''तुम्हें डर नहीं लग रहा था...वहाँ ऊपर?'' लड़की ने उससे दोबारा पूछा।

लड़का जैसे अचानक किसी तंद्रा से जागा। उसने अपना गला साफ़ किया। ''उस वक़्त तो मैं डर गया था। लगता था, मैं कभी ज़मीन पर

लौट भी पाऊँगा या नहीं। फिर ये भी लगता था कि क्या मालूम, मैं ऊपर किसी चीज़ से ही टकरा जाऊँ और गिर जाऊँ...''

''तुम ऊपर कहाँ गिरते? गिरने के लिए तो नीचे कोई-न-कोई चीज़ होनी चाहिए कि नहीं? ऊपर तो कुछ है ही नहीं। तुम गिरते कहाँ बुद्धू...?'' लड़की ने उससे बहस की। वह लड़के के डर को निराधार और व्यर्थ बना डालना चाहती थी। इस सबके पीछे उसके भीतर कहीं-न-कहीं अदृश्य ढंग से लड़के के प्रति पैदा हो रही सहानुभूति थी।

लड़के को हँसी आ गयी। लड़की भले ही छतरियों से प्रभावित न हुई हो, लेकिन लड़के के डर में वह पूरी निश्छलता के साथ शामिल हो गयी थी।

''और फिर तुम वहाँ ऊपर, वहाँ जहाँ कुछ होता ही नहीं, सफ़ेद-सफ़ेद के अलावा, वहाँ तुम टकराते किस चीज़ से?'' लड़की अपने तर्क में विजेता की तरह हँस रही थी। उसकी पतली, मटमैली सूती समीज़, जो पहले कभी आसमानी नीले रंग की रही होगी, पसीने में भीग गयी थी। लड़की की साँस मई-जून की गर्मी, प्यास और थकान में तेज़-तेज़ चल रही थी। उसका सीना हर साँस के साथ ऊपर-नीचे उठ गिर रहा था। भीगी हुई समीज़, उसके गले के नीचे, सीने के कुछ नीचे तक, उसकी त्वचा के साथ चिपक गयी थी।

और वे वहाँ थीं। लड़के ने उन्हें इतने निकट से, बिना किसी डर के, जंगल के उस तपते हुए सन्नाटे में पहली बार देखा था। पसीने की नमी से उस पतली सूती समीज़ में जो पारदर्शिता आ गयी थी, वे उसके पार से झलक रही थीं। वे बहुत कोमल होंगी। उनकी त्वचा लड़की की बाँह से भी ज़्यादा गर्म और नाज़ुक होगी। वे उतने ही रहस्यमय ढंग से अजनबी और अबोध थीं, जैसी दीमकों द्वारा बनायी गयी मिट्टी की ढूह के भीतर छुपी हुई छतरियाँ। लड़के की आँखें वहीं जम गयी थीं।

लड़की अभी भी दुबली थी, लेकिन अब उसकी हड्डियाँ धीरे-धीरे भरती जा रही थीं।

लड़के ने अभी तक अपने बायें हाथ में रखी छतरी को दबाया। वह टूट गयी। उसका डंठल नीचे गिर गया। लड़के के हाथ अब उसके वश से स्वतन्त्र हो रहे थे।

लड़की ने चौंककर पहले उस टूटी हुई छतरी को देखा, फिर लड़के को और उसने धीरे से अपनी बाँह छुड़ा ली।

"फिर क्या हुआ? तुम लौटे कैसे नीचे?" उसने पूछा।

लड़के ने लड़की को देखा। एक लाल रंग का चींटा उसकी गरदन पर रेंग रहा था। पेड़ों की पत्तियों में रहने वाले इन चींटों को 'मटा' कहते हैं। लड़के ने उँगली से उसे हवा में झाड़ दिया। फिर मुस्कुराने लगा।

"क्या है?" लड़की ने पहली बार सन्देह के साथ उसे देखा।

"एक 'मटा' था। तुम्हारी गरदन पर चल रहा था," लड़के ने कहा, "उस समय, जब मैं वहाँ ऊपर था, तब तो मैं डरा हुआ था। अब बड़ा मज़ा आता है सोचकर। असल में तो मैं कहीं उड़ा ही नहीं था। मैं तो वहीं पर सो रहा था। अपने घर के पिछवाड़े, वैसे ही धूप में। बाद में अम्माँ ने आकर उठाया। वे जान गयी थीं कि मैंने कोई छतरी खा ली है। मेरे जैसे बहुत-से लड़के छतरियाँ खा जाते हैं। अम्माँ मुझे वहाँ से उठाकर ले गयीं और दही और अजवायन खिलाई। मैं पूरा दिन और पूरी रात सोता रहा।"

लड़के ने लड़की की गरदन को सहलाया। वहाँ मैल की परत जमी हुई थी। लड़की ने लाल रंग का जो रिबन बाँध रखा था, वह दोहरे फंदे वाला था। तीन फूल और दो दुमछल्ले। लड़के ने एक पूँछ को अचानक ही खींच दिया। यह खेल-खेल में था। रिबन खुलकर लम्बा झूलने लगा।

"क्या है?" लड़की ने गम्भीरता से कहा, "मुझे पानी पीना है। प्यास लगी है।"

आसमान के आईने में अब आग लगने लगी थी। वहाँ से जलती हुई तेज़ रोशनी पृथ्वी पर गिर रही थी। पेड़ों की पत्तियाँ उस आँच के ख़िलाफ़, जो धीरे-धीरे दिन के साथ-साथ बढ़ती जा रही थी, अपने समूचे हरेपन के साथ लड़ रही थीं और पेड़ों के नीचे, ज़मीन पर थोड़ी-बहुत चिथड़ी छाँह गिरा पाने में किसी तरह कामयाब हो रही थीं।

लड़की थक चुकी थी। प्यास से उसका गला सूख रहा था। उसकी बग़लों में नये-नये आने वाले नर्म और बारीक़ रोयों से निकलती पसीने की बूँदें उसकी समीज़ को भिगो रही थीं। उसमें एक ख़ास तरह की गन्ध थी, जो लड़के की साँस में घुल रही थी।

लड़की का शरीर भी, पेड़ों और पौधों की तरह, मई-जून की आँच के ख़िलाफ़ अपने भीतर का संचित जल बाहर फेंक रहा था, लेकिन लड़के की आँखें बार-बार वहीं लौटकर जम जाती थीं। उसी जगह। लड़की के सीने पर पसीने से भीगी समीज़ के पार, जहाँ वे थीं। छतरियों जैसी ही रहस्यपूर्ण, अज्ञात और आश्चर्यजनक। वे इतनी निकट थीं। फिर भी उनमें कुछ ऐसा था, जो उन्हें लड़के के लिए दुर्लभ और अप्राप्य बना रहा था।

वे एक बहुत धीमी प्रक्रिया में अपनी रहस्यमयता के साथ वहाँ प्रकट हो रही थीं और लड़के ने अपने जीवन में इस तरह इतने निर्दोष, कच्चेपन में, उन्हें पहली बार देखा था।

"तुम खाओगी, एक चित्तीवाली छतरी?" यह वाक्य लड़के ने अचानक बिना कुछ सोचे कहा था, लेकिन यह अब तक का सब से अलग वाक्य था। पहली बार लड़की को लगा कि लड़के की आवाज़ में एक गहरी मिठास, एक बहुत ही गहरी नज़दीकी और सिर्फ़ उसी के लिए पैदा होने वाला एक लहजा था। लड़की को यह सब विचित्र-सा लग रहा था।

"मेरे को मरना है क्या तुम्हारी छतरी खा के, ना बाबा..." लड़की ने हँसने की कोशिश की। यह एक बहुत लाचार और सरल-सी हँसी थी। लड़की को अचानक लगा कि वह उसकी अपनी, वह अत्यन्त सहजात हँसी थी, जो पहली बार उसके भीतर से निकली थी। पहले की तमाम हँसी से बिल्कुल भिन्न। अपनी ही यह हँसी उसे इतनी अलग और इतनी निर्वस्त्र-सी जान पड़ी कि वही शरमा गयी। यह उसके जीवन में पहली बार हुआ था।

और तभी उसने लड़के की आँखों को देखा। वे बदल चुकी थीं। एक तरह की तंद्रा और सम्मोहन उनमें था। वह एकटक देख रहा था।

वहाँ, जहाँ वे थीं। लड़की को लगा, जैसे बादल गरज रहे हों और उनकी अनुगूँज से उसकी देह के भीतर वैसी ही थरथराहट पैदा हो रही है, जैसी धरती के भीतर होती होगी।

लड़की जिस अनुभव से गुज़र रही थी, उससे उसे डर लगने लगा। उसे लगा, लड़का कुछ देर तक इसी तरह और देखता रहा, तो उसके शरीर के भीतर से कोमल, अज्ञात और बहुत सुन्दर छतरियाँ बाहर निकल आयेंगी। और वह स्वयं दीमकों की बनायी मिट्टी की ढूह की तरह धँसक जायेगी।

"मुझे बहुत प्यास लगी है। मेरा पूरा गला सूखता जा रहा है... मेरे को पानी पीना है।" लड़की ने आघात पहुँचाने वाली गम्भीरता से कहा। उसने अपनी बाँह छुड़ा ली और लड़के की ओर पीठ घुमा दी।

लड़के ने देखा था, लड़की के होंठों के ऊपर पपड़ियाँ जमनी शुरू हो गयी थीं। लगता था, जैसे वहाँ सूखी राख की परत मल दी गयी हो, लेकिन लड़के को पता था कि आस-पास कहीं पानी नहीं है, सिर्फ़ चार किलोमीटर दूर उस रेलवे स्टेशन को छोड़कर। लेकिन उसके लिए उन्हें वापस लौटना पड़ता। और यह आज के इस दिन का अन्त होता।

लड़का जानता था कि लड़की के जाते ही वे भी उसके साथ चली जायेंगी। वह एक नशे की गिरफ़्त में था। उसने पहली बार उन्हें लड़की के पास पाया था। वह इतनी जल्द उन्हें खोना नहीं चाहता था। वह जानता था कि शहर पहुँचते ही लड़की उससे दूर निकल जायेगी और फिर कभी उस तरह नहीं हँसेगी, जैसे अभी कुछ देर पहले हँस रही थी।

लड़का अचानक दौड़ने लगा और लड़की से दूर निकल गया।

"कहाँ जा रहे हो? अब क्या है? मेरे को नहीं देखनी छतरियाँ...? अब लौट चलते हैं..." लड़की पीछे से उसे पुकार रही थी, लेकिन वह दूर झुरमुटों के पीछे अदृश्य हो चुका था। लड़की वहाँ अकेली रह गयी थी उस जंगल में, जहाँ वह पहली बार लड़के के ही साथ आयी थी।

दिन अब काफ़ी गर्म हो चुका था। हवा के बीच-बीच में आने वाले गर्म झोंके अब धीरे-धीरे लू में बदलने लगे थे। लड़की थक चुकी थी। उसका शरीर अपने भीतर का बचा-खुचा संचित जल पसीने के

रूप में बाहर उलीचकर ठण्डा और नम बने रहने की अन्तिम कोशिश कर रहा था।

लड़की को पहली बार लड़के पर ग़ुस्सा आया। उसका गला प्यास से सूख चुका था और वहाँ हल्की-हल्की सुइयाँ चुभने का दर्द शुरू हो गया था। हलक इतना .ख़ुश्क हो चुका था कि लड़की ने थूक घुटकने की कोशिश की, तो उसे असह्य पीड़ा हुई। लगा, थूक कंठ के सूखेपन में कहीं जाकर चिपक गया है।

उसने चारों ओर देखा। शाल, सगौन, महुए, छिउले के पेड़। वे सब उसे एकदम अपरिचित लगे। यह उसका संसार नहीं था। दो-चार थके हुए तोते अचानक जलती हुई धूप में से आये और शाल की हरी टहनियों को खोजते हुए चीखने लगे। वे आपस में लड़ रहे थे। एक कत्थई रंग की झब्बेदार दुमवाली बड़ी-सी चिड़िया थोड़ी दूर तेंदू और जंगली बेर के झुरमुट के भीतर छाँह और नमी की खोज में फुदक रही थी।

कहीं दूर से किसी चील की आवाज़ आ रही थी। कर्कश विलाप। सन्नाटे और आँच को और सुनसान बनाने वाली आवाज़।

लड़की अकेली रह गयी थी। उसे रुलाई-सी आने लगी। उसे पता था कि अगर वह किसी तरह इस जंगल के पास से गुज़रने वाली रेल की पटरी को खोज निकाले, तो उसके किनारे-किनारे चलती हुई वह शहर तक पहुँच जायेगी। और उस प्लेटफ़ॉर्म तक भी, जहाँ पीने के पानी का नलका लगा था और बग़ल में हैंडपम्प था।

लड़की जंगल में अकेली रेल की पटरियों की खोज में चल रही थी। प्यास, डर और मई-जून की उस जलती हुई दोपहर के बावजूद कोई एक घटना ऐसी भी घटी थी, जिसे वह अपने भीतर सिहरता हुआ महसूस कर रही थी। एक ऐसा अनुभव, जो बिल्कुल अप्रत्याशित, लेकिन बिल्कुल नया था। उसकी पूरी चेतना और पूरी देह में वह अनुभव व्याप्त था।

लड़का जा चुका था, लेकिन उसे लग रहा था कि अभी भी उसकी वे खोई हुई सम्मोहित-सी आँखें एकटक उसी जगह टिकी हुई हैं और वह अभी भी उनके द्वारा देखी जा रही है।

पसीने में भीगी मटमैली समीज़ को बेधती-चीखती, चौंकी हुई विमूढ़

आँखें। लड़की ने अपनी हथेलियों को सीने पर रखा। हथेलियाँ पूरी भर गयीं। वह चौंक गयी। उसे पहली बार यह पता चला था। उसकी अपनी देह चुपचाप उसकी जानकारी और उसकी नज़रों से छिपकर अपने-आप बदल रही थी। अपने ही शरीर का यह परिवर्तन अब तक उसके लिए अज्ञात था।

लड़की को लड़के पर गुस्सा तो अब भी आ रहा था, जो अचानक जंगल में दौड़ता हुआ झुरमुटों में कहीं अदृश्य हो गया था। लेकिन उसकी सम्मोहित और चौंकी हुई आँखों द्वारा अपना देखा जाना बार-बार उसे एक नये अनुभव से भर रहा था। एक बहुत धीमा रोमांच और एक असुविधाजनक मधुरता। लड़का दौड़ता हुआ जंगल के उस कोने की ओर जा रहा था, जहाँ से शाल और सागौन के लम्बे-ऊँचे पेड़ों का सिलसिला ख़त्म हो जाता था और छोटी-सी झाड़ियों और झुरमुटों का दूर तक फैला मैदानी हिस्सा शुरू होता था। ये झाड़ियाँ जंगली बेर, सिरकिन, छींदी, रामबाँस और तेंदू के नये पौधों की झाड़ियाँ थीं। मैदान में दूब और जंगली घास .खूब उगती थी। इसी मैदान में आस-पास के गाँवों से चरवाहे अपने गाय-बैल, भैंस-बकरी लेकर चराने आते थे।

लड़का उसी मैदान में कुछ खोज रहा था। जलती हुई धूप के बीचोबीच। गाय-बैलों के गोबर, जो धूप में सूखकर उपले बन चुके थे और कुछ दिन पुराने थे, लड़का उन्हें सूखी टहनी से उलट देता और झुककर वहाँ कुछ खोजता। उन सूखे उपलों के नीचे की ज़मीन नम होती और उनके नीचे दबी हुई दूब भी ज़्यादा हरी और नर्म होती।

उपलों के पलटते ही नन्हे-नन्हे कीड़े, जो उनके नीचे अब तक छिपे होते, वे इधर-उधर भागने लगते, किन्हीं दूसरे उपलों या पत्थरों के नीचे छिपने के लिए।

इन उपलों में से कुछ के नीचे सफ़ेद पारदर्शी दीमकें भी होती हैं। लड़के ने बहुत पहले तीतर का बच्चा पाला था। तब वह दिन-दिन भर उपलों को उलटाते हुए अपने तीतर के साथ भटकता रहता था। तीतरों को सफ़ेद दीमक बहुत पसन्द होती हैं। ये वे दीमकें नहीं हैं, जो शहर में घरों के फर्नीचरों में लगती हैं।

लेकिन लड़का आज दीमकें नहीं, कुछ और खोज रहा था। वह एक-एक उपले को हटाता, उनके नीचे से भागते नन्हे-नन्हे कीड़ों को ग़ौर से देखता, फिर टहनी से वहाँ की ज़मीन खोदने-खुरचने लगता। उसे सफलता नहीं मिल रही थी।

आधा घण्टा गुज़र चुका था। अब उपलों से निराश होकर लड़का झाड़ियों के आस-पास महीनों-वर्षों से पड़े पत्थर के टुकड़ों को हटाने और खिसकाने में लग गया था। वह किसी तेज़ लगन और धुन में यह कर रहा था। वह जान गया था कि लड़की अब लौट जायेगी। उसे प्यास लगी हुई थी। पानी के लिए उन्हें वापस उस प्लेटफ़ॉर्म तक जाना पड़ता और फिर वहाँ से वह लड़की अपने घर चली जाती, कई दिन के लिए उससे दूर।

लेकिन आज कुछ ऐसा हुआ था कि लड़की को अपने हाथ रखे रहने की लड़के की इच्छा एक बेचैन उत्कंठा में बदल चुकी थी। जिस तरह भी हो, वह लड़की को अपने साथ उस जंगल में ज़्यादा-से-ज़्यादा देर तक रखे रहना चाहता था। लड़की को प्यास लगी थी, उसके होंठों पर पपड़ियाँ जम चुकी थीं, उसका गला सूख चुका था, पेट में भूख की लौ सुलगने लगी थी, थकान और गर्मी से उसका रंग ताँबे जैसा होता जा रहा था, लेकिन लड़का क्रूरता की हद तक उसे अपने साथ रखने की ज़िद में था। उसने लड़की को जंगल में लाकर जिस यन्त्रणा में कैद कर दिया था, वहाँ से निकलने का रास्ता लड़की को मालूम नहीं था। वह शायद मुक्ति के लिए छटपटा रही थी, लेकिन इसके बावजूद लड़की के भीतर लड़के के प्रति वैसी घृणा या वैसा क्रोध पैदा नहीं हो पा रहा था, जो किसी ऐसे निर्मम शत्रु के प्रति पैदा होना चाहिए।

और लड़के की क्रूरता भी वैसी क्रूरता या निर्ममता नहीं थी, जो किसी दुष्ट या हत्यारे या तानाशाह में होती है। यह एक अबोध, बचपने और उमंग से भरी एक ऐसी पवित्र और भावनात्मक ज़िद थी, जो लड़की के लिए एक नशीला यातनाघर थी। और तभी, छींदी और जंगली बेर की झाड़ियों के निकट पड़े पत्थर को हटाते ही लड़का चौंक

पड़ा। "ओह...तो तू यहाँ है...गे गे गे गे, हाय रे सायबाँ..." लड़का उत्तेजित हो गया था।

वह झाड़ियों की ओर भागने की कोशिश कर रहा था, लेकिन फुर्ती के साथ उछलकर लड़का उधर पहुँच गया और हथेलियों से उसने उधर का रास्ता बन्द कर दिया। "अब किधर जाओगे, बच्चू? ...चलो ...हाँ...उधर भी मैं देखता हूँ..." लड़का कामयाब हो गया था। उसने उस सोनकीट को खोज निकाला था, जो अपनी सुन्दरता में अपूर्व और अद्‌भुत था। चमकता हुआ सोने का कीड़ा। पीठ पर एक बारीक़-सी हरे-नीले रंग की रेखा और रेखा के दोनों तरफ़ क्रम से रखी हुई लाल और बैंगनी रंग की नन्हीं-नन्हीं बिन्दिया। उस कीड़े ने एक बार उड़ने के लिए अपने पंख खोले और एक छोटा-सा चमकीला इन्द्रधनुष वहाँ खिल गया। धूप उस कीड़े तक पहुँचकर असंख्य रंगों में बँट जाती थी।

लड़के ने छपाक से अपनी हथेली उस सोनकीट के ऊपर थोप दी, "बच्चू, तेरा साथी भी होगा...चल, उसे भी खोजते हैं..."

लड़के ने अपनी मुट्ठी में उसे भर रखा था और दूसरे की खोज में पत्थर के नीचे टहनियाँ कुरेद रहा था। तभी उसे कुछ याद-सा आया। "ओहो, वो दूसरा साथी...तेरी लड़की होगी...है न?"

इसके बाद लड़का लगातार गाता रहा, "गे गे गे गे गे, हाय रे सायबाँ, ना माँगू बँगला बाड़ी, ना माँगू घोड़ा गाड़ी..." और कीड़े के साथ वाली लड़की कीड़े की खोज में लगा रहा, जो पता नहीं कहाँ छिप गयी थी।

लड़का अब उसी जगह की ओर जंगल में लौट रहा था, जहाँ उसने लड़की को छोड़ा था। उसे पूरा विश्वास था कि भले ही छतरियों ने लड़की को प्रभावित न किया हो, लेकिन यह कीड़ा अपने जादू में लड़की को बाँध लेगा। वह अपनी प्यास भूल जायेगी। उसका गला फिर से तर और ठण्डा हो जायेगा और तब वे दोनों देर तक जंगल में झाड़ियों के पीछे, किसी पेड़ की चितकबरी छाँह के भीतर साथ-साथ रहे आयेंगे।

और तब लड़का इत्मीनान से देखेगा। उनको देखेगा, जो छतरियों और इस सोनकीट से भी ज्यादा रहस्यमय और अद्‌भुत हैं। वे भी तो

छिपी हुई हैं। जैसे वे छतरियाँ दीमकों के बनाये मिट्टी के ढूह के भीतर के नम अँधेरे में छिपी होती हैं या जैसे ये सोनकीट पत्थरों और उपलों के नीचे के रहस्य में छिपे रहते हैं।

लेकिन वह अनुभव कितना विचित्र होता है, जब किसी टहनी से ढूह की मिट्टी धँसका दी जाती है और अचानक रंग-बिरंगी चित्तियों वाली, एक से बढ़कर एक सुन्दर, अजनबी और अबोध छतरियाँ अचानक बाहर झाँकने लगती हैं। वे बाक़ायदा निहारती हैं...चौंकी हुई आँखों में आँखें डालकर कुछ पूछती हुई।

और यह सोनकीड़ा? जब उपला या पत्थर खिसकता है, तो किस तरह कहीं और छिपने के लिए भागता है। छिपने के लिए कोई-न-कोई चीज़ ज़रूर चाहिए। इसीलिए तो यह इतना अपूर्व और सुन्दर है, लेकिन बेवकूफ भी उतना ही है। अपनी हथेली रखो, तो उसके भीतर वह अपने-आप आकर उसी तरह छिजाता है, जैसे वह किसी पत्थर या उपले की सुरक्षित शरण हो। वह इस वक़्त लड़के की मुट्ठी के भीतर पूरी निश्चिंतता से बैठा नींद मार रहा होगा। लड़के ने अपने मुट्ठी ज़रा-सी खोली। संध में से धूप जैसे ही अन्दर गयी, वह कीड़ा कसमसाया। उसने बेचैनी में अपने पंख ज़रा-से खोले और बस, धूप कई रंगों में बँट गयी। लड़के की मुट्ठी में, उसकी हथेली के भीतर अब सिर्फ़ असख्य चमकीले रंगों की रोशनी जल रही थी। ऐसी जगमगाहट, जो उसकी मुट्ठी में थी, संसार में सम्भव नहीं होती। धूप को उस सुनहले कीड़े ने सारे रंगों मे तोड़ दिया था और अपने पंख ज़रा-सा छितराकर उन्हें चमकीला बना दिया था।

"तुम बहुत सुन्दर हो...बहुत सुन्दर, बच्चू!" लड़के ने भरी हुई आवाज़ में कहा और अपनी मुट्ठी फिर बन्द कर ली। कीड़ा अन्धकार में फिर निश्चिंत हो गया।

लड़का तेज़ क़दमों से लौट रहा था। लगभग दौड़ता हुआ। उसे पूरा विश्वास था कि यह कीड़ा लड़की को जंगल में रोक लेगा। वह लड़की तक पहुँचेगा और जैसे ही लड़की उससे कहेगी, 'तुम कहाँ चले गये थे? मैं यहाँ डर रही थी...मुझे प्यास लगी है। मेरे को पानी पीना है...'

बस, वह लड़की का हाथ पकड़कर कहेगा, 'तुम अपनी मुट्ठी खोलो...' और फिर वह चुपके से लड़की की मुट्ठी में उस कीड़े को रख देगा।

इसके बाद वह लड़की को धूप में खींच लायेगा और कहेगा, "अब बस ज़रा-सा अपनी मुट्ठी ढीली करो...फिर देखो जादू..."

लड़की जैसे ही अपनी मुट्ठी ढीली करेगी और हथेली की संध में से जैसे ही धूप अन्दर जायेगी, ठीक उसी पल कीड़ा विचलित होकर अपने पंख छितरायेगा और लड़की की हथेली के भीतर धूप कई रंगों में बँटकर जलने लगेगी। एक छोटा-सा इन्दधनुष। हरा, नीला, पीला, बैंगनी, लाल, नारंगी...और सभी-के-सभी चमकीले। सोने की आभा में जगमगाते।

लड़की की मुट्ठियाँ रंगों में जब खो गयीं होगी और लड़की उस नन्हे से कीड़े के जादू में, तब वह उन्हें देखेगा। पूरे इत्मीनान और पूरी निकटता से। यह मौका उसे सोनकीट की बदौलत मिलेगा।

और फिर वह समीज़ को हटाएगा। वे जो अब तक छुपी हुई थीं, पहली बार बाहर निकलेंगी। चौंकी हुई, निर्दोष और अपनी पूरी मूर्खता के साथ उसे और चारों ओर की इस नयी दुनिया को देखती हुई।

और अगर उन्होंने इस सोने के कीड़े की तरह भागने की कोशिश की, तो वह अपनी हथेली वहाँ रख देगा। वे उसकी हथेली के अँधेरे में कुछ देर सिहरने के बाद चुपचाप छिप जायेंगी।

लड़का फ़ैंटेसी में था। लेकिन उसे अचानक लगने लगा, जैसे उसकी साँसें तेज़ हो गयी हों और दिल एक नयी लय में धड़कने लगा हो। उसे लगा, उसके शरीर में ख़ून तेज़ी से दौड़ने लगा है। ऐसा पहली बार हो रहा था। उसकी देह के भीतर एक ऐसी नयी प्रक्रिया शुरू हो चुकी थी, जिससे वह अब तक अपरिचित था। "गे गे गे गे गे...हाय रे..." उसने गाने की कोशिश की, लेकिन उसका गला बेसुरा हो चुका था और वह इतने में ही हाँफ गया।

लड़की वहाँ नहीं थी। लड़के ने आस-पास देखा। फिर दूर-दूर तक देखा। शाल की टहनियों में छाँह के लिए जंगली तोते अभी भी लड़ रहे थे। कुछ दूर कत्थई रंग का, झब्बेदार पूँछवाला पक्षी 'महोखा' अभी भी

झाड़ियों-झुरमुटों के भीतर नमी और अँधेरे की खोज में फुदक रहा था। दूर कहीं से घुग्घू के बोलने की आवाज़ आ रही थी, जिसे बीच-बीच में चील की सुनसान चीख़ चीर डालती थी।

लड़के ने उसे जंगल में खोजना शुरू कर दिया। कहाँ गयी होगी वह? उसकी मुट्ठी के भीतर वह सोने का कीड़ा था, जो सिर्फ़ उस लड़की के लिए था।

लड़की कहीं नहीं थी। लड़के ने जंगल का एक बड़ा-सा हिस्सा छान मारा था। वह हाँफ रहा था। और पहली बार उसे गर्मी और थकान लग रही थी। लू के झोंके उसका चेहरा झुलसा रहे थे। उसे .ख़ुद अपना गला प्यास से सूखता हुआ लगा।

लड़का जान गया। यहाँ से वह रेल की पटरियों की ओर गयी होगी और उसके किनारे-किनारे चलती हुई वह उस छोटे-से स्टेशन तक पहुँच जायेगी। वहाँ 'पीने का पानी' वाले नलके में वह पानी पी रही होगी। लड़का पटरी की ओर चलने लगा। लड़की प्लेटफ़ॉर्म से शहर की ओर चले, इससे पहले उसे वहाँ तक पहुँचना पड़ेगा। लड़की ने अगर पानी पी भी लिया होगा, तो वह उसे दुबारा इस कीड़े के जादू को दिखाने के लिए जंगल में वापस ले जायेगा। लड़की ने घर लौटने की ज़िद की, तो वह उसे अपनी गोद में उठाकर जबरन यहाँ ले आयेगा।

नोट : ठीक उसी बिन्दु से इस सुदूर स्मृति की पुनर्रचना में समकालीन लेखक का हस्तक्षेप होता है और आगे की कहानी यों बनती है :

पटरियाँ अभी दूर थीं। तभी लड़के को दायीं ओर झाड़ियों के पास कोई सफ़ेद-सी चीज़ दिखी। लड़का दौड़ने लगा। वे झाड़ियाँ एक बड़े से गड्ढे के कगार पर उगी हुई थीं। उन्हीं झाड़ियों में लड़की की सलवार अटकी हुई थी।

लड़के का दिल तेज़ी से धकड़ने लगा। उसने झाड़ी के पास जाकर नीचे की ओर देखा। लड़की वहाँ थी। नीचे। उस गड्ढे में जिसे किसी बरसाती जंगली धार ने बनाया होगा। वहाँ धूप नहीं थी।

लड़का कूदकर नीचे पहुँचा।

लड़की की समीज़ फटी हुई थी। शरीर में जगह-जगह ख़रोंचें और घाव थे। उसकी जांघें .ख़ून में सनी थी। लड़की का चेहरा नुचा हुआ था। होंठों के ऊपर पपड़ियों में भी .ख़ून और ख़रोंचें थीं।

लड़के ने सुना था, इस जंगल में रीछ होते हैं, जो महुआ बीनने आयी हुई लड़कियों को उठा ले जाते हैं और उनके कपड़े फाड़कर उन्हें चीर डालते हैं। लड़का पागल-सा हुआ जा रहा था। उसने क्यों उसे अकेले जंगल में छोड़ा? वह कभी इससे पहले यहाँ आयी भी नहीं थी।

उसने देखा, सूखी हुई राख की परत लड़की के पूरे चेहरे पर फैली हुई थी, जिसमें जगह-जगह पंजों और नाख़ूनों की ख़रोंचें थीं।

"वे तीन लोग थे...पानी देने के लिए यहाँ झाड़ियाँ तक ले आये..." लड़की काँपती हुई बोल रही थी। वह आवाज़ एक बहुत ठण्डे, निर्मम और क्रूर यातनाघर से आ रही थी।

लड़का रोने लगा था।

उसने अपनी मुट्ठियाँ खोल दीं। सोने का कीड़ा धूप पड़ते ही बेचैन हो गया और किसी अँधेरी शरण की खोज में पागलों-सा भटकने लगा। उसने अपने पंख छितराये, बस एक पल के लिए मई-जून की उस जलती हुई धूप में थोड़े से चमकीले रंग पैदा हुए। फिर सब कुछ बुझ गया।

कीड़ा धूप में झुलसकर नीचे गिर पड़ा था और काला पड़ता हुआ मर रहा था। उसका सारा जादू ख़त्म था।

नोट : और अगर समकालीन लेखक का हस्तक्षेप इस स्मृति की पुनर्रचना में न्यूनतम होता, तो कहानी निम्नलिखित दिशा में विकसित होती :

लड़का रेल की पटरियों के किनारे-किनारे उस दिशा की ओर दौड़ रहा था, जिधर वह छोटा-सा स्टेशन था, जहाँ 'पीने का पानी' का नलका लगा था और हैंडपम्प था। उसके पैर नंगे थे। पटरियों के नीचे बिछाई गयी पत्थर की नुकीली तिकोनी-चौकोर गिट्टियाँ और बोल्डर्स उसके तलवों में चुभ रहे थे। सम्भव था, वे कट भी गये हों और वहाँ से .ख़ून निकल रहा हो, लेकिन लड़का रुककर उन्हें देख नहीं रहा था। उसे उस प्लेटफ़ॉर्म तक पहुँचना था, जहाँ से लड़की पानी पीकर शहर, अपने घर चली जाने वाली थी।

धूप अब बहुत तेज़ हो चुकी थी। जल रही थी और उसमें इतनी कौंध पैदा हो गयी थी कि लड़के की आँखें बार-बार किसी गर्म अन्धेपन का शिकार हो जाती थीं। उसका कंठ सूख चुका था। जबड़ा खुल गया था और उसकी जीभी और तालू ही नहीं, दाँत तक सूख गये थे। उनमें लू के साथ उड़कर आने वाली रेत जमा हो गयी थी।

लेकिन लड़के की मुट्ठियों के भीतर के अन्धकार में सिर्फ़ उस लड़की के लिए रखा हुआ सोने का कीड़ा एक बिल्कुल सुरक्षित और निश्चिंत नींद मार रहा था। वह कीड़ा अपनी असहायता में डूबते हुए लड़के के भरोसे का आख़िरी तिनका था। एक बिल्कुल अन्तिम उम्मीद। लड़की सिर्फ़ इस नन्हे-से सोने के कीड़े के जादू में फँसकर ही वापस लड़के के संसार में लौट सकती थी। जहाँ छतरियाँ विफल हो गयी थीं, वहाँ इस कीड़े को जीतना था।

लड़के ने देखा, लड़की प्लेटफ़ॉर्म के नलके में पानी पी रही थी। लड़की ने उसे दूर से अपनी तरफ़ दौड़कर आते हुए देखा। वह शायद मुस्कुराई, फिर उसने अपनी गरदन नलके की धार के नीचे कर दी। पानी उसके सिर और कन्धों तक बहकर उसे ठण्डा और गीला करने लगा। लड़की अपनी उँगलियों से पानी अपने चेहरे पर उलीचती हुई जैसे किसी खेल में थी। मई-जून की उस जलती हुई दोपहर के बीचोबीच पानी के उस छपाछप ठण्डे खेल में लड़की मगन और विभोर थी। पानी की शीतलता के साथ-साथ एक सिहरता हुआ सुख उसकी देह और चेतना में फैलता जा रहा था।

लड़का उसके पास जब पहँचा, तो लड़की ने नलके की धार से अपना सिर ऊपर उठाया, उसका चेहरा पानी के बीच मुस्कुरा रहा था।

लड़के की आँखें विमूढ़ और जड़ हो गयीं। अद्‌भुत, अपूर्व, अबोध और बेतहाशा सुन्दर।

लड़के का पूरा शरीर थरथरा रहा था।

उसने लड़की का हाथ पकड़ लिया। ''ज़रा मुट्ठी खोलो। देखो एक चीज़...ऐसा तुमने कभी नहीं देखा होगा।'' लड़का उत्तेजना और सम्मोहन के बीच फँसी अपनी भर्रायी आवाज़ में कह रहा था।

लड़की ने असमंजस में अपनी हथेलियाँ फैलाईं। लड़के ने अपनी मुट्ठी उसकी दायीं हथेली पर रखी।

"अब मुट्ठी बन्द कर लो और आओ मेरे साथ धूप में।" लड़के ने लड़की को खींचते हुए कहा।

आकाश के आईने में आग लगी हुई थी। लपटें उठ रही थीं और वे दोनों उन लपटों के बीच नीचे ज़मीन पर खड़े थे।

लड़की की समझ में कुछ नहीं आ रहा था।

लड़के ने उसकी बाँह पकड़ ली। वह भीगी हुई और ठण्डी थी। यह अब आख़िरी पल था। वह क्षण, जिसमें लड़के का जीना-मरना क़ैद था।

"अपनी मुट्ठी खोलो..." लड़के ने कहा। वह काँप रहा था।

लड़की ने अपनी हथेली फैला दी। और अचानक धूप के आ गिरने से घबराये और डरे हुए कीड़े ने अपने पंख तेज़ी से फैला दिये। वह पागल हो गया था।

एक बहुत तेज़ चमक लड़की की हथेली पर पैदा हुई। लाल, नारंगी, नीला, पीला, हरा, बैंगनी...सभी रंग एक साथ चमकते हुए जलने लगे। यह उस कीड़े का सबसे ज़ोरदार करिश्मा था। .ख़ुद लड़के ने इससे पहले इस तरह चमत्कार से भरी रंगों की ऐसी तेज़ जगमगाहट नहीं देखी थी। उसने अपने होंठ भींच लिए।

और तभी लड़की की चीख़ उसे भीतर तक हिला गयी। लड़की का चेहरा भय से सफ़ेद हो गया था। उसने ज़ोरों से अपनी हथेलियाँ झटकनी शुरू कर दीं। सोने का वह नन्हा-सा कीड़ा उछला और आग में झुलसने लगा। फिर एक बहुत धीमी 'पट' की आवाज़ के साथ नीचे प्लेटफ़ॉर्म के तपते हुए सीमेंट के फ़र्श पर गिर गया।

लड़की शहर की ओर दौड़ती हुई जा रही थी। लड़के के अन्दर इतनी ताक़त नहीं बची थी कि वह उसे पुकार सके।

लड़के ने झुककर सोने के उस नन्हे से कीड़े को सीमेंट के फ़र्श से उठाया। वह काला पड़ चुका था और अकड़ गया था। किसी बेजान कंकड़ की तरह। उसमें अब कोई जादू नहीं बचा था।

छप्पन तोले का करधन

रात घर में अँधेरा बहुत होता था। दूसरे घरों से कहीं बहुत ज़्यादा और गाढ़ा। दीवारें पूरी तरह उसमें डूब जातीं। हवा बहुत भारी और घनत्व वाली हो जाती, जिसमें कई तरह की गन्ध घुली होती। कई बार मुझे लगता, उसमें केवड़े की गन्ध है, जबकि आसपास कहीं भी, पूरे गाँव में केवड़ा नहीं था। कभी उसमें हमारे गाँव के बाहर के मछलियों से भरे तालाब की पानी की गन्ध होती। मछलियों के पसीने से हमारे फेफड़े भर जाते, साँसें भारी हो जातीं और हम हर जगह नमी महसूस करते।

और ऐसा भी कभी-कभी होता कि हवा में किसी सड़ती हुई चीज़ की बू एक बारीक और महीन पर्त की तरह सारे घर में व्याप जाती। इस बू के फैलते ही यहाँ से वहाँ तक एक अदृश्य डर की परछाईं भी पसर जाती। अम्माँ कहतीं, "लगता है कहीं कोई चूहा मर गया है।" उनकी आवाज़ में अनिश्चय और भय एक साथ होते। फिर वे धीरे से अपने आपको आश्वस्त करती हुई कहतीं, "मुन्ना, जाकर अँधियारी कोठरी में देखना तो दादी क्या कर रही हैं।"

मैं जान जाता कि अम्माँ के भीतर उस सड़ती हुई बू के साथ छाया हुआ डर बैठ गया है और उन्हें दादी के बारे में आशंका हो रही है। हम सब दादी को अक्सर भूल जाते थे और कभी-कभी तो महीनों उन्हें नहीं देखते थे। न वे हमारी आँखों के सामने कहीं होतीं, न हमारी स्मृति में उनका कोई अस्तित्व रहता।

जिस कोठरी में दादी शीशम की एक पुरानी खाट पर सोती रहती थीं, उस कोठरी का नाम 'अँधियारी कोठरी' रख दिया गया था। वह

एक बहुत छोटा, सँकरा और ज़मीन में धँसा हुआ अँधेरा कमरा था, जिसमें एक भी खिड़की नहीं थी। सिर्फ़ एक छोटा-सा दरवाज़ा था, जिसकी चौखट इतनी नीची थी कि लगभग बैठकर उस दरवाज़े से कमरे में उतरना पड़ता था। कमरे का फ़र्श ज़मीन की सतह से कम-से-कम डेढ़ बित्ता नीचे था। वहाँ हमेशा अँधेरा होता था, दिन में भी। दादी कई दिनों बाद या कभी-कभी कई महीनों बाद उस कमरे से बाहर निकलती थीं। वे शायद कमरे में ही किसी कोने में पेशाब करती थीं, क्योंकि अँधियारी कोठरी की बन्द गाढ़ी हवा में अमोनिया की तीखी गन्ध मौजूद होती। दादी के शरीर से भी ऐसी ही गन्ध आती थी।

मुझे पूरा यक़ीन था कि दादी कमरे के अँधेरे में सारी चीज़ें साफ़-साफ़ देख लेती हैं। एक-दो बार जब अम्माँ ने सड़ती हुई बू से डरकर मुझे दादी को देखने भेजा था और जब मैंने अँधियारी कोठरी में अन्दर झाँककर देखा तो वहाँ अँधेरे में, जिधर दादी की खाट थी, उधर दो जलती हुई कंजी आँखें दिखी थीं। अँधेरे में बिल्ली की आँखें भी इसी तरह जलती हैं। मैं जब पुकारता, "दादी, ओ दादी!" तो घर्राती हुई 'हूँ' की आवाज़ उन्हीं आँखों में से आती। मैं फौरन अँधेरे में दौड़ता हुआ लौटता और ज़ोर से कहता, "अम्माँ, दादी तो ज़िन्दा हैं," तो अम्माँ ज़ोरों से डाँटतीं। अगर मैं यह कहता कि 'अम्माँ, दादी तो नहीं सड़ रहीं, यह बदबू किसी और मरी हुई चीज़ की है।' शायद तब भी अम्माँ डाँटतीं। इसलिए पिछले कुछ दिनों से, जब भी घर में रात वाली बू फैलती और अम्माँ डरकर मुझे अँधियारी कोठरी में भेजतीं, मैं झाँककर दौड़ता हुआ आता और गाता हुआ बताता, "दादी बोलीं—हूँ!"

लेकिन रात में बिल्ली से मुझे बहुत डर लगता था। ख़ासतौर से उस काली बिल्ली से जो सिर्फ़ रात में ही आती, छप्पर से उतरती, पूरे घर में घूमती और कभी-कभी हमारी खाट के नीचे बैठ जाती। उसकी आँखें भी कंजी और जलती हुई थीं। उनके भीतर से एक मद्धिम मैली-पीली रोशनी निकलती रहती थी। जितना ही गाढ़ा अँधेरा होता, उतनी ही साफ़ व चमकती आँखें होतीं। बिल्ली रात में विलाप करती

और तब मुझे महसूस होने लगता कि वह बिल्ली और कोई नहीं, दादी ही हैं। शायद यही रूप धरकर वह सारे घर की टोह लेती थीं। हमारे गाँव की औरतें ऐसे कई क़िस्से सुनातीं, जिनमें होता कि कुछ औरतें जादू-टोना सिद्ध करके किसी भी चीज़ में अपने आपको बदल लेती हैं। ऐसी जादुई औरतों को टोनही कहा जाता और बिल्ली उनका सबसे पसन्द रूप होती थी, क्योंकि बिल्ली अँधेरे में भी देख सकती थी।

लेकिन उन दिनों दादी ही नहीं, हर औरत मेरे लिए आश्चर्यजनक होती। मैं लगातार शक करता। इस फ़िराक़ में रहता कि जब वह औरत किसी और चीज़ में बदल रही हो, तब मैं उस घटना को देख लूँ। लेकिन ऐसा कभी नहीं हो पाया। दादी भी कब बिल्ली में बदलतीं, मैं जान न पाता।

चाची, जिनके बारे में कहा जाता था कि उनके दिल की जगह पर लकड़ी का चौकोर टुकड़ा लगा है, जिसे उन्होंने चाचा के भाग जाने और अपने बच्चे न होने पर लगवा रखा है, बहुत क्रूर थीं। वे गालियाँ भी दे लेती थीं। उन्होंने एक बार बतलाया था कि कई साल पहले, जब दादी जवान थीं और बहुत सुन्दर थीं, उनका मेल-जोल गाँव की नाइन के साथ हो गया था। नाइन टोना जानती थी और उससे थोड़ा-बहुत दादी ने भी सीख लिया था। लेकिन किसी-किसी पर टोना उलट भी जाता है। दादी के साथ यही हुआ था। उनकी सुन्दर देह, धूप में निकलते ही जिस पर फफोले पड़ जाते थे और जिससे गर्मियों की रात में बेले की गन्ध फूटती थी, वह शरीर टोना उलट जाने से ताँबई और फिर कत्थई हो गया था। उसके एक के बाद एक तेरह बच्चे हुए थे, जिनमें से सिर्फ़ पिताजी, जसीडीह वाली बुआ और चाचा ज़िन्दा बचे थे। चाची बतलाती थीं कि दादी का अधूरा टोना ही उनके बच्चों को खा जाता था। वह दादी के टोने का ही असर था कि पिताजी और चाचा कभी घर में नहीं टिक पाते थे।

हमारा घर एक कमज़ोर, बीमार और धीरे-धीरे ख़त्म होता हुआ घर था। छप्पर की हर लकड़ी में, हर मयार, बीम और बड़ेरी में घुन लगे थे, जो दिन भर सफ़ेद बुरादा नीचे गिराते थे। दिन-भर में हर चीज़ पर,

हर जगह बुरादा जम जाता। शाम को अम्माँ झाड़ू लगातीं तो आँगन में कोने में बुरादे, गर्द और ईंट के चूरे का ढेर इकट्ठा हो जाता।

अम्माँ इस बात को जानती थीं कि घर की दीवारें भीतर-भीतर खोखली हो चुकी हैं और वहाँ पर एक दूसरा ही जीवन और संसार चल रहा है। यह संसार चूहों, कई रंगों के विचित्र कीड़ों और ऐसे अदृश्य प्राणियों का संसार था, जिन्हें हम कभी नहीं देख पाते थे। वहाँ का अपना अलग ही नियम रहा होगा। हमारा बाहर का संसार, उस दूसरे संसार के लिए खाद और हवा की तरह था। हम सब घर के ख़त्म होने के बारे में जानते थे। यह कभी भी अचानक चुक सकता था। रात में, जब हर जगह बिल्कुल सन्नाटा होता और मछलियों के पसीने के बीसर गन्ध से भरी भारी हवा में घर डूब जाता, तो दीवार के भीतर के संसार की कुछ विचित्र और बारीक आवाज़ सुनायी देने लगती। लगता वहाँ किसी और ही अपरिचित और अज्ञात भाषा में कोई धीरे-धीरे फुसफुसाकर बात कर रहा है। ये बातें हमारे अपने संसार की नियति और मृत्यु के बारे में होतीं। कई चीज़ों के टूटने और बनाये जाने की खटपट सुनायी देती। वहाँ कुछ नया रचा और गढ़ा जा रहा था। कभी लगता कि घर की सारी दीवालों के खोखल में, यहाँ से लेकर वहाँ तक, एक बहुत बड़ा अजगर सोया हुआ है, जिसकी तपती हुई भाप से भरी साँस हमारी साँसों और सपनों तक पहुँच रही है।

मैं बिल्ली, दादी और टोने से ही नहीं, घर की दीवारों से भी डरता था। मुझे विश्वास था कि अगर कान लगाकर मैं दीवार के साथ खड़ा हो जाऊँ तो उस दूसरे संसार का बहुत सारा भेद मेरे सामने खुल जायेगा, लेकिन ऐसा सोचते ही मेरा दिल ज़ारों से धड़कने लगता। मैं उस विचित्र, अज्ञात और अदृश्य भाषा को सुन सकने का साहस ही अपने भीतर पैदा न कर पाता, जो दूसरे संसार की भाषा थी। मुझे लगता कि अगर उस भाषा का कोई शब्द मैंने सुन लिया और अगर मैं उसका अर्थ समझ गया तो मैं ज़िन्दा बिल्कुल नहीं बचूँगा।

लेकिन दादी के बारे में मेरा अनुमान था कि वे न सिर्फ़ उस भाषा को जानती हैं, बल्कि उस संसार की बहुत-सी घटनाएँ उन्हीं के

इशारे पर हो रही हैं। हमारे घर को विनाश की ओर ले जाने वाली हर विपदा और दुर्घटना के अदृश्य धागों का हर छोर उनकी उँगलियों में बँधा है। अपनी अँधियारी कोठरी में महीनों तक दिन-रात आख़िर वे क्या करती रहती हैं? दादी हमारे घर की शत्रु थीं। यह उन्हें भी पता था, हमें तो खैर था ही। वे यह भी जानती थीं कि रामे (मेरे पिता) के अलावा उनकी बात कोई और नहीं समझ पाता था। वे अस्सी साल की हो चुकी थीं और अपने साथ-साथ हमारे घर को भी ख़त्म कर डालने के किसी खेल या जादू में संलग्न थीं। उस जादू के असर से हमारा घर भी अस्सी साल का हो चुका था और हम सब महसूस करते कि हमारे फेफड़े और हड्डियाँ अस्सी साल पुरानी हैं। हम नष्ट होने से बचना चाहते थे।

दादी दिन-भर में सिर्फ़ एक बार खाना खाती थीं। जस्ते का एक बहुत पुराना, तुचका-पुचका भगौना था, उसी में दाल-भात, चटनी, सूखी मिर्च डाल दी जाती और अम्माँ उसे अँधियारी कोठरी की ड्योढ़ी पर रख आती थीं। कई-कई बार तो कई दिनों तक हर रोज़ भगौना ज्यों-का-त्यों भरा हुआ लौट आता, फिर उस खाने को कोई नहीं खाता था। कई बार लोग दादी के बारे में बिल्कुल भूल जाते। उनकी कहीं चर्चा न होती। ऐसा महीनों होता। फिर किसी दिन हम देखते कि आँगन के कोने में जहाँ अम्माँ घर-भर के कूड़े का ढेर इकट्ठा करती थीं, दादी उसी ढेर के ऊपर सफ़ेद मैली धोती में, अपनी हथेलियों में अपना माथा थामे बैठी हुई हैं। चाची उन्हें देखते ही कहतीं, "निकली है आज बुढ़िया फिर से! घर में ज़रूर कोई-न-कोई बीमार पड़ेगा।"

दादी के बाहर निकलते ही पूरे घर में एक अजीब-सी तेज़ी और हलचल पैदा हो जाती। चाची लगातार बड़बड़ातीं। बुआ दादी की बगल से धम-धम पैर पटकती हुई निकलतीं। अम्माँ सारे घर में झाड़ू लगाने लगतीं और पुराने चिथड़े, टूटी-फूटी चीज़ें बाहर आँगन में फेंकने लगतीं। हर कोई दादी को न देखने का अभिनय करता। लेकिन मैं अच्छी तरह से जानता था कि पूरा घर दादी के बाहर निकलने के कारण ही पानी भरे कटोरे की तरह भीतर से हिल उठा है। दादी के कारण ही हर कोई

व्यस्त बन गया है। बुआ, चाची और अम्माँ की आवाज़ें तेज़ हो उठी हैं। मैं जानता था कि यह सब कुछ गति नहीं है, बल्कि दादी के प्रति सबकी शत्रुता और घृणा का ही बदला रूप है। दादी के बाहर निकलते ही पूरा घर किसी नाव की तरह डगमगाने लगता और दादी के ख़िलाफ़ किसी सेना की तरह संगठित हो उठता।

दादी उसी कूड़े के ढेर पर बोरी बिछाकर बैठी रहतीं। कभी-कभी कोई थैली सिलती हुई दिखतीं। एक बार मैंने देखा था कि मुझे अपनी ओर ताक़ते हुए पाकर दादी के चेहरे की सारी झुर्रियाँ अचानक सिमटकर एक बहुत ही लाचार हँसी में बदल गयी थीं। उन्होंने इशारे से मुझे बुलाया था। यह बाहर के संसार के प्रति दादी की पहली और अकेली प्रतिक्रिया थी। शायद वे सुई में धागा नहीं डाल पा रही थीं, इसलिए। लेकिन मैं उनके पास नहीं गया, क्योंकि मुझे डर था कि दादी कहीं मेरे शरीर में चुपके से अपना टोने वाला बाल न चिपका दें। चाची ने एक बार बतलाया था कि टोने वाली औरतें कभी-कभी बच्चों के शरीर पर अपना एक बाल चिपका देती हैं। फिर बाद में उस बाल को टोने से वापस बुलाकर जब वे उसे दूध भरे कटोरे में डालती हैं तो पूरा दूध ख़ून हो जाता है। यह सारा ख़ून उसी बच्चे का होता है, जिसे टोने वाला बाल सोखकर अपने साथ ले आता है। मैं इसलिए डरा। कहीं मेरे साथ भी ऐसा हुआ तो मेरा शरीर काग़ज़ जैसा सफ़ेद हो जायेगा।

दादी किसी बूढ़े गिद्ध की तरह दिखायी देतीं, जिसके सिर और गरदन के सारे रोएँ झड़ जाते हैं और एक पतली, बीमार, झुर्रियों भरी गरदन और नंगी खोपड़ी वहाँ बचती है। इस खोपड़ी के भीतर का दिमाग़ अपने अन्तिम समय की सारी आवाज़ों को धीरे-धीरे सुनता रहता है। मुझे दादी पर दया भी आती, लेकिन वे हमारी शत्रु थीं, क्योंकि उनके पास एक छप्पन तोले का सोने का करधन था, जिसे उन्होंने घर में कहीं फ़र्श में, दीवार में या पिछवाड़े के कुएँ के पास या फिर आस-पास के किसी पेड़ के नीचे गाड़कर छुपा दिया था।

रात में जब घर का सारा काम निबट जाता तो लालटेन के पास चाची, बुआ और अम्माँ बैठ जातीं। घर में वही अकेली लालटेन थी।

अम्माँ सबके खा चुकने के बाद बरतन वग़ैरह धोने के काम से निबटकर खाती थीं। अपना खाना लेकर वह लालटेन के पास बैठ जातीं। रोटी के हर कौर को वह देर तक देखतीं, फिर उसमें से हर बार कोई-न-कोई चीज़ खोजकर बाहर गिरातीं और देर तक उसे धीरे-धीरे चबाती रहतीं। उनका बोलना इस बीच जारी रहता। बुआ की शादी उड़ीसा के पास जसीडीह में हुई थी और एक साल में ही फूफा की मौत के बाद वे वापस हमारे घर लौट आयी थीं। तब से, दस साल से वे इसी घर में थीं। वे हर बात को आश्चर्य के साथ बोलती थीं, इसीलिए उनकी आँखें हमेशा फटी हुई रहतीं। उन्हें देखकर लगता कि सारा संसार उनके लिए आश्चर्यजनक है, हर चीज़ गोपनीय है।

चाची का कद बहुत छोटा और शरीर बहुत दुबला था। उनकी उम्र पचास के आसपास थी और अभी तक उनकी कोख खाली थी। उन्होंने अपने दिल की जगह पर लकड़ी का चौकोर टुकड़ा लगवा रखा था, इसलिए वे क्रूर थीं। उन्होंने एक बार मेरी बाँह पर गर्म करछुल दाग़ दी थी, जिस पर अम्माँ के साथ उनकी ख़ूब लड़ाई हुई थी। शायद उसी दिन अम्माँ ने चौकोर टुकड़े वाली बात मुझे बतलायी थी।

लालटेन की मटैली-धुँधली रोशनी पूरे घर के अँधेरे को देखते हुए बहुत कम होती थी। रात में घर की बहुत सारी चीज़ें भारी हवा, रहस्यपूर्ण गन्धों और विचित्र ध्वनियों में डूब जातीं। दीवारों के खोखल का संसार जीवित होता और वहाँ की अदृश्य हलचलों की आहट हम तक पहुँचती। हम सब लालटेन के पास सिमटे बैठे रहते। वे बातें जो अम्माँ, बुआ और चाची के बीच होतीं, अन्तहीन थीं और किसी बहुत बड़ी कहानी के संवाद की तरह लगतीं। मैं चुपचाप उन्हें सुनता रहता और सोचता कि बड़ा होने पर मैं इस घर पर ज़रूर कहानी लिखूँगा।

अम्माँ के मुँह में कौर भरा होता, चेहरा लालटेन की धुँधली रोशनी में बहुत पुराना, जर्जर और बीमार लगता और वे कहतीं, "अगर माँ जी (दादी) करधन दे दें तो यह घर अब भी बच सकता है।" चाची कहतीं, "मेरी बात गाँठ बाँध लो, बुढ़िया जब मरेगी तो उसकी आँत से करधन निकलेगा। जीते-जी वह बताने से रही।" अम्माँ का चेहरा

काला पड़ जाता, "भगवान किसी को ऐसी माया का रोग न दे कि वह किसी का न रह जाये।" बुआ अक्सर चुप रहतीं। मुझे ताज्जुब होता कि दादी उनकी माँ थीं। लगता कि दादी सबको भूल चुकी थीं—बुआ, रामे और चाचा को भी। यह पूरा संसार उनके लिए अपरिचित और अज्ञात था। अब शायद उन्हें सिर्फ़ दीवार के भीतर वाले संसार की जादुई भाषा भर आती थी। हमारी भाषा वे भूल गयी थीं, इसीलिए कोई उनकी बात नहीं समझ पाता था।

सिर्फ़ पिताजी ऐसे थे कि जब वे तीन-चार महीनों बाद कलकत्ते से लौटकर आते तो हर बार पहले दिन एक-दो घण्टे दादी की अँधियारी कोठरी में ज़रूर बैठते। वे दादी से बातें करते। दादी उनकी माँ थीं। उन्होंने ही पिताजी को जन्म दिया था।

वह छप्पन तोले का करधन दादाजी लेकर आये थे। दादाजी हमारे घर की कहानी के नायक थे। उन्होंने सारे संसार की यात्रा की थी और बड़े-बड़े कारनामे किये थे। मुझे लगता कि पूरी दुनिया उनके बारे में जानती होगी। उनकी एक धुँधली-सी तस्वीर अम्माँ की कोठरी में लटकी हुई थी। वह अकेली तस्वीर थी, जो नमी और समय के असर से काँच के साथ चिपककर धीरे-धीरे गल रही थी। दादाजी के सिर पर मराठी पगड़ी थी, जाँघों में बन्दूक टिकी हुई थी और बड़ी-बड़ी मूँछें थीं।

लालटेन की रोशनी में जब भी सोने के करधन का ज़िक्र होता, दादाजी की भी कहानी शुरू हो जाती। अम्माँ बतातीं कि दादा को चिड़िया पालने का बड़ा शौक था। गाँव के तालाब की हर बत्तख से उनकी पहचान थी और दादा हर बत्तख को उसके अलग नाम से बुलाते थे। कई को वे अपने साथ अपने घर ले आते। फिर तो सारे घर में बत्तखें-ही-बत्तखें होतीं। हर जगह। बड़ी आफ़त होती। दादा को पता रहता था कि जंगल के किस पेड़ की किस डाल पर कौन-सी चिड़िया के बच्चे कितने बड़े हो गये हैं। वे सिर्फ़ बत्तखों से ही नहीं, कौओं और बैलों से भी बातचीत कर सकते थे। वे कई बार चींटियों से पूछकर बिल्कुल सही-सही बता देते कि पानी बरसेगा या नहीं।

गाँव के उसी तालाब में, जिसमें दादा की सारी बत्तखें, पनडुब्बियाँ, चाहे, मटावर, टिटहरी, बगुले और जाने कौन-कौन-सी चिड़ियाँ रहती थीं, अंग्रेज़ अफ़सर अपनी गोरी मेम के साथ आकर बारह बोर के छर्रे से बत्तखों को मारकर ले जाता था। दादा कभी-कभी उदास होकर तालाब से लौटते और बुदबुदाते, "आज गोरे ने मोहन, सावंत और दूजी को मार डाला।"

अम्माँ बताती हैं कि एक शाम दादा आँगन में खाट पर लेटे हुए चुपचाप आकाश में अभी-अभी उभरते हरनगरा, ध्रुव और शुकवा तारों को देख रहे थे कि अचानक शाम का नारंगी-नीला आसमान चिड़ियों से भर गया। सारे संसार की चिड़ियाँ वहाँ आकाश में पागल होकर चीख रही थीं। दादा के पैर पर एक जलमुर्ग़ाबी गिरी। वह ख़ून से तर थी, सारे शरीर में छर्रे थे और गरदन आधी कट चुकी थी। दादा ने अपनी बन्दूक की नाल साफ़ की, उसमें कारतूस भरे, सिर पर पगड़ी रखी और तालाब की तरफ़ चले गये।

इसके बाद कहते हैं, दादा ने तालाब की दूसरी मेंड़ पर खड़े होकर अंग्रेज़ अफ़सर से कहा कि इस तालाब में चिड़ियाँ मारना जुर्म है। सारी चिड़ियाँ मेरी घरेलू और पालतू हैं और तुम आज के बाद से शिकार खेलने के लिए इस तालाब पर मत आना। उस दिन अंग्रेज़ अफ़सर अकेला था, इसलिए वह चुपचाप अपनी मेम के साथ चला गया। लेकिन दूसरे दिन दादा के सारे खेत कुर्क कर लिए गये, जानवर हाँक ले जाये गये और हमारे गाँव को बागी गाँव घोषित कर दिया गया।

जब अंग्रेज़ अफ़सर हर रोज़ शाम को आता, तालाब में बारह बोर के छर्रों से चिड़ियों को मारता। दादा आँगन की खाट में लेटकर चुपचाप देखते कि आकाश चिड़ियों से भर गया है, लहूलुहान मुर्ग़ाबियाँ, घायल बत्तखें, चीखती हुई टिहरियाँ और डरे हुए बगुले। अम्माँ बतातीं कि जिस रोज़ उस अंग्रेज़ अफ़सर ने गुस्से में पागल होकर धाँय-धाँय तालाब की बत्तखों पर बन्दूक दागी थी, वह वही दिन था जब पंजाब के जलियाँवाला बाग में गोली चली थी।

एक दिन दादा ने फिर अपनी बन्दूक साफ़ की और तालाब की दूसरी मेंड़ पर लगे आम के पेड़ की डाल पर पत्तों के पीछे बैठ गये।

अंग्रेज़ अफ़सर अपनी मेम और कारिन्दों के साथ आया था। वह सामने की मेंड़ पर आम की डाल पर बने मचान पर बैठा था। दादा ने चिल्लाकर दूसरी मेंड़ से आवाज़ दी, "आज से सब बन्द लाट साहेब, मैं तालाब का मालिक और चिड़ियों का मालिक, तुम्हें हुक्म देता हूँ..." लेकिन दादा तो आम के पेड़ में छिपे हुए थे। न उन्हें अंग्रेज़ अफ़सर देख पाया न उसके कारिन्दे। सबने समझा उनके भीतर का डर बोल रहा है। अंग्रेज़ को गुस्सा भी आया। अंग्रेज़ उस वक़्त सारे हिन्दुस्तान के राजा थे और यहाँ एक बत्तख मारने पर दादा की आवाज़ ख़िलाफ़त में उठ रही थी।

अंग्रेज़ अफ़सर ने मचान से जल मुर्ग़ाबियों के झुण्ड पर निशाना लगाया—धाँय, बन्दूक चली और कारिन्दों ने देखा कि पूरा आसमान चीखती हुई चिड़ियों से भर गया। लेकिन तभी उन्होंने देखा कि इस बार ऊपर से मरी हुई मुर्ग़ाबियाँ नहीं गिरीं, गिरी अंग्रेज़ अफ़सर की लाश।

दरअसल दो बन्दूकों के घोड़े एक साथ दबे थे। दादा परली वाली मेंड़ के नीचे उतरे, अपनी बन्दूक की नाल का धुआँ साफ़ किया, चिड़ियों की ओर देखकर मुस्कुराए, फिर हाथ हिलाया और फ़रार हो गये। अम्माँ बतलाती हैं कि फिर पच्चीस साल तक दादा का कहीं पता ही नहीं चला। कोई कहता वे साधु हो गये हैं, कोई कहता डाकू। ज़मीन सारी कुर्क हो गयी थी। खाने के लाले पड़ गये थे। दादी घर में अकेली तीनों बच्चों यानी पिताजी, चाचा और बुआ को पालती रहीं। उस ज़माने में दादा के बारे में हज़ारों क़िस्से घर-घर चलते कि दादा जर्मनी गये, फिर रूस गये। समुद्र में तैरकर अंग्रेज़ों के जहाज़ के पेंदे में छेद कर दिया। ट्रेन में डकैती डाली। कोई कहता कि मुठभेड़ में उन्हें मार डाला गया, फाँसी दे दी गयी, कैंसर से मर गये।

लेकिन दादा पच्चीसवें साल, बृहस्पतिवार की शाम, कार्तिक के महीने में, दीपावली के ठीक एक दिन पहले लौट आये। वे बिल्कुल बूढ़े और दुबले हो गये थे। चेहरे पर सफ़ेद दाढ़ी थी, सिर गंजा हो गया था। और कहते हैं, दीपावली की रात उन्होंने दादी को छप्पन तोले का सोने का करधन दिया था।

उसी साल आज़ादी मिली थी, उसी साल दादा लौटे थे, लेकिन उसी साल वे बीमार हो गये थे। कहते हैं, दादा जब मज़बूत थे तो एक बार वे चलती हुई रेल के इंजन को रोककर उसे ठेलते हुए डेढ़ मील तक पीछे ले गये थे, लेकिन आज़ादी के बाद उनसे अपना टट्टी वाला लोटा भी नहीं उठता था। उन्हें दमा था और वे हाँफते रहते थे। तब तक पिताजी, चाचा और बुआ ख़ूब बड़े हो गये थे। बुआ कहती हैं कि जिस साल से आज़ादी मिली, उस साल से वे सारे लोग बीमार हो-होकर मरने लगे थे, जिन्होंने अंग्रेज़ों से लड़ाई लड़ी थी। दादा भी उसी साल मर गये। आख़िरी दिनों में उनके मुँह पर ढेर सारी मक्खियाँ बैठी रहती थीं और दादा का बूढ़ा चेहरा गुड़ के ढेले की तरह चिपचिपाता रहता था। दादा भी बूढ़े गिद्ध की तरह लगते थे और वे चिड़ियों की भाषा भूल गये थे। जिस दिन वे घर लौटे थे, उसी दिन वे तालाब गये थे, लेकिन वहाँ किसी भी बत्तख ने उनको नहीं पहचाना था। सारी पुरानी बत्तखें ख़त्म हो चुकी थीं और उनकी नयी पीढ़ी के लिए दादा बिल्कुल अजनबी थे। वे भीतर से टूट गये थे। 'सब बदल गया'—सिर्फ़ उन्होंने इतना कहा था। उनका टट्टी वाला पीतल का लोटा अब भी हमारे घर की अटारी में था, जिसे मैं नहीं उठा पाता था।

अम्माँ, बुआ, चाची सबके चेहरे लालटेन की पीली बीमार रोशनी में दीमक लगी किसी पुरानी किताब के पन्नों में बने धुँधले चित्रों की तरह लगते। मछलियों के पसीने से भरी बीसर हवा में उनकी आवाज़ें कुछ देर तक तैरतीं, फिर भीगकर कहीं गिर जातीं। हम सब जानते थे कि हमारा घर अब धीरे-धीरे धूल में बदल रहा है। अम्माँ भी धूल हो रही हैं। पिताजी साल में दो-तीन बार ही आ पाते। वे कलकत्ता में किसी मारवाड़ी सेठ के कपड़े की दुकान पर मुनीमी का काम करते थे। चाचा पहले आते थे, लेकिन पिछले चार सालों से नहीं आये थे। कभी-कभी उनका पचास रुपये का मनीऑर्डर आ जाता था।

बुआ और अम्माँ एक दिन आपस में बात कर रही थीं कि चाचा ने गोहाटी में किसी असमिया कुंजड़िन को रख लिया है। वह बड़ी ख़ूबसूरत है और टोना जानती है। चाचा जब भी कभी घर लौटने की बात सोचते

हैं, वह उन्हें बैल बनाकर खूँटे से बाँध देती है। बुआ कहतीं कि अगर चाची ने बच्चे पैदा किये होते तो चाचा ज़रूर घर आया करते। आख़िर पिताजी आते हैं। पिताजी एक बार मुझे अपने साथ कलकत्ता ले जाने की बात कह रहे थे, लेकिन वहाँ उनके पास जगह ही नहीं थी। सेठ की दुकान में ही पिछले बारह साल से सोते थे।

पिताजी ने भी दादी से एक बार छप्पन तोले के करधन के बारे में पूछा था तो दादी बहुत देर तक चुप रही थीं। फिर उन्होंने कहा था, "रामे, जब तेरे पिता फिरंगी को मारकर फ़रार हुए थे, तब मेरे पास दस तोला सोना था। मैंने अपने तीनों छौनों को किस-किस तरह से पाला-पोसा, तुम दोनों भाइयों को पढ़ाया। चार तोला सोना बचा था, जिसे मैंने दोनों बहुओं में बराबर-बराबर बाँटा। और तिस पर भी तुम सबने मिलकर मेरे साथ जो किया है बेटा, उसे भगवान ही नहीं, सारा गाँव देख रहा होगा।" दादी रोने लगी थीं, फिर कहा था, "अभी तो बेटा, बहू दाल-भात ड्योढ़ी पर रख जाती है, करधन मैंने दे दिया तो फिर कौन-सी आस रह जायेगी? करधन हो कि न हो, वह मेरे लिए और तुम सबकी आस के लिए ज़रूरी है बेटा।"

चाचा और पिताजी ने तमाम घर छान मारा था। ज्योतिषी से गुप्त धन के बारे में पंचांग दिखाकर कई जगह ख़ुदाई की थी, कटोरा चलवाया था, लेकिन दादी ने करधन पता नहीं कहाँ छुपा रखा था। एक बार अम्माँ ने सपना देखा कि करधन आँगन में तुलसी के चबूतरे के भीतर, ईंटों के बीच, एक काँसे की हंडी में रखा है और तीन सफ़ेद साँप उस पर पहरा दे रहे हैं। तुलसी का चबूतरा तोड़ा गया। एक बार तीजे के दिन दादी को खाट समेत आँगन में लाकर डाल दिया गया। बुआ ने सरसों के तेल की मालिश की। दादी की कंघी करके उनका जूड़ा बाँधा गया। हलवा, खीर, आलू-गोभी की सब्ज़ी और पूरी बना-बनाकर अम्माँ उन्हें खिलाती रहीं। उन्हें पंखा झला गया। बुआ, चाची और अम्माँ बातों के दाँव-पेंच लगाकर दादी से भेद पाने के लिए जूझती रहीं। उधर इसी बीच अँधियारी कोठरी के फ़र्श को पिताजी सब्बल से जगह-जगह खोदते रहे, लेकिन करधन कहीं नहीं मिला।

एक बार दादी को गर्मी लग गयी थी। वे कई दिनों तक अँधियारी कोठरी के बाहर नहीं निकलीं। बस, कराहती रहती थीं। चाची के दिल की जगह पर तो लकड़ी का चौकोर टुकड़ा था, उन्होंने कहा, "यही वक़्त है। अभी बुढ़िया बता दे तो बता दे, वरना पता नहीं कब ये साँस छोड़कर चल बसे।" कहते हैं, चाची ने दादी को बीमारी में भी बहुत डराया-धमकाया। छुरा चमकाती रहीं, दादी का गला दबाया और नाक और मुँह बन्द करके उनकी साँस भी देर तक रोकी। साँस रुकने से दादी का शरीर गुब्बारे की तरह फूल गया, लेकिन उन्होंने तब भी नहीं बताया कि करधन कहाँ है। एक बार एक महीने तक दादी को अन्न का एक दाना भी नहीं दिया गया। अम्माँ, चाची और बुआ अँधियारी कोठरी की चौखट के पास खड़ी होकर दादी को सुनाकर कहतीं कि अब तो घर की ईंट बेचने तक की नौबत आ गयी है, किसी के पेट में दाना नहीं है, रामे ने पैसा देना बन्द कर दिया है। कोई सोना लेकर स्वर्ग नहीं जा सकता। रास्ते में ही यमदूत छीनकर भैंस के पेट में डाल देते हैं या वह यहीं रह जाता है। ऐसा सोना, जिसके रहते बच्चा भूखा मर जाये, वह गू हो जाता है। दीमक उसे खा जाते हैं...

पता नहीं दादी यह सब सुनती थीं या नहीं। वे हमारी शत्रु थीं। पिताजी कभी-कभी गुस्से में अम्माँ से कहते, "तुम सब लोगों ने माँ जी को दुश्मन बनाया है। मुझे तो डर लगता है कि अगर मैं बूढ़ा और बीमार हो गया तो इस घर में मेरे साथ क्या किया जायेगा। मैं अभी से बता दूँ कि मेरे पास नहीं है कोई धन। अपना ख़ून बेचकर मैं तुम सबको पाल रहा हूँ, मुझ पर रहम करना..." एक दिन पिताजी ने कहा था, "कोई करधन-वरधन नहीं है कहीं। सब गढंत है। मेरे पिता (दादा जी) कहीं रंगून, जर्मनी नहीं गये। पता चला है, वे कलकत्ते में ईंट के भट्ठे में काम करते थे। माँ तो जन्म से तम्बाकू खाती थीं। लत ऐसी चीज़ होती है कि अगर करधन होता तो सोना बेचकर वे तम्बाकू मँगवातीं। सब झूठ है, कोई करधन नहीं है कहीं।"

अम्माँ उस रात देर तक रोती रहीं। फिर वे कई दिनों तक लगातार रोयीं। खाना बनाते, बरतन धोते, झाड़ू लगाते। वे डर गयी थीं। हमारा

घर अगर रेत होने से, ख़त्म होने से बच सकता था तो सिर्फ़ छप्पन तोले के करधन के करिश्मे से ही बच सकता था। पिताजी का शरीर भी जवाब देने लग गया था। अगर करधन न होता तो वर्षों की धूल और गर्द घुन के कीड़े और दीवार की खोखल का जादुई संसार हमारे घर को किसी पुराने मिट्टी के टीले में बदल देते, जिसके भीतर हम सबकी हड्डियाँ दबी होतीं। हमारा भविष्य भी।

उस बार जब पिताजी ने कहा था कि करधन की बात गढ़ंत है तो पच्चीस दिनों तक अम्माँ रोती रहीं, पच्चीस दिनों तक चाची ने दादी के खाने में धूल और मिट्टी डाली, पिताजी उसी रात कलकत्ते लौट गये थे और फिर पच्चीस रातों तक घर में कोयले से भी ज़्यादा काला और गाढ़ा अँधेरा भर गया था। लालटेन भभककर बुझ जाती थी। हवा में किसी मरी हुई चीज़ की सड़ी बदबू हमेशा मौजूद रहती। अम्माँ ने एक दिन मुझे अँधियारी कोठरी में झाँकने के लिए भेजा तो मैंने देखा कि वहाँ दादी की कंजी आँखें जल रही थीं और वह कराह रही थीं। वहाँ पेशाब की गन्ध भरी हुई थी। ड्योढ़ी पर जस्ते का वही तुचका-पिचका भगौना रखा था, जिसमे दाल-भात था और जिस पर चाची मिट्टी और धूल डाल गयी थीं। एक खौफ़नाक युद्ध छिड़ा हुआ था, हमारे घर में। दादी एक तरफ़ थीं और पूरा घर दूसरी तरफ़ था। मैं किधर था, ठीक-ठीक पता नहीं।

काली बिल्ली सारी रात घर में; हर कोने में घूमती। दिन भर छप्पर से घुन के कीड़े लकड़ी का बुरादा नीचे गिराते रहते और घर की हर चीज़ धूल और बुरादे से ढक जाती। हम सोकर उठते तो चादर पर, हमारे बालों और भौंहों पर बुरादा जमा होता। अम्माँ, बुआ, चाची सब दिन में कई बार झाड़ू लगातीं। आँगन के कोने में धूल, बुरादे और ईंटों के चूरे का ख़ूब ऊँचा ढेर इकट्ठा हो जाता। फिर एक दिन दादा की तस्वीर अम्माँ की कोठरी से अपने आप गिर गयी और सबने डर और ताज्जुब से देखा कि फ्रेम के भीतर दादा का चेहरा नहीं था। वहाँ कई छोटे-बड़े कीड़े थे, उनकी पीठ चमकीले सुनहले रंग की थी। ये तस्वीर की लकड़ी का फ्रेम भी खा चुके थे। अटारी में मैंने देखा कि दादा का लोटा ग़ायब था।

गाँव की औरतें कहतीं कि बुढ़िया को उसके बेटे-बेटी और बहुओं ने रौरव नरक में डाल रखा है। भगवान किसी को ऐसा बुढ़ापा दिखाने के पहले ही उठा ले।

मुझे बहुत पहले की दादी की एक दूसरी स्मृति भी थी। तब हमारे घर में यह लड़ाई इतनी तेज़ नहीं छिड़ी थी और तब दादी भी इतनी बूढ़ी नहीं हुई थीं। उन्होंने एक दिन अपनी थैली से निकालकर मुझे एक काठ का पहियों वाला हाथी दिया था और एक रबर की गेंद। दादी भजन भी गाती थीं, जिसको समझना मुश्किल था : 'हाय दित राम...हाय दित राम...'। लेकिन यह स्मृति बहुत दूर की थी। वह आज वाली दादी से नहीं जुड़ती थी। अब दादी मुझको पहचानना भूल चुकी थीं। शायद उन्होंने मुझे भी शत्रु मानकर अपनी स्मृति से बाहर निकाल फेंका था। वे हर किसी को भूल गयी थीं। इस संसार की भाषा भी।

पहले दादी चावल बिल्कुल नहीं खाती थीं। वे उत्तर वाले देश की थीं। दादा के लिए चावल बनता, तब भी वे अपने लिए रोटी अलग से बनाती थीं। लेकिन मैंने जब भी भगौना देखा था, उसमें भात ही देखा था। उनका तम्बाकू भी बन्द हो चुका था। उनकी पसन्द की कोई भी चीज़ अब संसार में नहीं बची थी। अगर कहीं थी भी, तो दादी उसे पा नहीं सकती थीं। युद्ध में सब जायज़ होता है। दादी पर हर हथियार आजमाया जा रहा था। दादी भी अपने टोने से, अपने शाप से, हमारे घर को ख़त्म करने में लगी थीं। कभी-कभी लगने लगता कि अब दादी की हार हो जायेगी और वे छप्पन तोले का सोने का करधन निकालकर आँगन में फेंक देंगी, इस युद्ध का फ़ैसला हो जायेगा, लेकिन फिर लगने लगता कि दादी तो जीत रही हैं। हमारे घर को भीतर-भीतर से उन्होंने बिल्कुल जर्जर और खोखला कर डाला है। अँधेरा, बिल्ली, हवा, घुन के कीड़े, चूहे, बीमारियाँ और बुरी ख़बरों की उनकी फ़ौज बड़ी मुस्तैदी से अपनी लड़ाई में मशगूल थी। फूफा मर गये थे, चाचा को असमिया कुंजड़िन ने बैल बनाकर खूँटे से बाँध रखा था, पिताजी महीनों घर नहीं आ पाते थे, चाची बाँझ रह गयी थीं, पानी नहीं बरसता था। हमारे चारों खेत बिक चुके थे। पिछवाड़े की आख़िरी ज़मीन गिरवी रखी थी।

दादा का पीतल वाला लोटा बेच डाला गया था और उनकी तस्वीर को चमकीले कीड़े खा गये थे। दादी युद्ध जीत रही थीं।

उस दिन शाम को दादी अँधियारी कोठरी के बाहर निकलीं। उन्हें दस दिन से चाची ने खाना नहीं देने दिया था। दादी किसी बीमार, लेकिन चलते-फिरते कंकाल की तरह दिखायी दे रही थीं और उनके शरीर से पेशाब की गन्ध निकल रही थी। वह कूड़े के ढेर पर बैठ गयी थीं, बिना बोरी बिछाये। उनकी खोपड़ी नंगी थी। उस पर बाल नहीं रह गये थे। उसके नीचे एक लम्बी-सी, पतली गरदन, जिस पर झुर्रियाँ पड़ी हुई थीं। उनकी आँखें गड्ढे में धँसी हुई थीं और वे बाहर की ओर नहीं, अन्दर देखती लग रही थीं।

पतली गरदन पर रखी दादी की नंगी खोपड़ी काँप रही थी और उनकी आँखों के गड्ढे से पानी निकल रहा था। उनका पूरा शरीर काँप रहा था। हाथ हवा में पत्ते की तरह हिल रहे थे।

मैंने देखा, बुआ उनको देखकर डर गयीं। फिर उन्होंने अम्माँ से कहाँ, "माँ को लगता है मलेरिया हो गया है। ज्वर में वे काँप रही हैं।" अम्माँ ने भी रसोई की खिड़की से दादी को देखा। आँगन के कोने में कूड़े के ढेर पर किसी बूढ़े और बीमार गिद्ध की तरह बैठी दादी बुखार में गा रही थीं, "हाय दित राम...हाय दित राम..."

चाची ने कहा, "अब बुढ़िया बचेगी नहीं। अकल से काम लो, नहीं तो सब चौपट हो जायेगा। यह आख़िरी मौक़ा है। बुढ़िया ने अगर अब दे दिया तो दिया, वरना समझो यह घर ख़त्म।" मैंने देखा, चाची दादी के पास गयीं। उन्हें कूड़े के ढेर से उठाया, बाँह पकड़कर। दादी की पतली बाँहों में सिर्फ़ हड्डियाँ थीं, जिनके ऊपर बहुत पुरानी, चमकीली पपड़ियों और झुर्रियों से भरी पतली त्वचा चढ़ी हुई थी। वे लगातार गाये जा रही थीं, "हाय दित राम...बिन धजी का पैना डोलत है...बिन धजी का पैना डोलत है...हाय दित राम..."

चाची उनके कान में मुँह सटाकर ज़ोर-ज़ोर से बोल रही थीं, "ओ माँ जी, जेठ जी (मेरे पिता) का तार आया है कि वे बहुत बीमार हैं। उनके पेट में डेढ सेर की पथरी पड़ गयी है। ऑपरेशन के लिए पैसे नहीं हैं।

माँ जी, बता दो करधन कहाँ रखा है, नहीं तो जेठ जी मर जायेंगे।" फिर अम्माँ भी वहाँ आ गयीं। उन्होंने भी दादी को पकड़ लिया था। वे भी दादी के कान में चिल्ला रही थीं..."माँ जी, रामे अब बचेंगे नहीं। मुन्ना को भी बीमारी हो गयी है। वह भी नहीं बचेगा। करधन दे दो।"

लेकिन साफ़ लग रहा था कि दादी इस संसार की भाषा भूल चुकी थीं। उनकी नंगी खोपड़ी हिल रही थी, गड्ढे में धँसी आँखों से पानी निकल रहा था, हाथ सूखे पत्तों की तरह काँप रहे थे और पोपले मुँह से वे लगातार गाये जा रही थीं, "हाय दित राम...हाय दित राम...।" उन्हें सन्निपात हो गया था। वे होश में नहीं थीं।

तभी चाची चिल्लायीं, "बहन जी, ज़रा नीचे देखना। लगता है माँ जी को दस्त लग रहे हैं।" सचमुच दादी के पीछे की मैली धोती दस्त से लिथड़ गयी थी और पीले रंग का मल आँगन में फैल रहा था। पेशाब की तेज़ गन्ध उनके शरीर से उठ रही थी। पूरा घर मल और पेशाब की बदबू से भर गया था। मुझे उल्टी आ रही थी। दादी का कंकाल दस्त से लिथड़ा बुखार में काँप रहा था, "हाय दित राम...हाय दित राम...।"

बुआ बाल्टी में पानी भरकर लायीं और चाची ने पूरा पानी दादी के सिर में उँड़ेल दिया। दादी की मटमैली धोती उनके कंकाल से चिपक गयी थी। आँगन में पानी, दस्त और पेशाब का कीचड़ हो गया था। बदबू और तेज़ हो गयी थी। चाची उनके कान में चिल्ला रही थीं, "माँ जी, सुनायी देता है? जेठ जी अब बचेंगे नहीं। मुन्ना भी मर रहा है। अब निकाल दो। दे भी दो। ओ माँ जी..."

दूसरी बाल्टी, तीसरी बाल्टी, फिर चौथी बाल्टी का पानी भी दादी के सिर पर उँड़ेला गया। लगा कि उनके कंकाल का हिलना कुछ थमा है। उनकी गरदन लुढ़क रही थी। गाना बन्द हो गया था। उन्हें अम्माँ और चाची सँभालती हुई अँधियारी कोठरी में ले गयीं, लेकिन वहाँ किसी से रहा नहीं गया। वहाँ भी दस्त और पेशाब की तेज़ बदबू थी।

चाची ने कहा, "बुढ़िया अपने आप कपड़े बदल लेगी। देखा नहीं बहन जी, उसकी हाड़ में अब भी कितना ज़ोर था। दो जनों के सँभाले नहीं सँभलती थी। बुढ़िया अमर घुट्टी पीकर आयी है, इतनी आसानी से जायेगी नहीं।"

बुआ का चेहरा पहली बार मैंने दुखी और स्याह देखा, “मगर मुझको तो इस बार कुछ दूसरी बात लगती है। माँ ने ऐसा कभी नहीं किया था।

उस रात काली बिल्ली नहीं दिखी। लालटेन से ज़्यादा उजाला फूट रहा था। हवा में न तो बदबू थी, न मछलियों के पसीने की बीसर गन्ध, बल्कि एक-दो बार तो मुझे लगा कि उसमें बेले की महक घुली हुई है। वह एक ठीक-ठाक और काग़ज़ की तरह हल्की रात थी। मुझे ख़ूब गहरी नींद आयी। दीवारों के भीतर का संसार भी आज सो गया था। अम्माँ, बुआ और चाची बातें करती रह गयी थीं और मैं सो गया था।

सवेरे चाची आँगन में दौड़ती हुई आयीं। उनके चेहरे पर हवाइयाँ उड़ रही थीं। आँगन के बीच खड़ी होकर उन्होंने अम्माँ को आवाज़ दी, “बहन जी, जल्दी निकलो। माँ जी नहीं रहीं। मैंने अँधियारी कोठरी झाँक ली।”

अम्माँ बरतन छोड़कर आँगन में निकल आयीं। उन्होंने चूल्हे में पानी डाल दिया था। फिर बुआ के रोने की आवाज़ उठने लगी। थोड़ी देर बाद वे तीनों एक लय में रो रही थीं। किसी संगीत की तरह। फिर गाँव की औरतें आने लगीं। आँगन भर गया। पूरे घर में औरतों के रोने की आवाज़ भर आयी थी। मैं रो रहा था और चुपके-चुपके यह भी ताड़ रहा था कि इतनी औरतों में से कोई औरत किसी और चीज़ में अपने आपको बदलती है या नहीं। मेरी हिम्मत अँधियारी कोठरी की ओर जाने की नहीं हो रही थी। हालाँकि मैं एक बार चौखट से झाँककर अन्दर देखना चाहता था। क्या पता, अब भी वहाँ दादी की कंजी आँखें जल रही हों और मैं पूछूँ तो वे घुर्राकर बोलें, “हूँ—ऽ ऽ।” मैं जस्ते के उस भगौने को भी एक बार देखना चाहता था, जिसमें दादी को खाना दिया जाता था और जिसमें चाची धूल और मिट्टी डाल आती थीं।

दोपहर तक दादी को तालाब के किनारे पर जला दिया गया। उस रात फिर अँधेरा ज़्यादा गहरा नहीं था। केवड़े की महक भी हवा में थी। दीवार के भीतर का अजगर भाप जैसी साँस नहीं छोड़ रहा था। लेकिन मुझे एकाध बार ऐसा भ्रम ज़रूर हुआ था कि वहाँ से दादी के गाने की धीमी और बहुत बारीक आवाज़ आ रही थी, “हाय दित राम...हाय दित राम...”

सातवें दिन पिताजी आ गये। चाचा को भी तार दिया गया था। लेकिन न तो उनका जवाब आया, न वे आये। उन्हें तो असमिया कुंजड़िन ने बैल बना रखा था।

जिस दिन दादी का दसों हुआ, उसी शाम पिताजी अँधियारी कोठरी में घुसे थे। दादी की छोटी गठरी में जो चीज़ें थीं, उन्हें अब पहचाना नहीं जा सकता था। चार-पाँच सूखे हुए काले अमरूदों के साथ एक लकड़ी की काली गेंद भी थी, जो कई वर्ष पहले रबर की रही होगी। एक थैली में काठ का एक छोटा-सा घोड़ा था, पहियों वाला, जो अब कोयले में बदल चुका था। एक पुटली में गुड़ के दो ढेले थे जो मिट्टी हो चुके थे। बाकी फटे हुए कपड़े-चिथड़े थे। यह दादी का कुल असबाब था।

चाची ने अँधियारी कोठरी में अच्छी तरह से झाड़ू लगा दी थी। दादी की खाट को तालाब में फेंक दिया गया था, जहाँ से डोम उसे निकालकर ले गया होगा। पिताजी सब्बल से अँधियारी कोठरी का फ़र्श और दीवार खोद रहे थे। अम्माँ लक्ष्मी सहस्त्र स्तोत्र का जाप कर रही थीं, जिससे करधन मिल जाये। बुआ तसले में अँधियारी कोठरी से मिट्टी निकाल-निकालकर बाहर फेंक रही थीं। पिताजी के सब्बल चलाने की आवाज़ लगातार आ रही थी। पूरे घर में अजवायन और धूप जलायी गयी थी। चाची ने मुझे गोद में उठा लिया था, “अब सब ठीक हो जायेगा।”

यानी अब दादी का जादू ख़त्म होने वाला था। दादी मर चुकी थीं। और अब हमारी जीत होने वाली थी। अब हमारा घर धूल में नहीं बदलेगा। सारा छप्पर बदल दिया जायेगा। दीवारों के खोखल में सीमेंट-गारा भर दिया जायेगा। चारों खेत वापस लौट आयेंगे। पिताजी मारवाड़ी सेठ की मुनीमी छोड़ देंगे और घर में रहेंगे। पिछवाड़े की ज़मीन फिर हमारी हो जायेगी, चाचा गोहाटी से लौट आयेंगे और असमिया कुंजड़िन हमारे घर का पानी-बरतन करेगी, खेतों में काम करेगी, मैं स्कूल जाने लगूँगा, अम्मा की बीमारी ठीक हो जायेगी, हवा में से केवड़े की महक आयेगी और हमारे घर में कई लालटेनें होंगी, टॉर्च भी होगी...

अम्माँ ज़ोर-ज़ोर से पाठ कर रही थीं। बुआ तसले में मिट्टी और ढेले अँधियारी कोठरी से निकाल-निकालकर बाहर फेंक रही थीं।

वहाँ पर मिट्टी का ढेर लगता जा रहा था। रात हो रही थी। चाची मेरे पास बैठी हुई थीं। मुझे कब नींद आ गयी, पता नहीं चला।

आधी रात को शोर और रोने-पीटने की आवाज़ों से मेरी नींद अचानक खुली। अम्माँ, बुआ रो रही थीं, ज़ोर-ज़ोर से। लालटेन आँगन के बीच में रखी थी और उसकी मटमैली रोशनी में आँगन के चारों ओर ईंट और मिट्टी के ढेर दिखायी दे रहे थे। परली तरफ़ पिताजी का शरीर हिल रहा था। उनके हाथ में कुदाल थी। वे अँधियारी कोठरी का फ़र्श और दीवाल खोद चुके थे और अब उस तरफ़ से घर को खोदते हुए आगे बढ़े आ रहे थे। किसी विनाशकारी प्रेत की तरह। 'धप्प...धप्प्' उनकी कुदाल चल रही थी। मैं डर गया। पिताजी को मैंने इस तरह पहले कभी नहीं देखा था। वे मिट्टी और धूल में लिथड़े हुए थे। हर बार उनके गले से हुँकार की आवाज़ निकलती और कुदाल नीचे गिरती।

मैं डर गया था और रोने लगा था। चाची ने धीरे से कहा, "पता नहीं, जेठ जी के दिमाग़ को अचानक क्या हो गया? बुढ़िया ने ज़रूर अँधियारी कोठरी में कोई टोना-टोटका कर रखा था। जब से वे कोठरी से बाहर निकले हैं, उनकी आँखें लाल हैं और दिमाग़ सनक गया है...। हे भगवान, अब तुम्हीं रक्षक हो..."

पिताजी घर को खोदते हुए आगे बढ़ रहे थे। लालटेन भभक रही थी। हवा में किसी मरी हुई चीज़ की सड़ी बदबू थी। दीवार के भीतर के संसार से रहस्यपूर्ण आवाज़ें उठने लगी थीं। वहाँ तेज़ी से खट-पट हो रही थी। कुछ चीज़ें गढ़ी और कुछ तोड़ी जा रही थीं।

मैंने देखा कि छप्पर के घुन के कीड़ों ने इतना बुरादा गिराया था कि मेरी चादर, बाल, भौंहें ढक गयी थीं। चाची, अम्माँ, बुआ सब बुरादे से ढक गये थे। घर के फ़र्श पर धूल और बुरादा जमा होता जा रहा था। लालटेन भभककर बुझ गयी थी और जिधर अँधियारी कोठरी थी, जिधर से पिताजी घर को खोदते हुए आगे बढ़ रहे थे, उधर अंधेरे में दो कंजी आँखें जल रही थीं।

थोड़ी देर बाद काली बिल्ली पूरे घर में घूमने लगी। अम्माँ और बुआ के रोने के साथ बीच-बीच में वह भी विलाप करने लगती थी।

अरेबा-परेबा

सभी के शरीर में मस्से कहीं-न-कहीं होते ही हैं। उनकी संख्या ज़्यादा नहीं होती। हर कोई अपने शरीर में उनकी जगह के बारे में जानता है। उनकी संख्या का भी कुछ-कुछ अनुमान उसे होता है, लेकिन हमारे गाँव में सेमलिया की पूरी देह में मस्से-ही-मस्से थे। इतने कि उसे ख़ुद अपनी देह में उनकी जगह और उनकी संख्या के बारे में अन्दाज़ा नहीं होगा।

मस्से सबसे ज़्यादा उसके चेहरे पर थे।

मस्से भी बड़े-बड़े। गोल, चमकीले। चने की दाल या भुट्टे के दानों की तरह चेहरे पर छितराए हुए। उनमें से कोई-कोई तो काफ़ी बड़ा भी था। जैसे चेहरे पर त्वचा का कोई बुलबुला बन गया हो, कुन्दरू के आकार का। सेमलिया का रंग काला था।

यह तब की बात है, जब तक बिजली हमारे गाँव में नहीं आयी थी। रात में लालटेन, लैम्प और दीये जला करते थे। साँझबाती हुआ करती थी। बुआ शाम होते ही पहला दीया जलाकर, सारे घर में उसे फिराने के बाद, भगवान के पास रख देती थीं। उस दीये को सब प्रणाम किया करते थे। लैम्प को हम 'लम्फ' कहते थे।

ढिबरी भी होती थी, जो किसी छोटी-सी शीशी के ढक्कन में छेद बनाकर, उसमें चिथड़े की बत्ती डालकर और उसके काँच के पेट में मिट्टी का तेल भरकर बनायी जाती थी।

सेमलिया को याद करते ही ऐसी ही ढिबरी या लालटेन की पीली-धुँधली रोशनी में कौंधता हुआ एक काला, दानेदार, मस्सों से

भरा, डरावना चेहरा दिखाई देने लगता है। तरल हँसी में डूबी, मिचमिची आँखों वाला चेहरा।

"आ गया जमदूत!" बुआ सेमलिया को अदरक और तुलसी की चाय देते हुए कहतीं। सेमलिया अपनी हथेली को अँगोछे में लपेटकर टहटी का गर्म गिलास पकड़ता और रात के धुँधलके में धीरे-धीरे हँसता।

इस गाँव से दस मील दूर, एक दूसरे गाँव सिहाला में भी हमारे खेत थे। सिहाला पहाड़ी के ऊपर, जंगल के पार बसा हुआ एक छोटा-सा गाँव था। हमारे इस गाँव की मिट्टी बलुहन थी, जिससे यहाँ धान, कोदो, कुटकी, तिल जैसी फ़सलें ही होती थीं। जबकि सिहाला में काली चिकनी मिट्टी वाले खेत थे, जहाँ सब कुछ पैदा होता था। गेहूँ, चना, अलसी और धनिया भी।

सेमलिया ही हमारी खेती देखने महीने-पन्द्रह दिन में सिहाला जाता था। जब सेमलिया वहाँ से लौटता तो हमेशा रात ही क्यों होती थी, यह मैं नहीं समझ पाता था। शायद पैदल उतनी दूर चलने और फिर जैसा लोग कहते थे, जंगल एक ऐसा चुम्बक था, जो सेमलिया को अपने अन्दर खींच लेता था और फिर जंगल के भीतर यहाँ-वहाँ भटकने की वजह से सेमलिया को गाँव लौटने में देर हो जाती होगी। मैं इसीलिए उसका चेहरा लालटेन या ढिबरी की पीली रोशनी में ही देख पाता था।

सिहाला तक पहुँचने के लिए कई पहाड़ी-जंगली नाले और लगभग साढ़े चार मील लम्बा, एक घना जंगल पार करना पड़ता था। इसे रिछहाई जंगल कहते थे। इसमें जानवर रहते थे। तेंदुए, हिरण, चीतल, साँभर, रोझ। लेकिन सबसे ज़्यादा रीछ। जब महुए जंगल में पककर टपकते तो गाँव की औरतें उन्हें बीनने से डरतीं, क्योंकि रीछ औरतों को ही सबसे ज़्यादा पकड़ता था। एक बार पड़ोस के गाँव छिलपा की एक औरत को रीछ ने जंगल में पकड़ा तो उसने उसे पहचान लिया। वह फ़ौज से भागकर आया फुनगा गाँव का बिजराज सिंह था। वैसे कहते हैं एक बार एक डाकिये की लाश रिछहाई जंगल में मिली थी, जिसका सिर किसी रीछ ने ढक्कन की तरह खोलकर उसका भेजा निकाल लिया था और मनीऑर्डर के रुपये भी ले गया था।

अब तो उस रास्ते के सारे नाले सूख गये हैं। जंगल भी उतना घना नहीं रहा। सरकारी फॉरेस्ट ऑफ़िसर और ठेकेदारों ने मिलकर काट डाला। जानवर भी नहीं बचे। बस इक्का-दुक्का सियार कभी-कभार ज़रूर दिख जाते हैं।

अब तो हमारे गाँव में लालटेन और दीये भी नहीं जलते। बिजली आ गयी है।

सेमलिया अब नहीं है।

लेकिन लालटेन की धुँधली-कमज़ोर रोशनी में, मिचमिची आँखों में मुस्कुराता उसका काला, दानेदार, मस्सों से भरा डरावना चेहरा अब भी दिखने लगता है।

ऐसा डरावना, जिससे कभी डर नहीं लगता।

''जमदूत!'' बुआ की आवाज़ उभरती है।

बुआ भी अब नहीं हैं। उनकी किडनी फेल हो गयी थी और मृत्यु के पहले उनकी देह सूज गयी थी। जैसे किसी ने पम्प से उनके भीतर हवा भर दी हो।

''मेरे भीतर पानी भर गया है।'' उन दिनों वे कहा करती थीं।

सेमलिया जब रात में हमारे दूसरे गाँव सिहाला से लौटकर आता, तो लालटेन की रोशनी में बाँस के अपने टोकरे में से तरह-तरह की चीज़ें निकालकर आँगन में फैलाता जाता।

हरे-रोएँदार जंगली पड़ोरे, पहाड़ी बेर, शेर की मुखारी, चार-चिरौंजी, कठजमुनी, अमरुक, काँदा, छतनी, पूटू, छींदकाँद, जंगली करौंदे।

...और सिहाला के तालाब से पकड़ी गयी स्वादिष्ट सौर मछली, सरसों के तेल में जिसके तले हुए कोरौरा खाते हुए पिताजी गाँव के दूसरे लोगों के साथ रात में महुए की रासी पीते और सब लोग ज़ोर-ज़ोर से बोलते।

या फिर जाल में फाँसे गये तीतर, लावा, गुड़रू, पोंडकी।

सेमलिया हर महीने-पन्द्रह दिन में यह करिश्मा करता। और उसके डरावने, दानेदार, काले बीहड़ चेहरे की छोटी-छोटी आँखें ढिबरी या लालटेन की रोशनी में कौंधती रहतीं।

सेमलिया मेरे बचपन का जादूगर था।

सेमलिया ने एक बार मुझे जंगली ख़रग़ोश के दो छौने लाकर दिये थे। जंगली ख़रग़ोश को हम 'खरहा' कहते थे। उस रात कत्थई-भूरे रंग के दोनों छौने उसने मेरी गोद में डाल दिये थे। पहले मैं डरा। फिर मेरा डर तुरन्त ही दूर हो गया। वे दोनों बहुत ही छोटे थे।

मेरी उम्र तब छह-सात साल की थी।

नर्म, मुलायम, भूरी पीठ। मैंने अपनी डरती उँगलियों से उन्हें छुआ। उनके कान खड़े हो गये। उन्होंने चेहरा उठाकर मुझे चौंकते हुए देखा। मेरी उँगलियों के स्पर्श से उनके शरीर में एक सिहरन पैदा हो गयी थी।

वे धीरे-धीरे काँप रहे थे।

...और उनके भूरे-कत्थई, नर्म रोयों में से एक अपरिचित-सी तेज़ गन्ध निकलकर आँगन के अँधेरे में फैल रही थी। लालटेन की मद्धिम रोशनी उस गन्ध में डूब गयी थी और धीरे-धीरे मेरी साँस के साथ मेरे भीतर तक उतर रही थी। मैं हर तरफ़ से उस गन्ध से घिर गया था, जैसे कोई पानी के भीतर की गहराई में चारों ओर पानी से घिरता है।

यह कितना रोमांचकारी था। कितना अजब। वे ज़िन्दा थे। बिल्कुल जीवित।

वे दूसरे खिलौनों की तरह नहीं थे। वे साँस ले रहे थे। उनके शरीर धीरे-धीरे काँप रहे थे। और जहाँ वे ले आये गये थे, वहाँ की हर चीज़ को वे चौंकते हुए, आश्चर्य और उत्सुकता के साथ चुपचाप देख रहे थे।

"उन्हें भूख लगी है।" सेमलिया ने कहा, "अभी वे इतने छोटे हैं कि दूब या साग-भाजी नहीं खायेंगे।"

"तो?" मैं चिन्तित था।

"अभी तो पाँच-सात रोज़ उन्हें दूध पिलाना। फाहे से। फिर वे बड़े हो जायेंगे तो अपने आप पत्तियाँ खाने लगेंगे।"

"फिर?"

"फिर तुम्हारे साथ ये खेलेंगे। फिर तो इन्हें अपने कन्धे पर बिठाकर घूमना।"

"ये तू क्या ले आया, जमदूत!" बुआ ने सेमलिया को तुलसी और अदरक की चाय देते हुए कहा। वे सेमलिया को हमेशा यही कहती थीं, 'जमदूत!'

"नन्हे को घर में बाँधने के लिए जंगल से दो खूँटे ले आया हूँ। अब ये कभी खाना-पीना, किताब-कापी छोड़कर ढोर-डाँगर के साथ जंगल-पतेरा नहीं फिरेंगे।" सेमलिया हँसते हुए चाय सुड़कता रहा।

उस रात बारह-एक बज गये होंगे, मेरी आँखों में नींद के कहीं लक्षण नहीं थे। नींद अगर आती भी तो उसे मैं हरगिज़ न आने देता।

जंगली ख़रग़ोश के वे दोनों बच्चे हर पल मेरे भीतर अपने प्रति एक नयी उत्सुकता जगाते। हर पल कोई-न-कोई उनकी एक नयी हरकत होती। हर बार वे कुछ नया करते। लालटेन के धुँधले उजाले में उन्होंने अपना एक बिल्कुल अलग संसार बना डाला था और उनके साथ, उस संसार में मैं भी था।

वे इधर-उधर निरुद्देश्य रेंगते, फिर वापस अपनी पुरानी जगह को खोजते हुए उस ओर लौटते। कई बार अपने नन्हे-से कोमल शरीर को सिकोड़कर वे कूदने या छलाँग लगाने की कोशिश करते और हर बार आँगन की ज़मीन पर रुई के ढेले की तरह असफल लुढ़क जाते। अभी गति या छलाँग को सँभाल पाने की ताक़त उनकी नन्हीं कमज़ोर देह में नहीं हो पाई थी।

वे वास्तव में बच्चे हैं। मुझसे भी छोटे। यह अनुभव वे हर पल मुझे अपनी हरकतों से कराते। और हर पल उनके प्रति मेरा प्यार और गहरा होता जाता। मैं उनके सामने ख़ुद को बड़ा और समझदार अनुभव करता।

वे एक छोटी-सी हरकत करते और मेरे भीतर उमंग और प्यार की एक नयी विद्युत पैदा हो जाती। वे इतने अच्छे क्यों थे? मैंने उनमें से एक, जो ज़्यादा छोटा और कुछ अधिक चंचल था, उसको अपनी

हथेली में रखकर उठा लिया और अपने होंठों को उसकी नाक पर धीरे से छुआया। लेकिन अम्माँ ने इसे देख लिया और डाँटा, ''क्या करते हो? कीड़े चले जायेंगे नाक के भीतर।''

वे कटोरे में थोड़ा-सा गाय का दूध और रुई का फाहा लेकर आयी थीं।

मैंने रुई के फाहे को दूध में डुबाकर उन्हें दूध पिलाना शुरू किया। वे सचमुच भूखे थे। उनकी लगातार हिलती और कुछ-न-कुछ सूँघती-सी नाक के नीचे आख़िर मुँह कहाँ है, यह पता ही न चलता था। लेकिन देखते-ही-देखते रुई के फाहे का दूध वे चूस जाते।

जब वे दूध पीते तो मेरे पूरे शरीर में एक अजीब-सी सिहरन होती। जब अम्माँ मुझे दूध पीते देखती होंगी, तो क्या उनको भी ऐसा ही लगता होगा। मैं सोचता।

मुझे यह भी लगता, जैसे मैं उनकी माँ हूँ।

दोनों में दूध पहले कौन पियेगा, इसके लिए वे एक-दूसरे के शरीर को धक्का भी देते। यह हद थी। वे इतने छोटे थे, लेकिन यहाँ भी एक-दूसरे से होड़ थी। ये नन्हे छौने, जिन्होंने अभी कुछ ही दिन पहले अपनी आँखें खोली होंगी, उनके बीच भी पेट के लिए ऐसा मुक़ाबला शुरू हो गया था।

''ये ठीक बात नहीं। बारी-बारी से दोनों लोग पिएँगे। अच्छे बच्चे लड़ते-झगड़ते नहीं, मिल-जुल के दूध पीते हैं।'' मैंने फुसफुसाकर उन्हें समझाया।

बड़े वाले का पेट भर चुका था। उसकी रुचि समाप्त हो चुकी थी और वह अब सुस्त हो चुका था। जबकि छोटा अभी भी फाहे को चूसने में लगा था।

'अरेबा' और 'परेबा'। उस रात यही नाम उन दोनों के मैंने रखे। बड़ा वाला, जो थोड़ा काहिल और सुस्त था, वह अरेबा। और छोटा वाला, फुर्तीला और चंचल—परेबा।

परेबा हमारी भाषा में कबूतर को कहते हैं, लेकिन पालतू, घरेलू या शहरातू कबूतर को नहीं। वो तो बेचारे मामूली कबूतर ही होते हैं।

परेबा तो होता है जंगली। बिल्कुल बेदाग़, अछूता और बनैला। पहाड़ों के ऊपर चट्टानों की संध में बसेरा करता है और दानों की खोज में दुनिया भर भटकता-उड़ता फिरता है।

वह परेबा ही था, जिसका एक कहानी में गिद्ध से मुक़ाबला हुआ था। किसकी नज़र कितनी तेज़ है यानी किसकी आँख कितनी दूर तक देख सकती है। गिद्ध ने सौ मील दूर किसी खेत में मरे हुए एक बैल को देखा, तो परेबा ने उस बैल की लाश से दो हाथ, एक बित्ता, चार अंगुल दूर खेत में गिरे हुए गेहूँ के सात दानों को देख लिया।

सबकी आँखें अपने-अपने पेट में जाने वाली चीज़ों को देख ही लेती हैं। चाहे वे जहाँ और जितनी दूर हों। चाहे बैल जितनी बड़ी हों या राई या तिल जितनी छोटी।

जब ये दोनों, अरेबा और परेबा बड़े हो जायेंगे तो ये भी यहाँ से सौ मील दूर किसी खेत की मेंड़, जंगल के मैदान या किसी आँगन के कोने में उगी दूब को देख लेंगे। और जैसे गिद्ध के पेट में बैल, कबूतर के पेट में गेहूँ का दाना और मेरे पेट में रोटी का कौर जाता है, वैसे ही इनके पेट में दूब जायेगी।

आँखें तो दरअसल पेट की ही होती हैं। भूख ही है, जो सब कुछ देखती है। पेट ही दुनिया को भूख की आँख से देखता हुआ अपना दाना-पानी खोजता है। वह पेट है, जो सबके शरीर को यहाँ-वहाँ दौड़ाता या उड़ाता रहता है।

अचानक ही मैंने ध्यान दिया। अरेबा यानी बड़ा वाला दूध पीकर अघाया हुआ और आलसी बन चुका छौना, लालटेन की रोशनी में बने उस छोटे से संसार से फ़रार था। जबकि छोटा वाला परेबा अभी भी फाहे से दूध पीने में लगा हुआ था। हालाँकि उसकी घूँट भरने की रफ़्तार अब काफ़ी धीमी पड़ चुकी थी।

कहाँ चला गया अरेबा? मैं डर गया। हमारे घर में तीन बिल्लियाँ आती थीं। और एक बिल्ला भी। हम उसे बग्घा कहते थे। वह दिखता भी बाघ जैसा ही था। मोटा, बड़ा, डरावना, घमण्डी, क्रूर और षड्यन्त्रकारी। वह अपने ही बच्चों का गला काटकर उन्हें मार डालता था। कुछ लोग

कहते थे कि बग्घा दरअसल एक वन-बिलाड़ था, जो जंगल से आता था।

अगर बग्घा ने अरेबा को देख लिया तो?

मैं लालटेन लेकर उसे आँगन में खोजने लगा। परेबा को मैंने बाएँ हाथ से अपनी छाती में चिपका रखा था। मैंने पूरे आँगन को छान मारा। तुलसी के चौरे के पास बेले और गेंदे के पौधे उगे हुए थे। वहाँ भी वह नहीं था। रसोई के दरवाज़े के दायीं ओर, जहाँ केवड़ा था और जिसमें साँप आकर रहते थे, वहाँ भी वह नहीं था।

''वो इधर खड़-खड़ कर रहा है।'' अम्माँ की आवाज़ आयी। मैंने जाकर देखा। परछी के एक कोने में, जहाँ चावल के बोरे रखे हुए थे और सूपा, दौरी, छलनी, कुरई—वहीं वह चुपचाप पसरा हुआ था। उसकी आँखें नींद में मुँद रही थीं।

''अभी बग्घा देख लेता तो तुम अब तक उसके पेट में पहुँच चुके होते, बच्चू!'' मैंने उसकी पीठ को हथेलियों से सहलाया।

''अब तुम भी सोओ और उसे भी सोने दो!'' अम्माँ की थकी हुई आवाज़ आयी, ''मैंने देखा, उनके लिए यहाँ एक घर बना दिया है।''

मैंने देखा, परछी के कोने में, जहाँ परछी और भण्डार की दीवारों के बीच एक सँकरी-सी जगह छूट गयी थी, वहाँ अरेबा-परेबा के लिए अम्माँ ने एक घर बना डाला था।

तो इसका मतलब यह हुआ कि मैं जब तक आँगन में रुई के फाहे से अरेबा-परेबा को दूध पिलाने में लगा था, अम्माँ इधर अँधेरे में चुपचाप उनका घर बना रही थीं। बिना मुझे बताये।

कितनी अच्छी थीं अम्माँ! ...और क्या वह अरेबा-परेबा की भी माँ बन गयी थीं?

लेकिन अगर ऐसा था तो घर बनाते हुए अम्माँ अरेबा और परेबा के बारे में सोच रही थीं या मेरे बारे में? क्या अम्माँ के अलावा कोई और अपने जीवन में मेरे बारे में इतना कभी सोचेगा?

मैंने देखा, अम्माँ ने पुरानी रज़ाई के टुकड़ों और कई सूती चीथड़ों को उस सँकरी जगह में डाल दिया था। मेरी फटी-पुरानी कमीज़ें भी

उनमें शामिल थीं। अम्माँ ने उस दरार में पीछे की ओर थोड़ी-सी खाली जगह भी छोड़ दी थी, जिससे अरेबा-परेबा रज़ाई और कपड़ों को गीला-गन्दा न करें।

"छुच्छू आये तो उधर जाना, समझे! और गुग्गू भी। नहीं तो अम्माँ बड़ी ज़ोर से पीटेंगी। समझे!" मैंने दोनों को निर्देश देते हुए उन्हें उनके घर में रख दिया।

अम्माँ ने उस संध को बन्द करने के लिए तार की जाली का एक किवाड़ भी बना डाला था। दोनों तरफ़ ठोंकी गयी दो कीलों में वह जाली का टुकड़ा फँसकर उस संध को बाहर से बन्द कर देता था।

अम्माँ ने जब इन कीलों को ठोंका होगा तो आवाज़ क्यों नहीं हुई? शायद मैं उस वक़्त अरेबा को खोजने में लगा था और इतना चिन्तित हो चुका था कि मेरे कान दुनिया की कोई भी आवाज़ सुनना बन्द कर चुके थे।

लेकिन अम्माँ ने तो कोई ढिबरी या दीया भी नहीं ले रखा था। अँधेरे में उन्होंने घर कैसे बनाया? सबसे बड़ी बात कि उन्होंने दीवाल पर कील कैसे ठोंकी? अँधेरे में कील न दिखने पर हथौड़े या पत्थर से अँगूठा कुचल जाता है।

"अब तो बग्घा भी कुछ नहीं कर सकता।" अम्माँ की आवाज़ में निश्चिन्तता और अपनी सफलता की ख़ुशी मिली हुई थी, "चलो तुम भी सोओ! दो बज रहे हैं। सुबह चार बजे तुम्हारे बाबू जी उठ जायेंगे। कल सोमवार है।"

बाबू यानी पिताजी रविवार को उपवास रखते थे और सोमवार को सुबह चार बजे उठकर नहाते और पूजा करते थे। अम्माँ इतनी सुबह उठकर उनके लिए पूरियाँ बनाती थीं। साथ में आलू-परवल की सब्ज़ी या फिर बेसन का मसालेदार मींजा। मींजा को हम शाकाहारी कीमा कहते थे। पूरी के साथ वह बहुत स्वादिष्ट लगता था। इसके अलावा सेवईं या हलुवा, दोनों में से कोई एक मीठी चीज़।

"ख़रग़ोश क्या पूरी खाते हैं, अम्माँ?" मैंने नींद में जाने के ठीक पहले अम्माँ से पूछा।

"जब बड़े हो जायेंगे, तो जो-जो तुम खाओगे, वे भी खायेंगे। लेकिन अभी तो तुम सो जाओ। वे भी सो गये हैं।" अम्माँ ने कहा।

"मैंने उनका नाम रखा है—अरेबा-परेबा।" यह मैं शायद नींद के भीतर से बोला था। मैं आँखें मूँदकर अभी भी चुपचाप अरेबा और परेबा को देख रहा था। मैंने अपनी नींद के भीतर लालटेन की मद्धिम-पीली रोशनी का वही संसार रच लिया था, जिसमें उनके साथ मैं भी मौजूद था। लेकिन यहाँ मैं सो नहीं रहा था, बल्कि उन्हें सोते हुए देख रहा था।

"अरेबा-परेबा!" अम्माँ ने गहरी साँस छोड़ी। वह साँस मेरी नींद के भीतर तक पहुँची। अपने घर में, रज़ाई के टुकड़ों और मेरी फटी-पुरानी कमीज़ पर सोते अरेबा-परेबा के कत्थई-भूरे, नर्म-मुलायम रोएँ अम्माँ की साँस से काँप गये। "बहुत अच्छे नाम हैं!" अम्माँ ने कहा, "माँ... मतलब तुम्हारी नानी पहले गाया करती थीं—

एहंकी से गइन हैं अरेबा-परेबा,
मारिन हैं मोहिनियाँ बान रे!"

अम्माँ नींद के पार से बोल रही थीं और गा रही थीं। मैं अपनी रज़ाई के भीतर एक बहुत गहरी नींद के अँधेरे और कोहरे में धीरे-धीरे डूब रहा था। अरेबा-परेबा की कहानी मुझे अम्माँ ने ही सुनाई थी। वे दोनों शायद ढोला-मारू की कहानी में होते थे और मोहिनी बान चलाया करते थे। क्या वह बान मुझ पर भी उन्होंने चला दिया था?

लेकिन अम्माँ कितनी अच्छी हैं, दुनिया में! यह मैं उस नींद के भीतर भी जान रहा था। यह बात मैं अम्माँ को बोलना भी चाहता था, लेकिन अब मेरी आवाज़ ही पैदा नहीं हो सकती थी। क्योंकि जहाँ से आवाज़ पैदा होती है, वहाँ तो नींद पैदा होकर मेरे मस्तिष्क के भीतर के पूरे आकाश में किसी बादल की तरह फैल गयी थी।

उस रात वह नींद पता नहीं कितनी गहरी थी। सुबह मैं देर से उसमें से जागकर निकल पाया। बाबू नहाकर पूजा कर चुके थे। पूरी, मींजा और सेवईं खा चुके थे। शेविंग कर चुके थे। अपने गाल पर ब्रश से साबुन का झाग बना चुके थे। फट्...फट्...फट...।

जबकि इसके पहले मैं हमेशा बाबू के नहाते वक़्त, गुसलखाने में से आती बाल्टी, लोटे और पानी की आवाज़ से ही जाग जाया करता था या अम्माँ द्वारा कड़ाही के कड़कते हुए घी में गोल-गोल पूरियाँ डालते ही पैदा होने वाली छन्न...छन्न की आवाज़ से। हद से हद देर हुई, तो पिताजी की पूजा की आवाज़ से।

नमामी शमीशां निर्वाण रूपं...विभुं व्यापकम् ब्रह्म वेद स्वरूपं...

मैं रज़ाई हटाकर पलंग पर बैठा ही था कि अम्माँ ने देख लिया।

"आ जाओ! कुल्ला करके जल्दी से आ जाओ। बहुत अच्छा मींजा बना है। आज तुम्हारे बाबू जी सोलह पूरियाँ खा गये।"

मैं अपने पलंग से कूदकर भागा। लेकिन रसोई की तरफ़ नहीं, जिधर से अम्माँ आवाज़ दे रही थीं बल्कि उधर की ओर, जिधर मेरी वह नयी दुनिया थी, जो रात में मेरे सोने के पहले लालटेन की धुँधली-पीली रोशनी में बनी थी। अब लालटेन या ढिबरी की कमज़ोर रोशनी में नहीं, दिन के उजाले में मैं उन्हें देखूँगा। सेमलिया जिन्हें रात में मेरी गोद में डाल गया था।

मैं सीधा दौड़ता हुआ उसी तरफ़ गया। आँगन पार करता हुआ। ओसारे से कूदता और ड्योढ़ी को फलाँगता हुआ। उसी तरफ़, जहाँ अम्माँ ने रात में उनका घर बना दिया था। अम्माँ अभी भी लगातार रसोई से आवाज़ लगा रही थीं।

लेकिन मैं स्तब्ध रह गया। यह एक तेज़ अविश्वसनीय आघात था।

मैंने अपनी आँखें मलीं। दुबारा उन्हें खोलकर देखा। मैंने भण्डार की दीवाल को छूकर देखा। नहीं, यह सपना नहीं था। मैं वास्तव में जाग रहा था।

तो क्या सपना वह था, जो मैंने रात में देखा?

लालटेन की पीली, मद्धिम कमज़ोर रोशनी में कौंधता हुआ सेमलिया का दानेदार, मस्सों से भरा, काला, डरावना चेहरा। और उसमें अपनी ही तरलता में पिघलती, मिचमिची-सी, हँसती हुई दो आँखें।

सेमलिया ने ही रात में दो जंगली खरहे के बच्चों को मेरी गोद में डाला था। मैंने उनकी कोमल, कत्थई-भूरे रोयों से भरी पीठ को छुआ और सहलाया था।

मैंने अपनी उँगलियाँ देखीं।

अम्माँ ने काँसे के कटोरे में गाय का दूध लाकर दिया था। मैंने रुई के फाहे से उन्हें दूध पिलाया था। सेमलिया को बुआ ने तुलसी और अदरक की चाय लाकर दी थी। और कहा था...'जमदूत!' मैंने उनके नाम भी रखे थे...अरेबा और परेबा...!

अम्माँ ने इसी जगह, अँधेरे में ही, उनके लिए एक घर बनाया था। उसमें रज़ाई और मेरी अपनी पुरानी कमीज़ थी। उस घर में अम्माँ ने तार की जाली का एक फाटक भी लगाया था।

जब मैं रात में सो रहा था, तो अम्माँ ने मेरी नींद के पार से नानी का गाना भी सुनाया था :

एहंकी से गइन हैं अरेबा-परेबा
मारिन हैं मोहिनियाँ बान रे...!

लेकिन इस समय ठीक मेरी आँखों के सामने परछी और भण्डार के बीच की वही सँकरी जगह मौजूद थी। बिल्कुल खाली। यहाँ कोई घर नहीं था। कोई घर कभी रहा भी नहीं होगा। उसमें रज़ाई के टुकड़े, चीथड़े और मेरी पुरानी कमीज़ें नहीं थीं।

वहाँ कोई जाली का दरवाज़ा-फाटक नहीं था।

अरेबा-परेबा कहीं नहीं थे। कहीं भी नहीं।

मैंने झुककर, अपनी आँखों को दीवाल के नज़दीक सटाकर देखा। वहाँ कील ठोंकने के निशान ज़रूर दिखाई पड़ रहे थे, लेकिन लगता था, वे बहुत पुराने हैं।

तो अब? मेरे भीतर एक डरावना खालीपन पैदा हुआ। एक भयावह निर्वात। और वह मेरे भीतर से उठता हुआ मेरी चेतना में छाने लगा।

मेरे भीतर मेरा सब कुछ लुट चुका था।

"अम्माँ...ऽ...ऽ...!" मैं अपनी पूरी ताक़त भर चीखा। इतनी सुबह की ठण्ड में मेरा कमज़ोर शरीर काँप रहा था। उसमें कोई ताक़त नहीं बची थी। धूप के आने में अभी देर थी।

“अम्माँ! वे दोनों कहाँ गये?” मैं उत्तेजना, दुख और बदहवासी में दौड़ता हुआ रसोई की ओर गया।

मिट्टी की काली दोहनी में अम्माँ गाय का दूध उबाल रही थीं। चूल्हे की आँच को चुपचाप तापती हुई। पास में ही मींजा की बटलोई और सेवईं का पतीला ढँका हुआ रखा था। पूरियाँ फूल के परात में ढँकी हुई रखी थीं।

“कौन दोनों?” अम्माँ ने मुझे तटस्थता के साथ चुपचाप देखते हुए कहा।

उनकी आँखें इतनी ठण्डी और अजनबी थीं कि मैं भीतर से हिल गया। मुझे विश्वास ही नहीं हो रहा था। अभी कुछ ही पहले, कुछ ही घण्टों पहले की रात में, यही अम्माँ दुनिया में सबसे अच्छी हुआ करती थीं। इतनी जल्दी इन्हें क्या हो गया? सुबह होते ही अम्माँ इतनी ख़राब कैसे हो गयीं?

मैं रो रहा था। मेरे साथ कोई नहीं था। मैं उलझन और असमंजस में था। क्या सचमुच वह सब कुछ सपना था? अगर ऐसा था, तो वह कितना वास्तविक था। लेकिन मेरे सपने के भीतर सेमलिया कैसे आ गया। मैंने इसके पहले तो कभी भी, अपने किसी भी सपने में उसे नहीं देखा था।

लेकिन कहीं भीतर से मुझे यह कमज़ोर-सा भरोसा भी हो रहा था कि वह सब कुछ एक सपना भर नहीं था। उसमें सच्चाई ज़रूर थी। शायद मेरे साथ कोई न कोई षड्यन्त्र हुआ था।

...और इसका सबसे बड़ा प्रमाण था, यहीं इसी जगह, इस रसोई से ही साफ़-साफ़ दिखाई देने वाला, आँगन में पड़ा काँसे का वह कटोरा।

लेकिन कटोरे को तो मैंने कई बार पहले भी आँगन में उस जगह देखा था। अम्माँ अक्सर रात का बचा हुआ बासी दूध, जो सुबह तक फट जाता था, बिल्लियों के लिए रख देती थीं।

लेकिन फिर उस कटोरे के ठीक बगल में पड़ा रुई का वह फाहा! इसी से तो मैंने रात में उन्हें दूध पिलाया था।

कटोरे का बचा हुआ दूध तो रात में बिल्ली पी गयी होगी, लेकिन फाहा तो कोई नहीं खा सकता। मैं एक गहरी दुविधा और उलझन में फँसा हुआ था। मेरे दिमाग़ के भीतर कुछ धागे उलझकर कोई बरम-गाँठ बन गये थे, जिसको मैं सुलझाने में लगा हुआ था।

यह एक कठिन गुत्थी थी।

"मुझे बताओ, वे दोनों कहाँ हैं?" मैं रोते हुए अम्माँ से पूछ रहा था।

मेरा मन हो रहा था, चूल्हे पर चढ़ी हुई दोहनी को मैं उलट दूँ और उसके उबलते हुए झागदार दूध में अपने आपको जला डालूँ। इतना कि मैं मर जाऊँ। थोड़ा-बहुत अम्माँ को भी जला दूँ, लेकिन अम्माँ चुपचाप उठीं। चूल्हे पर रखी दोहनी को अपने आँचल से पकड़ा और उसे लेकर भण्डार की ओर चली गयीं। जाते हुए उन्होंने मेरी ओर देखा तक नहीं।

मैं अकेला छूट गया था। अभी-अभी जो रात बीती, उसमें मेरा एक नया संसार बना था, जो अब मिट चुका था। उसका कोई निशान कहीं बाकी नहीं बचा था। उसके बारे में मुझे कोई कुछ बता भी नहीं रहा था।

एक कोई बुलबुला या गुब्बारा था। बहुत बड़ा। साबुन के घोल का या अरंडी और थूहे के दूध का, जिसके भीतर एक फूँक भर हवा रात में फैल गयी थी। वह अब फूट चुका था। वहाँ अब कुछ भी नहीं था।

...यहाँ बाहर मैं बचा था। अकेला।

उस दिन मैंने कुछ नहीं खाया। पूरियाँ और मींजा भी नहीं, जो मुझे पसन्द थे। जिनके लिए मैं सुबह चार बजे से उठ जाता था और बाबू के नहाने और पूजा कर लेने का इन्तज़ार करता रहता था। सेवईं भी नहीं।

दोपहर भी मैंने कुछ भी खाने से मना कर दिया। मैंने पानी तक नहीं पिया। कोई लाकर देता, तो मैं गिलास दूर आँगन की तरफ़ फेंक देता।

मुझे दुनिया से और कुछ नहीं, बस वही दोनों चाहिए थे। अरेबा और परेबा। उन्हें कहीं छुपा दिया गया था। मेरे अलावा इस घर में बाकी हर कोई जानता था कि वे दोनों कहाँ हैं, लेकिन उनके बारे में मुझे कोई नहीं बता रहा था। सब जानबूझकर ऐसा कर रहे थे।

शायद मेरी पढ़ाई ख़राब होती। शायद मैं स्कूल न जाता। शायद मैं दिन-दिन भर, किताब-कॉपी छोड़कर, उन्हीं दोनों के साथ भटकता रहता। इसलिए। इसीलिए।

सभी ने कोई गुप्त समझौता कर रखा था। सब चुप थे। शायद वे यह सोचते थे कि आख़िरकार भूख से हारकर मैं खाना खा लूँगा। भूख मिट जायेगी तो मैं धीरे-धीरे रात की बात भूल जाऊँगा, लेकिन उनको मेरे बारे में कुछ भी पता नहीं था। मैं खाना और पानी क्या, अपने अरेबा और परेबा के लिए साँस तक लेना छोड़ सकता था।

या फिर शायद वे यह सोच रहे हों कि धीरे-धीरे मुझे यह लगने लगेगा कि वह सब कुछ एक सपना ही था। साबुन और हवा का एक फुग्गा। जिसके भीतर रात में एक फूँक भर हवा भर गयी थी और जो सुबह फूट गया।

लेकिन कितने मूर्ख थे वे। उनकी समझ पर मुझे अफ़सोस होता था। उन्होंने रात की घटना के सारे निशान तो मिटा डाले थे, लेकिन रुई का फाहा और काँसे का कटोरा आँगन से ग़ायब करना भूल गये थे।

फिर उस गन्ध का तो उनको पता ही नहीं था, जो अब तक मेरे कपड़ों में से आ रही थी। जंगली खरहे की अजीब-सी तेज़ गन्ध।

वह गन्ध अब भी मेरी साँस के साथ मेरे भीतर तक उतर रही थी।

मैं अरेबा-परेबा को भूल नहीं सकता था। यह असम्भव था। उनके साथ रात में जो एक नया संसार बना था, वह संसार अब अमर था।

लेकिन मुझे सबसे गहरा धक्का जिस बात से लगा था और जिससे मैं उबर नहीं पा रहा था, वह बात यह थी कि अम्माँ भी उन लोगों के साथ मेरे ख़िलाफ़ षड्यन्त्र में शामिल हो गयी थीं। वे ऐसी तो नहीं थीं। उन लोगों ने अम्माँ को शायद समझा-बुझा लिया होगा। बाबू अम्माँ से कहते भी थे कि तुम बहुत सीधी और मूर्ख हो। तुम दुनिया को नहीं जानतीं।

मेरा मन होता था कि मैं अम्माँ से जाकर कहूँ कि तुम उन दोनों को मुझे लौटा दो। मैं ख़ूब पढ़ूँगा। ख़ूब लिखूँगा। मैं हर रोज़ स्कूल जाऊँगा। जब मुझे बहुत तेज़ बुखार होगा, तब भी। और जब ख़ूब ज़ोरों की बारिश हो रही होगी और ओले गिर रहे होंगे, तब भी।

अम्माँ ने लेकिन इतना बड़ा विश्वासघात मेरे साथ किया था कि उनसे तो कुछ बोलने का मेरा मन ही नहीं कर रहा था। इस समय सबसे ज़्यादा गुस्सा मुझे जिस पर आ रहा था, वह अम्माँ ही थीं। खाना न खाकर, पानी न पीकर, अपने आपको कमरे के भीतर क़ैद करके, गिलास ज़ोरों से फेंककर मैं दरअसल अम्माँ को ही दण्ड दे रहा था। उन्होंने ठीक नहीं किया था मेरे साथ।

मैं अच्छी तरह से जानता था कि अम्माँ ने भी आज न तो पूरियाँ खाई होंगी, न सेवईं। उन्होंने दोपहर का खाना भी नहीं खाया होगा। वे बेतरह भूखी होंगी।

यह भी बिल्कुल हो सकता है कि उन्होंने भी आज दिन भर से पानी न पिया हो।

मैंने अपने आपको अपने कमरे में क़ैद कर लिया था।

अगर हर कोई मुझसे चुप है तो मैं भी अब हर किसी से चुप रहूँगा। लो, अब तो ख़ुश रहो। जो तुम कर सकते थे, तुम लोगों ने कर लिया। अब मेरी बारी है।

आख़िरकार जब दोपहर ढल रही थी और धूप का रंग बदल रहा था, तब अम्माँ मेरे कमरे में आयीं। वे चुपचाप मेरे पलंग पर बैठ गयीं और मेरे माथे पर अपनी हथेली रख दी। उन्होंने मेरा सिर सहलाना शुरू किया। उन्होंने एक-एक कर मेरी उँगलियाँ चटखाईं। उन्होंने मेरे पेट पर अपनी दो उँगलियों को आका-डाका चलाते हुए गुदगुदी पैदा करने की कोशिश की। लेकिन मैं तो पत्थर का बन गया था। मेरे शरीर में सचमुच इतना अधिक दुख भर गया था कि उसमें गुदगुदी पैदा ही नहीं हो सकती थी।

मैं उन सब लोगों के लिए मर गया था, जिन्होंने मेरे ख़िलाफ़ षड्यन्त्र किया था।

और उनमें से अम्माँ भी एक थीं।

कुछ देर बाद अम्माँ ने मुझसे बोलना शुरू किया। उनकी आवाज़ में एक अजीब-सी निर्बलता थी। आवाज़ काँप रही थी और कहीं बहुत भीतर से आ रही थी।

"यह ठीक नहीं होगा। अगर मैंने तुम्हें सब कुछ बता दिया, तो भगवान मेरे ऊपर नाराज़ हो जायेंगे। ऐसी बात किसी को बताते नहीं हैं। चाहे वह कोई भी हो।"

कुछ देर अम्माँ चुप रहीं, फिर उन्होंने कहा, "मैं बता दूँगी तो मेरे ऊपर बहुत बड़ा पाप लगेगा। महापाप। हो सकता है भगवान मुझे इसका दण्ड भी दे दें। लेकिन तुम बहुत ज़िद्दी हो। यह ठीक नहीं है। आगे चलकर तुम बहुत परेशान और दुखी रहोगे। न तो तुम कुछ खा रहे हो, न पी रहे हो। तुम्हें पता है, अगर कोई एक जून का खाना नहीं खाता तो उसकी देह से एक चिड़िया के बराबर मांस कम हो जाता है। तुमने दो जून से नहीं खाया। तुम्हारे शरीर में से दो चिड़ियों के बराबर मांस घट गया है।"

और फिर अम्माँ ने बहुत सख़्ती से मुझे घूरकर कहा, "लेकिन तुम क़सम खाकर कहो कि ये बात तुम अब और किसी को कभी नहीं बताओगे। चाहे कोई कितना भी डराये या लालच दे।"

मैंने क़सम खाई। उस बात को जानने की व्याकुलता में मेरा शरीर काँप रहा था। एक-एक पल मुझे भारी लग रहा था। मैं अम्माँ के बोलों को लगभग भूल गया था। कहीं अचानक वह अपना निर्णय न बदल दें।

"हुआ रात में यह कि जब तुम सो गये और मैंने नानी वाला गीत गाकर ख़त्म ही किया था कि ऐसी आवाज़ होने लगी, जैसे कोई जीप या कार हमारे आँगन तक आ गयी हो। वह सचमुच की आवाज़ थी।

'इतनी रात गये कौन आ गया?' मैंने सोचा, शायद तुम्हारे बड़े ताऊ अपने ट्रैक्टर से आये होंगे। लेकिन मुझे अचरज ये हो रहा था कि ट्रैक्टर यहाँ आँगन तक कैसे आ गया? हमारे घर के तो दरवाज़े ही ऐसे नहीं हैं कि यहाँ भीतर तक कोई ऐसी चीज़ आ सके।

"मैंने किवाड़ खोलकर देखा...तो क्या बताऊँ! आँगन में इतनी तेज़ रोशनी हो रही थी कि आँख को कुछ दिखाई ही नहीं पड़ता था।

मैं बुरी तरह से डर गयी। एक बात जान लो! वह आवाज़ ट्रैक्टर या जीप-कार जैसी होती हुई भी कुछ अलग ही तरह की आवाज़ थी।

"...और वह रोशनी भी, रोशनी होती हुई भी, बिल्कुल अलग तरह की ही रोशनी थी।

"मैंने सोचा शायद कोई उड़न तश्तरी हमारे आँगन में उतरी है। तभी ओसारे में रखी तिपाई से मेरा पैर टकराया और उसमें रखे पानी का जग और गिलास फ़र्श पर गिर पड़े। ज़ोरों की आवाज़ हुई। और बस! फिर तो जैसे वहाँ भूडोल आ गया।"

मैं माँ की एक-एक बात सुन रहा था। उन्होंने मेरी दाईं हथेली को कसकर अपनी मुट्ठी में जकड़ रखा था।

"जग और गिलास के तिपाई से गिरने की आवाज़ के साथ ही एक बवण्डर जैसा वहाँ उठा और पलक झपकते सब लुप्त हो गया। एकदम ग़ायब। आँगन में कुछ नहीं, बस अँधेरा बचा था।"

अम्माँ बोल रही थीं। उनकी आवाज़ में ऐसा सच था कि उनकी एक-एक बात पर मुझे विश्वास होता जा रहा था।

"मैं सबसे पहले तुम्हारे अरेबा-परेबा को ही देखने गयी। वहाँ कुछ नहीं था। उनका घर भी नहीं था। मैं घबरा गयी और लौटकर आँगन में आयी। और तभी फिर बड़े ज़ोरों की आवाज़ हुई। ऐसा लगा, जैसे आँगन में कोई भारी चीज़ गिरी हो।"

मैं सिहर गया था। अम्माँ कभी झूठ नहीं बोलती थीं। मुझसे बोलने का तो सवाल ही नहीं उठता था।

इसके अलावा सबसे महत्त्वपूर्ण बात यह थी कि इस वक़्त उनके माथे पर तीन झुर्रियाँ बनी हुई थीं। उनकी आँखें भी एक ही जगह ठहरी हुई थीं। मैं जानता था कि ऐसा तब होता था, जब अम्माँ बिल्कुल पूरा सच बोला करती थीं। मुझे उनकी बात पर विश्वास हो गया था। मैंने उनकी हथेली कसकर पकड़ ली।

अम्माँ ने गहरी साँस ली, जैसे उन्हें किसी बड़े संकट से मुक्ति मिली हो।

"बच गयी मैं। अगर उस वक्त मैं आँगन के दक्षिण की तरफ़

होती तो वे दोनों पत्थर मेरे ऊपर ही गिरते। मैंने जाकर उन पत्थरों को देखा, तो चौंक गयी।''

कुछ देर चुप रहने के बाद अम्माँ ने कहा, ''वे दोनों पत्थर, पत्थर नहीं थे। वे अरेबा-परेबा ही थे। मैंने उन्हें उठाकर घिनौची के नीचे रख दिया है। जाओ ख़ुद देख लो।''

मैं अम्माँ के साथ वहाँ गया। आँगन के दक्षिणी तरफ़, जिधर हमारा गुसलखाना था, उसी तरफ़ घिनौची थी। लकड़ी के दो खम्भों पर टिका हुआ काठ का एक पटरा। हमारे घर भर के पीने के पानी के मटके उसमें रखे जाते थे। एक ताँबे का, बाकी मिट्टी के। उसी के नीचे, अजब आकार के, बेडौल से वे दोनों पत्थर रखे हुए थे।

कत्थई और भूरे रंग के दो पत्थर के ढेले।

मैंने ग़ौर से देखा। वे सचमुच जंगली ख़रग़ोश के छौनों की तरह लग रहे थे। उनकी आँखें थीं। पीठ थी। वे सिमटकर बैठे हुए थे। उन्होंने अपने कान सिकोड़ रखे थे। वे डरे हुए लग रहे थे।

''वे लोग शायद देवताओं के बदमाश लड़के थे। अपनी उड़न तश्तरी में वे रात में घूमने निकले होंगे। लगता है जब तुम रात में, आँगन में, अरेबा-परेबा को दूध पिला रहे थे, तब उन्होंने तुम्हें देख लिया होगा। इसीलिए कहा जाता है कि आधी रात के बाद घर के बाहर नहीं निकलना चाहिए। बाहर पता नहीं किसकी किसकी आँखें अँधेरे में होती हैं।

''कभी-कभी तो रात की चिड़िया, पहरुए या कीड़े-मकोड़े भी देवताओं को धरती की सारी बात बता देते हैं। झींगुरों को तुम कम मत समझो। एक-एक आदमी की दिन भर की सारी बात, वे गा-गाकर सारी रात देवताओं को बताते हैं।

''तुम्हें मालूम है, आदमी के अलावा बाकी हर प्राणी असल में ईश्वर का जासूस होता है। चींटियाँ और मक्खियाँ तक। कुत्ते, बिल्ली, बैल और चमगादड़ तक। जुगनू भी।''

मैं अवाक् होकर उन दोनों पत्थरों को देख रहा था। हाँ, वे

अरेबा-परेबा ही थे। मैं दुख में डूब रहा था। कुछ भी हो, मैंने तो उन्हें अब खो ही डाला।

अम्माँ लगातार बोले जा रही थीं।

"आदमी लोग सोचते हैं, उन्हें कोई नहीं देख रहा। लेकिन ईश्वर के ये जासूस उन्हें हर पल देख रहे होते हैं। छिपकली, चूहे और मच्छर तक...। यहाँ तक कि पेड़-पौधे और घास तक। कई कीड़े-मकोड़े तो ऐसे होते हैं, जिनकी आँख में कैमरे का लैंस लगा होता है। कौन क्या कर रहा है, एक-एक पल की, धरती के एक-एक कोने की, एक-एक इन्सान की जानकारी लगातार भगवान तक पहुँचती रहती है..."

"लेकिन मैंने भगवान का क्या बिगाड़ा था? वे मुझसे मेरे अरेबा-परेबा क्यों छीन ले गये...?" यह मेरा सवाल था।

"भगवान ने नहीं, देवताओं के बदमाश और शरारती बच्चों ने तुम्हारे ख़रग़ोशों को चुराया। भगवान ने जब उन्हें डाँटा होगा, तो उन्होंने उन्हें पत्थर बनाकर नीचे वापस गिरा दिया...!" अम्माँ ने कहा, "अब चलो, थोड़ा-सा खा लो। सुबह की पूरियाँ, मींजा और सेवईं मैंने बचाकर रखी हैं। अगर तुम खाओगे, तो मैं भी खा लूँगी।"

मैं हालाँकि रोता रहा। अरेबा-परेबा को दो पत्थरों के रूप में वापस पाकर भी मेरे भीतर का खालीपन भरा नहीं था। इस आकस्मिक वंचना और देवताओं के बदमाश बच्चों द्वारा किये गये अन्याय की पीड़ा बहुत गहरी थी।

भला उन नन्हे-नन्हे ख़रग़ोश के बच्चों की क्या ग़लती थी, जिन्हें अकारण पत्थर के बेजान, बेडौल ढेलों में बदल दिया गया था। न अब वे साँस ले सकते थे, न भूख लगने पर रुई के फाहे से दूध पी सकते थे। पत्थर बने हुए भीतर से वे कितने बेचैन होंगे। प्यास लगती होगी, तो पत्थर बने वे कितना तड़पते होंगे।

अब तो बड़े होकर हज़ार मील दूर किसी जगल, खेत की मेंड़ या किसी आँगन में उगी दूब को देख लेने का सपना भी वे नहीं पाल सकते थे।

अम्माँ ने भी, दिन भर के बाद मेरे साथ खाना खाया। वे मुझको बहुत

अच्छी तरह समझती थीं। मेरे भीतर के दुख और खालीपन का उन्हें पूरा-पूरा पता था।

शायद इसीलिए खाना खाने के बाद उन्होंने मेरी ओर बहुत प्यार, करुणा, असहायता और उदासी के साथ देखते हुए कहा :

"लेकिन मुझे पक्की उम्मीद है कि एक-न-एक दिन, जब देवताओं के वे लड़के या कोई दूसरा नेक देवता, इधर हमारे आँगन से होकर गुज़रेगा, तो वह इन दोनों पत्थर के ढेलों को वापस अरेबा-परेबा बनाकर ज़िन्दा कर देगा...! भगवान के इतने दूत और जासूस धरती पर हैं, कोई-न-कोई तो इस अन्याय और तुम्हारे दुख के बारे में उन्हें बतायेगा ही...! मुन्ना, तुम ख़ुश रहना सीखो!"

यह घटना कम-से-कम चालीस-बयालीस साल पहले की है।

मैं कई-कई बार घण्टों, घिनौची के नीचे रखे पत्थर के उन दोनों ढेलों को घूरता रहता। देवताओं से मन-ही-मन प्रार्थना करता हुआ कि वे उन्हें जंगली ख़रग़ोश के बच्चों में वापस बदल दें।

कई-कई बार मुझे भ्रम होने लगता कि वे दोनों भूरे-कत्थई ढ़ेले धीरे-धीरे हिल-डुल रहे हैं। मैं उनके निकट जाकर उन्हें टकटकी बाँधकर घूरता। मुझे बिल्कुल लगता कि वे साँस ले रहे हैं। उनका पत्थर का शरीर धीरे-धीरे काँप रहा है।

एक बार तो मुझे पूरा यक़ीन हो गया कि उनमें से बड़ा वाला अरेबा, जो ज़्यादा सुस्त और काहिल था, वह सचमुच ज़िन्दा हो रहा है। मैं भागता हुआ गया और कटोरे में थोड़ा-सा गाय का दूध लाकर उसके मुँह से लगा दिया।

आप विश्वास करें, पत्थर का अरेबा, कटोरे का सारा दूध पी गया। उसके दुबारा जीवित हो जाने की ख़ुशी और उत्तेजना में मेरे आँसू निकलने लगे।

लेकिन मेरी बहुत प्रतीक्षा और गिड़गिड़ाने के बावजूद अरेबा वैसा-का-वैसा ही रहा। शायद दूध पीने से उसका पेट भर गया था

और वापस मेरी दुनिया में लौटने के बारे में उसकी रुचि समाप्त हो चुकी थी। वह पत्थर बना ही ख़ुश था।

इस घटना के चार-पाँच साल बाद अम्माँ मर गयी थीं। उन्हें कैंसर हो गया था। उनकी श्वासनली गल गयी थी और अन्त में वे बोल नहीं पाती थीं।

कई-कई बार एक गहरा अपराधबोध मुझे होने लगता है। कहीं मेरी ज़िद और ग़ुस्से से हारकर अम्माँ ने उस रात की जो बात मुझे बता दी और जिसका पाप उन्होंने अपने ऊपर सिर्फ़ इस कारण ले लिया कि मैं खाना नहीं खा रहा था और मेरे शरीर से दो चिड़ियों के बराबर मांस कम हो गया था, कहीं देवताओं ने उसी का दण्ड तो उन्हें नहीं दे दिया। देवता कोई आदमी तो होते नहीं कि उनके भीतर कोई दया-माया हो।

मैं हूँ ही ऐसा। अपनी ज़िद और अपने ग़ुस्से में मैं अन्धा हो जाता हूँ।

लेकिन उन देवताओं को भी तो स्वर्ग में रहने का कोई हक नहीं है, जो ख़रगोश के नन्हे-कोमल छौनों को इस तरह पत्थर के ढेले में बदल देते हैं। और किसी माँ को एक छोटी-सी बात बता देने पर उसकी साँस लेने वाली नली गला देते हैं।

कितना अभागा हूँ मैं। मैंने सेमलिया के दिये हुए जंगली ख़रगोश के दोनों बच्चों, अरेबा-परेबा को ही नहीं, अपनी माँ को भी खो डाला, जो दुनिया में सबसे अच्छी थी।

अब मैं बूढ़ा हो रहा हूँ, लेकिन हमारे गाँव के घर के आँगन में अम्माँ के रखे हुए वे दोनों पत्थर अभी भी मौजूद हैं।

मैं अब तब की तरह छह-सात साल का नहीं हूँ। अब यह मैं अच्छी तरह से जानता हूँ कि उस रात वास्तव में क्या हुआ होगा।

दरअसल, परछी और भण्डार की दीवार की संध में अम्माँ का बनाया घर उतना सुरक्षित कभी नहीं था। तार की जाली का दरवाज़ा जो इधर-उधर की दीवाल पर, अँधेरे में किसी तरह ठोंकी गयी दो कीलों पर टिका था, वह एक मामूली झटके में गिर जाने वाला था। कीलों समेत।

उस रात जब मैं सो गया था और अम्माँ अपनी माँ यानी नानी का गीत गा रही थीं, उसी वक़्त वह बनैला, हिंसक और आवारा वन-बिलाड़, जिसे हम बग्घा कहते थे और जो अपने ही बच्चों का गला काट डालता था, वहाँ आया होगा।

उसे ख़रग़ोश के छौनों के नर्म, भूरे-कत्थई रोयों से उठती गन्ध मिल गयी होगी।

हो सकता है वह तभी से अँधेरे में घात लगाए बैठा रहा हो, जब मैं उन दोनों को रुई के फाहे से दूध पिला रहा था।

उसकी आहट से चौंककर अम्माँ किसी तरह अँधेरे में रास्ता टटोलते हुए वहाँ तक पहुँची होंगी, क्योंकि रात में मिट्टी का तेल बचाने के लिए वे हमेशा लालटेन बुझा देती थीं। तब तक बग्घा ने अरेबा-परेबा को काट डाला होगा।

वे थे भी कितने छोटे। और कोमल। कत्थई-भूरी रुई की दो नन्हीं गठरियों की तरह।

जैसा मैं था, अम्माँ यह अच्छी तरह जानती थीं कि मैं उस हादसे को सह नहीं पाऊँगा। उन्होंने सबसे ज़्यादा अपने आपको अपराधी माना होगा। उन्होंने सोचा होगा कि अगर वे लालटेन ले लेतीं और रोशनी में कीलें ठोंकी होतीं, तो तार की जाली का फाटक इतना कमज़ोर न होता। दरअसल कीलें दीवारों में धँसी ही नहीं थीं, इसीलिए सुबह जब मैंने देखा तो उनके निशान मुझे नहीं दिखे थे। निश्चित ही वे इस हादसे के लिए अपने आपको ज़िम्मेदार मानती रही होंगी। अम्माँ ने इसीलिए उस रात वह सब किया, जो मैं अपने अनुमान के आधार पर आज चालीस-बयालीस साल बाद आपको बता रहा हूँ।

अम्माँ उस रात वहाँ पहुँचकर स्तब्ध रह गयी होंगी। अपनी समझ से उन्होंने अरेबा-परेबा के लिए हर तरह से एक सुरक्षित और अभेद्य घर बनाया था।

फिर उन्होंने अरेबा-परेबा के मृत शरीरों को उठाया होगा और उन्हें घर के पिछवाड़े, जिधर नदी बहती है, वहाँ कहीं गड्ढा खोदकर उन्हें

दबाया होगा। गड्ढा खोदने के लिए उन्हें भण्डार घर में रखा सब्बल, उस अँधेरे में खोजकर निकालना पड़ा होगा। क्योंकि तेल बचाने के लिए लालटेन वे ख़ुद सोने के पहले बुझा देती थीं।

इसके बाद उन्होंने घर के पिछवाड़े ही कहीं, अरेबा-परेबा के घर में डाले गये रज़ाई के टुकड़ों और मेरी पुरानी कमीज़ को जलाया होगा। अगर मैं उस दिन ज़िद और गुस्से में भरकर अपने आपको कमरे में बन्द न कर लेता, बल्कि अ़रेबा-परेबा की खोज में बाहर निकल जाता, तो उन कपड़ों के जलने का सबूत मैं वहाँ पा सकता था। मैं दावे के साथ कह सकता हूँ कि वहाँ कहीं-न-कहीं राख ज़रूर रही होगी।

इसके बाद अम्माँ ने धीरे-धीरे अरेबा-परेबा के होने के सारे निशानों को मिटाया होगा। उन्हें यह पूरा भरोसा रहा होगा कि अगली सुबह वे मेरे भीतर यह भ्रम पैदा करने में सफल हो जायेंगी कि वह सब कुछ पिछली रात का एक सपना था और कुछ नहीं।

जैसा मैं था, उन्हें भरोसा रहा होगा कि वे मुझे इस भ्रम या दुविधा में डालने में कामयाब हो जायेंगी कि मैंने वह सब कुछ नींद में ही देखा था और उसे सच समझ बैठा था।

लेकिन अम्माँ आँगन से काँसे का कटोरा और रुई का फाहा हटाना भूल गयीं। यही सबसे बड़ी चूक उस रात उनसे हुई। और उन्हें उस गन्ध का पता ही नहीं था, जो अरेबा-परेबा के कारण ख़ुद मेरे शरीर और कपड़ों से उठने लगी थी।

...और फिर दूसरे दिन, मेरे लगातार रोते रहने और खाना-पीना छोड़ देने पर, पूरी दोपहर वे नदी की कछार में दूर-दूर तक भटकती रही होंगी।

वहीं उन्होंने ख़ूब सोच-समझकर एक कहानी गढ़ी होगी। ...और वहाँ उन्होंने दो ऐसे पत्थरों को अन्ततः खोज निकाला होगा, जो जंगली ख़रग़ोश के बच्चों जैसे हों। माँ ने उन दोनों पत्थर के ढेलों को आँगन के दक्षिणी तरफ़, घिनौची के नीचे लाकर रखा होगा।

इस पूरे दौरान वे अपने भीतर-भीतर वह कहानी बुनती रही होंगी। वे अच्छी तरह से जानती थीं कि मैं उनसे बहुत प्यार करता था और

अगर दुनिया में किसी पर सबसे ज़्यादा विश्वास करता था, तो वह ख़ुद थीं। अम्माँ।

इसके बाद वे मेरे कमरे में आयी होंगी और मुझे वह कहानी सुनाई होगी।

लेकिन यह तथ्य आप बिल्कुल मत भूलिए, और मैं भी इसे कभी, बहुत सारी कोशिशों के बावजूद नहीं भूल पाता कि इतना सब करते हुए अम्माँ लगातार भूखी और प्यासी थीं।

वे रात भर सो भी नहीं सकी थीं, क्योंकि सुबह उठते ही उन्हें बाबू के व्रत के निवारण के लिए पूरियाँ, बेसन का स्वादिष्ट मींजा और गाढ़े दूध की सेवईं बनानी थीं।

और इतना सब करने के बावजूद वे अब तक इसलिए भूखी थीं कि मैं भूखा था।

अम्माँ अब नहीं हैं, लेकिन उनके लाये गये दोनों पत्थर अब भी हमारे आँगन में मौजूद हैं। और यह सच है कि कहानी लिखना मैंने किसी और से नहीं, अम्माँ से ही सीखा है। लेकिन हमेशा की तरह अब मैं आप सबको वह घटना बता रहा हूँ, जिसके बिना कोई भी कहानी कभी पूरी नहीं होती। एक ऐसी घटना, जिस पर मुझे स्वयं भी आश्चर्य होता है।

यह घटना सन् 2001 की मई के महीने की है।

उस रात मैं अपने घर के आँगन में अपनी खाट पर लेटा हुआ था। घर के सारे लोग सो चुके थे। ऊपर आकाश ख़ूब गहरा, स्याह-नीला और बिल्कुल निरभ्र था। बिल्कुल साफ़। सृष्टि के पहले, स्वच्छ, नवजात आकाश की तरह।

...और असंख्य नक्षत्र, ग्रह और उपग्रह उस आकाश के समूचे विस्तार में अनगिनत तारों की तरह दूर-दूर तक टिमटिमा रहे थे।

ऐसा आकाश आप शहर के लोगों के पास नहीं होता।

सम्भवतः चतुर्दशी का चन्द्रमा था। लगभग पूरा होता हुआ। उसका ठण्डा, शान्त, पीला और महीन उजाला हर तरफ़ फैल रहा था।

हमारा आँगन चन्द्रमा की उस पीतल के रवे जैसी हल्दिया धूल से ढँक गया था।

और तभी मैंने देखा।

मैंने अपनी आँखें मलीं। मैं जाग रहा था।

मैंने साफ़-साफ़ देखा, घिनौची के नीचे रखे वे दोनों पत्थर हिलने-डुलने लगे।

फिर मैंने देखा, वे दोनों पत्थर के ढेले आँगन में यहाँ-वहाँ उगी दूब के बीच पहले रेंगने, और फिर कुछ पलों बाद दौड़ने लगे।

निश्चित ही वे दोनों अरेबा-परेबा ही थे।

उन्हें देवताओं ने वापस जीवित कर दिया था। वे आँगन में खेल रहे थे। निर्भय। कत्थई-भूरी रुई की दो नन्हीं-नन्हीं गठरियाँ।

...और उनके रोयों से उठने वाली वह अजब चिरागध जंगली गन्ध। वह गन्ध चारों ओर फैल रही थी। समूचे आँगन में, चन्द्रमा के शीतल उजाले में घुलकर मेरी साँस के साथ मेरे भीतर तक उतरती हुई।

मैं डर गया। कहीं बग्घा आ गया तो?

अब तो अम्माँ भी नहीं हैं, जो उन दोनों छौनों की हत्या के बाद उनकी जगह पर पत्थर रख दें। और अब तो बग्घों की संख्या भी बहुत ज़्यादा हो चुकी है। वे अकेले नहीं, अब तो झुंड और गिरोहों में रहते हैं। मैंने उन्हें बड़ी-बड़ी इमारतों के भीतर, कुर्सियों पर भी बैठे देखा है। संसार का हर कोमल, पवित्र, निष्कवच और सुन्दर जीवन इस समय गहरे ख़तरे के बीच है।

आप ग़ौर से देखें, हमारे समय की हर दीवार पर ख़ून के छींटे हैं।

आप स्वयं बताइए, क्या मेरे डर का कोई आधार नहीं है?

आप यह भी बताइए कि क्या आप इसी तरह चुप देखते रहेंगे और बग्घे वारदात करते रहेंगे?

पॉल गोमरा का स्कूटर

हिन्दी कवि पॉल गोमरा ने स्कूटर ख़रीदने का निर्णय लिया। यह अभी साल-दो साल पहले की बात है। वे उत्तर प्रदेश के ग़ाज़ियाबाद की कवि नगर नामक कॉलोनी में रहते थे और दिल्ली के आई.टी.ओ. पुल के पास बहादुरशाह जफ़र मार्ग पर स्थित एक राष्ट्रीय दैनिक के दफ़्तर में काम करते थे। उनकी उम्र पैंतालीस पार कर रही थी। वज़न पिछले चार-पाँच सालों में अचानक बढ़ गया था। कमर के इर्द-गिर्द, गरदन और कन्धों पर चर्बी जमा हो गयी थी। पेट निकल आया था, जिसे वे 'फ्रॉड' मानते थे, क्योंकि उनकी खुराक वास्तव में बहुत कम थी। मक्खन, दूध, मांस, आइसक्रीम, चॉकलेट वग़ैरह फैट पैदा करने वाली चीज़ें वे खाते नहीं थे। रोटी और आलू उनका नियमित लंच था। इसके बावजूद वे मोटे, गोल और गंजे हो रहे थे।

पॉल गोमरा कवि थे, हिन्दी भाषा के कवि। उनके नाम से ज़रूर ऐसा लगता था कि वे लातीनी अमेरिका या किसी अफ्रीकी देश के कवि होंगे या फिर रेमो फर्नांडीज, नताशा अलबुकर्क, अपाची इंडियन की तरह उनका आनुवंशिक जैविक सूत्र सुदूर अतीत में किसी अप्रवासी जाति की नस्ल से जुड़ा होगा, लेकिन तथ्य यह नहीं था।

जब अपना नाम वे किसी को बताते तो वह देर तक उन्हें देखता—यह सोचते हुए कि जैसे आलू, तम्बाकू, मिर्च या अमरूद ब्राज़ील और पेरू से पुर्तगालियों की बदौलत भारत तक पहुँचे और यहाँ की मिट्टी और जलवायु ने उन्हें अपना बना लिया, उसी तरह पॉल गोमरा के जैविक सूत्र भी दक्षिण अफ्रीका या क्यूबा से, उनके अज्ञात पुरखों

के साथ चलकर यहाँ तक पहुँचे होंगे और अन्ततः राजधानी दिल्ली की सरहद पर ग़ाज़ियाबाद नामक शहर में स्थायी रूप से आबाद हो गये होंगे। या क्या पता वे पश्चिम से नहीं, बल्कि नारियल की तरह दक्षिण-पूर्व की ओर से आये होंगे। मलेशिया, इंडोनेशिया या जावा-सुमात्रा से। या फिर हो सकता है कि काग़ज़ की तरह चीन से तुर्की-ईरान होते हुए भारत पहुँचे हों। यह सम्भावना भी थी कि वे कहीं और पैदा होकर कहीं और से होते हुए कवि नगर, ग़ाज़ियाबाद तक पहुँचे हों।

"आपकी ओरिजिन क्या है? मतलब आपके पूर्वजों का कहाँ से यहाँ आना हुआ?" उनसे अक्सर पूछा जाता, "शक्ल से तो आप विदेशी नहीं लगते?"

"मैं हूण हूँ!" पॉल गोमरा कहते, फिर हँसते। फिर थोड़ी देर ठहरकर वे प्रश्न करने वाले से पूछते, "क्या आप बता सकते हैं कि अण्डा भारत में किस ईसवी सन् में आया! इसे तुर्क-मुग़ल लेकर आये या डच, अंग्रेज़, पुर्तगाली?"

वे सामने वाले की परेशानी का जायज़ा लेते, फिर गम्भीरता के साथ कहते, "प्रख्यात इतिहासकार फ्रांस्वा बर्नियर और आर. पामदत्त के अनुसार सन् 1498 ई. में दक्षिण में मलाबार समुद्री तट पर वास्कोडिगामा के साथ आने वाला पुर्तगाली वनस्पतिशास्त्री गार्सिया द ओर्ता पहली बार अंडा लेकर होंडुरास से भारत आया। इसके पहले भारतीय चिड़ियाँ अंडे देना नहीं जानती थीं।"

वास्तविकता यह थी कि पॉल गोमरा तो जन्मजात उत्तर प्रदेश थे, जैसा कि हिन्दी के ही एक कवि स्वर्गीय धूमिल ने अपनी एक कविता में लिखा था, "मैं भाषा में भदेस हूँ, इतना कायर हूँ कि उत्तर प्रदेश हूँ," तो कवि पॉल गोमरा भी खासे भदेस थे। अरहर की दाल, भात, चोखा, आम का अचार, कढ़ी, धनिये की चटनी जैसी चीज़ों में उनके प्राण बसते थे। वे कायर भी थे, क्योंकि तमाम जलालत के बावजूद वे पिछले सालों से उसी दफ़्तर में नौकरी करते आ रहे थे, जहाँ न कभी उनको कोई प्रमोशन मिला था, न कोई सम्मान।

अपने सिद्धान्तों और विचारों में वे क्रान्ति और सामाजिक परिवर्तन के प्रबल समर्थक थे, लेकिन नौकरी के मामले में वे स्टेट्सकोइस्ट (यथास्थितिवादी) थे। कई-कई बार तो जब उन्हें लगता कि अब उनकी नौकरी पर कोई आफ़त आने वाली है, वे थरथर काँपते। अन्न-जल का परित्याग कर देते। मौनव्रत धारण कर लेते। एक बार ऐसी ही स्थिति में उन्हें दिल का पहला 'हल्का हमला' (माइल्ड हार्ट अटैक) हो चुका था। एक बार तो वे नौकरी छूट जाने के भय में ग़ाज़ियाबाद से मेरठ जाने वाली सड़क के क़रीब, बारह फुट गहरे गड्ढे में, आधी रात अपने आपसे बातें करते हुए और गड्ढे के सामने गिड़गिड़ाते हुए पाये गये थे।

ऐसा नहीं था कि वे नाकारा या अयोग्य थे। वे घनघोर परिश्रमी थे। प्रूफ़रीडिंग, सबिंग और लेआउट का काम भूत की तरह करते थे। इतिहास का उन्हें अपार ज्ञान था, लेकिन वर्तमान उनकी समझ में नहीं आता था। बहुत प्रयत्नपूर्वक एकाग्रचित्त होकर वे कभी-कभार वर्तमान को समझने का प्रयत्न करते, तब तक वह बदल जाता था। ख़ासतौर पर पिछले दस साल में तो देखते-देखते पूरी दुनिया ही बदल गयी थी। उनका अख़बार मोनोप्रिंटिंग के इतिहास से निकलकर, फ़ोटो कम्पोजिंग से होता हुआ अब पूरी तरह कम्प्यूटराइज्ड हो चुका था। सैटेलाइट प्रक्षेपण से पृष्ठ के पृष्ठ पलक झपकते दिल्ली से बम्बई और अहमदाबाद पहुँच जाते। मोटे लेंस का चश्मा आँखों पर चढ़ाये, चिमटी से टाइप फेस बीन-बीनकर एक-एक अक्षर, मात्रा और शब्द बनाते, बीड़ी फूँकते, खैनी मलते बूढ़े कम्पोजीटर्स अब नहीं रहे गये थे। उनके साथ ही 'जो हमसे टकरायेगा चूर-चूर हो जायेगा,' 'लालकिले पर लाल निशान, माँग रहा है हिन्दुस्तान!' जैसे नारे, यूनियनबाजी, दारूखोरी, ठहाके और सारी मस्ती ग़ायब हो गयी थी। उनकी जगह अब स्कूटर और लेज़र प्रिंटर पर बैठने वाले जींस-बीयर वाले फ़ोर फिगर सैलरी के उत्तर-आधुनिक कम्पोजीटर्स आ चुके थे।

युगान्तर के इस उथल-पुथल भरे सीमान्त पर खड़े हिन्दी कवि पॉल गोमरा भौचक थे। यूगोस्लाविया, जर्मन जनवादी गणराज्य, सोवियत संघ जैसे विशाल राष्ट्र और सुपर पावर्स पृथ्वी के राजनीतिक नक्शे से

विलुप्त हो चुके थे। समाजवाद का यूरोप से सफाया हो चुका था और लोग बेसब्री से एशिया और तीसरी दुनिया से उसके ग़ायब हो जाने का इन्तज़ार कर रहे थे। बात अगर इतनी ही होती तो पॉल गोमरा को इतनी चिन्ता न होती। वे देख यह रहे थे कि जितनी तेज़ी से पूर्वी यूरोप में समाजवाद साफ़ हुआ था, उतनी ही तेज़ी से दिल्ली से निकलने वाली हिन्दी पत्रिकाएँ और अख़बार साफ़ हो रहे थे। इन दोनों के बीच क्या 'कनेक्शन' है, यह उनकी समझ में नहीं आ रहा था।

बाज़ार अब सभी चीज़ों का विकल्प बन चुका था। शहर, गाँव, क़स्बे बड़ी तेज़ी से बाज़ार में बदल रहे थे। हर घर दुकान में तब्दील हो रहा था। बाप अपने बेटे को इसलिए घर से निकालकर भगा रहा था कि वह बाज़ार में कहीं फिट नहीं बैठ रहा था। पत्नियाँ अपने पतियों को छोड़-छोड़कर भाग रही थीं, क्योंकि बाज़ार में उनके पतियों की कोई ख़ास माँग नहीं थी। औरत बिकाऊ और मर्द कमाऊ का महान चकाचक युग आ गया था।

अभी आठ महीने पहले किशनगंज के जनता फ़्लैट में रहने वाली, सर गंगाराम हॉस्पिटल के सफ़ाई कर्मचारी राम औतार आर्य की सत्रह साल की बेटी सुनीला रातोरात मालामाल हो गयी थी, क्योंकि किसी टीवी के विज्ञापन में वह आठ फुट बाइ चार फुट साइज के विशाल ब्लेड के मॉडल पर नंगी सो गयी थी। सुनीला को अपने चेहरे पर उस ब्राण्ड के ब्लेड से होने वाली शेविंग से उपजने वाले, चिड़ियों के पर के स्पर्श जैसे सुख और आनन्दातिरेक को दस सेकण्ड के भीतर-भीतर व्यक्त करना था। यह काम अपने चेहरे के क्लोज शॉट में उसने इतनी निमग्न कुशलता और स्वप्नातीत भावप्रवणता के साथ किया था कि देश के एक सबसे बड़े चित्रकार ने एक अंग्रेज़ी अख़बार में वक्तव्य दिया था कि वे एक हफ़्ते में उस विज्ञापन को डेढ़ सौ बार देख चुके हैं और अब आने वाले दो वर्षों तक वे लगातार सुनीला के न्यूड्स ही बनायेंगे।

इसी तरह बिहार के छपरा ज़िले के प्राइमरी स्कूल की टीचरी का काम छोड़कर अपने उचक्के प्रेमी के साथ दिल्ली भाग आने वाली आशा

मिश्रा नाम की लड़की कंटेसा क्लासिक में चल रही थी। उसने किसी विज्ञापन में एक बलिष्ठ काले रंग के अरबी घोड़े की खुरदरी पीठ पर बैठकर, अपने पारभासक जाँघिए के भीतर से 'द ब्लैक हॉर्स' नामक बीयर की बोतल निकालकर छातियों में उँड़ेल ली थी और घोड़े की पीठ पर बैठी-बठी वह ख़ुद बीयर की झाग में बदल गयी थी। काले घोड़े की खुरदुरी पीठ पर सिर्फ़ आशा मिश्रा का फेन बचा था, जो धीरे-धीरे उस बीयर की ब्राण्ड में बदल रहा था।

इस विज्ञापन की राष्ट्रीय स्तर पर मीडिया विशेषज्ञों और अन्य बौद्धिकों के बीच बहुत चर्चा हुई थी। लेकिन इस विज्ञापन को बनाने वाली 'एड कम्पनी' ने दावा किया था कि आशा मिश्रा के अण्डरवियर से निकलती हुई बीयर की बोतल का शॉट और छाती में बीयर उलटते ही आशा मिश्रा के स्तनों का झाग में रूपान्तरण इतना प्रभावशाली है कि इसमें इस नये ब्राण्ड की मार्केटिंग का टेकऑफ़ ही ज़बरदस्त होगा। इस विज्ञापन के प्रिव्यू सर्वे के दौरान कम्पनी ने पाया था कि बीस सेकण्ड के इस विज्ञापन को देखते हुए हर दस में से सात पुरुषों ने, जिनका आयु वर्ग 15 से 60 वर्ष का था, 'मास्टरबेट' की इच्छा का प्रभाव स्वीकार किया था।

इस तरह स्पेन के प्रसिद्ध अति-यथार्थवादी चित्रकार सल्वादोर दाली की घड़ियों की तरह घोड़े की पीठ पर बैठी आशा मिश्रा पिघलकर बीयर का फेन बन गयी थी और अपने समय की सामूहिक चेतना में चुपचाप प्रवाहित हो गयी थी। परिणाम यह कि हर एक करोड़ में से सत्तर लाख दर्शकों ने 'सेक्स की फीलिंग' अपने भीतर पायी थी और 'द ब्लैक हॉर्स' बीयर अनुमानित लक्ष्य से 27 प्रतिशत ज़्यादा बिक्री दर्ज करा गयी थी।

यह सब कुछ पॉल गोमरा की आँखों के सामने, उनके देखते-देखते हो रहा था। यथार्थ मशीन युग से निकलकर इलेक्ट्रॉनिक और उसके आगे के युग में जा रहा था। बच्चे जादुओं, परी-कथाओं और डायनासोर जैसे प्रागैतिहासिक जन्तुओं के साथ गिल्ली-डण्डा या बेसबॉल खेल रहे थे। वे हनुमान जी, भीष्म पितामह और कृष्ण जी को कैडबरीज़ के चॉकलेट

खिला रहे थे और मैकडॉवेल का सोडा पिला रहे थे। सड़कछाप गुण्डों और उचक्कों के पास ऐसे उपकरण आ चुके थे कि वे कुछ ही मिनटों में देशभर के तमाम शहरों की असंख्य इमारतों को धमाकों के साथ मलबों में बदल सकते थे। भीड़ को मारना, यात्री गाड़ियों को उड़ाना और हवाई जहाज़ों का अपहरण मामूली लफंगों का खेल हो गया था।

पॉल गोमरा की आँख जो देख रही थी और दिमाग़ जो सोच रहा था, उसके बीच की संगति और तर्क गड़बड़ा गये थे। संन्यासी वातानुकूलित गाड़ियों में तीर्थयात्रा कर रहे थे और एन.आर.आई. पूँजी तथा पेट्रो डॉलर्स से कारसेवा करा रहे थे। अन्तर्राष्ट्रीय शस्त्र बाज़ार में तान्त्रिक विभिन्न राष्ट्रों के बीच मिसाइलों, पनडुब्बियों और लड़ाकू विमानों की ख़रीद-फ़रोख़्त में दलाली कर रहे थे। पच्चीस साल से गले तक गड्ढे में धँसे एक योगी ने कई देशों के कई शहरों में पाँच सितारा होटल खोल रखे थे और पचास साल से पेड़ की मचान पर टँगे एक बाबा के पैर के अँगूठे की छाप अपने माथे पर लगवाने के लिए विश्व के सबसे बड़े लोकतन्त्र का समूचा कैबिनेट कतार बनाकर कीचड़ में खड़ा था। प्रधानमन्त्री इतिहास के सबसे बड़े ठग को सार्वजनिक रूप से लगातार चूमे जा रहा था। पाँच साल पहले एक गाँव में सोते हुए सड़सठ लोगों को गोलियों से भून डालने वाले डाकू की जीवनी पर बनी फ़िल्म सुपर हिट हो गयी थी और उसे ऑस्कर अवार्ड मिलने वाला था। महात्मा गाँधी को अश्लील गालियाँ देकर राष्ट्र का एक सम्मानित समलैंगिक मीडिया स्टार बन चुका था।

भूतल राज्य परिवहन की हज़ारों ख़ूनी रंग की बसों में नादिरशाह का जिन्न सवार हो गया था और हर रोज़ पचासों बच्चों, औरतों और साधारण लोगों को अपने टायरों के नीचे कुचल रहा था।

चारों ओर ख़ून, भ्रम, अपराध, दंगे, दौलत, लालच और लाशें फैल रही थीं।

उस रोज़ शाम को आठ बजकर चालीस मिनट पर कनॉट प्लेस के मद्रास होटल के पीछे जब ग़ाज़ियाबाद जाने वाली बस पर हर रोज़ की तरह पॉल गोमरा सवार हुए, तो वे दिन भर के काम से इतना थक

चुके थे कि बस की टूटी उघड़ी सीट के चुभते हुए फ्रेम के बावजूद उन्हें नींद आ गयी। जब कण्डक्टर ने उन्हें जगाया तो वे बस में अकेले बचे थे और बस काफ़ी देर से ग़ाज़ियाबाद के डिपो में खड़ी हुई थी। डिपो से कवि नगर कॉलोनी लगभग तीन किलोमीटर दूर थी।

पॉल गोमरा हर रोज़ दफ़्तर जाते हुए अपने साथ प्लास्टिक के चपटे-चौकोर लंच बॉक्स में चार रोटियाँ, आधा प्याज, अचार की एक फाँक और दो आलू के आठ टुकड़े ले जाते थे। लेकिन पहले की ही तरह आज फिर उनका लंच तीन लोगों में बँट गया था और उनके हिस्से में सिर्फ़ एक रोटी और आलू के डेढ़ टुकड़े आये थे। वे भूखे थे, इसलिए उन्होंने तय कर रखा था कि घर पहुँचते ही वे पत्नी को सबसे पहले चार रोटियाँ सेंकने को बोलेंगे।

लेकिन जब कवि नगर के अपने एल.आई.जी. फ़्लैट तक पहुँचकर उन्होंने कॉलबेल बजायी और दरवाज़ा खुला तो वे गिरते-गिरते बचे। उनके घर का दरवाज़ा उनकी पत्नी स्नेहलता सक्सेना ने नहीं, मशहूर मॉडल मेहर जेस्सिया ने खोला था। रोलर और कण्डीशनर से घुँघराले हो गये बाल, जिन्हें ड्रायर से सुखाकर चमकीला बना दिया गया था, भूरे और कत्थई होकर पंखे की हवा में काँप रहे थे। साँवला रंग बदलकर हल्का हरा और आसमानी हो गया था। पलकों में सुनहरा शैडो। शरीर में मांट्रियल की प्रसिद्ध यू डि कोलन शैंटिली की ख़ुशबू आ रही थी। उसने हल्के गुलाबी और सलेटी रंग की जो लिंगरी पहन रखी, उसकी मूल डिज़ाइन की परिकल्पना पेरिस के फ़ैशन डिज़ाइनर रोम्याँ कार्तिएँ ने की थी।

पॉल गोमरा की निगाह अन्दर कमरे की ओर गयी। आठ साल का उनका बेटा मंटू, जिसकी मोच का इलाज परसों ही उन्होंने नूरानी तेल की मालिश से किया था और जिसे वे वैशाख-जेठ की दोपहर भुने हुए जौ और चने का सत्तू खिलाया करते थे, वह कमरे के बीचोबीच स्टीरियों डेक में मैडोना का कैसेट चलाकर डाँस कर रहा था।

हिन्दी कवि पॉल गोमरा को चक्कर आ गया। यह ठीक से पता नहीं कि थकान के कारण, भूमण्डलीकरण की व्याप्ति के कारण, मैडोना

और मंटू के कारण या अभी-अभी घटित होने वाले दृश्यात्मक आघात के कारण। लेकिन वे धम्म से सोफ़े पर गिर गये और दोबारा सचेत तब हुए, जब पत्नी द्वारा दिये गये एक गिलास पानी को सूखे हुए हलक के नीचे गट-गट उतार गये।

उसी रात, जब उनकी तीनों सन्तानें नींद में थीं और जब हिन्दी कवि पॉल गोमरा अपने टीवी सेट पर स्टार चैनल द्वारा दिखाये गये 'बोल्ड ऐण्ड ब्यूटीफुल' के बाद जैन टीवी में 'किस मी गुडबाय' नामक हॉलीवुड की फ़िल्म देख रहे थे और शैंटिली की ख़ुशबू के बीच, हल्के हरे-आसमानी रंग की मॉडल के साथ सहवास कर रहे थे, उसी दौरान उनका विवेक जाग्रत हुआ था और उन्होंने दो फ़ैसले किये थे।

ये दोनों ही फ़ैसले हिन्दी कवि पॉल गोमरा के जीवन के अत्यन्त महत्त्वपूर्ण फ़ैसले थे और प्रतीकात्मक रूप से उन दोनों फ़ैसलों का दायरा बहुत व्यापक और गुगीन सन्दर्भों से सम्पृक्त था।

उनके पहले फ़ैसले के भीतर ही उनके नाम पॉल गोमरा की व्युत्पत्ति का रहस्य छिपा हुआ था, क्योंकि इस फ़ैसले के पहले तक उनका नाम पॉल गोमरा था ही नहीं। जहाँ तक दूसरे फ़ैसले का सम्बन्ध है, तो वह बदलते हुए तकनीकी समाज, बाज़ार और 'उत्तर आधुनिक-उत्तर ऐतिहासिक यथार्थ' के साथ तालमेल बिठाने और संवाद बनाने की उनकी पहली गम्भीर और सुनियोजित कोशिश से जुड़ा हुआ था।

पहला फ़ैसला

पॉल गोमरा का असली अर्थात् मूल नाम उनके मुदर्रिस पिता ने बीसवीं सदी के मध्य में बहुत प्यार और चिन्तन-मनन के बाद रखा था। उनके पिता रामपुर ग्रियर्सन वर्नाक्यूलर हाईस्कूल में हिन्दी के अध्यापक थे। आज़ादी के बाद वह स्कूल सर दौलतराम गवर्नमेंट इंटर कॉलेज में बदल गया था। उन्हें हिन्दी, ब्रज भाषा, अवधी, बंगला और संस्कृत साहित्य से गहरा अनुराग था। वे 'अवन्तिका', 'सरस्वती', 'सुकवि', 'चाँद', 'मतवाला' जैसी पत्रिकाएँ नियामित मँगाते थे। उस समय तक न तो पॉल गोमरा का जन्म हुआ था, न उनके इस विलक्षण नाम का ही अस्तित्व था।

उसी कॉलेज में संस्कृत के एक प्राध्यापक थे श्रीकृष्ण प्रपन्न शास्त्री, जो एक बार दो-ढाई महीनों के लिए, वरिष्ठता और ग्रह-स्थिति के कारण उस कॉलेज के 'कार्यकारी प्रधानाचार्य' बन गये थे। अपने प्रधानाचार्यत्व के अत्यन्त क्षणजीवी अल्पकाल में उन्होंने कॉलेज में शास्त्रोक्त अनुशासन का ऐसा कठिन और दुःसाध्य पर्व चलाया था कि दो महीने के भीतर-भीतर वहाँ छात्र और कर्मचारी हड़ताल पर चले गये थे। उन दिनों रामपुर की हर दीवार, नुक्कड़ और स्टेशन आने वाली मालगाड़ी के डिब्बों में एक नारा जगह-जगह लिखा दिखायी देता था, 'शास्त्री जी गुरु घण्टाल, जिनकी छाती में जमे हैं बड़े-बड़े बाल'। प्रगट है, यह नारा किशोरवय के उन रोमहीन छात्रों द्वारा लिखा गया था, जिनकी बाल-दृष्टि में सघन रोमधारी, शास्त्रोक्त पुंसत्व से सम्पन्न, दीर्घाहारी, लम्बोदर तथा शिखायुक्त शास्त्री जी किसी चिम्पैंजी या गुरिल्ला से भिन्न नहीं दिखायी देते थे। आदिमानव, वैदिक युग के नीएण्डेर्थल मैन।

यही शास्त्री जी जब ढाई महीने के भीतर-भीतर भाग्यदोष के कारण असम्मानजनक ढंग से प्रधानाचार्यत्व के पद से हटा दिये गये, तो उनमें कुछ अस्वाभाविक लक्षण प्रगट होने लगे थे। उदाहरणार्थ, अकेले में, कहीं बैठे हुए, चलती हुई बातचीत या कक्षा में पढ़ाते हुए, वे अचानक ही अपनी आँखें मूँद लेते थे और लगभग तुरीयावस्था में लीन होकर 'हे राधे, हे राधे, राधे, राधे' करने लगते थे। शास्त्री जी कृष्णभक्त हो गये थे, सखी सम्प्रदाय के समर्पित अनुरागी। और राम से उन्हें इतनी अरुचि हो गयी थी कि किसी के 'जय राम जी की शास्त्री जी' कहते ही वे प्रचंड क्रोध की भावदशा में चले जाते थे। सर दौलतराम गवर्नमेंट इंटर कॉलेज, रामपुर के उनके सहकर्मी अध्यापकों का मानना था कि राम के प्रति शास्त्री जी के वैमनस्य और मोहभंग की जड़ें उनके प्रधानाचार्यत्व के पद से हटने की ज़मीन में कहीं धँसी हुई हैं।

बाद में, रिटायरमेंट के बाद से मृत्युपर्यन्त शास्त्री जी 'जै राम जी की' के नाम से ही रामपुर में प्रसिद्ध रहे। कहते हैं कि शास्त्री जी ने भारत के प्रथम प्रधानमन्त्री पण्डित जवाहरलाल नेहरू को एक लम्बा,

मीमांसापरक और तत्त्वज्ञान से भरपूर—जिसमें काव्यशास्त्र, पुराण और स्मृतिग्रन्थों के अर्थवान उद्धरण थे—पत्र लिखा था। इस पत्र में उन्होंने रामपुर का नाम बदलकर गोपालपुर अथवा राधाग्राम करने के पक्ष में तर्क दिये थे। प्रधानमन्त्री के कार्यालय से उन्हें इस पत्र की पावती भी प्राप्त हुई थी, जिसके ऊपर अशोक स्तम्भ के तीन सिंह और सत्यमेव जयते की मुहर लगी थी।

बहरहाल, जब तक शास्त्री जी जीवित रहे, रामपुर के बच्चे उन्हें देखते ही मधुमक्खियों की तरह उनके पीछे पड़ जाते और उनके चारों ओर उड़-उड़कर 'जै राम जी की, जै राम जी की' के नारे लगाते और शास्त्री जी क्रोधाग्नि में दुर्वासा बने अपनी जगन्नाथी छड़ी से उन्हें शहर की गलियों में खदेड़ते अक्सर दिखायी देते।

पॉल गोमरा के पिता लाल बहादुर सक्सेना ने शास्त्री जी का हाल देखकर ही अपने इकलौते बेटे का नामकरण रामगोपाल सक्सेना किया था। यह मध्यमार्गी और समन्वयवादी समाधान था अर्थात् राम और कृष्ण दोनों एक साथ, बीच में बिना किसी हाइफन, डण्डे या सामासिक चिह्न के। रामभक्ति शाखा और कृष्णभक्ति शाखा का सुखद, सौहार्दपूर्ण, धर्मनिरपेक्ष संयोग।

तो, इस अवान्तर प्रसंग के जरिए अब आपको पता चल ही गया कि पॉल गोमरा का असली नाम रामगोपाल सक्सेना था। बस, तकनीकी सामाजिक परिवर्तन, भूमण्डलीकरण, सूचना और संचार क्रान्ति, समाजवाद के पतन और समूची पृथ्वी पर फैलते बाज़ार के नये यथार्थ की रोशनी में रामगोपाल सक्सेना को अपना नाम प्रेमचन्द, लल्लू लाल, सदल मिश्र, नवजादिक लाल, हजारीप्रसाद, करोड़ीमल, कबीरदास, केदारनाथ, सदासुख लाल जैसा पिछड़ा, दकियानूस और निचले दर्जे का लगने लगा था। ऐसे नाम दिल्ली के सफ़ाई कर्मचारियों, ठेले-रेहड़ीवालों और कुली-कबाड़ियों के होते थे। दिल्ली आने, आई.टी.ओ. पुल के राष्ट्रीय अख़बार में नौकरी ज्वॉयन करने के बाद से ही उनमें अपने नाम को लेकर गहरा अन्तर्द्वन्द्व था। उसी तरह का आत्मसंघर्ष, जैसा मुक्तिबोध की कविताओं 'औरॉंग उटॉंग' या 'ब्रह्म राक्षस' में दिखायी देता था।

उस रात वे अपने रंगीन 'हॉटलाइन' टीवी सेट पर हॉलीवुड की फ़िल्म 'किस मी गुडबाय' देखते हुए 'हॉटलाइन' कम्पनी के मालिक मुकेश अग्रवाल की नियति और विडम्बना के बारे में सोच रहे थे, जो पहले मेरठ के किसी वैष्णव ढाबे में कप-प्लेट धोता था और बाद में साइकिल के मडगार्ड पर पीछे लगने वाली प्लास्टिक की लाल डिब्बी बनाते-बनाते इस उदारीकरण और वैश्वीकरण के नये चमत्कार से 'हॉटलाइन' ब्राण्ड का रंगीन टीवी सेट बनाने लगा था और अरबपति बन गया था। लेकिन बॉलीवुड की मशहूर हीरोइन में अपने वैष्णव ढाबे के पूर्व के बचपन की लड़की को खोजने की त्रासदी में उसने गले में फन्दा लगाकर आत्महत्या कर ली थी।

मुकेश अग्रवाल की त्रासदी ब्लेड के विज्ञापन से सनसनी पैदा कर देने वाली सर गंगाराम हॉस्पिटल के सफ़ाई कर्मचारी राम औतार आर्य की सत्रह साल की बेटी सुनीला नामक मॉडल की त्रासदी से मिलती-जुलती थी। सुनीला को पिछले आठ महीने में तीन बार 'टर्मिनेशन' कराना पड़ा था और दो हफ़्ते पहले एक ख़बर के मुताबिक़ उसे एचआईवी पॉजिटिव पाया गया था या फिर घोड़े की पीठ पर पिघलकर बीयर का फेन बन जाने वाली आशा मिश्रा की त्रासदी, जिसे पिछले दिनों राजधानी के पर्यटन विभाग के एक बार्बेक्यू में काट-काटकर तन्दूर में भून डाला गया था।

पॉल गोमरा मनुष्य की नियति के रहस्य के इन्हीं तन्तुओं की उधेड़बुन में लगे थे, तभी शैंटिली की ख़ुशबू और रोम्माँ कार्तिएँ द्वारा डिज़ाइन की गयी लिंगरी में लिपटी हरे-आसमानी शरीर की मेहर जेस्सिया उनके पास आयी थी। उनकी तीनों सन्तानें नींद के आगोश में, साथ वाले कमरे में थीं। पॉल गोमरा ने मेहर जेस्सिया को पंचकुइयाँ रोड के 'मॉडर्न फर्नीचर शॉप' से आधी क़ीमत में ख़रीदे गये सेकण्ड हैंड, मोटे और स्पंजी कुशन वाले सोफ़े में खींच लिया। वे झाग बनने के ठीक एक पल पहले, एक सेकण्ड के बारहवें हिस्से में कौंधने वाले आशा मिश्रा के उजले स्तनों का स्टिल फ़ोटोग्राफ़ बनाने की कोशिश में लगे हुए थे। तभी, ठीक उसी पल उनकी ज्ञानात्मक संवेदना जाग्रत हुई। यह नवोदय के बोधक्षणों में

जगमगाते सूर्य की चकाचौंध रोशनी की तरह परम आत्मसाक्षात्कार का क्षण था। ठीक उसी क्षण के मध्य उन्होंने पहला फ़ैसला किया।

उनका यह फ़ैसला अपने नाम को लेकर ही था। उन्होंने विखण्डनवादी पाठ पद्धति अपनाते हुए सिर्फ़ यह किया कि अपने नाम रामगोपाल के 'पाल' को तोड़कर अलग निकाला और उसे हल्का-सा डिस्टॉर्ट करते हुए 'पॉल' बना दिया। इसके बाद बाकी बचे 'रामगो' को उल्टी तरफ़ से पढ़ दिया—'गोमरा'। इस तरह उनका जो नया नाम निर्मित हुआ, वह था—'पॉल गोमरा'। निःसन्देह यह नाम अपाची इंडियन, लुई बैंक्स, रेमू फर्नांडीज, सैम पित्रोदा या टी.के. बैंजी जैसे नामों से बराबरी की टक्कर लेता था। टी.के. बैंजी दरअल तुषार कान्ति बनर्जी से 'बैंजी' बना था। 'मोकांजी' भी मूलतः मुखर्जी थे, जो अंग्रेज़ी राज के दौरान फ़िरंगियों के जिमखाना, रेसकोर्स और डाइनर्स क्लब के भारतीय सदस्य हुआ करते थे। चम्पारण के अंग्रेज़ नील साहबों के वे व्यापारिक एजेण्ट थे, जो उड़ीसा, तमिलनाडु और मध्य प्रदेश से नेटिव मज़दूरों को पकड़-पकड़कर नील के बाग़ानों के कुण्डों में काम करवाते थे। सन् 1860 ईसवी में प्रकाशित दीनबन्धु मित्र ने अपने बंगला नाटक 'नील दर्पण' में इस मोकांजी परिवार की अंग्रेज़भक्ति और निलहे मज़दूरों के प्रति क्रूरता और अमानुषिक बर्बरता का वर्णन किया है।

'नील दर्पण' को अंग्रेज़ों ने प्रतिबन्धित कर दिया था। इस नाटक को खेलने और छापने पर सख़्त पाबन्दी दी गयी थी। भारत के प्रथम प्रधानमन्त्री पण्डित जवाहरलाल नेहरू ने 7 दिसम्बर, 1932 को लिखे एक ख़त में 'नील दर्पण' का ज़िक्र किया है, "आई माइट मेंशन हेयर दैट ए डज़न इयर्स बिफ़ोर आनन्दमठ, ए बेंगाली पोएम हैड कम आउट व्हिच क्रिऐटेड ए स्टिर—दिस वाज कॉल्ड 'नील दर्पण', दि मिरर ऑफ़ इंडिगो। इट गेव ए वेरी पेनफुल अकाउंट ऑफ़ द बेंगाल पीजेंट्री अण्डर द प्लांटेशन सिस्टम।"

यह पत्र उनकी किताब 'ग्लिंप्सेज़ ऑफ़ वर्ल्ड हिस्ट्री' के इलाहाबाद से 1935 में प्रकाशित दूसरे खण्ड में संकलित है। लेकिन इस पत्र से यह सत्य उद्घाटित होता है कि भारत के प्रथम प्रधानमन्त्री को भी भारतीय

साहित्य की सही जानकारी नहीं थी, क्योंकि उन्होंने 'नील दर्पण' नामक इस नाटक को, जिसने उन्नीसवीं सदी में ईस्ट इंडिया कम्पनी की चूलें हिला दी थीं, 'एक बंगाली कविता' घोषित कर डाला है।

बहरहाल, आज का 'मोकांजी इंडस्ट्रियल ग्रुप' उसी मोकांजी परिवार का है, जिसके सत्तर वर्षीय मैनेजिंग डायरेक्टर के.डी. मोकांजी को दो साल पहले राष्ट्र के सर्वोच्च सम्मान 'भारतरत्न' से राष्ट्रपति ने अलंकृत किया था और अभी पाँच महीने पहले जिनके निधन पर प्रधानमन्त्री, राष्ट्रपति तथा कई राज्यों के मुख्यमन्त्रियों और राष्ट्रीय अख़बारों के सम्पादकों ने अपनी-अपनी श्रद्धांजलियों में कहा था कि राष्ट्र ने एक महान स्वतन्त्रता सेनानी और समाजसेवी खो दिया है। भारतरत्न के.डी. मोकांजी राष्ट्र के विकास और प्रगति के एक मज़बूत और स्थायी स्तम्भ थे।

"पॉल गोमरा!!"

"पॉल गोमरा!!!" रामगोपाल सक्सेना ने उस रात, बोध के उन जगमग क्षणों में अचानक ज़ोरों से कहा और 'हॉटलाइन' को बन्द करते हुए अपनी पत्नी स्नेहलता सक्सेना को नींद से हिलाकर जगा दिया।

मेहर जेस्सिया, जिसकी लिंगरी फ़र्श पर गिरी हुई थी और चेहरे का मेकअप पंचकुइयाँ रोड से आधी क़ीमत में ख़रीदे गये सोफ़े के स्पंजी कुशन से रगड़ खाकर पुँछ गया था, अब न मेहर जेस्सिया रह गयी थी और न ठीक-ठीक सहारनपुर की गलियों में खेली-खाई, पली-पुसी स्नेहलता। वह अब दोनों के बीच की कोई सुर्रियलिस्ट औरत थी—पोटलर्जिस्ट या एक्जॉर्सिस्ट जैसी हॉलीवुड की फ़िल्मों की जादू-टोना, विचक्राफ्ट जानने वाली स्त्री, जो आधी रात नींद से लाल हुई चौड़ी-फटी भौंचक आँखों से अपना सिर खुजाती हुई अपने पति को घूर रही थी। "क्या है?" बड़ी मुश्किल से उस औरत के गले से फटी हुई अर्द्धनारीश्वर वाली खुरदरी आवाज़ निकली।

"पॉल गोमरा!" रामगोपाल सक्सेना ने ज़ोरों से दोहराया, "पॉल गो म रा।"

"यह क्या है? धीरे बोलो। बच्चे उठ जायेंगे," स्नेहलता सक्सेना की परिचित आवाज़ चिन्तित-सी बाहर आयी।

"यह आज इसी पल से मेरा नया नाम है। द ग्रेट लीजेंडरी हिन्दी पोएट—पॉल गोमरा," यह कहते हुए रामगोपाल सक्सेना ने अपनी पत्नी को मॉडर्न फर्नीचर वाले सेकण्ड हैंड सोफ़े में फिर डुबा लिया और वे रामगोपाल से पॉल गोमरा बनने की प्रक्रिया में जुट गये।

इससे लगभग पचपन मिनट बाद, जब घड़ी की सुइयाँ दो बजकर दस मिनट का वक़्त बतला रही थीं और सूर्य तथा चन्द्रमा की गति तथा स्थिति से न जुड़ने वाले पश्चिमी समय सिद्धान्तों के मुताबिक़, जब पुरानी तारीख़ की जगह एक नयी तारीख़ दो घण्टे दस मिनट पहले ही आ चुकी थी, पॉल गोमरा ने अपने जीवन का दूसरा महत्त्वपूर्ण फ़ैसला लिया।

स्कूटर ख़रीदने का फ़ैसला

अभी तक, पिछले लगभग बाईस वर्षों से वे ग़ाज़ियाबाद के कवि नगर मुहल्ले से सुबह-सुबह सात-साढ़े सात बजे, राज्य परिवहन की बस में किसी तरह धँसकर या अक्सर लटककर, तथाकथित राष्ट्रभाषा के तथाकथित राष्ट्रीय अख़बार में सब-एडीटर-कम-प्रूफरीडर की नौकरी करने दिल्ली के आई.टी.ओ. पुल तक पहुँचते थे। लेकिन पिछले पाँच-सात सालों में सुबह की इस बस में दूध वाले, सब्ज़ी वाले और रोज़ाना दिल्ली-ग़ाज़ियाबाद के बीच अप-डाउन करने वाले बाबुओं, कर्मचारियों, मज़दूरों की तादाद इतनी बढ़ गयी थी कि लोग बस के भीतर ही नहीं, दरवाज़ों, छत, पायदान, पीछे की जाली और डम्फर पर भी लटके रहते थे। दिनोदिन अधेड़ावस्था में बुढ़ापे की ओर खिसकते हिन्दी के असफल नगण्य और बहिष्कृत कवि पॉल गोमरा की थकान, उम्र, स्मृतियों, चिन्ताओं और रोगों से भरे बीमार और ग़रीब शरीर के लिए बस की यह लम्बी यात्रा दुःसाध्य होती जा रही थी।

स्कूटर ख़रीदने के उनके निर्णय की पृष्ठभूमि में उनकी काल-गणना का भी हाथ था, जिसे अपने जीवन से जोड़कर पॉल गोमरा डर गये थे। ग़ाज़ियाबाद से आई.टी.ओ. पुल तक पहुँचने में उन्हें दो घण्टे लगते थे। इतना ही वक़्त उन्हें लौटने में लगता था यानी प्रत्येक

चौबीस में से चार घण्टे उन्हें राज्य परिवहन की उस बस में, ठसाठस अजनबी मानव शरीरों के दबाव, पसीने और वायु विकार की दुस्सह गन्ध के बीच गुज़ारने पड़ते थे। अगर इतवार की छुट्टी को छोड़ दिया जाये तो इस गणना के अनुसार हर सप्ताह के चौबीस घण्टे यानी एक पूरे दिवस, दिन-रात, वे उस बस पर सवार ग़ाज़ियाबाद से दिल्ली और दिल्ली से ग़ाज़ियाबाद की सड़क पर आते-जाते रहते थे।

अगर एक पूरे साल का हिसाब लगाएँ तो लगभग बावन दिन यानी एक महीना और बाईस दिन लगातार वे उस बस में होते थे। इस तरह राजधानी दिल्ली के बहादुरशाह ज़फ़र मार्ग पर स्थित उस दफ़्तर में नौकरी करने की अब तक की अवधि में वे कुल मिलाकर तीन साल, दो महीने उस बस में गुज़ार चुके थे।

तीन साल और दो महीने! यानी वर्षा, शिशिर, हेमन्त, वसन्त, शरत् और ग्रीष्म की तीन-तीन समूची सम्पन्न ऋतुएँ, एक हज़ार एक सौ चवालीस दिन। प्रातः, विहान, सुबह, दोपहर, अपराह्न, गोधूलि, शाम, रात के तमाम पहर, घड़ियाँ, पल!! घण्टे, महीने, साल!! और यह सिलसिला अभी भविष्य में भी ख़त्म होने वाला नहीं था।

ऊपर से सन् बयासी के एशियाड के बाद से होने वाला तकनीक, संचार, सम्प्रेषण और आदमी की समझ में ऐसा बेतहाशा अभूतपूर्व परिवर्तन।

लोगबाग मारुति, एस्टीम, सिएलो, ज़ेन, सियेरा, सुमो, होंडा, कावासाकी, सुजुकी और पता नहीं किन-किन गाड़ियों में चलने लगे थे। कहाँ-से-कहाँ पहुँच गये थे और पॉल गोमरा को साइकिल तक चलानी नहीं आती थी। वे समाज के आगे-आगे कबीर-प्रेमचन्द की तरह मशाल लेकर चलने वाले अगुआ-आवाँगार्द लेखक की बजाय, समय के पीछे-पीछे किसी तरह रेंगने-घिसटने वाले कनखजूरे, गोजर, केंचुआ या घोंघा बनते जा रहे थे।

इस मौजूदा काल की असली नब्ज़ तकनीक में अन्तर्निहित है। और अगर तकनीक के इन असंख्य प्रारूपों में से किसी भी एक प्रारूप को साध लिया जाये, उस पर नियन्त्रण तथा प्रभुत्व कायम करके उसकी क्रियाशीलता तथा निर्माण की 'जेनेसिस' को समझ लिया जाये, तो

यह तय है कि इस परिवर्तित काल से संवाद बनाया जा सकता है, समकालीन हुआ जा सकता है। नयी संज्ञा, नयी युक्ति और अपनी नये 'एंटेना' के साथ अगली सदी में प्रवेश किया जा सकता है। पॉल गोमरा ने सुप्रसिद्ध कवि शमशेर के दो कविता संग्रहों के शीर्षकों को ज़ोर-ज़ोर इकट्ठा उच्चारित किया, "अभी चुका भी हूँ नहीं मैं, काल तुझसे होड़ है मेरी।"

इस तरह राजधानी दिल्ली के सीमान्त उपनगर ग़ाज़ियाबाद (उत्तर प्रदेश) की कवि नगर कॉलोनी के एलआईजी फ़्लैट अर्थात् निम्न आय वर्ग के दो छोटे-छोटे कमरों वाले मकान (जिनमें से एक कमरे को 'ड्राइंगरूम' और दूसरे को 'बेडरूम' कहने का प्रचलन था) नम्बर ए-122/4 में, उस रात लगभग दो बजकर दस मिनट पर स्कूटर ख़रीदने का निर्णय कुछ ही देर पहले रामगोपाल सक्सेना से रूपान्तरित होने वाले हिन्दी कवि पॉल गोमरा द्वारा लिया गया। यह रूपान्तरण फ्रांज काफ्का की सुप्रसिद्ध कहानी 'मेटामॉर्फोसिस' का विलोम था, क्योंकि यहाँ रामगोपाल सक्सेना नामक एक अदना-सा कॉक्रोच पॉल गोमरा जैसे 'ग्रेट लीजेंडरी हिन्दी पोएट' में बदला था।

एक दिन के अन्तराल के बाद, सोमवार को दफ़्तर पहुँचते ही पॉल गोमरा ने अपने प्रॉविडेंट फण्ड से पाँच हज़ार रुपये की राशि निकलवाई और लगभग साढ़े तीन बजे वे करोलबाग के ऑथोराइज्ड बजाज ऑटोमोबाइल्स डीलर के सामने मौजूद थे। सारी औपचारिकताएँ पूरी करने में तक़रीबन दो घण्टे का वक़्त लगा और पाँच बजकर चालीस मिनट पर वे एक नये बजाज चेतक स्कूटर के मालिक बन चुके थे, चार सौ अट्ठाइस रुपये की बकाया मासिक किस्तों को अदा करने की शर्त के साथ।

चूँकि पॉल गोमरा को स्कूटर चलाना नहीं आता था, इसलिए अगले दिन दोपहर बारह बजे तक डिलीवरी उनके कवि नगर के पते पर पहुँचा देने का उनका आग्रह डीलर ने सहानुभूतिपूर्वक मुस्कुराते हुए मान लिया।

उस रात पॉल गोमरा ने अपने टीवी सेट पर स्वप्न जैसा विज्ञापन देखा। बस्तर, अबूझमाड़, किरर या मयूरभंज जैसे किसी आदिवासी इलाके में अपने तीर-धनुष लेकर निकले हुए आदिवासियों का एक

झुण्ड अचानक जंगल में लोहे का अजीबोग़रीब जानवर देखता है। वे उस पर अपने ज़हर-बुझे बाण चलाने ही वाले होते हैं कि उन्हीं में से एक युवा आदिवासी, जो दुस्साहसी और नयी चीज़ों के प्रति आदिम जिज्ञासा से भरपूर है, उन्हें रोककर उस जानवर के पास पहुँचता है और उसे निश्चल पाकर उसके ऊपर चढ़ जाता है और उसकी पीठ और पुट्ठों पर कूदने लगता है। और वह चीखता है :

"हू...हू...श्वाँग सोंग!!"

यह उस लोहे के अजनबी जानवर पर आदिवासियों की जीत है। अब तक की सभ्यता के इतिहास में मनुष्य की असंख्य विजयों की शृंखला की एक और नयी कड़ी।

विजय के उन्माद और ख़ुशी में सारे आदिवासी नाचते और झूमते हैं। तभी धोखे से उस युवा आदिवासी की किसी अनजान हरकत से वह लोहे का जानवर स्टार्ट हो जाता है और अपने ऊपर सवार भय और आश्चर्य से जड़ हो चुके उस युवा आदिवासी को लेकर रफ़्तार, आनन्द, यात्रा और रहस्य के एक नये नक्षत्रलोक की ओर चला जाता है।

अबूझमाड़ या अलीराजपुर के जंगल में आया वह लोहे का जानवर, जिसे आदिवासियों ने उस दिन देखा था, किसी कम्पनी का स्कूटर था।

ठीक इसी बिन्दु पर पॉल गोमरा को नींद आ गयी थी और वे स्वप्न में आई.टी.ओ. पुल से प्रगति मैदान, कनॉट प्लेस, साउथ एक्सटेंशन, ग्रीन पार्क, पण्डारा रोड, मण्डी हाउस, औरंगज़ेब रोड, पृथ्वीराज रोड, इंडिया गेट, नॉर्थ-साउथ ऐवन्यू की तमाम सड़कों पर स्कूटर चलाते हुए जा रहे थे।

विडम्बना यह थी कि पॉल गोमरा को लगातार महसूस हो रहा था कि उनके कन्धे पर धनुष-बाण टँगा है, कमर के इर्द-गिर्द भेड़ की खाल लिपटी हुई है, उनका रंग काला, होंठ मोटे, नाक चपटी और बाल घुँघराले हैं और उनकी भाषा में बहुत कम शब्द हैं। जो शब्द हैं भी, वे किसी और सभ्यता और समय के शब्द हैं। जब भी वे दिल्ली की किसी इमारत, लड़की या दुकान को देखकर कुछ कहना चाहते हैं, उनके गले से 'घों-घों, हा-हू! कोइचाँग भोखो, सोखो, हो-हो' जैसा

निकलता है। अन्त में अपनी भाषा की असमर्थता से हारकर वे भारत की राजधानी दिल्ली में दौड़ते अपने स्कूटर के ऊपर नाचने लगते हैं।

पॉल गोमरा ने देखा कि शुरू में तो लोग उन्हें कुतूहल और आश्चर्य के साथ देखते रहे, फिर अचानक कुछ औरतें और बच्चे उनसे डरने जैसा लगे। फिर एक के बाद एक धड़ाधड़ दुकानें बन्द होने लगीं। डिंग-डांग डिंग-डांग करतीं दमकल की गाड़ियाँ और पुलिस की पी.सी.आर. जिप्सियाँ दौड़ने लगीं। फिर हज़ारों की तादाद में उनकी ओर ख़ूनी रंग की 'रेड लाइन' नाम की बसों की फ़ौज दौड़ा दी गयी।

वे घबराकर स्कूटर ये कूद गये। स्कूटर तो स्वप्न की ओर चला गया, लेकिन वे अपने बिस्तर पर पसीने से लथपथ जाग गये। उनका हलक सूख रहा था, प्यास लगी थी। अपनी पत्नी स्नेहलता को आवाज़ देकर उन्होंने पानी माँगना चाहा, लेकिन उनके गले से मुश्किल से 'घों-घों, खाँगा-खोंघा' जैसा कुछ निकला।

अगले दिन ढाई बजे दोपहर डीलर ने स्कूटर उनके घर पहुँचा दिया। हल्के हरे रंग का, चमकीला, सूरज की किरणों को प्रत्यावर्तित करता हुआ, पेट्रोल और नये पेंट की नशीली ताजा गन्ध में डूबा वह स्कूटर पॉल गोमरा के एलआईजी फ़्लैट के ठीक सामने खड़ा था, किसी पालतू, आज्ञाकारी, भोले, मूक पशु की तरह। गहरे चमकीले काले रंग की रेक्ज़ीन की गद्दीदार सीट, हैंडिल पर दायीं ओर लगा हुआ एक गोल आईना, सीट के नीचे और फुटबोर्ड के ऊपर सामान वग़ैरह रखने के लिए बना हुआ रंगीन जालीदार 'बकेट'।

उनकी तीनों सन्तानें लगातार उस स्कूटर पर चढ़-उतर रही थीं और मम्मी स्नेहलता सक्सेना उन्हें बार-बार डाँट रही थीं। पॉल गोमरा की आँखें उस समय भर आयीं, जब मंटू के जूते की मिट्टी स्कूटर की सीट पर लग गयी और स्नेहलता ने अपने पल्लू से उसे पोंछा।

इस तरह अबूझमाड़ के अज्ञात सघन वन से चलता हुआ वह लोहे का जानवर टीवी के परदे से निकलकर उनके स्वप्न में होता हुआ अब ग़ाज़ियाबाद के कवि नगर कॉलोनी के एलआईजी फ़्लैट नम्बर ए-122/4 के सामने मौन खड़ा था।

"पापा, आपको चलाना आता है न?" आठ साल के मंटू ने पूछा।

"मेरे को तो पापा इसका कलर सबसे ज़ोरदार लगा," बिप्पू ने नाचते हुए कहा।

अब इसका किया क्या जाये, यही सवाल बार-बार पॉल गोमरा के दिमाग़ में घूम रहा था। उन्होंने ज़िन्दगी में कभी साइकिल तक नहीं चलायी थी। उनके जीवन में मशीन युग की, पेट्रोल ईंधन से चलने वाली यह पहली टेक्नोलॉजी थी। इस टेक्नोलॉजी पर स्वामित्व और नियन्त्रण के बाद उन्हें राज्य परिवहन की यातनादायक, ठसाठस भरी बस से मुक्ति मिल रही थी। हर रोज़ उनके सफ़र के चार घण्टे में से दो घण्टे कम हो रहे थे। साल भर में नौकरी की आवाजाही में एक महीने बाईस दिन बस में फँसे रहने की जगह फ़क़त छब्बीस दिन अब अकेले, पुरानी फ़िल्मों के गीत गाते और अपनी कविताओं की पंक्तियाँ दोहराते उन्हें इस स्कूटर की चमकीली, काली, गद्दीदार सीट पर होना था।

पॉल गोमरा ने अपने स्कूटर को ग़ौर से देखा। हरा रंग—बिल्कुल हल्का, जैसे किसी पेड़ के नये-नये कोंपल होते हैं। नवजात, सहजात, अकृत्रिम और प्राकृतिक। स्कूटर प्रकति का ही एक विस्तार है। उसका एक-एक पुर्ज़ा, अंग-प्रत्यंग जिस धातु का बना है, वह लौह अयस्क के रूप में धरती के गर्भ से ही निकाला गया होगा। उसमें प्रयुक्त रबड़ केरल के उडुपी ज़िले या असम के किसी इलाके के रबड़ के पेड़ों से दिन-रात रिसते रस से निर्मित हुआ होगा। जिस ईंधन से यह स्कूटर अपनी गति हासिल करेगा वह पेट्रोलियम और कुछ नहीं, हज़ारों साल तक पृथ्वी के गर्भ की अग्नि और नैसर्गिक ऊष्मा से रूपान्तरित वनस्पतियों का ही तो तरल कार्बनिक प्रारूप है। और इसकी तकनीक, जिसके द्वारा इसकी गति नियन्त्रित होती है, पहिये घूमते हैं और यह दौड़ता है, उस तकनीक का सार दाँती और चरखी की वही यन्त्र प्रणाली है जिसका प्रयोग महात्मा गाँधी ने चरखे के प्रतीकात्मक रूप में ब्रिटिश साम्राज्य के विरुद्ध किया था।

इस तरह स्कूटर प्रतीकात्मक रूप से इस नव-औपनिवेशिक, भूमण्डलीकृत उपभोक्तावादी, बाज़ारू साम्राज्यवाद का सशक्त प्रतिरोध है। अगर गाँधी जी को यह मानने की स्वतन्त्रता थी कि इंग्लैंड के

विशाल मशीनी उद्योगों के विरुद्ध चरखा एक यन्त्र नहीं, बल्कि दस्तकारों और बुनकरों या मनुष्यों के हाथ का ही नैसर्गिक विस्तार है, तो हिन्दी भाषा के फक्कड़ कवि पॉल गोमरा को भी यह मानने का अधिकार था कि आज के युग में स्कूटर दरअसल मनुष्य के पैरों का ही अत्यन्त मानवीय विस्तार है।

पॉल गोमरा का मानना था कि समय यानी शाश्वत निवर्तमान काल हर यन्त्र को मानवीय, नैसर्गिक और मिथकीय रूप देने की क्षमता रखता है। उन्हें पक्का विश्वास था कि मौजूदा समय में जिस तरह साइकिल अब यन्त्र नहीं लगता है, बल्कि होम्योपैथी या नेचुरोपैथी की तरह एक प्राकृतिक उपकरण लगता है, उसी तरह टेक्नोलॉजी की ऐसी प्रगति को देखते हुए स्कूटर के भी आयुर्वेद हो जाने की पूरी सम्भावना है।

लेकिन समस्या तो स्कूटर को चलाने की है। गाँधी जी तो कपास की पूनी बनाकर धागे से धड़ाधड़ सूत कात लेते थे, जबकि पॉल गोमरा को तो साइकिल तक चलानी नहीं आती थी।

वे अपने दफ़्तर के कुलीग्स से अपने स्कूटर ख़रीद लेने का ज़िक्र करते हुए उनसे आग्रह करते कि वे उन्हें चलाना सिखा दें, लेकिन वे सब किसी फ़ुरसत का दिन आने तक यह काम मुल्तवी करने की बात कहकर कन्नी काट लेते। दिल्ली के लोगों के पास दूसरों के लिए रास्ता बताने का तो वक़्त होता नहीं था, अब उन्हें भला स्कूटर कौन सिखाये?

उन्हें दिल्ली के एक प्रेस में तीन साल तक प्रूफ़रीडर-कम-सब-एडीटर का काम करने वाले धनीराम शर्मा की अभी तक याद थी, जिनके बारे में लोगों के बीच एक किस्सा चलता है। तीन दशकों तक दिल्ली में नौकरी करने के बावजूद धनीराम शर्मा को यह पता नहीं था कि इस शहर में कनॉट प्लेस, साउथ एक्स, ग्रीन पार्क, तालकटोरा, डिफेंस कॉलोनी जैसी जगहें भी हैं। उन्होंने न कभी कुतुबमीनार देखी थी, न सफ़दरजंग का मकबरा। संसद और राष्ट्रपति भवन का दर्शन एक बार उन्होंने चौदह साल पहले तब किया था, जब वे किसी अभिनन्दन ग्रन्थ का प्रूफ़ लेकर संसद मार्ग से होते हुए पृथ्वीराज रोड की किसी कोठी-बँगले में गये थे।

कहते हैं, धनीराम शर्मा एक बार किसी बस में सो गये और आँख खुलने पर जब उन्हें बताया गया कि यह शादीपुर डिपो है तो वे ज़ोर-ज़ोर से रोये कि मैं किस शहर में आ गया। मेरे पास तो वापसी की टिकट के पैसे भी नहीं हैं।

दिन-पर-दिन गुज़रते गये और पॉल गोमरा का स्कूटर उसी जगह ज्यों-का-त्यों खड़ा रहा, जहाँ डीलर के आदमी ने उसे खड़ा किया था। उस पर बारिश होती, धूल जमा होती, बच्चे उस पर चढ़ते और कूदते, जाड़ों में शीत उसे बर्फ़ बना देती। ओस की बूँदें उस निश्चल, गूँगे लोहे के जानवर पर चुपचाप रात भर गिरतीं।

एक दिन मंटू ने बताया कि स्कूटर के मडगार्ड में और जहाँ-जहाँ उसमें नट-बोल्ट लगे हैं और जोड़ हैं, वहाँ-वहाँ जंग लग रहा है।

इस बीच खाड़ी युद्ध हुआ और अपने टीवी सेट पर पॉल गोमरा ने सीएनएन चैनल पर मीर अनीस के अवधी में लिखे गये मर्सिया का वह भयावह दृश्य देखा, जिसमें अरब के रेगिस्तानी भूखण्ड में तीन हज़ार से ज़्यादा मनुष्यों का नरसंहार तेल के कुएँ की ख़ातिर किया जा रहा था। सभ्यता नयी मिथक गाथाएँ भविष्य के लिए गढ़ रही थी। यूरोप एक बार फिर उठकर खड़ा हो रहा था। दुनिया एकध्रुवी हो गयी थी। टीटो, नेहरू, नासिर, कैनेडी जैसे कई नाम किसी पुरानी और विस्मृत गाथा के पात्र लगाते थे।

दिल्ली में कोई डंकल था, जो चला आ रहा था। और केन्द्र सरकार का वित्तमन्त्री चार-पाँच साल से बिना खाये, बिना पिये, बिना सोये, बिना जागे और बिना सोचे क़र्ज़ों और विदेशी कम्पनियों के तमाम अनुबन्धों पर धड़ाधड़ दस्तख़त करता चला जा रहा था। देश के सभी बैंकों का रुपया निकालकर एक विशाल सूटकेस में भर दिया गया था, जो समूचे आकाश पर टँगा था। सूरज भविष्य के साथ उस सूटकेस के पीछे ढँक गया था और लोग अँधेरे में एक-दूसरे को टटोलते, रास्ता पूछते, गड्ढों और खाइयों में गिर रहे थे। एक भयावह रेखा थी, जिसके नीचे पहले हर सौ में से छत्तीस लोग गिरे हुए थे। अब यह संख्या बढ़कर बयालीस हो गयी थी।

पॉल गोमरा ने उस रात एक अजीबोग़रीब नज़ारा देखा। वे आधी रात अपने स्कूटर के पास खड़े उसकी त्वचा को अपनी हथेलियों से पोंछ रहे थे, तभी उनकी निगाह ऊपर टँगे हुए सूटकेस की ओर गयी। उसका ढक्कन थोड़ा-सा खुला हुआ था और इंडिया गेट से एक विशाल सीढ़ी ऊपर की ओर गयी हुई थी। इस पर लोग चींटियों, चूहों और छिपकलियों की तरह रेंग रहे थे। वे उस सूटकेस तक जाते और अपने दाँतों में नोटों की गड्डियाँ दबाकर नीचे कूद जाते। उनकी पीठ पर काग़ज़ की छोटी-छोटी चिप्पियाँ चिपकी थीं, जिन पर ग्रामीण विकास, रोज़गार आवास, सड़क, साक्षरता, प्लेग, ग़रीबी, चेचक, परिवार कल्याण, राहत, भूकम्प, पर्यावरण, शौचालय, संस्कृति, एड्स, साहित्य आदि लिखे हुए थे। हर शब्द के अन्त में एक अन्तःसर्ग था, जो हर चिप्पी पर मौजूद था—'परियोजना'।

तभी पॉल गोमरा को चाँद दिखायी पड़ा। सूटकेस का ढक्कन खुलने से जो हल्की-सी संध हो गयी थी, उसी में से वह दिखा। वे चौंक गये, क्योंकि उसका मुँह टेढ़ा था।

और इसी क्षण चन्द्रमा की मद्धिम रोशनी में उन्होंने सीढ़ी पर रेंगते लोगों को देखा। वे स्तब्ध रह गये। इनमें से अधिकांश को वे पहचानते थे। अचानक गजानन माधव मुक्तिबोध की कविता 'अँधेरे में' की पंक्तियाँ पॉल गोमरा के मस्तिष्क के भीतर गूँजने लगीं :

> "...चेहरे वे मेरे जाने-बूझे से लगते
> उनके चित्र समाचार-पत्रों में छपे थे
> उनके लेख देखे थे
> यहाँ तक कि कविताएँ पढ़ी थीं
> भई वाह!
> उनमें कई प्रकांड आलोचक, विचारक,
> जगमगाते कविगण
> मन्त्री भी, उद्योगपति और विद्वान
> यहाँ तक कि शहर का हत्यारा कुख्यात
> डोमा जी उस्ताद..."

और तभी उनमें से एक ने पॉल गोमरा को देख लिया और ज़ोरों से चीखा, "मारो, मारो स्साले को! ठण्डा कर दो एकदम!"

वह एक राष्ट्रीय पत्रकार था, जिसने मैनेजमेंट को फ़ॉरेन गिफ़्ट देकर सहायक सम्पादक की नौकरी पायी थी और जिसने पिछले तीन सालों से कुष्ठ निवारण परियोजना के अन्तर्गत काफ़ी कमायी की थी।

"गोली मार दो। इसने हमें देख लिया है...ख़त्म करो हरामी को..." यह नाक से बोलने वाला राजधानी का धर्मनिरपेक्ष कवि था, जो लम्बे अरसे से एक मन्त्री की जेब में बैठा हुआ बादाम खा रहा था और छिलके पॉल गोमरा की रचनाओं और स्वप्नों पर गिरा रहा था।

डर के मारे पॉल गोमरा की आँख खुल गयी। वे अपने स्कूटर के पास नहीं, सोफ़े पर सोये हुए थे और टीवी पर 'ज़ी हॉरर शो' आ रहा था। उनका माथा तप रहा था और शरीर पसीने से लथपथ था। उन्हें याद आया कि मकान मालिक इस फ़्लैट को खाली करने का नोटिस पिछले पाँच महीने से दे रहा था। पिछले महीने उसने दो गुण्डे भी भेजे थे।

जब स्कूटर को उस जगह खड़े छह महीने से ऊपर हो चुके थे, तब जाकर उन्हें राजधानी में एक ऐसा सहृदय मित्र मिला, जो अपने व्यस्त, कर्मठ और क़ीमती समय में से एक पूरा दिन पॉल गोमरा को स्कूटर सिखाने में दान कर देने के लिए तैयार था। पॉल गोमरा उस मित्र की ओर कृतज्ञता से डबडबाई आँखों और भावुकता से सिहरते हृदय के साथ देख रहे थे। इस हृदय-विदारक महानगर में भोगल इलाके के एक एमआईजी फ़्लैट में उगे इस मानवीय और सज्जन वृक्ष का नाम था—प्रोफ़ेसर इक़बाल जाफ़री, मशहूर नाटककार, अफ़सानानिगार और सीरियल निर्माता।

प्रोफ़ेसर इक़बाल जाफ़री ने स्कूटर सिखाने की बात ख़ुशी-ख़ुशी तत्काल मान ली; बल्कि उन्होंने शिकवा भी किया कि इतने महीने गुज़र गये, उन्होंने कभी इत्तला क्यों नहीं दी। बस, शर्त उन्होंने एक ही रखी कि शनिवार की शाम को स्कॉच की एक बोतल और जामा मस्जिद के पास एक मशहूर होटल करीम से कश्मीरी दमपुख़्त, स्टूव और कोरमा मिट्टी के सोंधे कुल्हड़ में पैक करा के दिल्ली से साथ ले जाया जाये। रात में अमीर ख़ान, मालिनी राजुरकर और सविता देवी

का गायन सुनते हुए राग दुर्गा और ठुमरी के बीच खाया-पिया जाये और इत्मीनान से इतवार को पूरे दिन स्कूटर चलाना सिखाया जाये।

शनिवार की रात संगीत, स्कॉच और कोरमा, कश्मीरी दमपुख़्त के साथ दिल्ली में दिनोदिन ख़त्म होती इनसानियत और देश से ग़ायब होती नैतिकता तथा जमीर के बारे में शोकगीत जैसी बातचीत में गुज़री। अगले दिन पॉल गोमरा रात आधी बोतल चढ़ा लेने के बावजूद बिना किसी हैंगओवर के सुबह पाँच बजे ही उठ गये। प्रोफ़ेसर जाफ़री के तैयार होने और नाश्ता करने के पहले-पहले उन्होंने स्कूटर धो-पोंछकर नये जैसा चमका डाला।

स्कूटर कवि नगर के अम्बेडकर पब्लिक स्कूल के लम्बे-चौड़े खेल के मैदान में ले जाया गया। चाबी घुमाकर स्विच ऑन किया गया और तब पॉल गोमरा ने अपने जीवन का स्कूटर का पहला किक लगाया।

स्कूटर स्टार्ट नहीं हुआ।

उन्होंने लगातार किक लगाये, किन्तु इंजन बेजान ही रहा। वह जुकाम जैसी नाक सुड़ककर खामोश हो जाता था।

प्रोफ़ेसर इक़बाल जाफ़री ने बुद्धिमत्तापूर्ण ढंग से मुस्कुराते हुए बताया कि इंडियन स्कूटर के साथ यही एक तकनीकी खामी है कि जब तक इसे दायीं ओर झुकाकर लिटा न दो, तब तक वह स्टार्ट नहीं होता, जबकि अमेरिका के अपने प्रवासकाल में उन्होंने ऐसे-ऐसे स्कूटर देखे थे, जो ताली या चुटकी बजाने से स्टार्ट हो जाते थे।

प्रोफ़ेसर जाफ़री ने स्कूटर को दायीं ओर आधा लिटाकर फिर सीधा खड़ा किया और किक लगाने लगे। फिर तो यह सिलसिला जैसा बन गया। स्कूटर को सुलाया जाता, चोक लिया जाता और किक लगाये जाते।

पॉल गोमरा और प्रोफ़ेसर जाफ़री थककर पस्त हो चुके थे। दोनों की धौंकनी बढ़ गयी थी। फेफड़े गुब्बारों की तरह फूल-पिचक रहे थे और उन्हें स्कूटर स्टार्ट करने की कोशिश में लगभग एक घण्टा गुज़र चुका था। तभी बगल की सड़क पर उन्हें एक ऑटोरिक्शा दिखायी पड़ा। आवाज़ देकर और हाथ हिलाकर उन्होंने ऑटोवाले को बुलाया और फिर उसे अपनी समस्या बतायी।

ऑटोवाले ने स्कूटर को ग़ौर से देखा और हैंडिल की दायीं ओर, जहाँ हॉर्न और हैडलाइट का स्विच था, उसको देखकर मुस्कुराया। उसने कहा, "स्कूटर स्टार्ट कैसे होता साब, इसका तो इग्नीशन लॉक अभी ऑन ही नहीं है।"

उसने किक मारी और एक-दो बार पड़-पड़ की अप्रिय पटाख़ेदार आवाज़ निकालने के बाद स्कूटर अपने इंजन के क्रमबद्ध संगीत में आ गया। कितनी साफ़, पारदर्शी, कोमल और विनम्र आवाज़ थी! ऑटोवाले ने एक्सीलरेटर घुमाया और संगीत ज़रा देर के लिए द्रुत में आया। पिस्टन, स्पार्क प्लग और साइलेंसर की कुशल संगति।

ऑटोवाले ने हँसते हुए स्कूटर का हैंडिल प्रोफ़ेसर इक़बाल जाफ़री को थमा दिया और ऑटोरिक्शा लेकर सीटी बजाता चला गया।

प्रोफ़ेसर इक़बाल जाफ़री काफ़ी देर तक स्कूटर का हैंडिल पकड़े खड़े रहे, जबकि पॉल गोमरा उनसे आग्रह कर रहे थे कि वे एक बार इस मैदान में इसका ट्रायल लेकर देख लें। पॉल गोमरा अपने स्कूटर को एक बार चलते हुए, अम्बेडकर स्कूल के मैदान की समतल सतह पर बत्तख की तरह तिरते हुए, आँख भरकर देखना चाहते थे।

पॉल गोमरा ने देखा कि उत्तर की ओर, दूर जिधर उनका फ़्लैट था, मैदान के उस पार मंटू, नीता और बिप्पू खड़े थे। उत्सुकता के साथ पापा को स्कूटर सीखते हुए देखना चाहते थे।

और उनके पीछे पल्लू का कोना मुँह में ठूँसे स्नेहलता सक्सेना खड़ी थी। अब वह मेहर जेस्सिया नहीं, उनकी पत्नी थी।

लगभग पन्द्रह मिनट तक स्टार्ट स्कूटर को ज्यों-का-त्यों थामे रखने के बाद प्रोफ़ेसर इक़बाल जाफ़री ने आख़िर यह क़बूल कर लिया कि उन्हें स्कूटर चलाना तो खैर आता नहीं, उन्हें यह भी नहीं पता कि इसे अब बन्द कैसे किया जाये।

इसके बाद लम्बे समय तक स्कूटर पॉल गोमरा के फ़्लैट के सामने किसी असिंचित, नाजायज़, स्वतःस्फूर्त ढंग से कहीं भी उग आने वाले किसी बनैले पौधे की तरह चुपचाप खड़ा रहा। उसको न किसी ने पोंछा, न धूल झाड़ी, न कभी उससे उसकी भूख-प्यास, दुख-दर्द के बारे

में पूछा। पॉल गोमरा राज्य परिवहन की बस में चार रोटी, दो आलू के आठ टुकड़े और प्याज प्लास्टिक के चौकोर टिफ़िन में लेकर निकल जाते और रात में लौटते, तो इतनी देर हो चुकी होती कि अगली सुबह जागने के लिए सोने के अलावा उनके थके हुए दिमाग़ और शरीर में कोई और बात न आती; बल्कि ऐसे ही किसी क्षण में अचानक पॉल गोमरा को लगा था कि उनकी सारी कविताएँ एक थके हुए, पराजित और अप्रासंगिक शरीर की कविताएँ हैं।

उनका बेटा मंटू ज़रूर इस बीच कई बार पापा के इस लावारिस पड़े लोहे के जानवर को उत्सुकता और लालच के साथ देखता, लेकिन बाबा साहब अम्बेडकर के नाम पर स्थापित अंग्रेज़ी माध्यम के पब्लिक स्कूल का पाठ्यक्रम और होमवर्क इतना ज़्यादा था कि स्कूटर चलाना तो दूर, उसे पाख़ाने के लिए भी ठीक से समय निकालना मुश्किल हो जाता था। बाकी दोनों सन्तानों का भी यही हाल था।

अब बची स्नेहलता सक्सेना। घर का सारा काम निबटाने के बाद दोपहर जब वे आस-पड़ोस की औरतों के साथ अफ़वाहें सुनने-बाँटने का खेल खेलतीं, तब अक्सर उनकी निगाहें उस स्कूटर पर जा पड़तीं। उसके इस तरह निठल्ला खड़ा रहने से उन्हें कई तरह के अप्रिय सवालों का सामना करना पड़ता। मसलन यही कि "क्या आपके पति आजकल दफ़्तर नहीं जाते? बीमार हैं?"..."ये स्कूटर भई है किसका?" ..."जब चलाना ही नहीं आता था, तो पैसा फूँकने की क्या ज़रूरत थी?" वग़ैरह।

इसीलिए एक दिन उन्होंने अपने पति पॉल गोमरा से कहा कि "अगर इसे चलाना नहीं है तो हम हर महीने मुफ़्त में इसकी क़िस्त क्यों भरें? ये लोहे का खंखाड़ तो एक तरह से हमारे सिर पर ही पड़ गया। वो पाँच हज़ार प्रॉविडेंट फण्ड वाले और अब तक सारी क़िस्तें जोड़ लें तो दिल्ली के जमुना पार या उधर रोहिणी साइड में अच्छा-खासा फ़्लैट मिल जाता। फिर न तो इस जंजाल स्कूटर की ज़रूरत रहती, न मुहल्ले की आलतू-फ़ालतू औरतें इस तरह बतंगड़ें बनातीं।"

उन्होंने अपने पति से कहा, "क्यों न इसे भवुनेश्वर को दे दिया जाये। तो कई बार कह भी चुका है। वो अपना इसे चलाता रहेगा

और क़िस्तें भरता रहेगा। जब आपको चलाना आ जायेगा, तो वापस ले लेंगे।" भुवनेश्वर स्नेहलता सक्सेना का छोटा भाई यानी पॉल गोमरा का साला था और मेरठ में टीवी रिपेयरिंग एण्ड ग्लास वर्क्स वग़ैरह अगड़म-सगड़म की उसकी एक संदिग्ध-सी दुकान थी।

"नहीं!" पॉल गोमरा ने अपनी आवाज़ में सारी दृढ़ता और निर्णायकता भरकर इस प्रस्ताव को ख़ारिज कर दिया। कारण, एक तो यह कि वे अपने साले भुवनेश्वर को सिर से पैर तक बुरी तरह नापसन्द करते थे और दूसरा यह कि जैसा अपरिभाषित और संदिग्ध-सा उसका धन्धा था, उसमें एक तो पैसे डूब जाने का ख़तरा था और दूसरा यह कि दो-चार महीने में एक नये बजाज चेतक को यहाँ-वहाँ ठोक-ठाककर, कबाड़ बनाकर यह दोबारा उनके सिर पर पटक सकता था।

दफ़्तर में और दिल्ली के उनके परिचितों के बीच अब स्कूटर जैसे अत्यन्त नगण्य, अ-सांस्कृतिक, अ-सामाजिक और अ-गम्भीर विषय पर कोई बात नहीं होती थी, जबकि पॉल गोमरा की चेतना में वह हल्के हरे रंग का बजाज चेतक लगातार मौजूद रहा आता। पॉल गोमरा अपने अख़बार के लिए किसी महत्त्वपूर्ण घटना पर लिखे गये किसी धुरंधर लिक्खाड़ के चटपटे लेख का सम्पादन कर रहे होते तो अचानक उस लेख की पंक्तियों के बीच या किसी शब्द के अर्थ के भीतर वह चुपचाप खड़ा दिखायी दे जाता। वे कविताएँ लिखते तो बीच में वह आ जाता और उनके शरीर से सटकर खड़ा हो जाता। उसकी धड़कनें तक उन्हें सुनायी देतीं। वे विचलित हो उठते और कविताएँ अधूरी रह जातीं।

चारों ओर परिवर्तन की रफ़्तार बहुत तेज़ थी। दिल्ली केलाइडोस्कोप बन चुकी थी। लाखों प्रकार के साबुन, हज़ारों टूथपेस्ट, करोड़ों घड़ियाँ, हज़ारों कारें, जाँघिए, क्रीम, ब्रेसरी, डिल्डो, सैनिटरी नैपकिंस, सी.डी., राइफलें, रिमोट, कॉस्मेटिक्स, लक्ज़री कंडोम, ट्रैंक्विलाइजर्स, टेलीफ़ोन, फैक्स, मसाज सेंटर्स, जिम्स...

सरकारें बनतीं और गिर जातीं। कोई प्रधानमन्त्री बनता, फिर या तो गिरा दिया जाता या मार दिया जाता। लोगों की स्मृति उस कैसेट की तरह थी, जिसमें हर रोज़ नयी छवियाँ और नयी आवाज़ें टेप की

जातीं और रात में उन्हें पोंछ दिया जाता। सुबह वे सब-के-सब स्मृतिहीन होकर उठते। उन्हें पिछला कुछ याद नहीं रहता था।

खुद पॉल गोमरा की स्मृति भी दग़ा देने लगती। हालाँकि वे उसे बचाये रखने के कठिन संघर्ष में जूझते रहते। अपनी स्मृति को बचाये रखने के लिए उन्होंने एक विलक्षण तरीके का आविष्कार किया था। जब वे सब भूलने लगते तो अपनी आँख की पुतलियों को अपनी नाक की नोक यानी नासिकाग्र पर केन्द्रित करके दिल्ली के एक संग्रहालय में रखे सफ़ेद रंग के एक दुशाले पर अपना समूचा ध्यान संकेन्द्रित कर देते। यह एक जटिल और श्रमसाध्य प्रक्रिया थी। कुछ देर के बाद उनकी स्मृति में हल्का-सा उजाला होने लगता और एक सस्ती-सी चप्पल और कमानीदार ऐनक की बगल में रखा वह दुशाला उनके सामने उभरने लगता। तब वे और कठिन प्रयत्न करते और फिर धीरे-धीरे उनकी चेतना की आन्तरिक आँखों के सामने उस दुशाले पर लगे ख़ून के धब्बे दिखायी देने लगते, जिन्हें समय और परिवर्तन ने काला कर डाला था।

वे धब्बे सन् 1948 ई. में हुई एक हत्या के धब्बे थे।

पॉल गोमरा को याद आ जाता कि पिछले पाँच सालों में हिन्दी भाषा के उनके जैसे ही लगभग डेढ़-दो दर्जन कवियों-लेखकों ने कीटाणुनाशक द्रव पीकर या सीलिंग के हुक में रस्सी से फँदा लगाकर आत्महत्याएँ कर डाली थीं। कुछ को अज्ञात लोगों ने मार डाला था। पॉल गोमरा को लगता कि बड़ी-बड़ी संस्थाओं, उद्योग समूहों, सरकारी विभागों ने सब कुछ अधिगृहीत कर लिया है और अब उनके जैसे कवि के सामने फ़्लिट पीने या गले में फँदा लगाने के अलावा और कोई दूसरा विकल्प नहीं है।

चाँदनी चौक की एक साँकरी गली में पॉल गोमरा ने ख़ुद अपनी आँख से देखा था कि दिल्ली के एक बहुत बड़े कवि मिर्ज़ा असदउल्ला ख़ान ग़ालिब का मकान था, जिसे कोयला गोदाम में बदल दिया गया था। और उन्होंने सुना था कि लखनऊ के पास, दिल्ली के एक दूसरे कवि मीर तक़ी मीर की क़ब्र थी जिसके ठीक बगल में लोहे की पटरियाँ

बिछा दी गयी थीं, जिन पर दिन-रात चौबीसों घण्टे माल और मुसाफ़िरों को ढोने वाली रेलगाड़ियाँ धड़धड़ाती हुई दौड़ती रहती थीं।

उस कब्र के एक टूटे-फूटे पत्थर पर लिखा था :

सिरहाने मीर के आहिस्ता बोलो
अभी टुक रोते-रोते सो गया है।

देखते-ही-देखते ग़ाज़ियाबाद अमेरिका के लॉस एंजिलिस के बाद दुनिया का दूसरे नम्बर का अपराधों का सबसे बड़ा शहर बन गया था। यहाँ प्रति घण्टे अपहरण, लूट, फिरौती, बलात्कार और हत्या की दरें लॉस एंजिलिस के बाद संसार में सबसे ज़्यादा हो गयी थीं।

और भारत की राजधानी नयी दिल्ली, जो तमाम परिवर्तनों का नर्व सेंटर या स्नायुकेन्द्र थी, वहाँ की घटनाएँ किसी तीसरे दर्जे के लुग्दी उपन्यास या 'सत्यकथाएँ' मार्का सड़कछाप पत्रिकाओं के क़िस्सों से अलग नहीं थीं। हर रोज़ वहाँ डेढ़ साल से नौ साल तक की उम्र की बच्चियों के साथ बलात्कार और गला घोंटने की ख़बरें उस अख़बार के दफ़्तर तक पहुँचती थीं जिसमें पॉल गोमरा काम करते थे। जो ख़बरें नहीं पहुँचती होंगी, उनकी संख्या के बारे में सिर्फ़ अनुमान ही लगाया जा सकता था।

और सचिवालय, जहाँ भारतीय प्रशासन के सबसे शक्तिशाली और निर्णायक नौकरशाह यानी इंडियन एडमिनिस्ट्रेटिव सर्विसेज के चुनिन्दा अधिकारियों के चैम्बर्स थे, उनके डेटा, आँकड़े और तथ्य काफ्का की दुःस्वप्नों जैसी कहानियों से मिलते-जुलते थे। वहाँ एक सचिव ऐसा था जो अपनी आठ साल की बेटी के साथ किसी होटल के रूम में अपने साथियों के साथ अप्राकृतिक मैथुन कर रहा था, दूसरा अपने विभाग के अधीन मिलने वाले सारे पुरस्कारों, अनुदानों और पदवियों को अपनी जेबों में भर रहा था, तीसरा एक कुख्यात तस्कर और कोलोनाइजर को किसी प्राइम एरिया का फ़र्ज़ी अधिकार पत्र देकर दक्षिण दिल्ली के पॉश इलाके में अपना शानदार बँगला बनवा रहा था, चौथा मिसाइल और परमाणु ईंधन की राष्ट्रीय सुरक्षा की दृष्टि से अत्यन्त गोपनीय जानकारी शत्रु देश की ख़ुफ़िया एजेंसी को बेच रहा था, पाँचवाँ अपनी मातहत

के नितम्बों की चिकोटी काट रहा था, छठा अपने भाई, नाते-रिश्तेदारों और चापलूसों को धड़ाधड़ नौकरियाँ, फेलोशिप और ख़िताब बाँट रहा था। और इन सबकी तरक़्क़ी हो रही थी। और लोकतान्त्रिक राज्य का चौथा पाया इस भ्रष्ट और आपराधिक इमारत को मज़बूती के साथ थामे हुए था।

कहीं से भी विरोध या आलोचना की चीं-चपड़ नहीं थी। किसी भी तरह के विरोध को यूरोप के समाजवाद की तरह पिछड़ा हुआ अप्रासंगिक हैंगओवर मान लिया गया था।

इलाहाबाद, बनारस, हाथरस या बरेली-मथुरा जैसे किसी शहर से नयी दिल्ली आया हुआ एक पंडा 'बौदीला, देरिदा, फूको, बाथ' जैसे शब्दों का मन्त्रोच्चार करता हुआ हर अख़बार और पत्रिकाओं के पन्नों पर हर रोज़ दण्ड-बैठक लगाता हुआ चीख रहा था :

"सुनो, सुनो, सुनो! इतिहास का अब अन्त हो गया है। अब इस नयी सभ्यता के केन्द्र में मनुष्य नहीं, व्यवस्था और सत्ता है यानी सिस्टम एण्ड पावर। मनुष्य तो अब सिर्फ़ पर्यावरण का हिस्सा है। सत्ता और बाज़ार, पूँजी और व्यापार की सेवा ही अब शब्दों और भाषा का धर्म है। अब कहीं कोई यथार्थ नहीं है। चारों ओर सिर्फ़ सूचनाएँ हैं।

"मुज़फ़्फ़रनगर के गेहूँ के खेतों में 2 अक्तूबर, 1994 को जिन पचीसों उत्तराखण्डी महिलाओं को भारतवर्ष की पुलिस ने खदेड़-खदेड़कर रेप किया, वह सिर्फ़ एक सूचना है। फिलीपीन के शहर मनीला में दिल्ली के वसन्त कुंज इलाके में रहने वाली लड़की सुस्मिता सेन के मिस यूनिवर्स चुने जाने की सूचना के मुक़ाबले एक निहायत फटीचर सूचना, क्योंकि भारत अब भूमण्डलीकरण के कारण अन्तर्राष्ट्रीय अर्थतंत्र का एक उभरता हुआ खुला मालगोदाम और विशाल उपभोक्ता बाज़ार बन गया है। मुज़फ़्फ़रनगर की सूचना से इस मालगोदाम की जो औरत अन्तर्राष्ट्रीय बाज़ार में भिंडी, ककड़ी, आलू या मूली साबित हो रही थी, मनीला की सूचना ने उसे सोना, अफ़ीम या यूरेनियम जैसा क़ीमती और महँगा बना दिया है। और 2 अक्तूबर की तारीख़ अब कोई भी प्रतीक बनने की पुरानी क्षमता खो चुकी है क्योंकि ईश्वर अब मर चुका है।"

दिल्ली के अत्यन्त उपेक्षित नगण्य और स्कूटर तक चलाना न जानने वाले पॉल गोमरा को लगता कि वे किसी कब्र के भीतर सो रहे हैं। और उनके मस्तिष्क के ठीक ऊपर लोहे की पटरियाँ बिछा दी गयी हैं, जिन पर शताब्दी मेल धड़धड़ाती हुई दौड़ती जा रही है।

एक के बाद एक डिब्बे। अन्तहीन।

धड़...धड़...धड़...धड़...धड़...!

धड़...धड़...धड़...धड़...।

इस बीच पॉल गोमरा की पहचान राजीव मेनन से हो गयी। वह कोचीन के निकट के एक क़स्बे उद्‌यमपेरूर का रहने वाला था और राज्य परिवहन की उसी बस में रोज़ाना ग़ाज़ियाबाद से दिल्ली जाता था। वह आई.टी.ओ. पुल के पास ही मयूर भवन में पेस्टिसाइड्‌स की एक कम्पनी में अकाउंट का काम करता था।

काले-कलूटे, दुबले-पतले दाढ़ी वाले हँसमुख राजीव मेनन ने पॉल गोमरा का यह प्रस्ताव स्वीकार कर लिया कि बस से आने की जगह वे अब स्कूटर से ही दफ़्तर आया-जाया करेंगे।

स्कूटर चलायेगा राजीव मेनन और पिछली सीट पर बैठे होंगे उसके स्वामी हिन्दी कवि पॉल गोमरा।

इस तरह शोफ़र-ड्रिवन बजाज चेतक के द्वारा कवि पॉल गोमरा अब हर रोज़ ग़ाज़ियाबाद से दिल्ली के अपने दफ़्तर तक आने-जाने लगे, लेकिन एक समस्या यहाँ भी थी। उनकी ड्यूटी तीन बजे दोपहर ही ख़त्म हो जाती थी, जबकि राजीव मेनन पेस्टिसाइड्‌स के जिस प्राइवेट दफ़्तर में काम करता था, वहाँ रोज़ाना सात-आठ बजना तो मामूली बात थी। महीने में दो-चार बार ज़्यादा काम होने पर दस-ग्यारह भी बज जाते।

यानी अपनी ड्यूटी से फ़ारिग़ होकर पॉल गोमरा अमूमन तीन-चार घण्टे रोज़ाना राजीव मेनन के आने के इन्तज़ार में बैठे रहते। इसका मतलब यह कि स्कूटर ख़रीदने के पीछे उनकी जिस कालगणना का तर्क था, वह बेकार हो चुका था। इन्तज़ार का यह समय बिल्कुल खाली समय होता। दिल्ली एक ऐसा शहर था, जहाँ लोग सिर्फ़ काम पड़ने पर ही मिलते थे। यों ही मिल लेने से लोगों के मन में उस व्यक्ति के प्रति

धारणाएँ ख़राब हो जाती थीं। इसीलिए धीरे-धीरे दिल्ली के परिचितों के बीच पॉल गोमरा की छवि बिगड़ने लगी। वे किसी मसखरे और निठल्ले या अनुपयोगी चिपकू के रूप से प्रसिद्ध होने लगे। लोग उनके व्यक्तित्व और उनकी रचनाओं की ओर से आँखें फेर लेते।

कैसी विडम्बना थी। बचपन से ही पॉल गोमरा ने कुछ और नहीं, सिर्फ़ कवि बनना चाहा था। एक बिल्कुल निरापद, खाली और निर्जन क्षेत्र। स्कूली कॉपियों में कविताएँ लिखने पर उन्हें डाँट खानी पड़ती थी। कोई नया-नया शब्द उन्हें अपने जादू और नशे में इतना बाँध लेता कि वे लगातार उसे बड़बड़ाते या दीवारों पर लिखते और घूरते। वे तुलसी, कबीर, नेरूदा या मीर जैसा कवि होना चाहते थे। वैसी ही भाषा, उसी तरह के शब्द और हृदय के भीतर तक उतर जाने वाली वैसी ही करुणा के कवि...और इस नये यथार्थ ने उनसे यह स्वप्न भी छीन लिया था।

वे कुछ नहीं रह गये थे। न कवि, न नागरिक, न शायद ठीक-ठीक ढंग से मनुष्य ही।

इस दौरान राजीव मेनन की प्रतीक्षा के खाली समय को उन्होंने कविताएँ लिख-लिखकर भरा। उनके झोले में रखी डायरियों और रफ़ काग़ज़ों में सैकड़ों आधी-पूरी कविताएँ लिखी होतीं। अक्सर कुछ काग़ज़ों को समेटना वे भूल जाते और वे हवा में इधर-उधर कहीं उड़ जाते।

आई.टी.ओ. पुल के पास बस स्टॉप पर लिखे पाये एक काग़ज़ पर उनकी ये अधूरी कविता लिखी हुई थी–

"मैं नहीं बन सकता सीवेज पाइप
अपने भीतर से नहीं गुज़र जाने दूँगा मैं
ये सारा कीचड़, इस बूढ़ी सदी की
विष्ठा...
इतना पोपला अभी भी नहीं हुआ है
मेरा मुँह
कि हर आती-जाती हवा उसमें अपनी
सीटी बजा जाये..."

एक और काग़ज़ पर लिखा था–

"खा खा खा खा खा
खा खी खी खी खी खी खा
खू खू खा खा खू खू खा खू खा
खि खी खि खी
खं खं खं
खह खह खह!!"

ऐसी कई और भी आधी-अधूरी कविताएँ थीं जो आई.टी.ओ. पुल के आसपास यहाँ-वहाँ उड़ते काग़ज़ों पर लिखी हुई मिल जाती थीं। इनमें अराजकता थी, फ्रस्ट्रेशन और कुंठाएँ थीं, उन्माद था, पागलपन के लक्षण थे या किसी गहरी लेकिन लाचार घृणा और निर्विकल्प, अनुर्वर और बाँझ क्रोध की अभिव्यक्ति थी, यह कहना मुश्किल है।

अब तक आप सब हिन्दी कवि की इस कहानी से काफ़ी ऊब चुके होंगे। वर्णन में दोहराव, अनावश्यक विस्तार और बीच-बीच के अवान्तर प्रसंगों, उप-प्रसंगों से खीज भी गये होंगे, इसलिए इस क़िस्से को अब जल्दी से समेट लिया जाये। वैसे भी अब जो कुछ बचा है, उपसंहार जैसा ही है।

तो हुआ यह कि चार महीने पहले एक दिन पॉल गोमरा को एक आयोजन में शामिल होने का एक इनविटेशन कार्ड मिला। किसी मन्त्रालय के सचिव स्तर के एक प्रशासनिक अधिकारी को एक साथ पद्मश्री, साहित्य विभूषण, वेदव्यास सम्मान तथा जापानी सहयोग से भारतीय कार बनाने वाली मोकांजी कम्पनी की ओर से दस लाख रुपये का 'सृजन शिखर' पुरस्कार मिला था।

जिस तारीख़ को वह कार्यक्रम रखा गया था, उस दिन वह सचिव अपनी उम्र के पचासवें घटनापूर्ण वर्ष में प्रवेश कर रहा था। इसलिए इस कार्यक्रम को नाम दिया गया था—'अनहद अर्द्धशती।' इस उपलक्ष्य में मन्त्रालय के अधीन आने वाली समस्त संस्थाओं, अकादमियों ने अपनी-अपनी पत्रिकाओं के 'अर्द्धशती विशेषांक' छाप रखे थे, जिनका विमोचन भी उसी दिन होना था।

कार्यक्रम स्थल था दक्षिण दिल्ली का इंडिया इंटरनेशनल सेंटर।

राजीव मेनन से जब पॉल गोमरा ने उस रात उस कार्यक्रम में चलने के लिए कहा तो उसने उन्हें मना किया। राजीव मेनन ने कहा, "लिसेन पॉल, ये प्रोग्राम तुम्हारे जाने का नहीं है। इतने दिनों से तुम्हारा साथ रहकर हम तुम्हारा नेचर समझ गया है। तुम्हारा दुनिया अलग है, उन लोगों का अलग है। दे आर पावरफुल मनीड पीपॅल। यू आर ए पुअर, सिम्पल, वीक हिन्दी पोएट। डोंट गो देयर..."

लेकिन पॉल गोमरा ने उलटे राजीव मेनन पर सन्देह करना शुरू कर दिया। उन्होंने कहा, "मैंने पहली बार तुमसे अपने किसी काम के लिए रुकने को कहा है और तुम इसमें भी बहाने बना रहे हो, जबकि तुम्हारे लिए मैं हर रोज़ एवरेज तीन-चार घण्टे खाली बैठा रहता हूँ। जहाँ तुम्हारा मन आता है, तुम मेरा स्कूटर ले जाते हो, मैंने कभी मना नहीं किया..." वग़ैरह।

बहरहाल, उस रात उस कार्यक्रम में क्या-क्या हुआ इसका पूरा ब्योरा हासिल कर पाना तो सम्भव नहीं है, क्योंकि एक तो ऐसे कार्यक्रमों में जो लोग सम्मिलित होते हैं, उन तक पहुँचना और उनसे मिलना मुश्किल होता है, फिर पूछताछ के मामले में अक्सर वे चुप ही रहते हैं। वे लोग इतने व्यस्त, सम्मानित और सम्भ्रान्त होते हैं कि उनसे स्कूटर दुर्घटना जैसे किसी मामले के बारे में कुछ पूछना उचित भी नहीं लगता।

उस कार्यक्रम का समाचार अगली सुबह दिल्ली के अख़बारों में प्रकाशित हुआ था, जिससे पता चलता है कि कार्यक्रम काफ़ी सफल और भव्य रहा। इसमें केन्द्रीय मानव संसाधन मन्त्री, गृह राज्य मन्त्री, मोकांजी इंडस्ट्रियल ग्रुप के श्री डी.एल. मोकांजी, दुबई के अमीर खालिल उल तुरफ़ानी, कई अप्रवासी भारतीय उद्यमी, सूचना संचार मन्त्री, प्रसिद्ध फ़िल्म अभिनेता और अभिनेत्रियाँ, कथक ओडिसी आदि की कुछ नर्तकियाँ, दिल्ली के लगभग समस्त साहित्यकार, कवि, आलोचक और पत्रकार उपस्थित थे। यह समाचार बहादुरशाह ज़फ़र मार्ग के उस राष्ट्रीय दैनिक के सांस्कृतिक पृष्ठ पर प्रमुखता से छपा था, जिसमें पॉल गोमरा नौकरी करते थे और अपनी लगभग तेईस-चौबीस साल की नौकरी की अवधि में पहली बार बिना पूर्व सूचना के अगले दिन दफ़्तर नहीं पहुँच पाये थे।

इस आयोजन में राजधानी के शीर्षस्थ आलोचकों और सम्पादकों ने पद्मश्री सचिव की तुलना होमर, ग़ालिब और कबीर से की थी। साहित्य अकादमी के सचिव ने पद्मश्री सचिव को आक्टोवियो पाज और पाब्लो नेरूदा जैसे कवियों के समकक्ष घोषित किया था, जो उत्तरदायित्वपूर्ण ऊँची प्रशासनिक सेवाओं में रहते हुए भी अपनी रचनात्मक संवेदना और सृजनशील कल्पना को अक्षुण्ण बनाये रख सके। सुप्रसिद्ध प्रगतिशील आलोचक डॉ. लोकनाथ त्रिवेदी ने सचिव की रचनाओं में अन्तर्व्याप्त अध्यात्म को कबीर, रैदास और तुकाराम की विद्रोही चेतना की परम्परा का नया सोपान सिद्ध करते हुए कहा था कि पद्मश्री सचिव की कविताएँ हिन्दी की प्रगतिशील कविता की अनमोल धरोहर हैं।

मानव संसाधन मन्त्री ने कहा था कि सचिव का समूचा जीवन ही एक जीवन्त काव्यात्मक सर्जना है। उन्होंने घोषणा की कि सचिव की प्रतिभा के उचित मूल्यांकन और सम्मान के लिए वे पूरा प्रयत्न करेंगे कि नोबेल तथा गोल्डन बुकर जैसे अन्तर्राष्ट्रीय स्तर के पुरस्कारों में हिन्दी की रचनाएँ भी अनुशंसित होकर शामिल हों।

मोकांजी इंडस्ट्रियल ग्रुप के वर्तमान अध्यक्ष डी.एल. मोकांजी ने दस लाख रुपये का ड्राफ्ट सचिव को देते हुए घोषणा की कि चम्पारण के ग़रीब निलहे किसानों की ख़िदमत के साथ उनके उद्योग समूह ने डेढ़ सौ साल पहले जिस परम्परा की शुरुआत की थी, उसे वे आगे बढ़ायेंगे और अब भारतीय संस्कृति की महान परम्पराओं के संवर्द्धन और विकास में अपना योगदान देंगे।

हिन्दी के अत्यन्त उत्कृष्ट माने जाने वाले कवि शुक्ल बन्धुओं ने इस अवसर पर अपनी-अपनी कविताओं का पाठ भी किया।

मुख्य घटना का पूर्वांश इसी दौरान घटित हुआ था।

हिन्दी कवि पॉल गोमरा ज़रूरत से ज़्यादा शराब पी गये थे और नशे में धुत होकर ज़ोर-ज़ोर से अंट-शंट बोलने लग गये थे। भारतीय सांस्कृतिक सम्बन्ध परिषद् के द्वारा अयोवा की अन्तर्राष्ट्रीय कविता कार्यशाला में शामिल होकर हाल में ही लौटने वाले कवि मधुर नागपाल ने बताया था कि बड़ी देर तक तो पॉल गोमरा स्कूटर पर ही भाषण देते रहे। वे बहक

गये थे और कह रहे थे कि स्कूटर एक चरखा है, जिससे सूत कातकर अमेरिका की बहुराष्ट्रीय कम्पनियों को ख़त्म किया जा सकता है। लोगों ने उन्हें चुप कराने की कोशिश की तो वे दिल्ली को ही गरियाने लगे।

भारतीय इतिहास अनुसंधान परिषद् के वरिष्ठ अधिकारी डॉ. डी.आर. वाचस्पति के अनुसार, पॉल गोमरा ने कहा था कि मैं मेवातियों, बंजारों, पिण्डारियों, कबाइलियों और जे.जे. कॉलोनी वालों के जत्थे बनाकर बाजीराव पेशवा या शेरशाह सूरी की तरह चारों ओर से धावा बोलूँगा। वह आज़ाद हिन्द फ़ौज बनाकर बर्मा भाग जाने की बात भी कर रहा था। श्री यशवंत नारायण सिन्हा ने, जो भारतीय पुलिस प्रशासन में उप-अधीक्षक थे और सुप्रसिद्ध कथाकार थे, हँसते हुए बताया था कि भई वो शख़्स तो अजीबोग़रीब हरकतें कर रहा था। उसने कहा था कि मैं दिल्ली की सारी सप्लाई लाइनें काट दूँगा। बाहर से यहाँ न दूध आयेगा, न मक्खन! न सब्ज़ी, न पानी! बिजली गुल हो जायेगी, ए.सी. बन्द हो जायेगा तो यह सारे-के-सारे लोग विलायत भाग जायेंगे। मैं तो खैनी फंकियाकर लालक़िले के मैदान में सो जाऊँगा।

भारतीय पुरातत्त्व सर्वेक्षण संस्थान के एक क्यूरेटर डॉ. एस.आर. सिद्दीकी का कहना था कि पॉल गोमरा कह रहा था कि मोहनजोदड़ो नेस्तनाबूद हो गया, लेकिन उसके आसपास के गाँव ख़त्म नहीं हुए। वो आज भी हैं। जाओ, दीदे फाड़ के देख लो। डायनासोर ग़ायब हो जाता है, चींटी बची रहती है, हरामज़ादो! दिल्ली फना हो जायेगी, गुड़गाँव रह जायेगा...

कई पत्रकारों ने बताया था कि पॉल गोमरा ने इंडिया इंटरनेशनल सेंटर में उल्टियाँ की थीं और कहा था कि दिल्ली मेरे देश को तोड़ रही है। वे अराजकता, गुण्डागर्दी, तोड़-फोड़ और पागलपन पर उतर आये थे।

इंडिया इंटरनेशनल सेंटर में जो भी हुआ हो, यह सच है कि उस समारोह में जितने भी गणयमान्य लोग सम्मिलित थे, किसी ने भी पॉल गोमरा के समर्थन या सहानुभूति में एक शब्द भी नहीं कहा था, बल्कि एक केन्द्रीय विश्वविद्यालय के भूतपूर्व विभागाध्यक्ष डॉ. विधाता सिंह गहड़वाल ने, जो अब सन्त रैदास स्मारक संस्थान के अध्यक्ष भी थे,

कहा था कि वह तो मोचियों, भंगियों और धोबियों जैसी फूहड़ हरकतें यहाँ कर रहा था। ऐसे चिरकुट कवियों को तो ऐसे आयोजनों में बुलाना ही नहीं चाहिए। उसने तो ससुरी हिन्दी की नाक ही काट दी।

वैसे काफ़ी कुछ तथ्यात्मक जानकारी राजीव मेनन से मिल सकती थी, जो उस रात पॉल गोमरा के साथ उस कार्यक्रम में लगातार मौजूद था और स्कूटर चलाता हुआ उन्हें वापस ग़ाज़ियाबाद उनके घर पहुँचा रहा था। लेकिन राजीव मेनन की मृत्यु हो चुकी थी।

संक्षेप में, अगर थोड़ी कल्पना, अटकल और फैंटेसी का सहारा लिया जाये, तो बाद की घटना इस प्रकार बनती है।

इंडिया इंटरनेशनल सेंटर में उस रात जब पॉल गोमरा ने ऊधम मचाया और सिविल ड्रेस अर्थात् सादी वर्दी में मौजूद पुलिसवालों ने उन्हें गरदन से पकड़कर कुहनी से प्रशिक्षित चोट पहुँचाते हुए जब उन्हें गेट से बाहर निकाला और जब राजीव मेनन के साथ अपने स्कूटर की पिछली सीट पर बैठकर वे ग़ाज़ियाबाद के लिए रवाना हुए, तो वे बहुत सामान्य मानसिक अवस्था में नहीं थे। सादी वर्दी वालों ने प्रशिक्षित कुहनियों और घूँसों से जो चोट उन्हें पहुँचाई थी, नशे के बावजूद उनका दर्द वे महसूस कर रहे थे। दारू ज़रूर उन्हें बेतहाशा चढ़ गयी थी और वे पिछली सीट पर बैठे-बैठे ज़ोर-ज़ोर से बक रहे थे..."साला लॉर्ड क्लाइव, प्लासी की लड़ाई जीत गया तो सोचता है सारा हिन्दुस्तान जीत लूँगा! सुनो ईस्ट इंडिया कम्पनी के एजेंटो और दलालो, सुनो फिरंगियों के आई.सी.एस. अफ़सरो...ये हिन्दी तो मोचियों, जुलाहों, नाइयों, धोबियों, फ़क़ीरों और साधुओं की ही भाषा है...

ये रेख्ता, तुम्हारी ज़ुबान नहीं है प्यारे..."

राजीव मेनन को भी इस घटना के बाद से लगातार कोचीन का अपना क़स्बा उद्यमपेरूर याद आ रहा था। समुद्र का बैकवाटर, नारियल-आम-कटहल-ताड़-खजूर के पेड़! काजू-इलायची-काली मिर्च-टोडी और मछलियों की महक। उसे काननूर का समुद्र तट या पश्चिमी घाट की धाराशार वर्षा की स्मृति हो आयी होगी और वह मस्ती में साठ-सत्तर कि.मी. प्रति घण्टे की रफ़्तार से स्कूटर सड़क के बीचोबीच भगाने लगा होगा।

उस रात मौसम बहुत अच्छा हो गया था। हल्की बूँदा-बाँदी के आसार थे। हवा में भारीपन, ठण्डक और नमी थी। ऐसी नमी और ठण्डक, जो मनुष्य की त्वचा में अपने स्पर्श से उमंग और आनन्द भरने लगती है।

पॉल गोमरा स्कूटर की पिछली सीट पर बैठे-बैठे अल्लामा इक़बाल का गीत गाने लगे होंगे।

हम बुलबुलें हैं इसकी, ये गुलिस्ताँ हमारा
यूनानो-मिस्र-रोमाँ, सब मिट गये जहाँ से
अब तक मगर है बाक़ी नामो-निशाँ हमारा
कुछ बात है कि हस्ती मिटती नहीं हमारी
दुश्मन रहा है सदियों...

बस, इन्हीं पंक्तियों के आसपास वह एक्सीडेंट हुआ होगा, जिसमें राजीव मेनन की दुर्घटना स्थल पर ही मृत्यु हो गयी होगी और पॉल गोमरा अगली सुबह तक, जब तक उन्हें दिल्ली पुलिस की पी.सी.आर. जिप्सी ने लोकनायक जयप्रकाश नारायण अस्पताल में भरती नहीं करा दिया होगा, तब तक वहीं बेहोश पड़े रहे होंगे।

एक्सीडेंट कैसे हुआ? इसके बारे में कई अटकलें हो सकती हैं। दिल्ली-उत्तर प्रदेश के सीमान्त पुलिस चेक-पोस्ट के रजिस्टर को देखने से पता चला है कि उस समय के आसपास दर्जनों ट्रक, कारें और अन्य गाड़ियाँ वहाँ से क्रॉस हुई थीं। इन्हीं में से किसी एक गाड़ी ने पॉल गोमरा के स्कूटर को टक्कर मारी होगी।

दुर्घटना रात साढ़े ग्यारह और एक बजे के बीच किसी समय हुई थी। इन डेढ़ घण्टों के दौरान दिल्ली-यूपी बॉर्डर चेकपोस्ट के रजिस्टर में बाईस ट्रक, आठ टेम्पो, छह मारुति वैन, पाँच प्राइवेट तथा दो राज्य परिवहन की बसों, सोलह मारुति कार, दो टाटा सिएरा, तीन फिएट की एंट्री है। स्कूटर और मोटरसाइकिलों की संख्या अलग से होगी।

लेकिन इन्हीं डेढ़ घण्टों के भीतर आठ कारों के साथ एक वीआईपी एस्कोर्ट के भी गुज़रने की बात दर्ज है। यह वीआईपी क़ाफ़िला उत्तर प्रदेश के दलित सरकार के एक मन्त्री का था। यह दलित सरकार सवर्णों

और साम्प्रदायिकों के समर्थन से सत्तासीन हुई थी। जिस मन्त्री का वह वीआईपी एस्कोर्ट था, उसका पिछला रिकॉर्ड आपराधिक था और वह घोषित हिस्ट्रीशीटर था। मन्त्री बनने से पहले तक उसके फ़ोटोग्राफ़ पुलिस थानों में टँगे रहते थे। इंडिया इंटरनेशनल सेंटर में आयोजित पद्मश्री सचिव के सम्मान समारोह में वह मन्त्री भी उपस्थित था या नहीं, इसकी पुष्टि नहीं हो पायी।

सम्भव है, एक्सीडेंट तेज़ रफ़्तार के इसी वीआईपी क़ाफ़िले के साथ हुआ हो! जिस तरह पॉल गोमरा उन्माद, अराजकता और नशे की हालत में थे, इक़बाल का 'सारे जहाँ से अच्छा' गा रहे थे, उसमें बिल्कुल मुमकिन था कि दोनों लोगों ने दूर तक और देर तक उन वीआईपी गाड़ियों को साइड न दी हो, सड़क के बीचोबीच स्कूटर चलाते रहे हों, सिक्योरिटी कमांडोज से पंगा मोल ले लिया हो और यह एक्सीडेंट जानबूझकर कर दिया गया हो!

जो भी हुआ हो, ग़ाज़ियाबाद के कवि नगर कॉलोनी का एलआईजी फ़्लैट नम्बर ए-122/4 अब खाली है और पिछले सप्ताह उसके ऊपर 'गिल एण्ड ग्रोवर प्रॉपर्टी डीलर्स' का बोर्ड लटका है। हिन्दी कवि पॉल गोमरा की पत्नी स्नेहलता सक्सेना, जो एक रात कुछ घण्टों के लिए मेहर जेस्सिया बनी थीं, अपने बेटों मंटू, बिप्पू तथा बेटी नीना के साथ सहारनपुर अपने मायके चली गयीं या कहीं और, कोई नहीं जानता।

आप सबने इतनी बोझिल, बेकार और उबाऊ-सी कहानी पढ़ी। ऐसा धैर्य इस ज़माने में मुश्किल है। अब आप यह ज़रूर जानना चाहते होंगे कि आख़िर पॉल गोमरा का क्या हुआ? तो बहुत भाग-दौड़, पूछताछ और छानबीन करने पर जो थोड़ी-बहुत सूचनाएँ हासिल हो पायीं, वे प्रस्तुत हैं :

पॉल गोमरा को अस्पताल से तीसरे दिन ही छुट्टी दे दी गयी थी। उनके सिर में मामूली चोट थी। आठ टाँके लगे थे। लेकिन डॉक्टरों ने बाकी ट्रीटमेंट के लिए उन्हें ऑल इंडिया मेडिकल इंस्टीट्यूट के न्यूरोलॉजी विभाग को रेफर किया था, क्योंकि कैट स्कैनिंग से पता चला था कि उनके दिमाग़ की ओर जाने वाली एक नस में क्लॉटिंग है।

लेकिन ऑल इंडिया मेडिकल इंस्टीस्ट्यूट के न्यूरोलॉजी विभाग में हिन्दी कवि पॉल गोमरा के पहुँचने की कोई सूचना नहीं है। सम्भवतः वे या तो वहाँ गये ही नहीं या फिर उन्हें वहाँ से भगा दिया गया होगा। वैसे भी ऑल इंडिया मेडिकल इंस्टीट्यूट के बारे में हर कोई जानता है कि वहाँ वीआईपी लोगों, ऊँचे अफ़सरों और साख-रसूख़वालों का ही इलाज होता है। वहाँ से तो मुंशी प्रेमचन्द के बाद हिन्दी भाषा के दूसरे सबसे बड़े उपन्यासकार जैनेन्द्र को भी भगा दिया गया था।

दिल्ली के कवि-साहित्यकार पॉल गोमरा को भूलने लगे हैं। यहाँ तक कि आई.टी.ओ पुल के पास बहादुरशाह ज़फ़र मार्ग पर स्थित उस राष्ट्रीय दैनिक के पत्रकार भी बड़ी मुश्किल से उन्हें याद कर पाते हैं। याद उन्हें तब आता है, जब वे हँसते हुए कहते हैं, "ओह! ओह! वो स्कूटर वाला पोएट!"

लेकिन पिछले डेढ़ महीने से दिल्ली से ग़ाज़ियाबाद, देर रात जाने वाले लोग जो बातें बताते हैं, उससे पॉल गोमरा की इस कहानी में एक नया आयाम जुड़ता है। लोग कहते हैं, जी.टी. रोड पर आधी रात अक्सर एक अजीबोग़रीब हुलिये का आदमी, अचानक बगल की झाड़ियों या पुलिया की आड़ से 'हू...हू...खाँ...खाँ सोंग...' करता हुआ कूदकर चलती हुई गाड़ियों के सामने आ जाता है।

धीरे-धीरे हाइवे पर ट्रैफ़िक जाम होने लगता है। शुरू में लोग डरते हैं, फिर जान जाते हैं कि बूढ़ा होता हुआ यह आदमी पागल हो गया है और उससे किसी को कोई ख़तरा नहीं है।

चलते-चलाते आधी रात हाइवे पर एंटरटेनमेंट हो रहा है, तो थोड़ी देर के लिए ट्रक ड्राइवर और दूसरे मुसाफ़िर तमाशा देखने लगते हैं। जब भीड़ आसपास इकट्ठा हो जाती है तो वह बूढ़ा आदमी डगमगाता हुआ राड़क पर चलता है। "दांडी मार्च, दांडी मार्च, दांडी मार्च..." और गाता है, "वैष्णव जण ते तेणे कहिए, जे पीड़ पराई जाणे रे..." इसके बाद अचानक वह फ़ौजियों की तरह पैर पटककर लेफ़्ट-राइट करता हुआ मार्च करने लगता है। और तब वह आज़ाद हिन्द फ़ौज का तराना गाता है :

"क़दम-क़दम बढ़ाए जा, ख़ुशी के गीत गाये जा
ये ज़िन्दगी है क़ौम की, तू क़ौम पे लुटाये जा!"

इसके बाद शुरू होता है उसका धाराप्रवाह भाषण, जिसे सुनकर लोग तालियाँ और सीटियाँ बजाते हैं। वह अपने भाषण में नाना साहब, धुंधू पन्त, तात्या टोपे, अजीमुल्लाह, भगत सिंह, फडनवीस, अशफ़ाक, खुदीराम, तेग बहादुर जैसे कई नामों का उच्चारण करता है। फिर कहता है, "मैं हूँ दलित हिन्दी कवि रामगोपाल। मैं दिल्ली का नहीं, रामपुर और ग़ाज़ियाबाद का हूँ। मैं स्वदेशी आन्दोलन चलाऊँगा।"

इसके बाद वह गुस्से में आ जाता है। आसपास पड़े पत्थरों को उठाकर अँधेरे में दिल्ली की दिशा में फेंकता हुआ अंग्रेज़ी में पूरी ताक़त से नारा लगाने लगता है, "क्विट इंडिया, क्विट इंडिया, क्विट इंडिया..."

जी.टी. रोड पर आधी रात, उस बूढ़े होते आदमी का तमाशा देखने इकट्ठा हुई ट्रक-ड्राइवरों, क्लीनरों और मुसाफ़िरों की भीड़ तालियाँ बजाती हुई उसके साथ-साथ दोहराती है, "क्विट इंडिया, क्विट इंडिया, क्विट इंडिया..."

पॉल गोमरा का स्कूटर ज़रूर अभी भी, शान्तिवन के पास, दरियागंज की ट्रैफिक कोतवाली के पिछवाड़े मुड़ी-तुड़ी हालत में पड़ा हुआ है। उस टूटे-फूटे, दुर्घटनाग्रस्त स्कूटर पर मृतक राजीव मेनन और विक्षिप्त पॉल गोमरा के ख़ून के धब्बे हैं, जो सूखकर काले पड़ चुके हैं।

और उस स्कूटर की डिक्की के भीतर अभी भी पॉल गोमरा की कविताओं की एक डायरी बन्द है। उसके आख़िरी पन्ने पर लिखा है :

जो प्रजातियाँ लुप्त हो रही हैं,
यथार्थ मिटा रहा है जिनका अस्तित्व
हो सके तो हम उनकी हत्या में न हों
शामिल
और सम्भव हो तो सँभालकर रख लें
उनके चित्र...
ये चित्र अतीत के स्मृति चिह्न हैं...

—पॉल गोमरा, 15 अगस्त, 1995

दिल्ली

तब तक मुग़ल नहीं आये थे। दिल्ली में उन दिनों सुल्तानों का राज था। अलाउद्दीन ख़िलजी बादशाह था।

कई वर्षों से दिल्ली दरबार में यह हवा थी कि हिन्दुस्तान का दक्षिणी भाग बहुत समृद्ध है। हज़ार से भी ज़्यादा वर्षों से वहाँ के राजा और व्यापारी अरब, यूनान और तमाम देशों से व्यापार करके बहुत अमीर हो गये हैं। वहाँ बहुत सारा सोना-चाँदी, हीरे-मोती, पन्ना-पुखराज, हाथी-घोड़े हैं।

अलाउद्दीन ख़िलजी ने अपने सबसे भरोसमन्द, योग्य और वफ़ादार सूबेदार उलुग ख़ान को ज़िम्मेदारी सौंपी कि वह दक्षिण पर हमला करे। उलुग ख़ान बयाना का सूबेदार था। वह फ़ौज इकट्ठी करने लगा, लेकिन बीच में ही मर गया।

ख़िलजी चिन्तित हुआ। फिर उसने उलुग ख़ान की जगह मलिक नायब काफ़ूर हिज़ार दीनारी के ज़िम्मे यह अभियान सौंपा।

काफ़ूर दीनारी ने मलाबार को रौंद डाला। पूरे एक साल तक वह लूट-पाट मचाता रहा। मन्दिर तोड़ डाले; क़स्बों, बाज़ारों और गाँवों को लूट डाला।

हिन्दी खड़ी बोली के सूफ़ी कवि और हज़रत निज़ामुद्दीन औलिया के शिष्य अमीर ख़ुसरो ने लिखा है कि दक्षिण की धरती में, जहाँ कहीं भी धन था या तिज़ोरी थी, उसे खोदकर निकाल लिया गया और खच्चरों, गाड़ियों में लादकर दिल्ली रवाना कर दिया गया। काफ़ूर दीनारी ने दक्षिण के सभी दरवाज़ों को दिल्ली की ख़ातिर तोड़ डाला था और

जब इस जीत के बाद वह वापस दिल्ली लौटा, तो दक्षिण के उस समूचे क्षेत्र में सोना-चाँदी, हीरे-पन्ने नहीं, सिर्फ़ उनकी स्मृतियाँ और उनकी अनुगूँजें ही बाकी बची थीं और बची थीं मीलों-कोसों फैली राख में अभी भी उस विनाश की गवाही देती आग की लपटें।

काफ़ूर अपने साथ 600 हाथी, 2,500 घोड़े, 96 मन सोना, एक हज़ार लम्बे बालों व बड़ी आँखों वाली दक्षिण की साँवली बाँदियाँ और तीन मन हीरे-मोती, पन्ना-पुखराज तथा दूसरे नग-नगीने लेकर लौटा था। दक्षिण की इस लूट से दिल्ली कुछ सालों तक मालामाल हो गयी थी।

जब दिल्ली की सल्तनत के तख़्त पर ख़िलजी के बाद मुबारक शाह बैठा, तो उसके सपनों में मलिक नायब काफ़ूर दीनारी दक्षिण की ओर से दौलत और हूरें लिए हुए दिल्ली की ओर आता अक़्सर दिखाई देता। मुबारक शाह ठीक से सो न पाता। इसलिए उसने अपने सबसे वफ़ादार नायब सूबेदार ख़ुसरो ख़ान को फ़ौज के साथ एक बार फिर दक्षिण भेजने का फ़ैसला किया।

चटख भड़कीली पोशाक, लच्छेदार लंतरानी, चमकदार दाँत और हमेशा मुस्कुराने वाले दिल्ली के ख़ुसरो ख़ान के चर्चे पूरे हिन्दुस्तान में थे। माताएँ अपने बच्चों को ख़ुसरो ख़ान का नाम लेकर डराती थीं। लड़कियाँ अपने चेहरे पर्दों में ढँककर बाहर निकलती थीं कि कहीं ख़ुसरो ख़ान न देख ले। हालाँकि ख़ुसरो ख़ान नाच-गाने और तहज़ीब वग़ैरह को बहुत ऊँचा दर्जा देता था, लेकिन उसके बारे में मशहूर था कि वह जिस पर रहम करता था, उसके नाक-कान काटकर जान बख़्श देता था।

दक्षिण के मलाबार के बाशिन्दों को जब यह पता चला, कि इस बार दिल्ली से ख़ुसरो ख़ान आ रहा है, तो सबने एक साथ कहा—"भागो।" और वे सारे-के-सारे लोग अपना-अपना सोना-चाँदी, माल-असबाब, धन-दौलत लेकर मदुरै से भी दक्षिण भाग गये, जहाँ वे सुरक्षित रह सकें। लेकिन मलाबार का एक मुसलमान व्यापारी ऐसा था, जिसने तमाम मुसलमान व्यापारियों को समझाया कि हम लोगों को ख़ुसरो ख़ान से खौफ़ खाने की कोई वजह नहीं है। ख़ुसरो ख़ान

तो इस्लामी फ़ौज लेकर हमें काफ़िरों से आज़ाद कराने आ रहा है। अब दक्षिण से सारा व्यापार, कारोबार हमारे क़ब्ज़े में होगा। यहाँ मुसलमान हुकूमत करेंगे।

उस व्यापारी का नाम था ख़्वाज़ा तक़ी। वह पाँचों वक़्त नमाज़ पढ़ता था और मज़हबी उसूलों का विद्वान था। उसकी बड़ी इज़्ज़त थी। इसलिए उसकी बात पर सभी मुसलमानों ने यक़ीन कर लिया और वे वहीं रुक गये—अपनी धन-दौलत, सोना-चाँदी और बहू-बेटियों के साथ।

व्यापारी ख़्वाज़ा तक़ी ने कहा, "हम मलाबार की सरज़मीं पर दिल्ली सल्तनत की ओर से आने वाले मालिक नायब ख़ुसरो ख़ान और उसकी पाक इस्लामी फ़ौज का ख़ैर मक़दम करेंगे।"

बहरहाल, जब ख़ुसरो ख़ान अपनी फ़ौज के साथ मलाबार पहुँचा, तो ख़्वाज़ा तक़ी की अग़ुआई में तमाम मुसलमान व्यापारियों और मज़हबियों ने उसका स्वागत किया और उसके सम्मान में उस रात दावत और नाच-गाने के जलसे का इन्तज़ाम किया।

इन्तज़ाम बहुत अच्छा था। खाना लज़ीज़ था। रक्काशाएँ जन्नत की साँवली हूरें थीं। जब सभी ने खा-पी लिया, तो ख़ुसरो ख़ान ने डकार मारी और चिल्लाकर अपने सिपहसालारों से कहा, "देखते क्या हो, शुरू हो जाओ। हमें अपने फर्ज़ से गुमराह नहीं होना है।"

अपने गले की पूरी ताक़त के साथ ख़ुसरो ख़ान अपनी फ़ौज को हुक़्म देते हुए चीखा, "लूटो और मारो। काट डालो।"

ख़ुसरो ख़ान की आवाज़ समूचे मलाबार में एक कोने से दूसरे कोने तक गूँजती रही। इस दफ़ा ऐसी लूट-मार, आगजनी, ज़िना और वहशियाना काम हुए कि लोग मलिक काफ़ूर दीनारी की लूट को भी भूल गये। मलाबार में रुक जाने वाला कोई भी व्यापारी या बाशिन्दा ऐसा नहीं था, जिसके घर में एक कौड़ी या एक जवान लड़की बची हो।

जब ख़ुसरो ख़ान दक्षिण की लूट का सारा सामान खच्चरों-गाड़ियों में लादकर दिल्ली के लिए कूच कर रहा था, तो वह मलाबार की सरज़मीं पर अपना ख़ैर मक़दम करने वाले व्यापारी ख़्वाज़ा तक़ी से मिला। ख़्वाज़ा तक़ी लुट-पिट चुका था और बरबाद चीथड़ों में था।

ख़ुसरो ख़ान ने चमकदार दाँतों में मुस्कुराते हुए ख़्वाज़ा तक़ी से कहा, ''ख़्वाज़ा! हम दिल्ली दरबार से आये थे। अब तुम पर इतने हादसे गुज़र चुके हैं तो हम तुम्हें वह हक़ीक़त बयान किये जाते हैं, जिससे तुम्हारी सारी ग़लतफ़हमियाँ दूर हो जायेंगी।''

ख़ुसरो ख़ान फिर मुस्कुराया और उसने कहा, ''तुमको पता होना चाहिए कि दिल्ली सारे हिन्दुस्तान को सिर्फ़ एक आँख से देखती है। दिल्ली के लिए सारी रियाया बराबर है। रंग, मज़हब, नस्ल, ज़ुबानें... कोई भेदभाव नहीं। लेकिन ख़्वाज़ा, याद रखो कि वह एक आँख किसी सूफ़ी, औलिया, ख़लीफ़ा, किसी दानिशवर दरवेश या किसी इन्साफ़परस्त हुक्मराँ की नहीं है। वह आँख दरहक़ीक़त किसी लुटेरे या डाकू की है। वह किसी वहशी या हवसखोर ज़ालिम की आँख है। ख़्वाजा, तुमको पता होना चाहिए कि दि्ल्ली दौलतमन्द लुटेरों की नगरी है। कोई ग़रीब या दीन-ओ-ईमान वाला आदमी अगर वहाँ रहने की कोशिश करेगा, तो उसका हश्र ऐसा होगा कि उसका हाल देखने-सुनने वालों के जिस्म के सारे रोएँ खड़े हो जायेंगे और नाज़ुक दिल-ओ-दिमाग़ वाले लोगों के आँसू सूख जायेंगे। दिल्ली में क़ाबिलियत, शराफ़त, ईमान, मेहनत और हुनर के दम पर रहने की कोशिश करने वाला शख़्स या तो पागल होकर सड़कों पर बदहाल भटकेगा या ख़ुदकुशी कर लेगा या फिर दिल्ली उसको लात मारकर शहर-बदर कर देगी।''

ख़ुसरो ख़ान ने ख़्वाज़ा तक़ी की ओर मुस्कुराते हुए देखा और कहा, ''ख़्वाज़ा, उस रात का जलसा शानदार था और दावत बहुत उम्दा। फिर तुम्हारा जो हाल हुआ है, उसके चलते मुझे तुम पर रहम भी बहुत आ रहा है। और तुम तो जानते ही हो कि ख़ुसरो ख़ान जब किसी पर रहम करता है, तो क्या करता है।''

इस तरह दिल्ली के ख़ुसरो ख़ान ने मलाबार के ख़्वाज़ा तक़ी पर रहम किया। उसने उसकी जान बख़्श दी और सिर्फ़ नाक-कान काटकर चला गया।

•

कहते हैं, बाद की बची-खुची ज़िन्दगी में ख़्वाज़ा तक़ी ने मेहनत और समझदारी से अपना व्यापार दुबारा शुरू किया और दौलत कमाई। सारी

ज़िन्दगी वह मलाबार के हिन्दुओं, ईसाइयों, यहूदियों और ग़ैर-मज़हबी बाशिन्दों के साथ बड़े प्यार-मोहब्बत के साथ रहा।

कहते हैं, जब ख़्वाज़ा तक़ी मर रहा था, तो उसने अपने सारे बेटों, नाती-पोतों और अपने साथ मेल-मुलाक़ात रखने वाले सारे अमीर-उमरों और दूसरे लोगों को बुलवाया और उनसे कहा, "मैं अपनी आख़िरी नफ़स में, मरने के ठीक पहले तुम लोगों से तीन बातें कहे जाता हूँ। इन पर अमल करना, इससे मेरी रूह को तस्कीन होगी।"

कहते हैं, ख़्वाज़ा तक़ी ने मरने के पहले जो तीन बातें कही थीं, वो इस तरह हैं—

पहली बात : तुम सब आपस में ख़ूब प्यार-मोहब्बत के साथ रहना। हिन्दू, मुसलमान, ईसाई, यहूदी—सभी इन्सान हैं और दरअसल वे सब एक ही हैं।

दूसरी बात : अगर किसी ख़ौफ़ या ख़तरे का वक़्त आये, तो ऐसे में अगर भागना है, तो सब एक साथ भागो और अगर उसका मुक़ाबला करना है, तो एक साथ मुक़ाबला करो। कोशिश मुक़ाबले की करो। यक़ीन करो, हर लुटेरा अन्दर से बहुत बुज़दिल और गिरी ज़ेहनियत वाला होता है। वह तुमसे हर हाल आख़िर में हारेगा।

कहते हैं कि ख़्वाज़ा तक़ी ने मरने के पहले जो **तीसरी** और **आख़िरी** बात फुसफुसाते हुए कही थी, वह यह थी कि आइन्दा अगर इस इलाके में कोई दिल्ली-दरबार से आये और तुमसे कुछ कहे, वायदे करे, तिज़ारती सौदा करे, तरक़्क़ी और ख़ुशहाली के वास्ते दिलाए, तो चुपचाप उसकी बातें एक कान से सुनो और दूसरे कान से निकाल दो। और अगर लगे कि उसकी बातों का असर तुम पर होने लगा है, तो उसे अपने दस्तरख़ान में ले जाओ। उसे उम्दा लज़ीज़ चीज़ें खाने के लिए दो। रात गुज़ारने के लिए गुदगुदा, नरम बिस्तर उसकी ख़ातिर बिछाओ और जब वह सो जाये, तो उसके सारे कपड़े उतारकर, उसका सिर उस्तरे से मूँड़कर, गधे पर उलटा बिठाकर उसे बाइज़्ज़त दिल्ली के लिए रुख़सत कर दो।

कहते हैं, इतना कहकर ख़्वाज़ा तक़ी मर गया था।

...और अन्त में प्रार्थना

(इस कहानी के सभी पात्र काल्पनिक हैं)

कर्फ़्यू लागू है। जो कोई 'प्लॉट' की खोज में निकलेगा, उसे गोली मार दी जायेगी। **–मार्क ट्वेन**

डॉ. दिनेश मनोहर वाकणकर : एक परिचय

अब इसका क्या किया जाये कि डॉ. दिनेश मनोहर वाकणकर किसी कहानी या उपन्यास के पात्र नहीं हैं। उन्हें किसी कहानीकार की कल्पना ने नहीं पैदा किया है। डॉ. वाकणकर किसी कहानीकार या रचना के होने या न होने के बावजूद हैं।

कुछ-कुछ उसी तरह, जैसे हम और आप हैं। क्या हमें होने के लिए किसी लेखक या किसी रचना के होने की ज़रूरत है?

डॉ. दिनेश मनोहर वाकणकर की उम्र अड़तालीस वर्ष की है। उनका सिर गंजा है, जिस पर वे अपनी पत्नी ज्योत्स्ना वाकणकर द्वारा बुनी गयी जालीदार सूती टोपी चढ़ा लेते हैं। उनका शरीर भारी है। थुलथुल और गोल-मटोल। पत्नी के अलावा उनके परिवार में चार बेटियाँ हैं। सभी का नाम उन्होंने अपनी पसन्द से रखा है : पूजा, उपासना, प्रार्थना और तपस्या।

डॉ. वाकणकर बहुत धार्मिक क़िस्म के व्यक्ति हैं। पेशे से वे चिकित्सक हैं। उन्होंने पुणे के मेडिकल कॉलेज से एम.बी.बी.एस. किया है। बाद में एम.डी. भी हासिल की है। मेडिकल साइंस के कुछ

अन्तर्राष्ट्रीय जर्नल्स में उनके लगभग पन्द्रह शोध लेख प्रकाशित हो चुके हैं। मध्य प्रदेश और उड़ीसा के आदिवासी क्षेत्रों में कुपोषण, अपर्याप्त और विकृत आहार और कंटेमिनेटेड पानी के पीने से पैदा होने वाले कुछ अब तक अपरिभाषित त्वचा रोगों पर उन्होंने विस्तृत और महत्त्वपूर्ण काम किया है। उनके अनुसार ये त्वचा रोग 'फ़ैटल' हो सकते हैं और इन इलाक़ों के आदिवासियों के लिए वे कैंसर की तरह हैं। उनका कहना है कि चूँकि ये रोग शहरी क्षेत्रों के लोगों या ग़ैर-आदिवासियों में नहीं पाये जाते, इसलिए इन पर सरकार या कोई संस्था बहुत ध्यान नहीं देती।

डॉ. वाकणकर ने जितना ज़्यादा मेडिकल साइंस को पढ़ा है और रोगों पर अनुसन्धान किया है, उतना ही उनके भीतर वैराग्य, निराशा, आध्यात्मिकता और अपनी असहायता का बोध बढ़ता गया है। वे कहते हैं कि मेडिकल साइंस भी दूसरे अनुशासनों की तरह ही है। उसी तरह जैसे धर्म, दर्शन, विचारधारा, राजनीतिशास्त्र, भाषाविज्ञान या रसायनशास्त्र आदि हैं। उनका कहना है कि जिस तरह किसी देश या समाज में होने वाले परिवर्तनों के सामने राजनीतिशास्त्र कोई शक्ति नहीं है, उसी तरह मेडिकल साइंस भी रोगों के सामने कोई शक्ति नहीं है। हर व्यक्ति के शरीर और उसके जीवन की एक जैविक तिर्यक रेखा होती है। उसी दिशा की ओर वह बढ़ता है। कोई भी डॉक्टर इसमें कोई निर्णायक हस्तक्षेप नहीं कर सकता। डॉक्टर किसी मनुष्य के शरीर या जीवन में हस्तक्षेप करने का सिर्फ़ भ्रम पैदा करता है।

उनके अनुसार डॉक्टर अधिक-से-अधिक यह कर सकता है कि वह मनुष्य के शरीर के किसी हिस्से को काटकर उसके शरीर और जीवन से अलग कर दे। डॉ. वाकणकर हँसते हैं कि जो हिस्सा अलग काटा जाता है, वह मर जाता है और मूर्ख मरीज़ को देखो जो यह नहीं समझ पाता कि यह मरने वाला हिस्सा उसके अपने शरीर का ही हिस्सा है। यह उसके शरीर की ही एक मृत्यु है।

इसीलिए डॉ. वाकणकर सर्जरी को मनुष्य के शरीर के किसी चुने हुए हिस्से की हत्या मानते हैं।

डॉ. वाकणकर के अन्य फुटकर विचार

अड़तालीस वर्षीय डॉ. दिनेश मनोहर वाकणकर का मानना है कि जिस तरह कुछ धर्मग्रन्थों, दर्शनों या विचारधाराओं का उपयोग दरअसल शासन, व्यवसाय या तन्त्र को चलाते रहने के लिए होता है, उसी तरह मेडिकल साइंस या चिकित्साशास्त्र का भी इस्तेमाल शासन, व्यवसाय और तन्त्र को चलाते रहने के निमित्त होता है। वे कहते हैं कि सैनिक विज्ञान, रसायनशास्त्र, जैवरसायन या टेक्नोलॉजी का ज़्यादातर प्रयोग मनुष्यों की हत्या के लिए होता आया है। भौतिकी, इलेक्ट्रॉनिक्स, गतिकी और अन्तरिक्ष विज्ञान या नाभिकीय क्षेत्र में लगातार होने वाले अनुसन्धानों के फलस्वरूप अब हम ज़्यादा व्यापक, अधिक प्रभावी और अपेक्षाकृत आसान तरीके से हत्याएँ कर सकते हैं। मेडिकल साइंस भी ऐसा ही एक अनुशासन है। मनुष्य का ज्ञान आज तक प्रकृति का नाश करने, उसे मारने और मिटाने के लिए ही होता आया है। विडम्बना सिर्फ़ इतनी-सी है कि मनुष्य भी अन्ततः किसी कीड़े, पदार्थ, पेड़ या नदी की तरह एक प्राकृतिक चीज़ ही है।

लेकिन ईश्वर को डॉ. वाकणकर मानते हैं। वे कहते हैं कि ऐसे किसी अस्तित्व या मिथक का बने रहना ज़रूरी है। उनके अनुसार ईश्वर अशक्त मनुष्यों की असहायता और विकलता का आर्तनाद है। ईश्वर अफ़ीम या मारफ़ीन तो है, लेकिन इस अर्थ में कि वह मारे जाने वाले मनुष्य के दर्द और यन्त्रणा को कम कष्टप्रद बनाता है। ईश्वर एस्पिरीन, एनेस्थीसिया या ट्रैंक्वेलाइज़र की तरह है। एक भला और दयालु डॉक्टर भी अन्त में किसी असाध्य रोग के मरते हुए मरीज़ को ईश्वर ही प्रदान करता है। एनाल्जिन, एक्वीलिब्रियम, कॉम्बीफ्लाम, काँपोज या मेंड्रक्स असल में ईश्वर की ही गोलियाँ या कैप्सूल हैं। ईश्वर मरीज़ की पीड़ा, यन्त्रणा, चीख और मृत्यु पर पारलौकिक परिभाषा देकर उसकी सहिष्णुता को बढ़ाता है।

डॉ. दिनेश मनोहर वाकणकर के अनुसार संसार की कई विचारधाराएँ, दर्शन प्रणालियाँ और धर्मग्रन्थ शुरू-शुरू में ईश्वर का ही अंश होने का भ्रम और दावा पेश करते हैं, लेकिन बाद में जाकर

पता चलता है कि उनका इस्तेमाल दरअसल लोगों को मारने के लिए ही किया गया था।

डॉ. वाकणकर हँसते हैं। वे कहते हैं कि असल में बात ये है कि ईश्वर को हर कोई जानता है, लेकिन ईश्वर को शैतान में बदल लेना भी बहुत से लोग जानते हैं। ऐसा वे इसलिए करते हैं, क्योंकि गुलामी सिर्फ़ शैतान से करवाई जा सकती है। ईश्वर और शैतान के बीच वे अपने लिए शैतान को इसलिए चुनते हैं, क्योंकि वह आज्ञाकारी होता है। आपके आदेशों पर चलता है। आपको ख़ुश करना और आपकी दमित इच्छाओं या एषणाओं को सहलाना जानता है। जबकि ईश्वर के साथ समस्या यह है कि अगर आपने उसे चुना है तो फिर उससे आप अपना काम नहीं करा सकते, बल्कि उसका काम आपको करना पड़ता है।

डॉ. वाकणकर उदाहरण देते हैं कि मान लीजिए कि पहिया ईश्वर के अनन्त रूपों में से एक रूप है। इस तरह तर्क द्वारा साइकिल एक हद तक ईश्वर के ही प्रतिरूप का विस्तार है। लेकिन अगर आप पहिये के ऊपर साइकिल का फ्रेम न रखकर तोप, मोर्टार या मिसाइल लॉन्चर रख दें तो वही पहिया (अर्थात् ईश्वर) शैतान की सवारी बन जाता है। ऐसी अवस्था में आप पहिये से यात्रा नहीं कर सकते, सिर्फ़ हत्या कर सकते हैं, यह ईश्वर का शैतान में कायान्तरण है।

उनका बचपन और ज्योत्स्ना की चड्डी

डॉ. दिनेश मनोहर वाकणकर मूलतः मराठी हैं, लेकिन अब तक वे सिर्फ़ दो बार ही एल.टी.ए. लेकर महाराष्ट्र गये हैं। उनकी पत्नी के कुछ रिश्तेदार महाराष्ट्र में नारायणपुर और बम्बई के आसपास रहते हैं।

उनका जन्म 8 दिसम्बर, 1943 को ललितपुर, उत्तर प्रदेश में हुआ था। पिता ग्वालियर में महाराजा के मामूली मुलाज़िम थे। लेकिन हर पिता की तरह वे भी महान थे और उन्हीं से प्रेरित होकर बालक वाकणकर ने लगातार पढ़ाई-लिखाई में अपना मन लगाया। वेदों, पुराणों और उपनिषदों का अध्ययन किया। परीक्षाओं में हमेशा प्रथम आते रहे। वाद-विवाद प्रतियोगिताओं और निबन्ध-लेखन में पदक और इनाम

पाते रहे। उनको प्रतिभाशाली, परिश्रमी, लगनशील और अनुशासनप्रिय माना जाता था। स्कूल में पी.टी. के पीरियड में वे नियमपूर्वक जाते थे। उनके नाख़ून सफ़ाई के साथ कटे हुए होते थे। खाने, सोने, व्यायाम और पढ़ाई की उनकी सन्तुलित नियमित दिनचर्या थी।

बचपन से ही वे एक ऐसे छात्र थे, जिसकी हर कॉपी और किताब पर हमेशा जिल्द चढ़ी रहती थी। पेंसिलें क़रीने से छीली हुई रहती थीं। ज्योमेट्री बॉक्स में हर चीज़ पूरी होती थी। उनकी कोई चीज़ कभी खोती नहीं थी। होमवर्क हमेशा पूरा रहता था और हाज़िरी कक्षा में सबसे ज़्यादा। उनके पिता बचपन में उन्हें श्लोक सुनाते थे—'काक चेष्टा, बको ध्यानम्, श्वान निद्रा तथैव च।' उसी श्लोक पर बालक वाकणकर ने अपने विद्यार्थी जीवन की नींव रखी।

लेकिन धीरे-धीरे, कुछ ही वर्षों में उन्हें यह अहसास होने लगा था कि दूसरे छात्र उन्हें पसन्द नहीं करते थे। बाकी सारे लड़कों की अपनी अलग-अलग दुनियाएँ थीं, और उन दुनियाओं के दरवाज़े वाकणकर के लिए बन्द थे।

कई बार वे ख़ुद को बेहद अकेला महसूस करते। कई बार वे अकेले में रोने भी लगते थे। फिर उन्होंने अपने इस अकेलेपन के बारे में सोचना शुरू किया और जल्द ही उन्हें यह पता चला कि बाकी लड़कों ने अपने बचपन को किसी खेल की तरह पूरी गतिमयता, स्वतन्त्रता और उल्लास के साथ अपनाया है। वे लड़के अपने बचपन को अपने भविष्य की किसी नौकरी, कैरियर या व्यवसाय का खाद बनाने के लिए सड़ाना नहीं चाहते थे।

जल्द ही बालक वाकणकर को लगने लगा कि दूसरे बच्चों के बचपन से जहाँ कच्चे अमरूद, ताजा कटे खीरे और अभी-अभी किसी कुएँ या नदी से लाये गये जल की महक आती थी, वहाँ उनका बचपन भविष्य में, वर्षों बाद बनने वाली किसी चीज़ के लिए सड़ाया और गूँथा जा रहा था। उसमें खमीर उठ रही थी। फरमेंटेशन के कीड़े उसमें रेंग रहे थे।

वाकणकर के बचपन में पैदा होते खमीरे के कीड़ों को देखकर

उनके पिता और दूसरे बुजुर्ग बहुत ख़ुश होते। उन्हें आशीर्वाद देते और एक-दूसरे से उनके होनहार होने की बात करते।

बालक वाकणकर दूसरे लड़कों के सामने अपने आपको हीन समझने लगे। उन लड़कों के पास बचपन के कई जोखिम और आवेग-भरे, तमाम रंगों और आकारों के अनुभवों के ढेर थे। वे ऐसी ढेरियाँ इकट्ठी करते, आपस में एक-दूसरे पर उन्हें बालू या पानी की तरह उलीचते, आपस में उन्हें बाँटते, किसी ढेर से निकली किसी चमकदार चीज़ के लिए एक-दूसरे से छीना-झपटी करते, चीखते-चिल्लाते और बालक वाकणकर उस दुनिया के बन्द दरवाज़े के बाहर खड़े, चुपचाप देखते रहते। परीक्षाओं में अच्छे अंक ले आने के बावजूद उन्हें लगता कि वे दूसरे लड़कों के सामने दरिद्र, वंचित और बीमार हैं।

एक लड़का था नितिन प्रताप सिंह। वह पास के किसी रजवाड़े पराने का लड़का था। फुटबॉल और बैडमिंटन बहुत अच्छा खेलता था। घुड़सवारी उसे आती थी और लड़के बताते थे कि बन्दूक की निशानेबाज़ी में वह करिश्मा करता है। नितिन की हाज़िरी स्कूल में सबसे कम होती थी। कॉपी के पन्ने फाड़-फाड़कर वह हवाई जहाज़, टोपी या काग़ज़ी गुब्बारे बनाया करता था। उसके घर के लोग रईस थे और दो-तीन बार वह हांगकांग और सिंगापुर हो आया था।

लड़कियों को पटाने में नितिन प्रताप सिंह उस्ताद था। लड़कियाँ उससे ख़ुश रहती थीं, सबसे ज़्यादा वे उसी के साथ रहती थीं, लेकिन लड़के और अध्यापक उससे नाराज़ रहते थे। संस्कृत के टीचर श्री कृष्ण प्रपन्न शास्त्री कहते थे कि नितिन बरबाद छात्र है। विद्यार्थी जीवन तो गुरुकुल में निष्ठापूर्वक बिताये गये कुछ वर्षों के ज्ञान-संचयन का नाम है।

साइंस पढ़ाने वाले बंगाली टीचर सुनील ठाकुरता, जिनके बारे में कहा जाता था कि वे कम्यूनिष्ट हैं और रूस के एजेंट हैं, उनका विचार भी नितिन के बारे में अच्छा नहीं था। उनके मुताबिक़ नितिन ज़मींदार घराने का पतनशील प्रतिनिधि था। वह लड़कियों को सामन्ती नजरिए से देखता था।

डॉ. दिनेश मनोहर वाकणकर के बचपन के सात दिन, जब वे नितिन प्रताप सिंह के साथ उसके गाँव गये, उनके जीवन के लिए बहुत महत्त्वपूर्ण

और परिवर्तनकारी साबित हुए। नितिन के साथ उन्हें पहली बार यह महसूस हुआ कि प्रकृति की तरह ही मनुष्य के जीवन के भी कुछ आन्तरिक नियम होते हैं। इन नियमों की अपनी गति होती है, जिसे किसी भी चीज़ से नियन्त्रित करने, बाधित करने या विकृत करने से एक ऐसे मनुष्य का निर्माण होता है, जो राज्य संगठन या समाज की ज़रूरत के उपयोगी साँचे में तो ढला होता है, लेकिन वह मनुष्य बहुत प्राकृतिक, सहज, नैसर्गिक और स्वाभाविक मनुष्य नहीं होता।

नितिन प्रताप सिंह के गाँव और उसके आसपास के इलाक़ों में वाकणकर को कई ऐसे प्राकृतिक, नैसर्गिक और स्वाभाविक लड़कों से मिलने का मौका मिला। उन लड़कों के पास कोई टाइम टेबिल नहीं था। गाँव में घड़ियाँ बहुत कम थीं। कोई दफ़्तर नहीं था। स्कूल वहाँ ज़रूर था, जिसमें ज़्यादातर बच्चे नहीं जाते थे। समय वहाँ नदी की तरह पूरे विस्तार, गम्भीरता और समृद्धि में, बहुत धीमी रफ़्तार से बहता था।

डॉ. वाकणकर शहर में ही पले-बढ़े थे। गाँव का यह अनुभव उनकी स्मृति में गहराई से कहीं स्थिर हो गया था। नितिन प्रताप सिंह से उसकी दोस्ती घनी होती गयी थी।

नितिन ने वाकणकर के बचपन में कुछ अनोखे और स्थायी अनुभव जोड़े थे। उसी ने एक बार स्कूल के प्रिंसिपल बी.डी. श्रीवास्तव की ग्यारहवीं में पढ़ने वाली लड़की पुष्पा श्रीवास्तव का फ्रॉक उठाकर उसकी जंघाएँ वाकणकर को दिखायी थीं। पुष्पा के सफ़ेद, मिचुड़े हुए, थोड़े-से मटमैले जाँघिये की सिलवटें बालक वाकणकर के अब तक के जीवन की चट्टान के भीतर किसी डायनामाइट की तरह विस्फोटक साबित हुईं। वे हालाँकि ग्यारहवीं की बोर्ड की परीक्षा में भी डिस्टिंक्शन लेकर प्रथम श्रेणी में पास हुए, लेकिन अब दूसरे लड़कों की बन्द दुनियाओं की खिड़कियाँ और दरवाज़े उनके लिए खुलने लगे थे। वहाँ मटर की फलियाँ थीं, चॉकलेट थे, वयस्कों के लिए पढ़े जाने वाले उपन्यास थे, स्त्रियों की नंगी तस्वीरें थीं। वहाँ सिनेमा हॉल थे, लड़कियाँ थीं और कई गोपनीय खेल थे। छुरे-भाले और तमंचे भी थे।

कुछ अपवादों को छोड़कर यह सब असंख्य पवित्र, निष्कपट और

कौतुक से भरा हुआ एक उत्तेजक और रहस्यपूर्ण बचपन था। वहाँ कोई भी लड़का अपने आने वाले भविष्य में मौजूद किसी कुर्सी या ख़ज़ाने के लिए रंगीन तितलियों या नन्हे-नन्हे ख़रग़ोशों का वध नहीं करता था। वहाँ का एक अलग संविधान था।

इस वर्जित दुनिया के बाशिंदे लड़कों के अभिभावक और माता-पिता इन लड़कों के भविष्य की चिन्ता में घिरे आपस में घण्टों बातें करते रहते थे, लेकिन आने वाले समय की असुरक्षा या अनिश्चितताओं के ख़तरों से बेफ़िक्र ये लड़के यों ही बड़े हो रहे थे। बालक वाकणकर, जो अब तरुण हो चुके थे, इन दोनों संसारों के नागरिक हो रहे थे।

वे अब मुस्कुराते हुए बतलाते हैं कि उस दुनिया के ज़्यादातर लड़के ज़्यादा सफल साबित हुए हैं। नितिन प्रताप सिंह राज्य में मन्त्री रह चुका है। कई दूसरे लड़के व्यापार और अपराध आदि दूसरे सामाजिक पेशों में निकल गये। सबके पास धन-सम्पत्ति है।

उनकी पत्नी ज्योत्स्ना वाकणकर ज़रूर आज तक यह नहीं जान पातीं कि डॉ. वाकणकर कई बार उन्हें फ्रॉक और सफ़ेद-मटमैला, मिचुड़ा हुआ जाँघिया पहनने के लिए क्यों कहते हैं।

हद है कि इस उम्र में भी...

उच्च शिक्षा, नौकरी और व्यक्तित्व-निर्माण

कॉलेज में बी.एससी. फर्स्ट इयर करने के बाद वाकणकर प्रि-मेडिकल टेस्ट (पी.एम.टी.) में शामिल हुए और मेरिट में जगह पाने के साथ उनका एडमिशन पुणे के मेडिकल कॉलेज में हो गया। कोई सोर्स-सिफ़ारिश, रिश्वत आदि की ज़रूरत नहीं पड़ी। पिताजी और परिवार वाले उनसे प्रसन्न थे, हालाँकि वाकणकर का जीवन पहले से काफ़ी बदला हुआ था।

वाकणकर अब 'ए' सर्टिफिकेट वाली फिल्में भी देखते थे। लड़कियों से बातचीत करने में अब उन्हें ज़्यादा दिक़्क़त नहीं होती थी, लेकिन शर्म और संकोच ने उन्हें कभी आगे नहीं बढ़ने दिया।

कई बार इच्छा होती कि पिताजी से कहकर वे अपने लिए एक स्कूटर ख़रीद लें और लड़कियों को पीछे बिठाकर घूमें, लेकिन घर की

आर्थिक स्थिति की उन्हें पूरी जानकारी थी, इसलिए वे ऐसा नहीं कर सके। अधिक-से-अधिक लेबोरेटरी में किसी लड़की को डाइसेक्शन में हेल्प करके, किसी को अपने नोट्स और किताबें देकर या कभी-कभार किसी लड़की के कहने पर उसके टिफ़िन से पराँठा-सब्ज़ी खाकर ही वे ख़ुश और रोमांटिक हो लिया करते थे। एम.बी.बी.एस. में अपने से दो साल सीनियर श्वेता घोड़पकर के साथ फैंटेसी में वे कई बार मसूरी में हनीमून मना चुके थे। उसकी ब्रा का हुक खोल चुके थे, सफ़ेद, मटमैले, मिचुड़े हुए जाँघिये में उसे अपने कमरे में घण्टों बिठा चुके थे, लेकिन जल्द ही श्वेता घोड़पकर ने अपने सिख ब्वॉय फ्रेंड के साथ शादी कर ली और वाकणकर के सपनों के सामने 'रास्ता बन्द, काम चालू है' का बोर्ड लग गया।

वाकणकर की हार्दिक इच्छा थी कि वे मेडिकल कॉलेज में ही, भविष्य में डॉक्टर बन जाने वाली अपनी किसी क्लास फेलो या जूनियर से शादी करें, लेकिन अन्ततः उनका विवाह उनके पिताजी और परिवार वालों की इच्छा से इन्दौर की, होम साइंस में स्नातक, ज्योत्स्ना नामक लड़की से हुआ, जो हारमोनियम पर कुछ फ़िल्मी गानों और भजनों को गा-बजा लेती थी। वही ज्योत्स्ना अब उनकी पत्नी है।

एम.बी.बी.एस. के फाइनल ईयर में पहुँचने के दौरान ही वाकणकर की चिन्ताएँ थोड़ी व्यापक होने लगीं। इस बीच उन्होंने बौद्ध धर्म, मार्क्सवाद, गाँधी और तिलक की किताबें पढ़ीं। स्वामी करपात्री, दयानन्द सरस्वती और दीनदयाल उपाध्याय की किताबें भी उनके हाथ लगीं। वाकणकर को शिक्षा के बाद का जीवन मध्य प्रदेश में ही गुज़ारना पड़ा, लेकिन मराठा जाति के मूल संस्कारों के कारण किसी और की तुलना में उनको वीर सावरकर, तिलक, गोलवलकर तथा हेडगेवार के विचारों ने ज़्यादा प्रभावित किया। इसी मराठी जातीय स्वाभिमान को उन्होंने राष्ट्रीय भावना कहना शुरू किया और छत्रपति शिवाजी उनके नये नायक बने।

यही वह दौर था, जब वे धीरे-धीरे राष्ट्रीय स्वयंसेवक संघ की शाखा में नियमित जाने लगे।

1965-66 में खरगौन के एक पिछड़े इलाके में एक सरकारी प्राथमिक स्वास्थ्य केन्द्र में उनकी नियुक्ति हो गयी, तब से वे सरकारी डॉक्टर ही रहे। राष्ट्रीय स्वयंसेवक संघ में वे अपनी सरकारी नौकरी के दौरान लगातार सक्रिय रहे। जिस क्षेत्र में वे डॉक्टर बनकर जाते, वहाँ के नौजवानों को इस संगठन में आने और राष्ट्र-सेवा करने के लिए प्रोत्साहित करते। वे उन्हें समझाते कि संसार का इतिहास साक्षी है कि दुनिया के यहूदियों के अलावा सबसे ज़्यादा अत्याचार हिन्दुओं पर ही हुआ है। इस जाति को मिटाने के लिए संसार की बड़ी-बड़ी ताक़तें एकजुट रही हैं। यहूदियों को तो फिर भी अपना एक अलग राष्ट्र इस्राइल मिल चुका है, लेकिन हिन्दुओं के पास अभी तक अपना कोई देश नहीं है। दूसरों की गुलामी और चाकरी उनके नसीब में रही है। 1947 में क़ौमों के नाम पर देश को खण्डित करने वाले लोग सत्ता पर काबिज रहने के लिए हिन्दुओं को आपस में लड़ाते रहे हैं और आज तक अपने ही देश में उनकी स्थिति शरणार्थियों जैसी है।

पुनर्जागरण के प्रयत्न

डॉ. दिनेश मनोहर वाकणकर, एम.बी.बी.एस., एम.डी. हिन्दुओं के पुनर्जागरण के लिए लगातार काम करते रहे। वे डॉक्टरी के पेशे और संघ के प्रति हमेशा ईमानदार, प्रतिबद्ध और निष्ठावान रहे। वे कभी किसी मरीज़ से निजी फ़ीस नहीं लेते थे। दूसरे सरकारी डॉक्टर, स्वास्थ्य केन्द्र में आने वाले मरीज़ों को टालकर शाम को उन्हें अपने घर पर आने के लिए कहते थे और बाद में अपनी प्राइवेट फ़ीस वसूलते थे। जबकि डॉ. वाकणकर पूरी लगन और कर्तव्यपरायणता के साथ निःस्वार्थ भाव से मरीज़ों की देखभाल और चिकित्सा करते थे। सरकारी सेवा कानूनों में स्पष्ट निर्देश था कि शासकीय चिकित्सक को प्राइवेट प्रैक्टिस नहीं करनी चाहिए, इसीलिए डॉ. वाकणकर दूसरे डाक्टरों के इस काम को अनैतिक और ग़ैरकानूनी मानते थे।

कई बार उनकी पत्नी ज्योत्स्ना वाकणकर, उनके कुछ मित्र और रिश्तेदार उन्हें समझाते कि ज़माना बड़ी तेज़ी से बदल रहा है। दूसरे

डॉक्टरों की तरह उन्हें भी व्यावहारिक और दुनियादार बनना चाहिए। लेकिन डॉ. वाकणकर सख़्ती के साथ सरकारी नौकरी में निजी फ़ीस लेने, प्राइवेट प्रैक्टिस करने और ऊपरी कमाई बटोरने से इनकार कर देते थे। उनके लिए यह नियम और नैतिकता दोनों के ख़िलाफ़ था।

दूसरे डॉक्टरों की शहर या क़स्बे के मेडिकल स्टोर्सवालों या दवा कम्पनियों के सेल्स एजेंटों के साथ साँठ-गाँठ थी। वे डॉक्टर सरकारी अस्पताल में सब्सिडी के साथ या मुफ़्त आने वाली सरकारी दवाइयों को सस्ते दामों में इन केमिस्ट्स को बेच देते थे। अस्पताल आने वाले मरीज़ों को इलाज के लिए अपनी गाँठ से पैसा लगाकर वही दवाइयाँ दुकानों से ऊँचे बाज़ार भाव में ख़रीदनी पड़तीं। कई डॉक्टरों को तो हर महीने सरकारी वेतन के अलावा कुछ केमिस्ट्स और दवा बनाने वाली कुछ कम्पनियों से माहवारी भत्ता भी मिलता था। ये डॉक्टर मरीज़ों को 'ख़ास' दुकानों या 'खास' कम्पनियों की 'ख़ास' दवाइयाँ ख़रीदने के लिए ही मजबूर करते थे।

राज्य के पिछड़े ग्रामीण इलाक़ों में तो हालत और भी विचित्र थी। वहाँ कई पी.एच.सी. (प्राइमरी हेल्थ सेंटर्स) ऐसे थे, जहाँ नियुक्त होने वाला डॉक्टर महीनों वहाँ नहीं जाता था। ऊपर के अफ़सरों को पटाकर अपना वेतन वह लेता रहता और आराम से अपने शहर में प्राइवेट प्रैक्टिस करता रहता। कई डॉक्टर ऐसे भी थे जो 'रिसर्च' के नाम पर वेतन और स्टाइपेंड समेत छुट्टी ले लेते थे और इस बीच या तो अपना तबादला अपनी पसन्द की जगह पर करा लेते थे या किसी बड़े शहर के प्राइवेट पॉली क्लिनिक में अच्छी तनख़्वाह पर लग जाते थे। कई दुबई, कुवैत आदि गल्फ देशों की ओर पैसा कमाने चले जाते थे।

डॉ. दिनेश मनोहर वाकणकर को भी उनके शुभचिन्तकों ने सलाह दी कि वे आदर्शवादी न बनें, अपनी सरकारी नौकरी का लाभ उठाएँ और इस बीच ग्वालियर या ललितपुर में अपनी पत्नी के नाम से कोई नर्सिंग होम खोल लें। उनके जैसे सज्जन और ईमानदार को फाइनेंस करने वाले बहुतेरे मिल जायेंगे। लेकिन डॉ. वाकणकर इसके विरुद्ध थे।

उन्होंने वी. शान्ताराम की फ़िल्म 'डॉ. कोटणीस की अमर कहानी' देख रखी थी।

सामाजिक अलगाव और रेइफिकेशन

क्या यह और स्पष्ट करने की ज़रूरत है कि सरकारी नौकरी में डॉ. वाकणकर एक समस्या बन गये थे। उनकी वजह से दूसरे डॉक्टरों को ही नहीं, समूचे स्वास्थ्य विभाग को दिक़्क़त होती थी। आख़िर क्या नहीं था वहाँ। पैसा था, सम्मान था, ऊपरी आमदनी थी, क्लब थे, नर्सें थीं। एक-दो डॉक्टरों ने डॉ. वाकणकर को सुधारने की कोशिश भी की, उन्हें क्लब ले गये, दारू पार्टी में शामिल किया, एक चालू नर्स को उनके साथ सोफ़े पर बिठाकर बाहर चले गये, लेकिन डॉ. वाकणकर का भारी-सा सिर, गम्भीरता और चिन्ता में धीरे-धीरे काँपता हुआ, शराब के नशे में दार्शनिक होता चला गया।

एक-दो बार ऐसा भी हुआ कि जिस अस्पताल में डॉ. वाकणकर नियुक्त थे, वहाँ के इंचार्ज सीनियर डॉक्टर ने किसी घटिया कम्पनी की नकली सेलाइन की बोतलें और कुछ इंजेक्शन ख़रीदे। डॉ. वाकणकर ने यह कहते हुए इस ख़रीद का विरोध किया कि आप लोग एनाल्जेसिक दवाइयों तक तो ऐसा भ्रष्टाचार कर लें, लेकिन कृपया किसी इंसान की नसों के भीतर डाली जाने वाली इंट्रावेनस इंजेक्शन के साथ ऐसा मौत का खेल न खेलें। ऐसी स्थिति में मरीज़ देखते-देखते मर सकता है। उनके इस विरोध के बाद सारे अस्पताल में उनका बायकॉट किया जाने लगा। हालाँकि वहाँ उनके समर्थक संख्या में ज़्यादा थे, लेकिन डॉ. वाकणकर के बारे में एक आम अफ़वाह यह फैला दी गयी कि वे एक खामख़्वाह के अड़ंगेबाज, दंदीफंदी, सनकी और पगलेट क़िस्म के प्राणी हैं।

डॉ. वाकणकर को दूसरे सरकारी अफ़सर और डॉक्टर अपने घर में या नाइट पार्टियों में नहीं बुलाते थे। वे फिर अकेले रह गये थे। सबसे अलग-थलग। उन्होंने डायरी लिखने की आदत डाल ली।

लेकिन वे दूसरे स्तर पर सबसे ज़्यादा व्यस्त भी थे। वे लगातार अपने 'पेशे और मरीज़ों' की सेवा में लगे रहे। ऐसा स्वाभाविक ही था कि वे अपने क्षेत्र के लोगों में लोकप्रिय हो जाते और ऐसा हुआ भी। वे चूँकि रोगों और मरीज़ों के प्रति गम्भीर थे, मेडिकल साइंस की नयी किताबें और रिसर्च

जर्नल्स पढ़ते रहते थे और मरीज़ की हैसियत, दशा और रोग की अवस्था देखकर दवाइयाँ देते थे, इसलिए उनका इलाज असर भी करता था। अस्पताल आने वाले ज़्यादातर मरीज़ ज़िद करते कि उन्हें डॉ. वाकणकर से ही अपना इलाज कराने दिया जाये।

ऐसी स्थिति में अस्पताल और स्वास्थ्य विभाग में उनके विरुद्ध ईर्ष्या और द्वेष की भावना और गहरी जड़ें जमाने लगी।

डॉ. वाकणकर ने अपने पेशे के अन्य लोगों से अपने इस अलगाव को ध्यान में रखकर डायरी के एक पन्ने पर लिखा :

'मैं बहुत अकेला महसूस करता हूँ। साथी कहते हैं मैं व्यावहारिक नहीं हूँ। मैं आदर्शवादी हूँ। लेकिन सचमुच मुझे अपने काम-काज में कहीं आदर्शवाद नहीं दिखायी देता। मैं सिर्फ़ यह कर रहा हूँ कि ज़िन्दा और निर्दोष लोगों को नकली और घातक दवाइयाँ नहीं दे रहा हूँ। सरकारी नौकरी में रहते हुए लोगों से निजी फ़ीस नहीं वसूल रहा हूँ और मन लगाकर अपनी ड्यूटी निभा रहा हूँ।'

उन्होंने अन्त में एक प्रश्न भी लिख दिया था :

'मैं यह समझना चाहता हूँ कि क्या जो बेईमान नहीं है, वह व्यावहारिक नहीं हो सकता?'

हरवंश पण्डित उर्फ़ थुकरा महराज से मुलाक़ात

डॉ. दिनेश मनोहर वाकणकर ने अपने अकेलेपन को भरने के लिए राष्ट्रीय स्वयंसेवक संघ की शाखा में अपनी सक्रियता और बढ़ा दी। वे सांगठिक कार्य में लग गये। उनके इलाज में फ़ीस न लेने, मरीज़ों से आत्मीय और ग़ैर-व्यावसायिक तथा उनकी नैतिक भावनाओं से प्रवाहित कई लोग और परिवार शाखा में आने लगे। संघ के नेता और पदाधिकारी धीरे-धीरे वाकणकर के कार्यों से परिचित और प्रभावित होने लगे तथा उन्हें संघ के निष्ठावान, समर्पित कार्यकर्ता के रूप में जानने लगे।

विधानपुर नामक जिस छोटे-से क़स्बे के शासकीय स्वास्थ्य केन्द्र में डॉ. वाकणकर नियुक्त थे, वहाँ से लगभग आठ किलोमीटर दूर एक

छोटी-सी नदी बहिनी के पार वीरपुर नामक गाँव में हरवंश पण्डित का घर था।

हरवंश पण्डित को ज़्यादातर लोग इस नाम से नहीं जानते थे। उन्हें 'थुकरा महराज' के नाम से जाना जाता था। वजह यह थी कि हरवंश पण्डित जब बोलते थे या कथा बाँचते थे तो उनके मुँह से थूक निकलता रहता था। वे जाति से ब्राह्मण, कुल के दुबे यानी द्विवेदी और गोत्र से भारद्वाज थे।

थुकरा महराज ग़रीब ब्राह्मण थे। सिर्फ़ पाँच-सात डिसमिल ज़मीन थी, जिसमें पण्डिताइन साग-भाजी और आषाढ़-सावन में खीरा-भुट्टा बो लेती थी। घर का खर्च मुख्यतः पण्डिताई और जजमानी से ही चला करता था। कई मनौतियों, स्वर्ण भस्म और कठिन परिश्रम के बाद पण्डित-पण्डिताइन को एक ही पुत्ररत्न की प्राप्ति हुई थी। पुत्र का नाम थुकरा महराज ने पण्डित भोला शंकर द्विवेदी रखा था, लेकिन गाँव के लड़के उन्हें लेदहा महाराज के नाम से जानते थे। कारण यह कि भोला शंकर का लेदा (पेट) बहुत बड़ा और तरबूज़ की तरह फूला हुआ रहता था।

हरवंश पण्डित पिछले कुछ वर्षों से भयानक आर्थिक तंगी से गुज़र रहे थे। ऊँची जाति के लोगों में पूजा-पाठ, कथा-कीर्तन, धरम-करम में रुचि ख़त्म होती जा रही थी। पण्डित जी ने शास्त्रों में पढ़ रखा था कि हिन्दुओं में क्षत्रिय, ब्राह्मण और वैश्य ही द्विज जातियाँ हैं और पौरोहित्य का कर्म ब्राह्मण को इन्हीं जातियों के लिए करना चाहिए। शास्त्रों में शूद्रों के लिए यज्ञ, हवन और यज्ञोपवीत (जनेऊ संस्कार) आदि वर्जित, थे लेकिन वर्जित तो बहुत-सी चीज़ें थीं। थुकरा महराज सबका पालन करते तो भूखों मर जाते। इलाके के ठाकुर-बनियों में नया फैशन आ गया था। उनके यहाँ जजमानी ही नहीं—सीधा, अग्रासन, कथा-पूजन का काम भी बहुत कम हो गया था। कोई संस्कार आदि होता तो शहर से चमचमाता हुआ पढ़ा-लिखा पण्डित बुलाया जाता।

इसीलिए थुकरा महराज ने आपद्धर्म के रूप में पण्डिताई और जजमानी के काम में जात-कुजात का विचार करना बन्द कर दिया। इन

दिनों वे अकसर कहे जाते सुने जाने लगे कि जातियाँ 'जन्मना' नहीं, 'कर्मणा' होती हैं। जैसे करम, वैसी जाति। ज़िले में कई कोलियरीज़ थीं। निचली जातियों के बहुत सारे लोग वहाँ मज़दूरी कर रहे थे और दो-ढाई हज़ार रुपया महीना तक कमा रहे थे। वे थुकरा महराज के नये जजमान बने और ऊची जातियों में थुकरा महराज के बारे में मशहूर होने लगा कि यह लालची और भुक्खड़ बाम्हन आजकल तेली, तमोली, चमार, ढीमरों को जनेऊ पहनाता घूम रहा है।

इन्हीं दिनों डॉ. वाकणकर से हरवंश पण्डित उर्फ़ थुकरा महराज की मुलाक़ात हुई और वे संघ की शाखा में नियमित आने लगे। वहाँ 'भाईजी' लोगों अथवा 'श्रद्धेय बन्धुओं' के प्रवचन के अलावा लाठी-डण्डा चलाना, लेजिम, व्यायाम आदि भी हुआ करता था। एक बार एक भाईजी भोपाल से आये थे, उन्होंने कहा था कि जवाहरलालजी के न रह जाने और स्वतन्त्र पार्टी के ख़त्म हो जाने से भारतीय राजनीति के धरातल पर जो शून्य पैदा हुआ है, उसे भरने के लिए जो चक्रवात देश की राजनीति में पैदा होगा, उसमें सबसे प्रचण्ड और सर्वव्यापी बवण्डर हिन्दूवादी राजनीति का होगा। सत्ता में जनसंघ आयेगा और तब अब तक दबाये-सताये गये हिन्दुओं का स्वाभिमान पुनर्स्थापित होगा।

थुकरा महराज ने उस शाम डॉ. वाकणकर से अलग से पूछा था, उनकी आवाज़ उत्तेजना और नशे में थरथरा रही थी। उन्होंने कहा था, "अगर ऐसा हुआ डॉक्टर साहब तो, मेरा दिल कहता है कि गाँव-गाँव यज्ञ-हवन फिर होने लगेंगे। मुण्डन, कनछेदन, यज्ञोपवीत जैसे संस्कार फिर से प्रचलित होंगे। गोहत्या पर प्रतिबन्ध लग जाने से घी-दूध की नदियाँ बहने लगेंगी। ब्राह्मण खीर खायेंगे, शूद्र सेवा करेंगे। आप क्या कहते हैं?"

डॉ. वाकणकर ने हरवंश पण्डित के विश्वास को तोड़ा नहीं। राजनीतिक क्षितिज पर उन्हें ख़ुद इसके आसार दिख रहे थे। हिन्दू हितों, अखण्ड भारत और हिन्दू राष्ट्र की बात करने वाली पार्टी केन्द्र में तीसरे नम्बर की सबसे बड़ी पार्टी बन गयी थी। भारत साधु समाज, हिन्दू महासभा, रामराज्य परिषद् जैसे संगठनों की नदियाँ हिन्दूवाद

की मुख्य राजनीतिक जलधारा में विलीन होने के लिए बढ़ रही थीं। विलीन हो रही थीं।

वर्ष बीत रहे थे। डॉ. वाकणकर का विधानपुर से तबादला नहीं हो रहा था। हरवंश पण्डित जैसे निश्छल, ग़रीब और भावुक कार्यकर्ता को पाकर उनका उत्साह संघ की गतिविधियों में और बढ़ गया था।

हरवंश पण्डित शाखा की गतिविधियों की खिड़की के पार अपनी जजमानी के पुनर्जीवन का दृश्य देखते। उनका मन कहता भाईजीयों पर विश्वास करो।

बम्बई से आने वाले भाईजी ने कहा था कि गौतम बुद्ध ने और महावीर स्वामी ने हिन्दू धर्म का बहुत अहित किया है। अगर आदि शंकराचार्य न आये होते, तो भारत से हिन्दू धर्म विलुप्त हो जाता। बाद में राजा राममोहन राय, गाँधी और नेहरू जैसे लोगों ने भी हिन्दू धर्म को नुक़सान पहुँचाया है। ये लोग पाश्चात्य मानसिकता के व्यक्ति थे।

भाईजी लोगों की बातों का शाखा के साधारण सदस्यों पर गहरा असर होता। वैदिक काल से लेकर अब तक का एक बिल्कुल दूसरा इतिहास धीरे-धीरे उनके मस्तिष्क में बहुत सरल ढंग से डाल दिया गया था। शाखा के अधिकांश सदस्यों के घरों में महाराणा प्रताप, छत्रपति शिवाजी, गुरु गोलवलकर, श्यामा प्रसाद मुखर्जी के चित्र लटके दिखायी देते।

डॉ. दिनेश मनोहर वाकणकर हालाँकि अपने संस्कारों से हिन्दू थे, लेकिन लगातार पढ़ने-लिखने और सोचने-विचारने से उनके भीतर धीरे-धीरे भक्ति और आध्यात्मिकता के तत्त्व भी गहराई में पैदा हो रहे थे। वे किसी भी हिंसा या क्रूरता को देखकर विचलित हो उठते थे। ख़ास तौर पर एक हिन्दू मन्दिर की सीढ़ियों पर अस्सी साल के बूढ़े गाँधी की एक हिन्दू महासभाई द्वारा हत्या को उनका विवेक और हृदय उचित नहीं ठहरा पाता था। कई-कई बार जब वे इस बारे में अपनी राय प्रगट करते तो संघ के बौद्धिक प्रमुख उनके सामने स्व. श्यामा प्रसाद मुखर्जी और दीनदयाल उपाध्याय की संदिग्ध मृत्यु का उदाहरण रखकर कहते कि हिन्दू राष्ट्र के अन्तिम लक्ष्य तक पहुँचने के लिए हिंसा के

माध्यम को बिल्कुल न अपनाने की बात नहीं सोची जा सकती, ख़ास तौर पर ऐसे समय में जब दूसरे सम्प्रदाय बमों और बन्दूकों से लैस हो रहे हैं और उन्हें बाहरी ट्रेनिंग भी मिल रही है। वे जोश में कहते कि अपने ही देश की स्वतन्त्रता और दूसरों की गुलामी तथा दमन से बचने के लिए हिन्दुओं को रामायण, महाभारत के वीर नायकों और योद्धाओं जैसा आचरण करना पड़ेगा। आत्मरक्षा के लिए युद्ध और हिंसा का मार्ग तो श्रीकृष्ण ने गीता में पहले ही दिखा दिया है।

थुकरा महराज थे तो 65 वर्ष के, लेकिन ऐसा प्रवचन सुनते ही उनकी बूढ़ी हड्डियों में नया जोश भर जाता। वे किसी बूढ़े नरभक्षी शेर की तरह हुँकार भरने लगते, हालाँकि वे पिछले बीस वर्षों से क्रॉनिक अस्थमा (पुराना दमा) के मरीज़ थे। वे लाठी भाँजते, लेजिम बजाते, मैदान में थोड़ा-बहुत दौड़ते और उन्हें लगता कि लाठी, लेजिम और हिंसा के द्वारा वे हिन्दू राष्ट्र, वर्णाश्रम व्यवस्था और जजमानी का लक्ष्य अपने जीते-जी अवश्य प्राप्त कर लेंगे।

उलझन और दुविधा

शहर के सबसे बड़े कपड़ा व्यापारी श्री कोमल चन्द गुप्त, जो कि क्षेत्रीय शाखा के संचालक भी थे, कहते थे कि इतना सुन्दर, इतना वैज्ञानिक विभाजन था हिन्दू समाज का, इसे मुसलमानों, ईसाइयों, हूणों और यवन-तुर्क जातियों ने नष्ट-भ्रष्ट कर डाला। सब कुछ दुबारा दुरुस्त और यथावत करने के लिए हिन्दुओं को अपने भीतर हिटलर पैदा करना पड़ेगा। गुरु गोलवलकरजी ने भी श्रेष्ठ जर्मन जाति के हित में किये गये हिटलर के कार्यों की प्रशंसा की थी।

डॉ. वाकणकर पूरी निष्ठा और लगन से संघ के प्रचार-प्रसार में लगे तो ज़रूर थे, लेकिन बचपन से ही किताबें पढ़ने, चीज़ों को गहराई से जानने-समझने की उनकी अदम्य जिज्ञासा ने उनके मस्तिष्क को कभी चैन नहीं लेने दिया। उन्होंने नीत्शे को पढ़ा। मीन काफ को देखा। गुरुजी की पुस्तक 'वी एण्ड अवर नेशनहुड डिफाइंड' पढ़ी। वे उलझनों में घिरते चले गये।

डॉ. वाकणकर श्रेष्ठ और हीन मानव जातियों या नस्लों के सिद्धान्त से अगर एक बार सहमत भी हो जाते, तब भी उनका अन्तर्मन इसे स्वीकार न कर पाता। उनकी आत्मा कहती कि अगर ऐसा सच भी हो तो भी इन नस्लों को मारा या सताया क्यों जाये? अगर यह मान भी लें कि जर्मन जाति के मुक़ाबले यहूदी, नीग्रो, मंगोल, मेक्सिकंस या इंडियन जातियाँ हीन और क्षुद्र ही हैं, तो क्या उन्हें इस पृथ्वी पर रहने, जीने, प्यार करने और अपना संसार बुनाने का कोई अधिकार नहीं है?

डॉ. वाकणकर तो चिकित्सा के पेशे में आये ही इसलिए थे कि वे मरते हुए मनुष्य को फिर से जीवन दें। लेकिन ऐसे सिद्धान्त, जो किन्हीं भौगोलिक, नृतत्त्व और जेनेटिक कारणों से कम विकसित या हीन रह गयी मनुष्य जातियों को पृथ्वी से मिटा डालने पर अमादा हों, उन्हें कुछ-कुछ आसुरी या राक्षसी सिद्धान्त लगते। क्या पृथ्वी में सिर्फ़ जर्मन और ग्रीक ही रहेंगे? क्या भारत में सिर्फ़ कश्मीरियों और पंजाबियों को ही रहना चाहिए? अगर संसार में सिर्फ़ श्रेष्ठ नस्लें ही राज करेंगी तो पतली व रोएँदार टाँगों, फूले-पिचके पेट और औसतन पाँच साढ़े-पाँच फुट की ऊँचाई वाले अननुपातिक ढंग से हड़ैले-तुंदियल, काले-कत्थई हिन्दुस्तानी कहाँ जायेंगे?

डॉ. दिनेश मनोहर वाकणकर ने अपनी डायरी में लिखा :

जूलॉजी का शुरू से विद्यार्थी होने के नाते मैंने मेंडेल और डार्विन के सिद्धान्तों और प्राणियों के विकास सम्बन्धी धारणाओं को पढ़ रखा है। मैं सरवाइवल ऑफ़ फ़िटेस्ट जैसे निर्मम और क्रूर सिद्धान्तों से भी परिचित हूँ, लेकिन मैं कभी-कभी अपने भीतर से उठने वाली आत्मा की आवाज़ सुनता हूँ। यह मेरे भी भीतर के किसी अज्ञात कोने से आती है। शायद मेरी आत्मा यह चाहती है कि यह पृथ्वी ऐसी रहे जिसमें सिर्फ़ विकसित और ताक़तवर प्राणी ही नहीं कमज़ोर, कोमल और अल्पविकसित जीवों का भी वास हो। एक ऐसी पृथ्वी हो जिसमें तितली, कीट-पतंग, सर्प-मयूर, हिरण-ख़रगोश, हाथी, शेर, पेड़-पौधे, घास-पात भी रहें और काले, गोरे, पीले, कत्थई, रंग-बिरंगे मनुष्यों की सभी जातियाँ और नस्लों का भी आवास हो। यह समूची सृष्टि,

यह समूचा चराचर जगत परमपिता परमात्मा की सृष्टि है। यह सब कुछ जो दृश्य और अदृश्य है, उसी की रचना है। भला उसकी कोई एक रचना अपनी श्रेष्ठता के अहंकार और सिर्फ़ इसी तर्क पर अन्य सभी रचनाओं को नष्ट करने का विचार कैसे पाल सकती है?

यह सच था कि डॉ. वाकणकर इन विषयों पर जितना ज़्यादा सोचते, उन्हें अपने भीतर के किसी अँधेरे कोने से आती आत्मा की आवाज़ धीरे-धीरे स्पष्ट सुनायी देने लगती। इसमें किसी सन्देह की कोई गुंजाइश नहीं थी। यह आवाज़ आत्मा की ही थी। उन्होंने अपनी डायरी के उसी पन्ने पर एक वाक्य अलग से लिखा था। इस वाक्य की लिखावट टेढ़ी-मेढ़ी और अनगढ़-सी थी। शायद इसे लिखते हुए उनकी सारी ऊर्जा किसी गहरे विचार-सूत्र का कोई सिरा पकड़ पाने के लिए जूझ रही थी और उनकी उँगलियाँ थक चुकी थीं :

"मुझे लगता है, फासीवाद या कोई दूसरा ऐसा सर्वसत्तावादी या नस्ली सिद्धान्त, ईश्वर के विरुद्ध शैतान की साज़िश है। ओम शान्तिः! शान्तिः!! शान्तिः!!!"

हरवंश पण्डित उर्फ़ थुकरा महराज की मृत्यु अर्थात् हत्या

उस रोज़ शाम से ही हल्की-हल्की बारिश हो रही थी। यह असमय की बूँदा-बाँदी थी। दो रोज़ पहले सुबह-सुबह पाला गिरा था। रात का तापमान चार डिग्री से भी नीचे हो रहा था। शहरों में हीटर, क़स्बों में सिगड़ी और गाँव में चूल्हों-अलावों के आसपास लोग सिमटकर ठण्ड से बच रहे थे।

रात के साढ़े आठ बज रहे होंगे, जब किसी ने डॉ. वाकणकर का दरवाज़ा खटखटाया। वे उस वक़्त रज़ाई में घुसे हुए थे। उन्होंने उठकर दरवाज़ा खोला। बाहर सर्दी की बारिश के अलावा तेज़-बर्फ़ीली हवा के झोंके भी थे।

डॉ. वाकणकर ने बरामदे की लाइट जलायी तो जूट के बोरे को अपनी पीठ पर ओढ़े हुए वीरपुर गाँव का सुभद्रा कहार खड़ा हुआ था। उसने बताया कि थोड़ी देर पहले थुकरा महराज को दमा का बहुत तेज़

दौरा पड़ा था और जब वह वहाँ से डॉ. वाकणकर को बुलाने के लिए साइकिल पर चला था, उस वक़्त थुकरा महराज साँस पाने के लिए तड़फड़ा रहे थे और उनकी आँखें बाहर कढ़ आयी थीं।

डॉ. वाकणकर ने तैयार होकर अपना स्कूटर स्टार्ट करने की कोशिश की तो वह स्टार्ट नहीं हुआ। उन्होंने सोचा, शायद ठण्ड से ऐसा हुआ होगा। स्कूटर को बाहर निकालकर उन्होंने सुभद्रा कहार से धक्का लगवाया, तब भी स्कूटर स्टार्ट नहीं हुआ। उन्होंने प्लग निकालकर उसका कार्बन साफ़ किया, इसके बाद भी स्कूटर स्टार्ट नहीं हुआ। थोड़ा-सा घरघराकर वह बन्द हो जाता था। एक्सीलरेटर पूरा घुमाने या चोक लेने पर भी कोई फ़र्क़ नहीं पड़ रहा था।

डॉ. वाकणकर जान गये कि साइलेंसर में कार्बन भर गया है और पाइप अन्दर से जाम है। उन्होंने साइलेंसर खोल डाला। उनके हाथ और कपड़े कोयले, मोबिल और ग्रीस से काले पड़ गये थे।

वे अभी सायलेंसर का कार्बन निकालने की जुगत करते, लेकिन तभी उनकी पत्नी ने आकर बताया कि अगर उनको हरवंश पण्डित को देखने जाना है, तो वे जल्दी जायें, क्योंकि स्कूटर ठीक करते हुए उन्हें डेढ़ घण्टा हो चुका है।

सुभद्रा कहार की साइकिल के हिलते हुए कैरियर पर बैठकर बूँदा-बाँदी, ठण्डी हवा और घने अँधेरे में गाँव जाने वाली ऊबड़-खाबड़ कच्ची सड़क से डॉ. वाकणकर वीरपुर में थुकरा महराज के घर पहुँचे। वे सोच रहे थे कि जब वे हरवंश पण्डित को बतायेंगे कि आज पाकिस्तान निर्णायक तौर पर दो टुकड़ों में टूट गया है, बांग्लादेश स्वतन्त्र हो चुका है और दुनिया के सैनिक इतिहास में पहली बार नब्बे हज़ार से ज़्यादा पाकिस्तानी फ़ौजियों ने भारतीय सेना के सामने आत्मसमर्पण कर दिया है, तो हरवंश पण्डित के बीमार फेकड़ों में नयी ताजी हवा आ जायेगी।

डॉ. वाकणकर को आज सुबह अख़बारों के पहले पन्ने पर छपा वह फ़ोटोग्राफ़ बार-बार दिखायी दे रहा था, जिसमें ले. जनरल जे.एस. अरोड़ा के सामने शर्म और पराजय में गरदन झुकाये पाकिस्तानी ले. जनरल नियाजी आत्मसमर्पण के काग़ज़ों पर दस्तख़त कर रहा था।

वाकणकर सिखों की वीरता, बलिदान और इस देश के लिए की गयी उनकी कुरबानी के सामने नतमस्तक हुए जा रहे थे। सवा लाख से एक लड़ाऊँ, तब गोबिन्द सिंह नाम कहाऊँ। दसवें गुरु गोबिन्द सिंह ने हिन्दुओं की रक्षा के लिए ही तो खड्ग धारण किया था।

लेकिन मिट्‌टी के उस छोटे-से घर में सिर्फ़ केरोसिन की एक ढिबरी जल रही थी, जिसकी लौ रह-रहकर काँप उठती थी। हरवंश पण्डित की हालत बहुत विकट थी। एक-एक साँस के लिए वे जूझ रहे थे। जैसे ही एक साँस पूरी होती, हरवंश पण्डित का बूढ़ा कमज़ोर शरीर अपनी साँस को जल्द-से-जल्द खोजने और पाने के लिए तड़प उठता।

थुकरा महराज ने जब डॉ. वाकणकर की ओर देखा तो उनकी आँखों में जीवन की उम्मीद छोड़ देने वाली राख थी। उनकी आँखें बाहर निकल आयी थीं, लेकिन उनमें डरावनापन नहीं, किसी जन्म-भर से भूखे, वंचित और दरिद्र ब्राह्मण की याचना थी। जीवन की, सिर्फ़ कुछ और साँसों की याचना।

डॉ. वाकणकर से थुकरा महराज की हालत देखी नहीं जा रही थी। उन्होंने उन्हें नींद का इंजेक्शन लगाया और बैलगाड़ी में सुलाकर प्राथमिक स्वास्थ्य केन्द्र विधानपुर के लिए रवाना कर दिया। बाहर बूँदा-बाँदी तेज़ होने लगी थी। रात के डेढ़ बज रहे थे। हवा में बर्फ़ की तेज़ धारवाली छुरियाँ छिपी थीं। थुकरा महराज को बैलगाड़ी में पुआल बिछाकर लिटा दिया गया था और उनके ऊपर तिरपाल का छाजन बना दिया गया था, जिससे वे भीग न जायें। इंजेक्शन के कारण वे गहरी नींद में निश्चल थे।

डॉ. वाकणकर क्रॉनिक अस्थमा के मरीज़ों को अच्छी तरह जानते थे। जब उन पर दमे का दौरा पड़ता था, तो वे इसी हालत में पहुँच जाते थे, जैसे बस अब उनकी अन्तिम घड़ी आ गयी हो, लेकिन उन्होंने अपने वर्षों के अनुभवों से यह जाना था कि दमे के मरीज़ों की औसत आयु अन्य मरीज़ों ही नहीं, स्वस्थ लोगों के मुक़ाबले भी ज़्यादा होती थी। उन्होंने दमे के मरीज़ों को अस्सी-नब्बे साल तक यों ही जीते हुए देखा था।

थुकरा महराज गहरी नींद या अर्द्ध-मूर्च्छा (सेमी कॉमा) में थे। डॉ. वाकणकर निश्चिन्त थे। रात के पौने तीन बजे उन्होंने सिस्टर पोन्नम्मा से कहा कि वह हरवंश पण्डित को ग्लूकोज़ चढ़ा दे। पोन्नम्मा विधानपुर में शासकीय स्वास्थ्य केन्द्र द्वारा आवंटित दो कमरों के फ़्लैट में रहती थी। वह बहुत दुबली थी और उसे एक्ज़िमा था। उसका घर अस्पताल से सटा हुआ था।

डॉ. वाकणकर लगभग तीन चालीस पर घर लौटे थे। वे पूरी तरह थक चुके थे। आँखें नींद से भारी हो रही थीं। ठण्ड, नमी, मोबिल और ग्रीस की गन्ध, कालिख और थकान। उन्हें याद आया कि उन्होंने रात में खाना नहीं खाया था। उनकी पत्नी और बेटियाँ सो रही थीं। वे बिना किसी को जगाये रसोई में घुसे। सारे बरतन धुले-पुँछे रखे थे। उन्होंने फ्रिज खोलकर देखा। उसमें दूध, टमाटर और कुछ केलों के अलावा कोई पकी हुई खाने की चीज़ नहीं थी। वे लौटकर अपने बिस्तर पर गिर गये और दस मिनट के भीतर ही उनकी नाक से खर्राहट निकलने लगी।

सुबह साढ़े पाँच बजे ही किसी ने दरवाज़ा पीटना शुरू कर दिया। ज्योत्स्ना वाकणकर, जो उस समय फटे हुए पेटीकोट और ब्लाउज़ में थीं, ने उठकर दरवाज़ा खोला। आकाश में असमय के बादल अभी छँटे नहीं थे। बाहर सिस्टर पोन्नम्मा अस्त-व्यस्त हालत में खड़ी थी। साथ में सुभद्रा कहार था। थुकरा महराज का लड़का, पण्डित भोला शंकर दुबे उर्फ़ लेदहा महराज भी कुछ पीछे हटकर खड़ा हुआ था। ज्योत्स्ना वाकणकर का बायाँ स्तन फटे हुए ब्लाउज़ के बाहर झाँक रहा था। इसलिए वह फौरन मुड़कर घर के अन्दर आ गयीं।

डॉ. वाकणकर को जगाने में बहुत मेहनत करनी पड़ी। वे बड़ी गहरी नींद में थे। जागने पर उनकी आँखें बुरी तरह से लाल थीं, जैसे उनमें ख़ून उतर आया हो। वैसे ऐसा उच्च रक्तचाप या रक्तचाप के असन्तुलित होने पर भी होता है।

सिस्टर पोन्नम्मा ने जब बताया कि हरवंश पण्डित की मृत्यु हो गयी है तो डॉ. वाकणकर को समझने में थोड़ा वक़्त लगा। फिर उन्हें

आश्चर्य हुआ और गहरा आघात महसूस हुआ। उनकी नींद काफ़ूर हो गयी। वे उसी हालत में, बिना हाथ-मुँह धोये, चप्पल चढ़ाकर लगभग दौड़ते हुए अस्पताल पहुँचे। पण्डिताइन बाहर बरामदे में बैठी ज़ोर-ज़ोर से रो रही थीं। साथ में गाँव की एक-दो औरतें और कुछ मर्द थे। हरवंश पण्डित की बहू भी वहाँ थी।

डॉ. वाकणकर ने प्राथमिक स्वास्थ्य केन्द्र, विधानपुर के इनडोर पेशेंट नम्बर सत्रह श्री हरवंश पण्डित उर्फ़ थुकरा महराज, निवासी ग्राम वीरपुर, थाना तथा पोस्ट ऑफ़िस विधानपुर, ज़िला रायगढ़, पिनकोड 752 003 को देखा। मृत शरीर लोहे के पलंग पर पड़ा हुआ था। एक हाथ छाती पर था।

डॉ. दिनेश मनोहर वाकणकर, एम.बी.बी.एस., एम.डी. की निगाह स्टैंड पर लटकते ग्लूकोज़ की बोतल की ओर गयी। वे जान गये। इसी का शक उन्हें हुआ था। बोतल के भीतर उसके पारदर्शी द्रव की सतह पर फंगस के थक्के तैर रहे थे। यह शायद किसी मेडिकल स्टोर्स से एक्सपायरी के बाद की ब्लैक सप्लाई है। 'हत्यारे' ...वे बुदबुदाये। उन्होंने लेबल पर पड़ी हुई एक्सपायरी की तारीख़ देखी। उस जगह को चाकू की नोक से खरोंचा गया था, तब भी तारीख़ समझ में आती थी।

प्राथमिक स्वास्थ्य केन्द्र विधानपुर के वरिष्ठ चिकित्सक और इंचार्ज डॉ. डी.एन. मिश्रा नया बजट मिलते ही एक्सपायरी के बाद की दवाइयाँ या नकली दवाइयाँ फ़र्ज़ी फर्मास्युटिकल कम्पनियों के एजेंटों या केमिस्ट से कमीशन बेसिस पर ख़रीदा करते थे। उन्हें काफ़ी कमाई होती थी। डॉ. वाकणकर ने इस पर कई बार आपत्ति प्रकट की थी, जिसके बाद वाकणकर के कई वास्तविक बिलों और रसीदों का भुगतान लम्बे समय तक रोक दिया गया था, उनका एल.टी.ए. मंजूर नहीं किया गया था और उनकी छुट्टी की अर्जियाँ पास नहीं की गयी थीं।

वरिष्ठ चिकित्सक डॉ. डी.एन. मिश्रा की स्थानीय नेताओं, व्यापारियों, तहसीलदार तथा थानेदार समेत अन्य सरकारी अफ़सरों से ख़ूब पटती थी। इन लोगों ने रात में शराब पीने और ताश खेलने के लिए एक ऑफ़िसर्स क्लब बना रखा था। यह एक अलग समाज था।

इस समाज की अपनी अलग संहिताएँ थीं, जिन्हें भारतीय प्रशासन ने अपने लम्बे इतिहास से अर्जित किया था।

इन्हीं में से एक संहिता यह थी कि किसी अवांछित और ईमानदार मातहत को छोटे-छोटे अप्रकट तरीकों से, नियमों के दायरे के भीतर रहते हुए, इतना तंग करो कि वह गुस्से में या दुख में फूट पड़े। और तब उसे नियमानुसार चार्जशीट करके दण्डित करो।

डॉ. दिनेश मनोहर वाकणकर की आँखों में ख़ून उतर आया। पण्डिताइन की दहाड़ें मार-मारकर रोती हुई विकल और बूढ़ी आवाज़ पूरे स्वास्थ्य केन्द्र को हिला रही थी। हरवंश पण्डित एक्सपायरी के बाद के, गन्दे घटिया और नकली ग्लूकोज़ को नसों के भीतर इंजेक्ट करने से सरकारी अस्पताल के भीतर मरे थे। उनकी एक तरह से हत्या की गयी थी। थुकरा महराज राष्ट्रीय स्वयंसेवक संघ के एक निष्ठावान ग्रामीण कार्यकर्ता थे और उन्हें विश्वास था कि उनके जीते-जी ही जजमानी, वर्णाश्रम व्यवस्था और हिन्दू राज की स्थापना होगी और उनकी पण्डिताई फिर से पुरखों के ज़माने की तरह चल पड़ेगी। जजमानों के न्योतों से वे खीर-पूड़ी अपने गमछे में बाँधकर घर लाया करेंगे। अगर कल के अख़बारों में छपा ले. जनरल जे.एस. अरोड़ा और पाकिस्तानी ले. जनरल नियाजी का फ़ोटो वे देखते तो जोश में कहते, 'डॉक्टर साहेब, देखो, एक रोड़ा गया। हिन्दुओं की भाग्य-बाधा हटी। अब अखण्ड भारत बनकर रहेगा। सत सिरी अकाल अरोड़ा जी...!' और ऐसा कहते हुए उनके मुँह से ज़रूर थूक निकलने लगता, इसीलिए उनके गाँव के लोग उन्हें पण्डित के नाम से नहीं, थुकरा महराज के नाम से जानते थे।

डॉ. वाकणकर ने वहीं अस्पताल में अपने लेटर हेड में वरिष्ठ चिकित्सक डॉ. डी.एन. मिश्रा को एक बहुत सख़्त पत्र लिखा। इसमें उन्होंने साफ़-साफ़ लिखा कि आप हरवंश पण्डित के हत्यारे हैं। आप जैसे भ्रष्ट और लालची डॉक्टरों की वजह से इस देश में एक नहीं, हज़ारों निर्दोष मरीज़ों की मौतें हो रही हैं। आप मनुष्यों के जीवन के साथ मौत का दानवी और आपराधिक खेल खेल रहे हैं। हरवंश पण्डित इस देश के एक नागरिक थे। वे इस प्राथमिक स्वास्थ्य केन्द्र में भरती किये गये

एक इनडोर पेशेंट थे। वे एक ब्राह्मण थे और शास्त्रों में ब्रह्महत्या से बड़ा कोई पाप नहीं माना गया है। आप जैसे डॉक्टर समूचे समाज और मनुष्यता के अलावा हिन्दू धर्म के लिए भी एक कलंक हैं। आपको मैंने कई बार सपरिवार स्थानीय मन्दिर में पूजा-चढ़ावा करते और प्रसाद-चरणामृत लेते देखा है। अगर आपके भीतर धर्म के प्रति कोई आस्था है तो यह साफ़ समझ लीजिए कि आप पापी और गुनहगार हैं। कानून की दृष्टि से भी आपने अपराध किया है और भारतीय दण्ड संहिता की धारा 304 के तहत आप पर होमिसाइड का मुक़दमा चलाया जाना चाहिए।

डॉ. वाकणकर के इस उद्वेग-भरे पत्र का अन्तिम पैराग्राफ़ था :

"मैं अपने साथ ग्लूकोज़ की बोतल, आपके द्वारा ग्लूकोज़ की अस्सी बोतलें ख़रीदने का शर्मा मेडिकल स्टोर्स को दिया गया ऑर्डर तथा स्टॉक से सम्बन्धित काग़ज़ात लिए जा रहा हूँ। नकली दवाइयाँ, ख़ास तौर पर लाइफ़ सेविंग ड्रग्स तथा मरीज़ की नसों के भीतर इंजेक्ट की जाने वाली इंट्रावेनस इंजेक्शन के मामले में जानलेवा और संगीन भ्रष्टाचार न करने का आग्रह मैंने आपसे एक बार नहीं, औपचारिक और अनौपचारिक तरीके से कई बार किया है। आपने मेरी बात को गम्भीरता से लेने की बजाय तरह-तरह से मुझको तंग करने की कोशिश की है। मुझे लगता है कि आप नासमझी में यह अपराध नहीं कर रहे हैं, बल्कि असल में आप पेशेवर मुज़रिम हैं।

मैं अपने धर्म, अपने पेशे और ईश्वर की शपथ लेकर आपको चेतावनी देता हूँ कि आप अपनी करतूतों से बाज आइए, वरना आप सोच भी नहीं सकते कि मैं किस हद तक जा सकता हूँ।"

हरवंश पण्डित की मृत्यु से डॉ. वाकणकर इतने खिन्न, दुखी और तनाव में थे कि उन्होंने इस पत्र को एक लिफ़ाफ़े में बन्द करके एक हफ़्ते की छुट्टी का एक एप्लीकेशन भी लिख डाला और दोनों चीज़ें सिस्टर पोन्नम्मा को थमाकर अपने फ़्लैट में लौट आये।

ज्योत्स्ना वाकणकर और उनकी बेटी पूजा ने देखा कि उनकी आँखें लाल थीं, जैसे उनमें ख़ून तैर रहा हो। वे अपने बिस्तर पर गिरे और जल्द ही उनकी खर्राहट कमरे में गूँजने लगी।

डॉ. वाकणकर की आँखों के इस तरह लाल होने तथा नाक और गले से निकलती ऐसी खर्राहट से ज्योत्स्ना वाकणकर जान गयी कि उनका रक्तचाप बढ़ गया है और असन्तुलित है।

स्थानान्तरण का आदेश

दोपहर ढाई बजे तक डॉ. वाकणकर के खर्राटे गूँजते रहे। इसी समय दरवाज़े पर दस्तक हुई। प्राथमिक स्वास्थ्य केन्द्र का जूनियर डॉ. सुरेश गुप्ता उनसे मिलने आया था। उसने तीन साल पहले ही सरकारी नौकरी ज्वॉयन की थी। वह लोक निर्माण विभाग (पी.डब्ल्यू.डी.) के विधानपुर ऑफ़िस में एस.डी.ओ. श्री दीनदयाल गुप्ता का भांजा था। डी.डी. के नाम से मशहूर दीनदयाल गुप्ता के बारे में कहा जाता था कि विधानपुर में आने के बाद उसने पिछले चार सालों में लगभग पैंतीस-चालीस लाख रुपये कमाये थे। सड़कों की मरम्मत, नयी सड़कों और पुलों की स्वीकृत परियोजनाओं में घपला और ठेकेदारों-कर्मचारियों से मिली-भगत के दम पर उसने ये कमायी की थी। डॉ. सुरेश गुप्ता उसी डी.डी. का भांजा था।

चाय पीने के बाद डॉ. गुप्ता ने डॉ. वाकणकर से अनुरोध किया कि वे ग्लूकोज़ की बोतल, अस्पताल के स्टॉक के काग़ज़ात और शर्मा मेडिकल स्टोर्स को डॉ. मिश्रा द्वारा किये गये ख़रीद ऑर्डर की कॉपी डॉ. मिश्रा को लौटा दें। डॉ. मिश्रा उनसे मिलना चाहते हैं, माफ़ी माँगना चाहते हैं और वे सचमुच परेशान और दुखी हैं।

डॉ. वाकणकर ने जवाब दिया कि उनका डॉ. मिश्रा से कोई निजी झगड़ा नहीं है। वे अगर उनके घर आयें, तो उनका स्वागत है। रही बात बोतल और काग़ज़ात लौटाने की तो डॉ. वाकणकर ने कहा कि यह ठीक नहीं होगा, क्योंकि अगर ये सबूत उन्होंने डॉ. मिश्रा को लौटा दिये तो डॉ. मिश्रा उन्हें तंग कर डालेंगे।

डॉ. सुरेश गुप्ता से उन्होंने कहा कि अपने पास के ये प्रमाण वे डॉ. मिश्रा को सज़ा दिलाने के लिए नहीं, अपनी सुरक्षा के लिए भी रखना चाहते हैं।

उसी रात साढ़े आठ बजे प्राथमिक स्वास्थ्य केन्द्र विधानपुर के वरिष्ठ चिकित्सक तथा इंजार्ज डॉ. डी.एन. मिश्रा उनके घर आये। हालाँकि वे डॉ. वाकणकर के बॉस थे, लेकिन उनके सामने वे ऐसे व्यवहार कर रहे थे जैसे डॉ. वाकणकर ही उनके अधिकारी हों।

ज्योत्स्ना वाकणकर जब चाय देने आयीं तो डॉ. मिश्रा ने कुर्सी से उठकर उन्हें 'भाभीजी' कहते हुए प्रणाम किया। बाद में पता चला कि वे हरवंश पण्डित की विधवा पण्डिताइन को वीरपुर में 10,000 रुपये नगद देकर आये हैं। उन्होंने डॉ. वाकणकर की पत्नी ज्योत्स्ना से अलग से बात की। ज्योत्स्ना वाकणकर ने आकर डॉ. वाकणकर को समझाया कि अब जो होना था, सो हो गया। डॉ. मिश्रा के मन में हरवंश पण्डित की मृत्यु के लिए गहरा पश्चात्ताप है। वे दस हज़ार रुपये पण्डिताइन को दे ही चुके हैं और उनका कहना है कि अगर डॉ. वाकणकर कह दें तो वे उन्हें और भी रुपये दे सकते हैं। डॉ. मिश्रा ने वाकणकर की भूरि-भूरि प्रशंसा भी की और कहा कि उनके जैसे निःस्वार्थ और आदर्श डॉक्टर स्वास्थ्य विभाग की शान हैं।

ख़ैर, बाद में यह हुआ कि ज्योत्स्ना वाकणकर ने अपने पति से अनुमति लेकर डॉ. डी.एन. मिश्रा से डॉ. वाकणकर द्वारा लिखा गया पत्र वापस लिया और उन्हें ग्लूकोज़ की बोतल और सारे काग़ज़ात वापस लौटा दिये। डॉ. सुरेश गुप्ता उसी दिन से राष्ट्रीय स्वयंसेवक संघ का सदस्य बन गया। उसने डॉ. वाकणकर के चरण छूकर कहा कि वह आज से उनकी तरह ही अस्पताल में धाँधली के ख़िलाफ़ लड़ेगा।

डॉ. दिनेश मनोहर वाकणकर उदास थे। हरवंश पण्डित की मृत्यु दमे से नहीं हुई थी। उनकी हत्या हुई थी। उन्होंने उस रात अपनी डायरी में लिखा :

"मुझे दिखायी दे रहा है कि हमारे देश में हर रोज़ हज़ारों हत्याएँ हो रही हैं—नकली दवाओं, ज़हरीली शराब, गुण्डों और अपराधियों के संगठित गिरोहों, पुलिस द्वारा दमन और सरकार द्वारा गोली-बारी से। इस सबका धर्म और सम्प्रदाय से कोई लेना-देना नहीं है। एक पूरा भ्रष्ट और अपराधी तन्त्र बन चुका है, जिसकी हिंसा और लूट के

सामने इस चीज़ का कोई मतलब नहीं है कि सामने वाला हिन्दू है या मुसलमान या किसी और सम्प्रदाय का। बांग्लादेश में भी मुसलमानों ने ही मुसलमानों का संहार किया था। हज़ारों औरतों से बलात्कार किया था और लाखों मुहाजिरों को उनके घर-गाँव से उजाड़कर खानाबदोश बना दिया था। यह सच है कि हमारे देश में भी हिन्दू किसी और के द्वारा नहीं सबसे ज़्यादा हिन्दुओं द्वारा ही मारे जा रहे हैं। डॉ. डी.एन. मिश्रा भी हिन्दू थे और हरवंश पण्डित भी। जानलेवा नकली दवाइयों के व्यापारी भी हिन्दू हैं। हद यह है कि इनमें से कई हिन्दू राष्ट्र के विचार के समर्थक हैं और संघ को धन आदि से मदद देते रहते हैं।''

डॉ. वाकणकर ने डायरी के उस पन्ने पर, आख़िर में एक प्रश्न लिख छोड़ा था :

''यह सवाल बार-बार मेरे सामने आ खड़ा होता है कि अगर भविष्य में कभी हिन्दू राष्ट्र बना तो वह किस हिन्दू का राष्ट्र होगा? डॉ. डी.एन. मिश्रा का? या थुकरा महराज का?''

एक सप्ताह का अवकाश अभी चल रहा था। डॉ. वाकणकर अस्पताल तो नहीं जा रहे थे, लेकिन शाखा में नियमित शाम को जाते थे। वहाँ उन्हें राम सनेही भाईजी ने बताया कि डॉ. सुरेश गुप्ता अभी तीन दिन से ही शाखा में आ रहा है, लेकिन उसने अभी से उनके बारे में कई अनाप-शनाप बातें फैलानी शुरू कर दी हैं। राम सनेहीजी ने कहा कि कहीं डॉ. सुरेश गुप्ता को डॉ. मिश्रा ने ही तो नहीं शाखा सदस्य बनाया है, जिससे वह वहाँ पर डॉ. वाकणकर की जड़ें काट सके।

पाँचवें दिन वाकणकर ज़िला मुख्यालय के शासकीय अस्पताल से ज़िला चिकित्सा अधिकारी डॉ. एस.एन. अग्निहोत्री, सिविल सर्जन के आदेश क्रमांक 26/डी-1371 के तहत डॉ. दिनेश मनोहर वाकणकर का तबादला सुदूर आदिवासी बहुल क्षेत्र ढींगर गाँव के प्राथमिक स्वास्थ्य केन्द्र में कर दिया गया। उन्हें 48 घण्टे के भीतर अपना समस्त कार्यभार डॉ. सुरेश गुप्ता को सौंपने का आदेश दिया गया था। अगले दिन ज़िला रायगढ़ से निकलने वाले साप्ताहिक अख़बार 'रायगढ़ वाणी' में हरवंश पण्डित की विधवा पण्डिताइन कर्मवती की ओर से ज़िलाधीश

के नाम एक पत्र छपा था, जिसमें अपने पति की ज़िम्मेदारी उन्होंने डॉ. वाकणकर पर डाली थी और शासन से अनुरोध किया था कि हरवंश पण्डित की मृत्यु की पूरी जाँच करायी जाये।

ज्योत्स्ना वाकणकर इस विश्वासघात और षड्यन्त्र को सहजता से बर्दाश्त नहीं कर पा रही थीं। वे फूट-फूटकर रोने लगीं और डॉ. डी.एन. मिश्रा से सीधी—दो टूक बात करने के इरादे से उनके निवास की ओर चलीं। डॉ. वाकणकर ने मना भी किया, लेकिन वे नहीं मानीं। उन्होंने कहा, "मैं जाकर उस नीच धोखेबाज़ का मुँह नोच लूँगी।"

ज्योत्स्ना वाकणकर जब प्राथमिक स्वास्थ्य केन्द्र विधानपुर के वरिष्ठ चिकित्सक और इंजार्ज डॉ. डी.एन. मिश्रा के बँगले पर पहुँची तो वहाँ ताला लगा था।

पता चला डॉ. मिश्रा अपने परिवार समेत, एल.टी.ए. लेकर पन्द्रह दिन की छुट्‌टी मनाने देहरादून चले गये हैं।

काले पानी का दण्ड-द्वीप

विधानपुर से ढींगर गाँव में आये हुए डॉ. दिनेश मनोहर वाकणकर को लगभग चौदह साल हो गये। न उनका प्रमोशन हुआ, न तबादला। सिर्फ़ सालाना वेतन-वृद्धि यानी इंक्रीमेंट का इज़ाफ़ा होता रहा।

ढींगर गाँव में डॉ. वाकणकर ख़ुश थे। हालाँकि वहाँ उन्हें सज़ा के बतौर भेजा गया था। किताबें और जर्नल्स वहाँ देर से पहुँचते थे, लेकिन उस आदिवासी बहुल इलाक़े में झंझट कम थे।

ढींगर गाँव सतपुड़ा की पर्वत श्रेणियों में से एक की चोटी से लेकर तलहटी तक बसा हुआ एक चित्रात्मक-सा सुन्दर क़स्बा था। सड़कें वहाँ ठीक नहीं थीं। आवागमन के साधन कम थे और शहरों में मिलने वाली नयी-नयी उपभोक्ता चीज़ें वहाँ की दुकानों में नज़र नहीं आती थीं। जैसे वहाँ लेमन सोडा, लस्सी और शिकंजी के अलावा तरह-तरह के सॉफ़्ट ड्रिंक्स नहीं मिलते थे। कुकिंग गैस का नामोनिशान नहीं था। एक-दो लोगों ने सरकारी अनुदान मिलने के कारण गोबर गैस या बायोगैस की टंकी बनवा रखी थी, लेकिन वे टंकियाँ ऐसे ही बेकार पड़ी हुई थीं।

ढींगर गाँव में रहते हुए भी डॉ. वाकणकर ने संघ का काम जारी रखा। उन्हें यह अहसास वहीं रहते हुए गहराई से हुआ कि संघ और हिन्दूवादी राजनीति में निचली जातियों और आदिवासियों की बहुत कम रुचि है। वे अगर शाखा में, डॉ. वाकणकर के प्रभाव के कारण आने भी लगते थे, तो कुछ दिनों के बाद उनकी रुचि उसमें ख़त्म हो जाती थी। संघ का जैसा स्वरूप था, उसमें उन्होंने पाया कि व्यापारी, ठेकेदार, सवर्ण जातियों के लोग और सरकारी कर्मचारी ही उसमें उत्साह दिखाते थे। डॉ. वाकणकर ने अपनी डायरी में लिखा :

"कभी-कभी मैं सोचता हूँ कि स्वामी रामतीर्थ, विवेकानन्द, रामकृष्ण परमहंस आदि चिन्तकों और मध्यकाल के भक्त सन्तों का रास्ता यही है? मेरे मन में सन्देह उठता है कि संघ का कार्यकलाप हिन्दू समाज के पुनर्जागरण और पुनर्गठन के लिए नहीं, सत्ता पर इस संगठन और इसके समर्थक राजनीतिक दलों को बिठाने के लक्ष्य को लेकर चल रहा है।"

ढींगर गाँव एक बड़ा क्षेत्र था। पिछले दस वर्षों से जनसंख्या में वृद्धि के कारण यह पृथक संसदीय क्षेत्र बन गया था। आदिवासी जनजातियों के लिए सुरक्षित संसदीय क्षेत्र, लेकिन चुनाव और राजनीति के सारे मोहरे ग़ैर-आदिवासी लोगों द्वारा ही संचालित होते थे। श्री भुलई साधो यहाँ के निर्वाचित सांसद थे, लेकिन इस आदिवासी सांसद के बारे में हर कोई जानता था कि वह ज़िले के माफ़िया किंग त्रिभुवन सिंह का नौकर है।

तो डॉ. वाकणकर ढींगर गाँव में सजा काट रहे थे। ऐसा ही लोकतान्त्रिक भारत सरकार ने सोचा था। ढींगर गाँव में कोई सरकारी अफ़सर या कर्मचारी नहीं आना चाहता था। सरकारी दफ़्तरों में जब कोई अफ़सर अपने मातहत पर नाराज़ होता तो धमकी देता था, ज़्यादा आँय-बाँय किया तो साले ढींगर गाँव भेज दूँगा। ढींगर गाँव में डॉ. वाकणकर शासकीय फ़्लैट में अकेले रहते थे। वहाँ कोई कॉलेज नहीं था। इसलिए अपने परिवार को उन्हें ललितपुर भेजना पड़ता था। विधानपुर में उनकी एक ही सन्तान थी, इन चौदह वर्षों में उसमें तीन की बढ़ोत्तरी हो गयी थी। उपासना, प्रार्थना और तपस्या।

यहाँ रहते हुए उन्होंने उराँव, बैगर, गोंड, कोल, धनुहार आदि जनजातियों की जीवन-पद्धति, फूड हैबिट्स और पारम्परिक औषधियों के बारे में गहरी छान-बीन की। आदिवासियों के पाये जाने वाले सामान्य मौसमी रंगों पर काम किया। उनके चार शोध-पत्र अन्तर्राष्ट्रीय जर्नल्स में प्रकाशित हुए। दो बार उन्हें जर्मनी और एक बार लन्दन बुलाया गया, लेकिन उनके विभाग ने एक तो उन्हें देर से सूचित किया, दूसरे उनके जाने में कुछ अड़चनें भी खड़ी कीं, इसलिए वे कहीं नहीं गये। ढींगर गाँव ही उनका क्षेत्र बनकर रह गया।

स्थानीय लोगों का कहना था कि क़स्बे के सरकारी अस्पताल में डॉ. वाकणकर के आने के पहले कोई आदिवासी नहीं आता था। वे लोग वहाँ जाने से डरते थे। उनके बीच आम मान्यता यह थी कि जब पुलिस चौकी का दरोग़ा खाकी वर्दी उतारकर कोट-पैंट पहन लेता है तो वह डॉक्टर बन जाता है और आदमी अगर अस्पताल में जाता है तो वह उसका अण्डा और कलेजा चुरा लेता है।

आदिवासियों के अण्डे और कलेजे से चॉकलेट बनता है, जिसे दिल्ली की औरतें खाती हैं।

टीवी ढींगर गाँव में छह साल पहले आ गया था लेकिन, टीवी के पर्दे पर दिखायी देने वाली चीज़ें वहाँ नहीं आयी थीं। मैगी नूडल्स वहाँ नहीं थे, सैमुराई और अटारी के वीडियो गेम्स नहीं थे। पामऑलिव का केयर सोप नहीं था। वहाँ गार्डेन वरेली की साड़ी के ज़रिए अपनी छाती, पीठ, कमर और बगलों का चिकना नंगापन दिखाती औरतें नहीं थीं। वे लड़कियाँ नहीं थीं जो लिरिल या पोंड्स लेवेंडर सोप के झाग में झरने या शॉवर के नीचे लाखों लोगों के सामने नंगी नहाती थीं।

लेकिन ढींगर गाँव में तरोई, अमरूद, कुम्हड़ा, लौकी, पालक जैसी तमाम सब्जियाँ ख़ूब ताजा मिलती थीं। दूध और घी महँगा था लेकिन शुद्ध होता था। चावल की तमाम क़िस्में थीं और भात बहुत स्वादिष्ट बनता था।

अपराध वहाँ के ग्रामीण इलाक़ों में नहीं के बराबर थे। एक ख़ास तरह की सुस्त, शान्त और बहुत नैसर्गिक जीवन की गति थी।

प्रधानमन्त्री की यात्रा की घोषणा

घोषणा हुई कि भारत के प्रधानमन्त्री ढींगर गाँव की यात्रा पर आने वाले हैं। उनका दोपहर का भोजन पहाड़ के ऊपर बने अंग्रेज़ों के ज़माने के कठबँगला यानी ढींगर गाँव के लोक निर्माण विभाग के सर्किट हाउस में होगा। भोजन के बाद वे शाम साढ़े तीन बजे तलहटी के मैदान में आदिवासियों की जनसभा को सम्बोधित करेंगे। तलहटी की आबादी से तीन किलोमीटर दूर लालगंज के प्लांटेशन साइट पर उनका हेलिकॉप्टर उतरेगा।

यह तहलका था। कहाँ भारत के प्रधानमन्त्री, कहाँ ढींगर गाँव, स्वतन्त्र भारत की देशी सरकार का अंडमान निकोबार। काले पानी का दण्ड-द्वीप, ढींगर गाँव के इतिहास में पहली बार यह महत्त्वपूर्ण अध्याय जुड़ने जा रहा था।

जीपें दौड़नें लगीं। ट्रक दौड़ने लगे। सरकारी इमारतें ही नहीं, ढींगर गाँव-बाज़ार की मुख्य सड़क के अगल-बगल की दुकानों और मकानों पर भी चूना, स्नोसिम पोता जाने लगा। सड़क के दोनों किनारों में, लालगंज से ढींगर गाँव तक गेरू और चूने में रँगी ईंटों की कतार सजायी गयी। थोड़ी-थोड़ी दूर तक तोरणद्वार बनाये गये–'ढींगर गाँव संसदीय क्षेत्र की जनता प्रधानमन्त्री का स्वागत करती है।'

लालगंज के प्लांटेशन साइट को, जहाँ प्रधानमन्त्री का हेलिकॉप्टर उतरना था, लोहे के कँटीले तारों से घेर दिया गया। तलहटी के मैदान की सरहद में खम्भे गाड़े गये, तार ताने गये, हर खम्भे पर स्पीकर फिट किया गया। मैदान के बीचोबीच पहले ईंट-सीमेंट का चबूतरा और उसके ऊपर लकड़ी के तख़्तों का मंच। उसके ऊपर ज़िला मुख्यालय से और राज्य की राजधानी से लायी गयी कुर्सियाँ।

इसी चबूतरे से प्रधानमन्त्री ढींगर गाँव की जनता के लिए बोलेंगे और स्पीकर से उनकी आवाज़ पहाड़, तलहटी और जंगल तक जायेगी। ग़रीबी हटाओ, तरक़्क़ी, जनता की समस्याएँ, सरकार कटिबद्ध है, सुनहरा कल। जय हिन्द, जय हिन्द, फूल-माला, ज़िन्दाबाद, हाथ जोड़े मुस्कुराता चेहरा।

सिर पर बैगाओं, उरावों वाला मुरैठा। पता चला प्रधानमन्त्री आदिवासियों का करमा-सैला नाच देखेंगे और अगर नाच बढ़िया हुआ तो महुए का ठर्रा पीकर ख़ुद भी नाचेंगे।

ढींगर गाँव में जगह-जगह चर्चा थी कि प्रधानमन्त्री मुरैठा बाँधकर करमा नाचेंगे और ठर्रा पिएँगे। कलेक्टर साहब ने सोहना बैगा को निख़ालिस महुए की रासी बनाने का ऑर्डर दिया है। ऐसा ठर्रा कि दीवाल पर हाथ से रगड़ दो तो भक से आग जल जाये। पता चला प्रधानमन्त्री के साथ दिल्ली दरबार के कई अफ़सर और अख़बारवाले भी आ रहे हैं। वे भी ठर्रा पियेंगे। टी.वी. वाले भी आयेंगे। और सर्किट हाउस। पहाड़ की चोटी के सपाट समतल पर बना अंग्रेज़ों के ज़माने का कठबँगला। यहाँ अंग्रेज़ अफ़सर और रीवा, सरगुजा के राजा लोग पहले आकर ठहरते थे। ख़ूब शिकार-हाँका होता था। पिकनिक मनती थी।

कठबँगला दूर से दिखायी देता था। लोहे के ऊँचे-ऊँचे पोल कोरबा से ट्रक में ढोकर लाये गये। पहाड़ की चोटी पर मरकरी लाइट। रात में भी दिन जैसा उजाला। क्या पता, कहीं प्रधानमन्त्री का हेलिकॉप्टर ख़राब हो जाये और उन्हें रात कठबँगले में गुज़ारनी पड़ जाये। इसीलिए।

तलहटी से लेकर चोटी तक सड़क के अगल-बगल रंगीन ईंटें। एड़ी से चोटी तक बल्ब-ही-बल्ब। जगमग-जगमग। पतंगी काग़ज़ के असंख्य नन्हे-नन्हे त्रिभुज सुतली की डोरी में चारों ओर हिलते हुए। झंडियाँ—हरी, नीली, पीली, बैंगनी, रंग-बिरंगी।

कलेक्टर श्री एन.एस. खरे, आई.ए.एस. ढींगर गाँव में ही डेरा डालकर पड़े थे। पैंतीस-छत्तीस की उम्र। जवान, राऊज़ कोचिंग सेंटर से रट्टा मारकर आई.ए.एस. किया था। घुड़सवारी, ब्रिज, ब्लू फ़िल्मों और रिश्वत के शौक़ीन। शत्रुघ्न सिन्हा की तरह डायलॉग बोलने का ढंग।

एस.पी., डी.आई.जी., कमिश्नर, तहसीलदार, बी.डी.ओ. सब ढींगर गाँव में पड़े थे। हर कोई दौड़ रहा था। जनसम्पर्क विभाग और आदिवासी कल्याण परिषद् के अफ़सर आदिवासी औरतों-मर्दों को सही तरीके से नाचने की ट्रेनिंग दे रहे थे। पी.एम. के सामने नाचना है।

सही नाचोगे तो दिल्ली घुमाएँगे। बख़्शीश मिलेगी। आदिवासी औरतों को सख़्त हिदायत कि कोई ब्लाउज़ नहीं पहनेगी। ऐसे ही आँचल से दूध को मूँद लेना है। जिसकी छाती ज़्यादा लटक गयी है, उसे पीछे रहना है। प्रधानमन्त्री की यात्रा की तैयारी में ढींगर गाँव टायरों और जूतों के नीचे रौंदा जा रहा था। साठ लाख खर्चा बैठा था। सब जुटे हुए थे। हर कोई दौड़ रहा था। पी.डब्ल्यू.डी. के ठेकेदार अग्रवालजी, त्रिपाठीजी, ऑल इंडिया ट्रांसपोर्ट कम्पनी के डेढ़ सौ ट्रकों के मालिक खन्ना साहब, कोयला खदानों से ब्लैक और चोरी से कोयला और परमिट बेचने वाले कोल माफ़िया किंग त्रिभुवन सिंह, ज़िले का मशहूर गुण्डा कोले पहलवान इन्दरभान सिंह, दारू के ठेकेदार जवाहर जैन जी, जिनके बाँदा से लाये गये गुण्डों और एक्साइज के कर्मचारियों के आतंक से पूरा आदिवासी इलाक़ा थर्राता था।

कई पेट्रोल पम्पों के मालिक और मोबिल ऑयल में पेट्रोल और मिट्टी का तेल मिलाकर डीज़ल के नाम से बेचने वाले केडियाजी, चूना-सीमेंट फैक्टरी के जडेजा साहब, काग़ज़ के कोटे को ब्लैक में बेचकर सरकारी अफ़सरों और मन्त्रियों की चमचागिरी करके लाखों कमा लेने वाले 'लोकवाणी' के सम्पादक नटवरलाल 'नटवर' जो टीवी के कवि सम्मेलन में हमेशा दिखाये जाते थे वग़ैरह-वग़ैरह।

ढींगर गाँव सरकारी लोगों से भर गया था। व्यवस्था हो रही थी। पुलिस, सी.आर.पी., पी.ए.सी., तम्बू-ही-तम्बू, छावनी-ही-छावनी। वर्दी-ही-वर्दी। जीप, ट्रक, कार, मोटरसाइकिल।

लेकिन ढींगर गाँव के आसपास के छोटे-छोटे गाँवों में सन्नाटा था। हाट-बाज़ार के अलावा आदिवासी शहर-क़स्बे की तरफ़ कम ही रुख करते थे। सरकार के नाम पर वे सिर्फ़ पुलिस, पटवारी और आबकारीवालों को ही जानते थे, जो उनके घर में घुसकर उनकी मुर्गियाँ उठा ले जाते थे, ठर्रा बनाने वाला मटका फोड़ देते थे, औरतों-लड़कियों के पेट में अपना बीज डाल जाते थे और मारते-पीटते थे। सिंदवारी, बोड़ारी, पोंडी, खांडा, बकेली, नवनियाँ आदि तमाम गाँवों के आदिवासी मना रहे थे कि उधर न जाना पड़ता तो अच्छा रहता। बोडारी गाँव के

मिखना बैगा ने तो ठकुरदेई में जाकर मुर्गी का चढ़ावा दिया था कि प्रधानमन्त्री ढींगर गाँव में न आयें।

लेकिन पी.एम. के आने की तारीख़ और वक़्त तो तय थे। सारे सरकारी लोग गाँव-गाँव घुसने लगे। पटवारी आकर ऐलान कर गये थे कि ढींगर गाँव नहीं जाओगे तो ज़मीन छिन जायेगी, बल्कि जाओगे तो प्रधानमन्त्री ख़ुद अपने हाथ से पट्टा बाँटेंगे। बी.डी.ओ. बोल गया था। ढींगर गाँव में प्रधानमन्त्री आदिवासियों को कुआँ खोदने और गाय-गोरू ख़रीदने के लिए रुपया बाँटेंगे। होगा तो क़र्ज़ा लेकिन बाद में माफ़ हो जायेगा।

थानेदार और पुलिस के सिपाहियों ने कहा था, अगर नहीं जाओगे ढींगर गाँव तो घर-घर में डण्डा घुसेड़ दिया जायेगा। फिर मत आना नालिश फ़रियाद करने। ऊँची जाति के किसान ज़मींदार और सेठ साहूकार कह रहे थे। ससुर रह गये बैल के बैल। जंगली साले। ढींगर गाँव संसदीय क्षेत्र का ग़ौरव बढ़ रहा है, प्रधानमन्त्री आ रहे हैं और ये ससुर जंगल में छुपकर झाड़ा फिरने में लगे हुए हैं। इनके भुच्च और पिछड़े रहे आने के असली ज़िम्मेदार साले ये आदिवासी ख़ुद हैं।

हर पटवारी, हलके, स्कूल और थाना क्षेत्र में लोगों को लाने का कोटा बाँध दिया गया था। हर सरकारी मुलाज़िम अपने-अपने इलाके से ज़्यादा-से-ज़्यादा कोल, बैगा, गोंड, सेउँता, भरिया, अगरिया, ढीमर, हरिजन, धनुहार लाने की कोशिश कर रहा था, जिससे ऊपर के हाक़िम ख़ुश हो जायें। ठेकेदार, गुण्डे, नेता और दारू भट्ठे वाले भी अपनी तथा सरकारी गाड़ियों में गाँव-गाँव दौड़ रहे थे।

सरकार आदिवासियों को उनके घरों और जंगलों से निकालकर प्रधानमन्त्री के सामने खड़ा कर देने को कटिबद्ध थी।

महामारी और ज़िलाधीश

''कभी-कभी यह मूल प्रश्न मुझे सोचने को विवश करता है कि सत्ता और जनता के परस्पर सम्बन्धों में पिछले सौ-डेढ़ सौ सालों में कितना परिवर्तन हुआ है। ढींगर गाँव के आसपास के गाँवों के बूढ़े आदिवासियों

से बात करने पर पता चलता है कि उन्हें पुराना ज़माना पसन्द था। इसकी दो मुख्य वजहें थीं कि एक तो तब इतने जंगल नहीं उजड़े थे और दूसरे यह कि आदिवासी समाज में तब सरकार और बाहरी लोगों को इतनी दख़लंदाज़ी नहीं थी।

आदिवासियों के बीच धारणा है कि सरकार ने सड़कें जंगल काटकर लकड़ी की ढुलाई करने, पहाड़ों से खनिज सम्पदा निकालने और आदिवासियों की आज़ादी छीनकर उन्हें परावलम्बी और गुलाम बनाने के लिए बनायी है।"

डॉ. वाकणकर ने अपनी डायरी में उन्हीं दिनों यह लिखा था। अन्त में उन्होंने अपनी ओर से निष्कर्ष भी लिखा था :

"मुझे उनकी धारणा के सार में सत्य नज़र आता है। अगर सड़कें आदिवासियों के विकास के लिए बनायी गयी होतीं, तो उनके पास सड़क पर चलने वाली कोई-न-कोई चीज़ ज़रूर होती। ऐसा नहीं है।"

डॉ. दिनेश मनोहर वाकणकर को इत्तला मिली की पोंडी तथा खांडा गाँव में गैस्ट्रोएंट्राइटिस के कुछ केस हुए हैं। उन्होंने सिविल सर्जन, ज़िला मुख्यालय को नियमानुसार इसकी सूचना भेजी थी, लेकिन अभी तक उसका कोई जवाब नहीं आया था। इस बीच पता चला कि चार मौतें और हो गयी हैं। उन्होंने सी.एस. को रिमाइंडर भेजा। जवाब फिर नहीं आया। तीन दिन बाद पता चला कि छह आदिवासी जिनमें तीन बच्चे और दो औरतें शामिल थीं, फिर मर गये हैं। अब तक मरने वाले कुल सोलह लोगों में नौ बच्चे थे।

डॉ. वाकणकर स्कूटर से हैज़ा प्रभावित गाँवों में पहुँचे। मई का महीना था। तेज़ गर्मी पड़ रही थी और सम्भवतः पाँच-छह गाँवों के बीच पानी के लिए जो एक ही तालाब था, उसका पानी प्रदूषित हो गया था। अगर तत्काल कोई रोकथाम या व्यवस्था नहीं की गयी तो महामारी और ज़्यादा फैल सकती थी।

आदिवासियों से बातचीत करने पर उन्हें पता चला कि 1942 के अकाल के बाद इस इलाक़े में पहली बार हैज़ा फैला है। उस बार अंग्रेज़ सरकार थी और यहाँ के कलेक्टर श्री फ़िलिप्स हुआ करते थे। मिस्टर

फ़िलिप्स ने महामारी की रोकथाम के लिए व्यवस्थित प्रशासनिक क़दम उठाये थे और अधिक लोग नहीं मरने पाये थे। आश्चर्य था कि तब ढींगर गाँव में कोई प्राथमिक स्वास्थ्य केन्द्र नहीं था और यहाँ सरकारी डॉक्टर भी नहीं थे। सड़कें भी नहीं थीं। सड़कें तो दरअसल आज़ादी के सात-आठ साल बाद जंगल की कटाई, तेंदू-पत्ते और लाख का व्यापार तथा इस इलाके में पाये जानेवाले बॉक्साइट आदि की ढुलाई के लिए बनवायी गयीं।

अगली सुबह साढ़े दस बजे डॉ. वाकणकर को सूचना मिली की पोंडी गाँव में दो बच्चे और मर गये हैं। डॉ. वाकणकर को पता था कि इस समय कलेक्टर श्री एन.एस. खरे, आई.ए.एस. ढींगर विभाग वाले रेस्ट हाउस में रुके हुए हैं। उन्होंने अपना स्कूटर उठाया और वहाँ पहुँच गये।

रेस्ट हाउस में भीड़ थी। एम.पी., डिप्टी कलेक्टर, तहसीलदार, दरोग़ा समेत वहाँ ज़िले के कुख्यात अपराधी इन्दरभान सिंह और कोल माफ़िया किंग त्रिभुवन सिंह आदि बैठे हुए थे। कलेक्टर अन्दर दारू भट्ठे के ठेकेदार जैन से भारतीय प्रधानमन्त्री की यात्रा की व्यवस्था आदि के सम्बन्ध में कुछ ज़रूरी और गम्भीर बातें करने में लगे थे। बड़ी मुश्किल से कलेक्टर साहब से मिलने का टाइम डॉ. वाकणकर को मिल पाया।

ज़िलाधीश एन.एस. खरे ने उनसे कहा कि वे दो मिनट में अपनी बात बता दें, क्योंकि उनके पास वक़्त बिल्कुल नहीं है। डॉ. वाकणकर ने उन्हें पाँच गाँवों में हैज़ा फैलने और अब तक हुई 16 मौतों के बारे में बताया। उन्होंने माँग की कि ज़िला प्रशासन को फौरन कोई क़दम उठाना चाहिए वरना मरने वालों की संख्या और भी बढ़ सकती है।

कलेक्टर खरे ने हँसते हुए कहा, "अरे डॉक्टर साहब, लोगों ने आपके बारे में जो बातें मुझे बतायी थीं, आप वैसे ही निकले। देखिए आप भी आख़िर हमारे ही बीच के आदमी हैं। इस वक़्त अपनी पॉलिटिक्स मत चलाइए। हो सके तो एडमिनिस्ट्रेशन की मदद कीजिए, जिससे पी.एम. का दौरा अच्छी तरह से निपट जाये। बाद में हम लोग इस सिचुएशन को भी टैकल कर लेंगे।"

डॉ. वाकणकर ने गम्भीरता और ईमानदारी से कहा कि इसमें उनकी कोई पॉलिटिक्स नहीं है। गैस्ट्रोएंट्राइटिस वास्तव में बड़ी तेज़ी से फैल रहा है और ख़तरा है कि यह आसपास के गाँवों को भी अपनी चपेट में ले लेगा। ऐसा हुआ तो हालात काबू के बाहर हो जायेंगे। मरने वालों में सबसे बड़ी तादाद बच्चों की होगी। उनकी इस बात पर कलेक्टर ने कहा कि आप दो दिन और रुक जाइए। उसके बाद मैं इसको प्रायरिटी देकर देखूँगा।

हारकर डॉ. वाकणकर ने कहा, "लेकिन यह ज़्यादा अच्छा होगा कि उन्हें आज दो-तीन घण्टे के लिए कोई जीप दे दी जाये, जिससे कम-से-कम उस तालाब के प्रदूषित पानी में कीटाणुनाशक दवाइयाँ डालकर उसे पीने लायक बनाया जा सके और जो लोग इस समय क्रिटिकल हालत में बीमार हैं, उन्हें ढींगर गाँव अस्पताल लाया जा सके।"

कलेक्टर ने ब्लॉक डेवलपमेंट ऑफ़िसर और एस.पी. से पूछा तो उनका कहना था कि सर, आज का शिड्यूल तो बहुत टाइट है। गाड़ियाँ जहाँ-जहाँ जानी हैं, वहाँ पहले से अपॉइंटमेंट हैं। आज तो बिल्कुल नहीं हो सकता। हाँ, अगर डॉ. वाकणकर कल सुबह पता कर लें तो बेहतर होगा।

डॉ. वाकणकर उस रात ठीक से सो नहीं सके। जागते रहे। उन्होंने डायरी में लिखा :

"उनकी आँखों में कहीं चिन्ता या दया के निशान नहीं थे। अगर उनमें से किसी का अपना बच्चा मर रहा होता तो क्या वे यही व्यवहार करते? क्या मैं सचमुच आदर्शवादी हूँ? लेकिन ऐसा तो नहीं लगता। अगर दो घण्टे के लिए मुझे जीप मिल जाती और मैं कुछ लोगों को मरने से बचा लेता, तो इससे सरकार और प्रशासन का क्या अहित होता?

कहीं ऐसा तो नहीं कि जो तन्त्र या व्यवस्था यहाँ बनी हुई है, वह अपने आप में एक समानान्तर प्रणाली है? वह सिर्फ़ अपनी ही दुनिया की चिन्ताओं में व्यस्त है।

शायद उसका हित ही इसमें जुड़ा हुआ हो तो लोग भूख, ग़रीबी, महामारी आदि से मरें। कहीं हमारे देश में लोकतन्त्र का असली अर्थ जनता द्वारा अपनी शत्रु व्यवस्था का चुनाव तो नहीं है?"

सुबह जब डॉ. वाकणकर जीप के लिए रेस्ट हाउस पहुँचे, तब तक एक सात-आठ साल के गोंड बच्चे के मरने की सूचना और पहुँच चुकी थी। उन्हें रेस्ट हाउस में कलेक्टर से मिलने का मौका नहीं दिया जा रहा था, जबकि अन्य लोग जिनमें कोल माफ़िया किंग त्रिभुवन सिंह और 'लोकवाणी' के जालसाज़ सम्पादक तथा दूरदर्शन के कवि सम्मेलनों के स्थायी कवि नटवरलाल 'नटवर' जी आदि शामिल थे, उनसे मिल-मिलकर आ-जा रहे थे।

डेढ़ घण्टे इन्तज़ार करने के बाद ज़िलाधीश श्री. एन.एस. खरे बाहर निकले तो डॉ. वाकणकर ने गाड़ी का इन्तज़ाम करने की कल वाली बात याद दिलायी। कलेक्टर तमाम चीज़ों में व्यस्त थे। उन्होंने लगभग चीखकर अपनी घड़ी को ठोंकते हुए कहा, "आपका दिमाग़ तो सही जगह पर है, डॉक्टर? देखिए घड़ी देखिए, पी.एम. के आने में चौबीस घण्टे भी नहीं रह गये हैं। आप प्लीज़, अपनी पॉलिटिक्स अपने पास ही रखिए।"

डॉ. वाकणकर ने उन्हें टोका, ''देखिए आपने कल भी यही बात कही थी। मैं साफ़ कह रहा हूँ, इसमें मेरी कोई पॉलिटिक्स नहीं है। सवाल जीप की व्यवस्था का है।''

कलेक्टर खरे को गुस्सा आ गया। भोपाल, दिल्ली की हॉट लाइन लगी थी। बार-बार उनसे सूचनाएँ माँगी जा रही थीं और हिदायतें दी जा रही थीं। पी.एम. की सिक्योरिटी का नाज़ुक मामला था। नक्सलवाद इस इलाक़े में पनप रहा था। ईसाई मिशनरियों को भी सन्देह के साथ देखा जा रहा था। कलेक्टर ने कहा, "जीप, जीप!'' कल से आप रट रहे हैं। आपको दिखायी नहीं देता, कितनी अर्जेंट चीज़ों में हम लोग बिज़ी हैं!" वे लगभग डाँटने और चीखने के अन्दाज़ में बोल रहे थे।

इतने लोगों के सामने कलेक्टर का इस तरह अपमानजनक ढंग से चीखना डॉ. वाकणकर को अच्छा नहीं लगा। उन्होंने क्रोध से कलेक्टर खरे को देखा और ऊँची आवाज़ में ख़ुद कुछ कहने की कोशिश की तो कलेक्टर फट पड़े, ''जाइए, नहीं करता मैं जीप का इन्तज़ाम! तुम मेरा क्या उखाड़ लोगे? आयँ! क्या उखाड़ लोगे?'

सब लोग हँसने लगे। डॉ. वाकणकर अचानक ज़िलाधीश खरे के सामने खड़े हो गये और भारी, दूर तक सुनायी देने वाली आवाज़ में उन्होंने कहा, "राज्य सरकार के आदेश क्रमांक 3क/1958 (म)/1122 के अनुसार मैंने अपनी पी.एच.सी. एरिया में एपिडेमी की सूचना डिस्ट्रिक्स हेड क्वार्टर में सी.एस. को एक हफ़्ता पहले, दिनांक 7 मई को भेज दी थी। नियमानुसार उसकी एक प्रति आपके कार्यालय को भी रजिस्टर्ड डाक से भेजी थी। चार दिन बाद 11 मई को मैंने सी.एम. को रिमाइंडर और नियमानुसार आपको रिमाइंडर की प्रतिलिपि भेजी। मुझे अफ़सोस है, अभी तक मुझे दोनों जगह से कोई जवाब नहीं मिला है। राज्य सरकार के आदेश क्रमांक 3क/1958(म)/1123 और 1124 में यह साफ़ निर्देश है कि किसी क्षेत्र में महामारी के फैलने की स्थिति में ज़िलाधीश को वाहन तथा अन्य साधनों की व्यवस्था उस क्षेत्र के वरिष्ठ चिकित्सक की माँग एवं अनुशंसा के आधार पर, प्राथमिकता देकर अवश्य करनी चाहिए। अगर ज़िलाधीश ऐसा नहीं करता तो वह अपने दायित्व और कर्तव्य से मुकर रहा है और वह प्रशासनिक दण्ड का भागी है।"

एक साँस में इतना बोलने के बाद डॉ. वाकणकर मुस्कुराये और उन्होंने कहा, "मिस्टर खरे, आप सिर्फ़ हाँ या नहीं में जवाब दीजिए, आप जीप का बन्दोबस्त करेंगे या नहीं?"

डॉ. वाकणकर के ऐसा कहने पर कलेक्टर एन.एस खरे, आई.ए.एस., जिसने राऊज़ कोचिंग सेंटर से पिछले पाँच सालों के पेपर्स का रट्टा मारकर प्रशासनिक सेवा में आने में सफलता पायी थी, वह एक मिनट के लिए स्तब्ध होकर उन्हें देखता रह गया। इसके बाद उसने लगभग चीखते हुए एस.पी. से कहा, "मिस्टर डबराल, इस पागल को आप मेरे सामने से हटा लीजिए, वरना मैं कुछ कर बैठूँगा।"

एस.पी. डबराल ने डॉ. वाकणकर के कन्धे पर हाथ रखा और उन्हें रेस्ट हाउस के बाहर ले गये। एस.पी. डबरल के बारे में मशहूर था कि वे बहुत ठण्डे मिजाज़ के अफ़सर हैं। सिर्फ़ शराब पीने पर कभी-कभी बहकते हैं। छियालीस साल की उम्र में भी उन्हें अपने आकर्षक और

नौजवान होने पर विश्वास है और वह दूसरों की पत्नियों तथा लड़कियों के सामने वर्दी के बावजूद संकोची बिल्ली की तरह पेश आते हैं।

डबराल के बारे में यह भी विख्यात था कि वे अपने से ऊपर के अधिकारियों के आदेशों का हमेशा बिना किसी दुविधा के पालन करते हैं। कर्फ़्यू लगाने से लेकर गोली चलाने तक।

एस.पी. डबराल ने रेस्ट हाउस के बाहर निकलकर डॉ. वाकणकर को समझा-बुझाकर वापस भेज दिया।

डॉ. वाकणकर बहुत अपमानित होकर लौटे थे। ढींगर गाँव में दुकानदारों और सरकारी मुलाज़िमों के बीच यह बात फैल गयी थी कि डॉ. वाकणकर को आज कलेक्टर साहब ने अच्छी डोज़ दी। बस कसर इतनी रह गयी कि जूतों से नहीं पीटा।

ख़बर यह भी थी कि एस.पी. डबराल ने डॉ. वाकणकर को बतला दिया है कि उनके आर.एस.एस. के साथ जुड़े होने की बात सरकार को मालूम है और अगर उन्होंने ज़्यादा चीं-चपड़ की तो पी.एम. के आने के पहले ही उन्हें शान्ति भंग होने की आशंका में गिरफ़्तार किया जा सकता है।

डॉ. वाकणकर ने प्राथमिक स्वास्थ्य केन्द्र में उपलब्ध एकमात्र कीटाणुनाशक पोटेशियम परमैगनेट का पैकेट उठाया, कम्पाउंडर गोपीनाथ यादव को साथ लिया और स्कूटर से 15 कि.मी. दूर खांड़ा-पोंड़ी गाँव के पास से प्रदूषित तालाब की ओर चल पड़े।

साँझ की स्याही जंगल से उतरती हुई तालाब के पानी में घुल रही थी। पानी बिल्कुल शान्त था। काई, मछलियों, कीचड़ और सड़ती हुई पत्तियों की गन्ध वहाँ फैल रही थी। डॉ. वाकणकर ने पोटेशियम परमैगनेट के पैकेट की ओर देखा। मुश्किल से पचास ग्राम।

उनकी आँखें पराजय, असहायता और अकेलेपन में नम थीं। मेरे साथ हमेशा ऐसा क्यों होता है? मैं ही अलग-सा क्यों खड़ा हो जाता हूँ? मेरा अपराध क्या है? क्या मैं सचमुच अव्यावहारिक हूँ? क्या मुझे दो-तीन दिनों तक एपिडेमी की बात बिल्कुल नहीं उठानी चाहिए थी? सिक लीव लेकर चुपचाप घर में सो जाना चाहिए था? क्या यही व्यावहारिक होता?

वे बिल्कुल चुप, तालाब के एक नगण्य से कोने में कीटाणुनाशक के पैकेट को पानी में डुबाकर हिला रहे थे। हे ईश्वर, तू जो समस्त वनस्पतियों में रस बनकर व्याप्त है, तू जो पदार्थों के भीतर सूक्ष्म से सूक्ष्मतम परमाणुओं के भी भीतर गति बनकर व्याप्त है, तू जो नाना रूपों और नाना विधियों में स्वयं को प्रकट और अप्रकट कर रहा है, तू जो जय भी है, पराजय भी है, तू जो...

कम्पाउंडर गोपीनाथ चुपचाप डॉ. वाकणकर को देख रहा था। वह उन्हें अच्छी तरह समझता था।

उसकी आँखें भीग रही थीं।

जब डॉ. दिनेश मनोहर वाकणकर अपने फ़्लैट में लौटे, तब तक रात हो गयी थी। पहाड़ की चोटी पर बना कठबँगला असंख्य मरकरी बल्बों की वजह से दूर से ही जगमग-जगमग चमक रहा था। पूरे क़स्बे का कायाकल्प हो गया था। कोई कह नहीं सकता था कि मच्छरों, सिगड़ी के धुएँ, लो-वोल्टेज की बीमार रोशनी और ख़राब, टूटी-फूटी सड़कों वाला, अपनी सुस्त और पिछड़ी हुई ज़िन्दगी में साँस लेने वाला यही क़स्बा ढींगर गाँव है। भारत सरकार का काले पानी का बदनाम भू-खण्ड।

डॉ. वाकणकर का परिवार ललितपुर में था। वे अपने फ़्लैट में अकेले थे। खाना वे ख़ुद बनाते थे। आज उन्हें भूख बिल्कुल ही नहीं थी।

सोने के पहले उन्हें अपनी पत्नी ज्योत्स्ना वाकणकर की ख़ूब याद आयी। उन्होंने देखा कि हल्के नीले रंग की फ्रॉक और सफ़ेद जाँघिये में, बालों में दो चोटियाँ निकालकर हँसती हुई ज्योत्स्ना वाकणकर उनकी गोद में बैठ गयीं। उनके शरीर से बचपन की ताज़ा गन्ध फूट रही थी।

ज्योत्स्ना ने उनके चेहरे को अपने हाथ में ले लिया और बेतहाशा उन्हें चूमने लगीं। डॉ. वाकणकर ने देखा कि वह रो रही थीं। 'तुम्हें हाई ब्लड प्रेशर है। वह भी कभी स्टेबल नहीं रहता। तुम्हें पता है कोई भी टेंशन ऐसे में कितना ख़तरनाक होता है। ज़रा अपनी आँखें देखो, कैसी लाल हो रही हैं।' नींद के अँधेरे में ज्योत्स्ना की जंघाएँ जैसे हल्के फ़ॉस्फ़ोरस में जल रही थीं।

'तुम्हीं अकेले तो नहीं इसलिए बने हो कि दुनिया-भर की मुसीबतें अपने ऊपर ओढ़ते फिरो। तुम्हारा काम था एडमिनिस्ट्रेशन को हैज़ा के बारे में सूचित करना, तुमने कर दिया। अब अगर कोई कुछ नहीं कर रहा है, तो इसमें तुम्हारी क्या ग़लती? चैन से बैठो प्लीज़! अपना ख़्याल रखो।'

डॉ. वाकणकर की उँगलियाँ फ़ॉस्फ़ोरस की मद्धिम रोशनी में जलती जंघाओं पर घूमती हुई काँप रही थीं। ज्योत्स्ना वाकणकर या शायद बचपन की पुष्पा श्रीवास्तव की साँसें उनके चेहरे को छू रही थीं। वासना के तेज़ आवेग में डॉ. वाकणकर का शरीर धीरे-धीरे काँप रहा था।

'मैं क्या करूँ। यह मेरी ड्यूटी थी। जिन गाँवों में गैस्ट्रोएंट्राइटिस है, वे मेरे पी.एच.सी. के एरिया के भीतर आते हैं।' इसके बाद डॉ. वाकणकर ने ज़रा ऊँची आवाज़ में कहा, 'बताओ, तुम्हीं बताओ पुष्पा, क्या मैं छोटे-छोटे निर्दोष आदिवासी बच्चों और औरतों को यों ही कन्टेमिनिटेड पानी पीकर मरने देता?'

डॉ. वाकणकर अचानक चौंक गये। वे जंघाएँ ज्योत्स्ना वाकणकर की नहीं थीं। पुष्पा श्रीवास्तव ने अँधेरे में ग़ायब होने के पहले अपनी फ्रॉक एक बार ऊपर उठायी और उसके कंठ से निकलती बचपन की हँसी कमरे में भर गयी। डॉ. वाकणकर की नाक बज रही थी।

प्रधानमन्त्री की फूड टेस्टिंग और चरणामृत

सुबह डॉ. वाकणकर स्वास्थ्य केन्द्र में जल्दी पहुँच गये। वहाँ पहुँचकर उन्होंने सी.एस. को महामारी के बारे में एक रिमाइंडर और कलेक्टर के कार्यालय को उसकी प्रतिलिपि भेजी। इसके बाद उन्होंने एक सख़्त पत्र कलेक्टर एन.एस. खरे को अलग से लिखा। इसमें एपिडेमी से सम्बन्धित भारत सरकार तथा राज्य सरकार के अन्य आदेशों और उनके विभिन्न अनुच्छेदों का उन्होंने सिलसिलेवार हवाला दिया। इसी पत्र में उन्होंने कलेक्टर खरे को ढींगरपुर के रेस्ट हाउस में किये गये उनके अभद्र तथा अशालीन व्यवहार की याद दिलायी। उन्होंने लिखा कि जैसा व्यवहार ज़िलाधीश एन.एस. खरे ने किया है, वह शर्मनाक है और असभ्यता की

श्रेणी में आता है। भारतीय प्रशासन में सिर्फ़ आई.ए.एस. हो जाने से कोई व्यक्ति या अधिकारी हर तरह की निरंकुशता और बदतमीजी का हक़दार नहीं बन जाता। डॉक्टर, अध्यापक, इंजीनियर, तकनीशियनों, लेखकों, कलाकारों, पत्रकारों आदि सभी की अपनी निजी और पेशेगत गरिमा होती है। इस गरिमा का समादर किया जाना चाहिए। कुशल प्रशासक उनके इस सम्मान को बनाये रखकर ही उनसे बेहतर सहयोग और काम ले सकता है।

डॉ. वाकणकर ने पत्र में स्पष्ट किया था कि वे कलेक्टर से निजी काम के लिए वाहन और साधन माँगने रेस्ट हाउस नहीं आये थे। राज्य सरकार द्वारा प्रदत्त सार्वजनिक कर्तव्य-निर्वाह के लिए ही उन्होंने यह माँग की थी।

पत्र के अन्तिम हिस्से में उन्होंने लिखा था कि कलेक्टर के अशोभनीय और अभद्र व्यवहार का मामला वे मेडिकल ऑफ़िसर्स एसोसिएशन की अगली बैठक में उठायेंगे और कोशिश करेंगे कि कलेक्टर के क्षमा माँगने तक ज़िले के सभी स्वास्थ्य केन्द्रों के चिकित्सक तथा स्वास्थ्य विभाग के कर्मचारी हड़ताल पर रहें।

पत्र समाप्त हुआ ही था कि स्वास्थ्य केन्द्र में राज्य प्रशासन की एम.पी.जेड.नम्बर प्लेट वाली जीप आकर रुकी। ज़िलाधीश की इस जीप में जालसाज़ सम्पादक और दूरदर्शन के कवि नटवरलाल 'नटवर' तथा बी.डी.ओ. श्री गुप्ता बैठे हुए थे।

बी.डी.ओ. ने डॉ. वाकणकर को सिविल सर्जन तथा कलेक्टर द्वारा हस्ताक्षरित आदेश थमाया। इस आदेश के अनुसार डॉ. दिनेश मनोहर वाकणकर, एम.बी.बी.एस, एम.डी. ड्यूटी लोक निर्माण विभाग के सर्किट हाउस (यानी कठबँगले) में प्रधानमन्त्री के भोजन परीक्षण (फूड टेस्टिंग) के लिए लगा दी गयी थी।

बी.डी.ओ. गुप्ता ने मुस्कुराते हुए कहा, "कलेक्टर साहब ने कहा है कि आप अभी से सर्किट हाउस में पहुँच जायें।"

कठबँगले में प्रधानमन्त्री के लंच के लिए जो सामान मँगाया गया था, उसमें लगभग छत्तीस हज़ार रुपये खर्च हुए थे। प्रधानमन्त्री को

भारतीय खाना पसन्द नहीं था, इसलिए कॉन्टीनेंटल डिशेज तैयार करने के लिए राज्य की राजधानी भोपाल के तीन सितारा होटल 'शाहनुमा' के ख़ानसामे लाये गये थे। लेकिन चूँकि प्रधानमन्त्री भारत के प्रधानमन्त्री थे, इसलिए परम्परा का निर्वाह करते हुए कई तरह के भारतीय व्यंजन भी बनाये जा रहे थे। अब क्षेत्रीय परम्परा का प्रश्न उठता था। ढींगर गाँव के ज़्यादातर आदिवासी चावल का पेय या माँड पीते थे। प्रधानमन्त्री को माँड तो पिलाया नहीं जा सकता था, इसलिए दूसरा तरीका खोज निकाला गया था। ढींगर गाँव में बटेर बहुत होते थे। यहाँ की आदिवासी जनजाति धनुहार और सेउँता के लोग जंगल से तीतर, बटेर और पंडुक जाल में फाँसकर उन्हें बेचकर अपना जीवन-यापन करते थे। हालाँकि मशहूर पक्षी विशेषज्ञ सालिम अली की किताब 'भारत के पक्षी' के मुताबिक़ तीतर और बटेर देश की विलुप्त होती पक्षी-प्रजातियाँ थीं, लेकिन प्रधानमन्त्री के लंच के लिए प्रशासन ने इस तथ्य को अनदेखा किया था। बटेर का शोरबा बहुत ही स्वादिष्ट होता है। ढींगर गाँव के इस ख़ास, ठेठ क्षेत्रीय व्यंजन को बनाने के लिए सरगुजा के महाराजा के पैलेस का मुसलमान ख़ानसामा बुलाया गया था।

और पहाड़ की तलहटी से लेकर कठबँगले के अहाते तक स्त्रियाँ, लड़कियाँ। एक से एक। ये अफ़सरों, नेताओं, ठेकेदारों, व्यापारियों और अपराधियों के परिवारों की स्त्रियाँ थीं। लगातार बोलने वाली, गोरी, थोड़ा-सा चलने-फिरने पर हाँफ जाने वाली, अंग्रेज़ी-हिन्दी की अशुद्ध और भ्रष्ट ज़ुबान में बोलने वाली ये सब अपने प्रिय प्रधानमन्त्री को देखने और अपने आपको उन्हें दिखाने आयी थीं।

डॉ. वाकणकर का मन उदासी और वितृष्णा से भर उठा था।

ठीक साढ़े बारह बजे, जब सूरज बिल्कुल आकाश के ऊपर बीचोबीच जल रहा था, अचानक आकश में घरघराहट शुरू हो गयी थी। ढींगर गाँव की तलहटी में शोर उठा। गिरते-पड़ते, चीखते-चिल्लाते लोग भाग रहे थे। पी.एम. आ गये। प्रधानमन्त्री आ गये। वो रहा हेलिकॉप्टर। आकाश में उड़ता लोहे का विशाल टिड्डा।

हेलिकॉप्टर लालगंज की प्लांटेशन साइट पर उतरा। पंखे की हवा

से ख़ूब धूल का बवंडर उठा। कँटीली बाड़ के बाहर लोग हेलिकॉप्टर को उतरता हुआ देखने के लिए एक-दूसरे पर टूटे पड़ रहे थे। उन्होंने अपने जीवन में पहली बार हेलिकॉप्टर को इतने क़रीब से देखा था। वह भी ज़मीन पर उतरते हुए।

ढींगर गाँव संसदीय आरक्षित क्षेत्र धन्य हो गया। इस क्षेत्र में इतिहास का पहला हेलिकॉप्टर उतरा। इस क्षेत्र में इतिहास का पहला प्रधानमन्त्री आया।

बैगा, उराँव, कोल, गोंड, पासी, ढिमरा, सेउँता, धनुहार, अगरिया— सारे के सारे आदिवासी औरतों, पुरुषों, बच्चों की आँखें फटी और मुँह खुले रह गये। वे बदहवास आकाश में घरघराते उस विशाल दानव को देखते, उसके नीचे-नीचे उसकी परछाईं तक छूने के लिए दौड़ रहे थे। अंग्रेज़ आ गया। अंग्रेज़ आ गया! राजा आ गया!

ढींगर गाँव की मनुष्य जाति ने ही नहीं, जंगल के पशु-पक्षियों और ढोर-डाँगरों ने भी पहली बार हेलिकॉप्टर का अनुभव किया था।

ज़िन्दाबाद, ज़िन्दाबाद, जै हो। जै हो। वो देख—वो पी.एम., पीछे-पीछे होम मिनिस्टर। वो रहा हेलिकॉप्टर चलाने वाला ड्राइवर। धत् ड्राइवर नहीं बोलते। ड्राइवर तो ट्रक और रेलगाड़ी चलाता है। और जो बैलगाड़ी चलाता है, उसे क्या बोलते हैं? प्रधानमन्त्री की प्रतीक्षा में कमांडो और सुरक्षा दस्ते तैनात थे। गाड़ियों-मोटरकारों की कतार थी। देखते-देखते पलभर में प्रधानमन्त्री किसी कार में लुप्त हो गये और स्टेनगन लोगों की ओर ताने पुलिस, कमांडो और सुरक्षा दस्ते की गाड़ियों के बीच घिरी उनकी कार सर्र से सर्किट हाउस यानी कठबँगले की ओर रवाना हो गयी।

पी.एम. कारों-जीपों के क़ाफ़िले के बीच की किसी कार में थे। स्याह, बुलेटप्रूफ काँच के भीतर। भीड़ पीछे-पीछे सड़क पर दौड़ रही थी। अगर पुलिस और सी.आर.पी. वाले न रोकते तो भीड़ कठबँगले तक पहुँच जाती।

"वो देख, वो रही पी.एम. की कार।"

"वो नहीं, पी.एम. तो पीछे वाली में हैं।"

"हट, पी.एम. एम्बेसेडर में चलेंगे? कोई लोकल लीडर होगा।"

लाउडस्पीकर से ऐलान हो रहा था, 'जनता जनार्दन से अनुरोध है कि आप लोग लालगंज के मैदान में जमा हों। माननीय प्रधानमन्त्री जी ठीक तीन बजे वहाँ आम जनता को सम्बोधित करेंगे। जनसभा को कामयाब बनायें।'

सर्किट हाउस के मुख्य फाटक के बाद सिर्फ़ दो कारों को अन्दर आने दिया गया। एक में प्रधानमन्त्री थे। दूसरी में होम मिनिस्टर। एक फ़िल्मी हीरो और तान्त्रिक टाइप का आदमी उनके साथ था।

वह डॉ. दिनेश मनोहर वाकणकर के जीवन का अद्‌भुत, अभूतपूर्व और सनसनाता हुआ क्षण था, जब उन्होंने अपने सामने से गुज़रते हुए भारत के प्रधानमन्त्री को एक बीता की दूरी से देखा।

प्रधानमन्त्री उनके इतने क़रीब से गुज़र रहे थे कि अगर वे ज़ोर से साँस छोड़ते तो उनकी गरदन के रोएँ काँप जाते। यह किसी फैंटेसी का साक्षात्कार था। यह पचास के आस-पास का थुलथुल-सा थका हुआ आदमी भारतवर्ष का प्रधानमन्त्री है। संसार की प्राचीनतम सभ्यताओं में से एक महान सभ्यता को अपने इतिहास में समेटे, अनेक भाषाओं, जातियों, राष्ट्रीयताओं, उपराष्ट्रीयताओं, पहाड़ों, नदियों, महानगरों से भरे-पूरे एक विशाल भूखण्ड के लगभग एक अरब की आबादी का नायक। प्रधानमन्त्री के गोरे-चिट्टे शरीर पर चर्बी चढ़ती जा रही थी। आँखें मुँदती जा रही थीं। हर क़दम पर तोंद थोड़ी-सी हिलती थी। चेहरे पर थकान और कुछ-कुछ चिढ़ने जैसा भाव।

डॉ. वाकणकर अचानक चौंक गये। उन्हें अपने ऊपर शक हुआ, लेकिन मेडिकल साइंस का इतना लम्बा तजुर्बा इतना ग़लत तो नहीं हो सकता। यह आदमी तो पुराने क़ब्ज़ का मरीज़ है। ओल्ड कांस्टिपेशन। इसे पाइल्स या फैश्च्युला की भी शिकायत हो सकती है।

डॉ. वाकणकर के सामने किसी रहस्य के पर्दे खुलते जा रहे थे। प्रधानमन्त्री के बारे में कहा जाता था कि वे तुरन्त फ़ैसला लेने वाले आदमी हैं। लम्बी-लम्बी मीटिंगें और बहसें पसन्द नहीं करते। चार घण्टे की सेक्रेट्रियल या मिनिस्टीरियल मीटिंग एक घण्टे में ख़त्म कर देते हैं।

डॉ. वाकणकर जान गये कि ऐसा क्यों होता है। पाइल्स दुखते होंगे। बवासीर या फैश्च्युला देर तक बैठने नहीं देता होगा। तो इस आदमी की सक्रियता के पीछे बवासीर का हाथ है।

डॉ. वाकणकर ने देश की तरफ़ से पाइल्स और क़ब्ज़ को शुक्रिया अदा किया।

कलेक्टर एन.एस. खरे बदहवास से डॉ. वाकणकर को धकियाते हुए प्रधानमन्त्री के पीछे लपकती अफ़सरों की भीड़ में घुसने की कोशिश कर रहे थे। स्थानीय नेताओं को ही नहीं, राज्य सरकार के कई मन्त्रियों तक को फाटक के अन्दर नहीं आने दिया जा रहा था। सर्किट हाउस में जिनकी ड्यूटी थी, उनके अलावा बहुत कम लोगों को तलाशी के बाद ही अन्दर आने दिया गया।

पी.एम. तान्त्रिक और हीरो के साथ कमरे में रिलैक्स कर रहे थे। नया एयरकंडीशनर वहाँ लगाया गया था। डॉ. वाकणकर द्वारा टेस्टिंग के बाद ठण्डा पेय उन्हें दिया गया था।

पी.एम. ढींगर गाँव इसलिए आये थे कि यहाँ एशिया के सबसे बड़े, अमेरिका के सहयोग से विश्व बैंक के क़र्ज़ और कॉरपोरेट किंग फ़िरोज़लाल मलकानी की पूँजी से बनने वाले काग़ज़ के कारखाने का शिलान्यास करें।

पेपर मिल तीन साल में बनकर तैयार हो जायेगा। ढींगर गाँव देश के औद्योगिक नक्शे में आ जायेगा। यहाँ के लोगों को रोज़गार के साधन मुहैया होंगे। क्षेत्र का विकास होगा। काग़ज़ का कारखाना काग़ज़ का उत्पादन करने के लिए ढींगर गाँव के सारे पेड़ों को खा जायेगा। जंगल उसके लिए रॉ मैटीरियल है। कच्चा माल। आसपास के सारे जंगल ख़त्म हो जायेंगे। पीपल, सागौन, शीशम, सरई, कहुआ, महुआ, कोसम, छिउला कुछ नहीं बचेंगे। जंगलों पर निर्भर आदिवासी शहरों में बनने वाली इमारतों या ऐसी ही किन्हीं दूसरी परियोजनाओं में सस्ती दिहाड़ी और फ़र्ज़ी मास्टर रोल पर काम करने वाले लेबर बन जायेंगे। अगरिया, बंसोर, मिम्मा, ढींगर आदि जातियों की पारम्परिक दस्तकारी का कुटीर उद्योग ख़त्म हो जायेगा। यहाँ के असली और बहुत पुराने

बाशिन्दों के खेत-बारी कारख़ाने के विस्तार के लिए ले लिए जायेंगे। पेपर मिल का वेस्ट प्रोडक्ट यानी रबड़, कचरा और कॉस्टिक सोडा तथा अम्लों से भरा ज़हरीला धुआँ चारों ओर फैल जायेगा। धरती पर, आकाश में तीतर-बटेर, साँभर-छिगरा, रीछ-ख़रग़ोश नहीं रहेंगे। वन्य प्राणी समाप्त हो जायेंगे। सिर्फ़ कुछ गिने-चुने सियार बचेंगे, जो ढींगर गाँव शहर के पिछवाड़े रोयेंगे।

लेकिन काग़ज़ का उत्पादन जारी रखने के लिए और कारख़ाने को चालू रखने के लिए और कच्चा माल चाहिए और पेड़ चाहिए। इसलिए जल्दी-जल्दी तैयार होने वाले यूक्लिप्टस या सफ़ेदे के पेड़ों का प्लांटेशन होगा। नर्सरियाँ खोली जायेंगी, जहाँ विदेशी पेड़ों के नन्हे-नन्हे बच्चे लाखों की तादाद में पैदा किये जायेंगे। सफ़ेदे का जंगल तैयार होगा। काग़ज़ बनेगा, लोग भूल जायेंगे कि यहाँ पहले कौन-कौन से वृक्ष होते थे। यूक्लिप्टस के जंगल ज़्यादा पानी खींचेंगे। ढींगर गाँव की धरती का जल स्तर नीचे खिसकता जायेगा। कुओं में पानी नहीं होगा और गहरी बोरिंग होगी। फिर और गहरी। खेत अनुपजाऊ, ज़मीन परती होती जायेगी। वनस्पति जगत और ऋतुओं के बीच अब तक चला आता पर्यावरण सन्तुलन बदल जायेगा। वर्षा नहीं होगी। गर्मी में यहाँ भी बिना कूलर-पंखे के रहना मुश्किल हो जायेगा। लोगों के फेफड़े कॉस्टिक सोडा और दूसरे केमिकल्स के कणों से भरी हवा को खींचते-खींचते बीमार हो जायेंगे। मिट्टी के क्षरण की रफ़्तार बढ़ जायेगी। स्योंतार नदी में बारिश के दिनों में बाढ़ आया करेगी और गर्मियों में वह सूख जाया करेगी। निचाट रेत और कंकड़-पत्थर! आदिवासियों-जनजातियों की पारम्परिक औषधियाँ, वे जड़ी-बूटियाँ जिन पर डॉ. वाकणकर ने अनुसंधान किया था और जिस विषय पर उनका रिसर्च पेपर फ्रांस के जर्नल में छपा था, वे वनस्पतियाँ जिनका उल्लेख वामनदास बसु की दुर्लभ शोध पुस्तक में मिलता है, ख़त्म हो जायेंगी। डॉ. सालिम अली की किताब 'दी इंडियन बर्ड्स' में इस क्षेत्र की जिन दुर्लभ पक्षी-प्रजातियों का वर्णन है, उनके सिर्फ़ चित्र इस कारखाने के काग़ज़ से बनी किताबों में मिलेंगे। स्योंतार नदी में पेपर मिल का वेस्ट, लुगदी और रसायन

फेंक दिये जायेंगे। मछलियाँ मर जायेंगी। पशुओं में अनेक बीमारियाँ फैलेंगी। वे भी मर जायेंगे। जंगली जानवरों के शिकार और नदी की मछलियों पर निर्भर सेउँता, धनुहार जैसी जनजातियाँ ग़ायब हो जायेंगी।

ढींगर गाँव में आदिवासी, बटेर, महुआ नहीं रह जायेंगे। इनका विकास हो जायेगा।

'धन्यवाद प्रधानमन्त्री जी। थैंक यू वेरी मच मिस्टर पी.एम.। धन्यवाद बवासीर। थैंक यू वेरी मच फैश्च्युला। क्या इस तथाकथित औद्योगीकरण और विकास की कोई नस्लवादी परिभाषा नहीं हो सकती? ऐसे विकास से कौन-सी नस्लें मिटती हैं और किन नस्लों का इज़ाफ़ा होता है?' डॉ. वाकणकर ने सोचा।

लेकिन उन्होंने यह भी सोचा कि क्या वे विकास का, शहरीकरण का, औद्योगिक प्रगति का विरोध कर रहे हैं? उन्हें शक हुआ कि कहीं उनके दिमाग़ के भीतर कोई अमेरिकी एजेंट तो नहीं छिपा बैठा है जो इस देश को एक पिछड़ा, पूर्व आधुनिक और ग़ैर-आधुनिक समाज ही बनाये रखना चाहता है। हैड्स ऑफ़ अमेरिका! हेल...हेल प्राइम मिनिस्टर!

देश के जाने-माने उद्योगपति और ढींगर गाँव में खुलने वाले एशिया के सबसे बड़े काग़ज़ के कारख़ाने के भावी मालिक फिरोज़शाह मलकानी, दि कॉर्पोरेट हुडनी, प्रधानमन्त्री से मिलने के बाद बाहर निकल रहे थे। उक्त रक्तचाप! एक्सेस फैट एण्ड कोलेस्ट्रॉल।

लंच तैयार था। पी.एम. का इन्तज़ार हो रहा था। किसी भी वक़्त वे आ सकते थे, लेकिन उसके पहले फूड टेस्टिंग होनी थी। डॉ. दिनेश मनोहर वाकणकर, एम.बी.बी.एस, एम.डी. द्वारा।

डॉ. वाकणकर ने एक बड़ी-सी प्लेट में सारे फूड सैंपल्स जमा किये। पी.एम. के सचिव विश्वेश्वरन वहाँ मौजूद थे। डॉ. वाकणकर ने मुस्कुराकर विश्वेश्वरन को देखा।

''आई थिंक, दि ऑनर टू हेव टेस्टेड दिस ग्रेट लंच फ़र्स्ट, मस्ट गो टु दि होस्ट, मिस्टर खरे!''

''येस-येस'', विश्वेश्वरन मुंडी हिलाते मुस्कुराते रहे थे, ''कॉल हिम, कॉल हिम! व्हेयर इज ही हाइडिंग?''

पीछे से अफ़सरों और सुरक्षा अधिकारियों के बीच से रास्ता बनाते कलेक्टर एन.एस. खरे, आई.ए.एस. रेंगते हुए आ रहे थे।

"आयम हियर सर!"

"केंचुए।" डॉ. वाकणकर ने फुसफुसाकर कहा, फिर उन्होंने विश्वेश्वरन की ओर देखकर मज़ाक किया।

'शुड बी एक्सप्लेन हिम दैट ही इज़ नॉट टु टेल अस अबाउट दि स्वीट एण्ड सॉर। वी आर कंसर्न्ड विद सम अदर क्वालिटीज़ दैन दि टेस्ट!"

"येस-येस!!" दक्षिण भारतीय विश्वेश्वरन की गंजी खोपड़ी फिर से हिलने लगी। "हाँ...हाँ! मिस्टर खरे इज़ अवर पुअर लैब! गिनीपिग!"

"हें-हें सर!" कलेक्टर खरे की समझ में ठीक से नहीं आ रहा था। वे प्लेट पकड़े खड़े थे। हँसने की कोशिश करते हुए।

"बी क्विक! मिस्टर खरे! प्रधानमन्त्रीजी आने वाले होंगे। मुझे टेस्टिंग के लिए पन्द्रह मिनट चाहिए। आई हैव टु ऑब्जर्व युअर सिंपटम्स! बी क्विक!"

कलेक्टर खरे को जल्दी-जल्दी प्लेट खाली करनी पड़ी। वे शाकाहारी थे, लेकिन बटेर का शोरबा भी जल्दी में वे खा गये। उन्हें डॉ. वाकणकर का आदेश मानना था, क्योंकि वे प्रधानमन्त्री के लंच के मेडिकल सुपरविज़न के लिए नियुक्त थे।

प्रधानमन्त्री के सामने टेबिल पर व्यंजनों की भरमार थी। वे पसोपेश में थे। डॉ. वाकणकर उनकी ओर लगातार देख रहे थे। पुराना क़ब्ज़। पाइल्स।

"मेरा सुझाव है सर, आप रायता, मूँग की दाल और एक-दो फुलके लें।"

प्रधानमन्त्री ने आँख उठाकर डॉ. वाकणकर को देखा। आँखें टकराईं। प्रधानमन्त्री की आँखें मुस्कुराकर उन्हें धन्यवाद दे रही थीं। मरीज़ जान गया था कि डॉक्टर ने नब्ज़ पहचान ली है।

कठबँगले में अफ़सरों और नेताओं ने आश्चर्य से देखा कि भारत का प्रधानमन्त्री डॉ. दिनेश मनोहर वाकणकर द्वारा सुझाया गया खाना ही खा रहा था। मूँग की दाल, बटेर का शोरबा, रायता और दो फुलके।

कलेक्टर एन.एस. खरे का चेहरा फीका था। वे डॉ. वाकणकर से आँखें मिलाने से कतरा रहे थे।

तीन बजे प्रधानमन्त्री को लालगंज के मैदान में आम सभा को सम्बोधित करना था। इस बीच उन्हें सलाह दी गयी कि उसके पहले वे ढींगर गाँव के मन्दिर ठकुरदेई में जाकर चरणामृत लें। ठकुरदेई पर आदिवासियों, जन-जातियों और स्थानीय ग्रामीणों की बड़ी गहरी आस्था है। अगर प्रधानमन्त्री ऐसा करेंगे तो वे जनता का दिल जीत लेंगे।

बैगा मुरैठा (पगड़ी) में सजे-धजे प्रधानमन्त्री ठकुरदेई पहुँचे। वहाँ भी सख़्त इन्तज़ाम। ठकुरदेई के देवता ठाकुर कहे जाते थे। विशाल पत्थर की मूर्ति। आश्चर्य था कि यह मूर्ति बुद्ध की थी। ढींगर गाँव के आसपास के इलाक़ों में कई शैलियों और शताब्दियों की मूर्तियाँ बिखरी पड़ी थीं। यहीं से प्राचीन कलिंग साम्राज्य की सीमाएँ शुरू होती थीं। उड़ीसा और मध्य प्रदेश का सीमान्त क्षेत्र। आदिवासियों को नहीं पता था कि यह बुद्ध की मूर्ति है। वे उन्हें ठाकुर कहते थे और दारू-मुर्गी चढ़ाते थे। ग़ैर-आदिवासी फूल-पत्र चढ़ाकर चरणामृत लेते थे। सभी का विश्वास था कि यहाँ हर किसी की मनौतियाँ पूरी होती हैं।

तो कपिलवस्तु के राजा शुद्धोदन के पुत्र सिद्धार्थ यानी गौतम बुद्ध का इस आदिवासी इलाक़े में ऐसा रूपान्तरण हो गया था। संसार-भर में बौद्ध धर्म का प्रणेता यहाँ ऑकल्ट (झाड़-फूँक) और देवी पूजा-अर्चना का निमित्त बन गया था—दारू-मुर्गी खा-पीकर लोगों की मनौतियाँ पूरी करने वाला।

दूसरी तरफ़ डॉ. वाकणकर ने सोचा, पचास की उम्र का बिल्कुल सामान्य-सा मनुष्य, जिसके शरीर पर चर्बी चढ़ रही थी, जो उच्च रक्तचाप, पुराने क़ब्ज़, बवासीर और फैश्च्युला का मरीज़ था, जो एक लम्पटनुमा तान्त्रिक और तीसरे दर्जे के बम्बइया एक्टर के साथ ख़ुद को सहज महसूस कर रहा था, जो भारतीय प्रशासन के भ्रष्ट, निकम्मे और रिश्वतख़ोर अफ़सरों से हँसी-मज़ाक़ कर रहा था, जिसे तस्करों, दलालों, बेईमान ठेकेदारों, माफ़िया गिरोहों के हत्यारे सरगनाओं, दारू भट्ठे के ठेकेदारों और जालसाज़ पत्रकारों ने घेर रखा था, जो ढींगर

गाँव के हरे-भरे आदिवासी इलाक़े को कारख़ानों के उजाड़ और विषाक्त मैदान में बदल देने के लिए आया हुआ था, उस आदमी का भी भारत के प्रधानमन्त्री के रूप में हैरतअंगेज़ रूपान्तरण हुआ था।

डॉ. वाकणकर को हँसी आ रही थी। बैगा मुरैठे में सजा यह आदमी लगातार मुस्कुराने का अभिनय कर रहा था, तेज़-तेज़ चलकर लोगों को अपनी कर्मठता और सक्रियता का परिचय दे रहा था। उसने कोटे के कुर्ते के ऊपर अँगोछा डाल रखा था। ऐसा ही अँगोछा यहाँ के पाँच आदिवासी गाँव के माँझी (मुखिया) डालते थे यानी यह आदमी, जो फ़िरोज़लाल मलकानी के पेपर मिल का शिलान्यास करने ढींगर गाँव आया हुआ था और जो इस क्षेत्र के मूल निवासी आदिवासियों को उनके घर-ज़मीन से उजाड़कर उन्हें दूसरी नस्लों की अन्तहीन गुलामी में हमेशा के लिए झोंक देने का मोहरा था, वह आदमी अँगोछे, पगड़ी और अपनी मुस्कुराहट से आदिवासियों को इस भ्रम में डालना चाहता था कि जैसे वह भी उनका माँझी है। उनका मुखिया, जो उनके भले-बुरे, हित-अहित की बात सोचता है और उन्हें तमाम आपदाओं से बचाता है।

ठकुरदेई में ठाकुर की प्रतिमा ध्यानस्थ मुद्रा में थी। रोली, अबीर और तेल से प्रतिमा के कई अंग लाल हो गये थे। एक तरफ़ पण्डित बड़गैया महराज थे, दूसरी तरफ़ सद्धू बैगा। बड़गैया महराज क़स्बे वालों के पुजारी थे। नारियल, फूल-पत्र, मन्त्र-मिष्टान्न से पूजा करने वाले। सद्धू बैगा आदिवासियों का ओझा था। चिकारा बजाकर, महुए का ठर्रा और मुर्गा देवता को चढ़ाकर, गा-गाकर मनौतियाँ पूरी करवाने वाला ओझा।

ठाकुर देव की दोनों तरह की पूजा चल रही थी। ठकुरदेई चारों ओर अचानक विख्यात हो गया था। आख़िर भारत का प्रधानमन्त्री ठाकुर देव के चरणों में सिर नवाने आ रहा था। लोग टूट पड़ रहे थे। ठाकुर देव की जय। प्रधानमन्त्री ज़िन्दाबाद। स्कूली बच्चे गा रहे थे—सारे जहाँ से अच्छा हिन्दोस्ताँ हमारा।

प्रधानमन्त्री ने अपने दोनों हाथों की हथेलियों को एक के ऊपर एक रखकर अँजुरी बनायी। बड़गैया महराज ने गायत्री का पाठ शुरू किया,

"ओम् भूर्भूवः स्वः ततूस-वितुर्वरेण्यम्..." सद्धू बैगा ज़ोर-ज़ोर से कमानी को चिकारे पर रेत-रेतकर 'रूँ-रूँ-रूँ' कर रहा था। "आजमानी नरसिंह बघेसुर, हमन खोह-नारा के बसैया, चिरैया-फुनैगुन लाल खवैया..."

पण्डित बड़गैया महराज ने प्रधानमन्त्री की अँजुरी में चरणामृत टपकाया। ठाकुर देव की जय। प्रधानमन्त्री ज़िन्दाबाद। रूँ-रूँ-रूँ।

प्रधानमन्त्री अँजुरी को अपने माथे की ओर ले गये और फिर आँखें मूँदकर उसका पान करते ही जा रहे थे कि अचानक एक तेज़ आवाज़ उठी, जैसे कोई विस्फोट हुआ हो।

"स्टॉप इट! स्टॉप! आई से, डोंट ड्रिंक इट!"

भीड़ को चीरता हुआ एक हाथ उनकी ओर बढ़ा और प्रधानमन्त्री की कलाई को थाम लिया। कमांडो और सुरक्षा कर्मचारी भौंचक्के थे।

चिकारा रुक गया था। शोर की अचानक मृत्यु हो गयी थी।

वह हाथ डॉ. दिनेश मनोहर ताकणकर, एम.बी.बी.एस., एम.डी. का था।

"व्हाट इज़ द मैटर? क्या बात है?" घबड़ाया हुआ बवासीर का मरीज़ डॉक्टर से पूछ रहा था।

"सर, वह चरणामृत कन्टेमिनेटेड पानी का है। ढींगर गाँव के इस इलाक़े में, जहाँ यह ठकुरदेई का मन्दिर बना है, पानी का एक ही तालाब है। वह पानी प्रदूषित है, सर। उसमें ख़तरनाक बैक्टीरिया हैं। इसका पानी पीकर पिछले एक हफ़्ते में इस इलाक़े के बाईस से ज़्यादा आदिवासी मर चुके हैं। आसपास के इलाक़ों में महामारी फैल गयी है। हैज़ा। लोग कीड़े-मकोड़ों की तरह मर रहे हैं।"

अपनी अँजुरी में ठाकुर देव का चरणामृत लिए हुए प्रधानमन्त्री भय और अनिर्णय से घिरा काँप रहा था।

"आई थिंक, यू शुड थ्रो इट अवे! आफ्टर ऑल ही इज युजर फ्रूट सुपरलाइजर।" काला चश्मा लगाये बम्बइया अभिनेता ने प्रधानमन्त्री से कहा। "देख, वही एक्टर है, जो 'ख़ून की ललकार' में माधुरी दीक्षित का रेप करता है।" किसी लाला का नौजवान लड़का अपने दोस्तों को बतला रहा था।

प्रधानमन्त्री की मुस्कुराहट फिर लौट आयी। अँजुरी ऊपर गयी और चरणामृत बैगा मुरैठे पर गिर गया। आदिवासी अँगोछे से प्रधानमन्त्री ने अपने हाथ पोंछे और डॉक्टर वाकणकर की ओर देखकर कृतज्ञता से कहा, "थैंक्यू! यू हैव स्टेप्ड इन राइट टाइम!"

डॉ. वाकणकर मुस्कुराए, "सर, मैं पाँच-छह दिन से लगातार डिस्ट्रिक्ट एडमिनिस्ट्रेशन को वार्न कर रहा हूँ कि हमें जल्द-से-जल्द कोई स्टेप उठाना चाहिए बट दे डोंट लिसेन एनीथिंग एक्सेप्ट पी.एम्स. टूर!"

"एण्ड दे वुड प्रोबेब्ली हैव किल्ड दि पी.एम.।" माधुरी दीक्षित को रेप करने वाला, काला चश्माधारी अभिनेता गुस्से में था। गेरुआ वस्त्र और रुद्राक्ष की माला पहने हुए तान्त्रिक सामने आ गया, "यहाँ का कलेक्टर कौन है? आस्क हिम टु रिपोर्ट मी राइट नाउ!"

ज़िलाधीश एन.एस. खरे पास ही थे। उनके चेहरे का रंग ज़र्द पड़ चुका था। उन्हें अपनी औक़ात का अहसास आज सबके सामने हो रहा था। उनके साथ तो ज़िलास्तर के ठेकेदार, गुण्डे और पत्रकार थे, जबकि प्रधानमन्त्री के साथ तो अन्तर्राष्ट्रीय स्तर के कॉरपोरेट किंग, उद्योगपति, बिचौलिए, तस्कर और आला हाक़िम हुक़्क़ाम थे। भारतीय प्रशासन का यह मामूली आई.ए.एस. अफ़सर एक विशाल यन्त्र का एक अत्यन्त नगण्य पुर्ज़ा-भर था। नट और बोल्ट भी नहीं, रबर का एक मामूली वॉशर जो चूड़ियों पर पकड़ को मज़बूत बनाये रखने के लिए दोनों तरफ़ से पिसता है।

"आपको क्या ये इनफॉर्मेशन नहीं थी कि इस इलाक़े में एपिडेमिक है? लोगों की डेथ हो रही है?" प्रधानमन्त्री के साथ आने वाला तान्त्रिक, जो अन्तर्राष्ट्रीय स्तर के हथियारों की ख़रीद-फ़रोख़्त का दलाल भी था, कह रहा था।

"नहीं सर, बात ये थी कि मैं ऑफ़िस पिछले एक हफ़्ते से जा ही नहीं सका। यहीं ढींगर गाँव के पी.एम. के विज़िट के इन्तज़ाम में लगा था।" एन.एस. खरे की आवाज़ काँप रही थी।

"एण्ड यू वेयर ब्लाइंड! यहाँ आपको हैज़ा नहीं दिखायी पड़ा? आपको पता नहीं चला कि ढींगर गाँव में बाईस से ज़्यादा आदिवासी

मर चुके हैं?'' यह प्रधानमन्त्री की आवाज़ थी। थकान, क़ब्ज़ और बवासीर के दर्द के बीच से निकलती हुई।

डॉ. वाकणकर चुपचाप इस दृश्य को देख रहे थे। इस नाटक के इस उत्तेजक दृश्य को उन्होंने ही लिखा था। वही निर्देशक थे और वही सूत्रधार। यह एक एब्सर्ड नाटक था। आदिवासी, पेपर मिल, तान्त्रिक, प्रधानमन्त्री, अपराधी, तस्करों, दलालों, अफ़सरों, नेताओं, सुरक्षा दस्तों, पत्रकारों, उद्योगपतियों की भूमिकाओं से भरा एक ऊल-जलूल नाटक।

उस रात प्रधानमन्त्री के लौट जाने के बाद डॉ. वाकणकर ने अपनी डायरी में लिखा :

''वह सारा प्रसंग गड्ड-मड्ड था, लेकिन वही यथार्थ था। एब्सर्ड रियलिटी। इसी यथार्थ में हम रह रहे हैं। इस यथार्थ की मौलिकता असंदिग्ध है और इसकी भयावहता कल्पनातीत। प्रधानमन्त्री के साथ आने वाले प्रेस सलाहकार ने ढींगर गाँव के मैदान की जनसभा के लिए दूसरा भाषण लिखा और आधे-पौने घण्टे तक प्रधानमन्त्री को नये भाषण की तैयारी करनी पड़ी। उन्होंने अपनी शोक में डूबी आवाज़ में हैज़े से मरे आदिवासियों के परिवारों के लिए प्रधानमन्त्री कोष से दस-दस हज़ार रुपये के अनुदान की घोषणा की, ढींगर गाँव के आसपास के इलाक़ों में पेयजल की व्यवस्था के लिए अविलम्ब परियोजना शुरू करने का आश्वासन दिया। जनसभा में हज़ारों लोगों के सामने उन्होंने कलेक्टर और दूसरे अफ़सरों को डाँट पिलायी और अन्त में चालाकी के साथ इस क्षेत्र की तरक़्क़ी के लिए काग़ज़ के कारख़ाने के निर्माण की बात की।''

उस पृष्ठ के अन्त में कुछ असम्बद्ध-से वाक्य और भी थे :

''मैंने उसके चेहरे पर मृत्यु की परछाईं का हल्का धुँधलका देखा। मुझे यक़ीन है कि वह इसे जानता है। देश से यह बात गुप्त रखी गयी है, लेकिन उसे दिल का एक-दो दौरा ज़रूर पड़ चुका है।

वह अपने जीवन की अनिश्चितता को जानता है, उसके वश में कुछ नहीं है। वह वक़्त गुज़ार रहा है। भविष्य में जीने वालों के प्रति वह पूरी तरह से अनुत्तरदायी है। वह एक निहायत मामूली आदमी है।

उसे क़ब्ज़ और बवासीर है। ये रोग ही उसके जीवित होने के लक्षण हैं। उसकी थोड़ी बहुत सक्रियता बीमारियों की वजह से है। उसके अधिक दिन जीवित रहने पर सन्देह है।''

प्रधानमन्त्री की वापसी के तीसरे दिन ही राज्य सरकार की ओर से ढींगर गाँव में महामारी की रोकथाम के लिए अभियान शुरू हुआ। आपातकालीन स्वास्थ्य खोले गये। तालाबों-कुओं के पानी में कीटनाशक दवाएँ डाली गयीं। बच्चों को टीके लगाये गये। परिवार कल्याण का ऑपरेशन शिविर भी आयोजित हुआ। जीपें दौड़ती रहीं। लेकिन स्वास्थ्य विभाग के इस पूरे अभियान में डॉ. वाकणकर की कोई भूमिका नहीं थी। उन्हें राज्य तन्त्र ने इस कल्याणकारी कार्य से पूरी तरह अलग कर रखा था।

अफ़वाह थी कि उनके बारे में सी.आई.डी. रिपोर्ट यह थी कि वे राष्ट्रीय स्वयंसेवक के बहुत पुराने कट्टर कार्यकर्ता हैं। इस बात में तथ्य भी था।

राज्य सरकार द्वारा संचालित इस स्वास्थ्य अभियान के इंचार्ज थे डॉ. डी.एन. मिश्रा, विधानपुर प्राथमिक स्वास्थ्य केन्द्र में भूतपूर्व वरिष्ठ चिकित्सक, जिन्होंने डॉ. वाकणकर का तबादला विधानपुर से ढींगर गाँव करवाया था और जिनकी फ़र्ज़ी ख़रीद के ग्लूकोज़ को चढ़ाने से हरवंश पण्डित उर्फ़ थुकरा महराज की मृत्यु हुई थी। डॉ. डी.एन. मिश्रा कई प्रोमोशंस के बाद अब राजधानी के इंस्टीट्यूट ऑफ़ मेडिकल साइंस के डिप्टी डायरेक्टर थे।

डॉ. वाकणकर को उस रोज़ विधानपुर में बिताये अपने बीते दिनों की ख़ूब याद आयी। इसके साथ ही उन्होंने देखा कि संघ की शाखा में, किसी स्कूल के खेल के मैदान में लाठी और लेजिम के साथ थुकरा महराज अकेले चले जा रहे हैं, वे गा रहे हैं :

सुजलाम् सुफलाम् मलयज शीतलाम्
मातरम्
वन्देमातरम्!

फिर उन्हें दमे का तेज़ दौरा पड़ा। वे हाँफने लगे। लाठी गिर

गयी, लेकिन लेजिम को उन्होंने अपनी छाती के साथ चिपकाये रखा। उनके फेफड़े एक-एक साँस को पाने के लिए फड़फड़ा रहे थे और विकट यन्त्रणा में फूलती-चिपकती उनकी छाती के पंजर के साथ-साथ लेजिम बज रहा था।

डॉ. वाकणकर ने आँखें खोल दीं। कमरे में अँधेरा था। जो दृश्य उन्होंने अभी-अभी देखा था, वह भी सम्भवतः इसी ऊल-जलूल यथार्थ का एक हिस्सा था। इसी यथार्थ का अतीत।

डॉ. वाकणकर सो नहीं सके। उन्होंने तिलक की पुस्तक 'गीता रहस्य' उठायी और उसे पढ़ते रहे।

कोतमा : एक नया शहर

कोतमा एक छोटा-सा शहर था या शायद बड़ा-सा एक क़स्बा। ट्रेनें यहाँ आती थीं। बसें आती थीं। ट्रांसपोर्ट का बहुत काम था। चूना, सीमेंट और अनाज के थोक व्यापारी यहाँ थे। यहाँ एक इंटर कॉलेज, लड़के और लड़कियों के लिए अलग-अलग दो हाई स्कूल। मालती और किरण नाम के दो टॉकीज थे। दो-तीन वीडियो हॉल थे, जहाँ ज़्यादातर अभी तक रिलीज़ न हुई फ़िल्में और ब्लू फ़िल्में दिखायी जाती थीं।

कोतमा के आसपास कई कोलियरीज़ थीं। इन कोयला खदानों ने ही एक दशक के भीतर-भीतर इस क्षेत्र का हुलिया बदला था। आसपास के गाँवों के ज़्यादातर नौजवान इन्हीं खदानों में काम करते थे। कोलियरी का एक साधारण मज़दूर भी ओवरशिफ्ट में काम करके ढाई-तीन हज़ार रुपये महीने कमा लेता था। यह सच भी था कि कोलियरी के मज़दूर की कमायी प्राइमरी स्कूल के मास्टरों, अस्पताल की नर्सों, कम्पाउंडरों और ग्राम-सेवकों से ही नहीं, गाँव के मध्यम किसानों से भी ज़्यादा थी। जिन लोगों के पास पाँच-छह एकड़ ज़मीन भी होती थी, वे खेती की बजाय कोलियरी में काम करना पसन्द करते थे। ज़मीन रेतीली थी, सिंचाई के साधन नहीं थे, आसमान के भरोसे फ़सलें पकती थीं और फ़सलें भी क्या—ज़्यादातर ज़मीन एक-फ़सली थी। सिर्फ़ धान यहाँ होता था।

चूने, सीमेंट के थोक व्यापार, ट्रांसपोर्ट और कोयला खदानों की बदौलत कोतमा में भी रुपया बोलने लगा था। रुपये आने चाहिए—चाहे जिस तरह से। रुपयों के आने का ही यह प्रमाण था कि दिल्ली से एक हज़ार पाँच सौ किलोमीटर से भी ज़्यादा दूर मध्य प्रदेश के एक बेहद पिछड़े इलाक़े के इस क़स्बे में भी मारुति, टाटा सियेरा जैसी कारें, जापानी तकनीक से बनीं मोटरसाइकिलें, वॉक मैन, कैसेट रिकॉर्ड्स दिखायी देने लगे थे। अब ऐसी आधुनिकता आ रही थी, जिनका सम्बन्ध क्षेत्र के विकास या पिछड़ेपन से नहीं, बल्कि रुपयों से था। जिसके पास रुपया था, वह आधुनिक हो रहा था। जिसके पास नहीं था, वह पिछड़ रहा था। कोतमा के कोलियरी के मज़दूर, जिनके लिए इसी शताब्दी के महान दार्शनिकों ने घोषित किया था कि यह वह वर्ग है, जिसके श्रम की बुनियाद पर सभ्यता का सारा ढाँचा टिका हुआ है और जो आने वाले दिनों में जब अपने आपको शोषण और जहालत की ज़ंजीर से मुक्त करेगा, तो एक नयी सभ्यता और समाज व्यवस्था का चेहरा उभरेगा, वही कोतमा कोलियरी का मज़दूर ओवर शिफ्ट में पैसे कमा रहा था, दारू पी रहा था, वी.सी.आर. किराये पर लेकर ब्लू और बम्बइया फ़िल्में देख रहा था और मस्त था। शहर के बाहर चुंगी नाके के पार छोटे-छोटे ढाबे खुले हुए थे, जहाँ शराब मिलती थी और स्नो-पाउडर पोतले वाली आदिवासी लड़कियाँ ग्राहकों के पास 'बैठती' थीं।

इसके बावजूद शहर में बेराज़गारों की अच्छी-ख़ासी तादाद थी। उन्हें दिन-भर और रात-भर दरवेशों की तरह किसी संदिग्ध यात्रा में मशगूल यहाँ-से-वहाँ आते-ज्ञते देखा जा सकता था। वे किसी पुलिया पर दस-पाँच के झुण्ड में बैठे दिखते, किसी ढाबे में चाय के 'कट' पर घण्टों गुज़ारते, बीड़ी-सिगरेट फूँकते दिखायी देते या यों ही बस अड्डे और प्लेटफॉर्म पर अपने जत्थे के साथ इस तरह लापरवाही और अकड़ में टहलते, जैसे एक दिन इस पृथ्वी पर उन्हीं का आधिपत्य होता। उनके चेहरे एक जैसे उदास, सख़्त और अपरिचित थे। तिरस्कार, निर्वाचन और सामाजिक अनुपयोगिता ने उन्हें एक हिंसक अहंकार से भर दिया था। बहुत मामूली-सी बात पर वे मारपीट कर सकते थे, हत्या कर सकते थे

और ऐसा करते हुए उन्हें यह सन्तोष हो सकता था कि उनका अस्तित्व अभी भी संसार में है और वे कुछ कर सकते हैं। हिंसा, फ़साद, झगड़ा और बलात्कार उनके लिए अपने सामाजिक विस्थापन और मानसिक लाचारी से किसी तरह मुक्त होने का एक छटपटाता हुआ प्रतिरोध था, जिसे समाज अपराध मानता था।

वे अकसर किसी पुलिया में बैठे किसी ट्रक, बैंक या दुकान को लूटने की फैंटेसी करते। दो-चार पुलिस कांस्टेबलों के साथ बैठकर गाँजा, चरस या अफ़ीम की नेपाल सीमा से तस्करी करके मालामाल हो जाने की तरकीबें सोचते। इस इलाक़े में किस सेठ के पास सोना-चाँदी है, कहाँ गाँजा-चरस मिलता है, किस-किस मोहल्ले की कौन-कौन-सी लड़कियाँ चालू हैं, थाने का कौन-सा इंस्पेक्टर और कौन-सा कांस्टेबल रिश्वत में क्या-क्या पसन्द करता है– उन्हें सारी जानकारी रहती थी। टी.वी. में वे तरह-तरह की चीज़ों का विज्ञापन देखते। उनके मन में उन चीज़ों को हासिल करने का लालच पैदा होता, लेकिन रुपये उनके पास नहीं थे। रुपये किसी नौकरी, किसी व्यवसाय, किसी काम से ही मिल सकते थे। वह उनके पास नहीं था। होने की कोई सम्भावना भी कहीं दिखाई नहीं देती थी। इसीलिए दस-पाँच रुपये मिलने पर ही वे सट्टा खेलते या लाटरी की टिकट ख़रीदते। यह पैसा कमाने का उतना ही अवास्तविक, हवाई और अनिश्चित तरीका था, जितना ख़ुद उनका जीवन और उनकी स्थिति।

डॉ. दिनेश मनोहर वाकणकर को कोतमा आये तीन साल हो गये थे। ढींगर गाँव से उनका तबादला सी.आई.डी. रिपोर्ट के बाद किया गया था। उन्हें राज्य के संघ संचालक ने बतलाया था कि यह बात हैरतअंगेज़ है कि सी.आई.डी. ने उनके बारे में लिखा था कि उनकी ढींगर गाँव में उपस्थिति से राष्ट्रीय स्वयंसेवक संघ को ही नहीं, नक्सलवादी गतिविधियों को भी बढ़ावा मिल सकता था। इस जानकारी ने डॉ. वाकणकर को हतप्रभ कर दिया था। वे संघ में ज़रूर थे और पिछले कई वर्षों से वे इसमें लगातार सक्रिय थे। इस सक्रियता का ही परिणाम था कि अब वे राष्ट्रीय स्वयंसेवक संघ के ज़िला बौद्धिक प्रमुख तथा मेडिकल ऑफ़िसर्स

एसोसिएशन के अध्यक्ष बन गये थे। लेकिन उनकी गतिविधियों से नक्सलवाद को कैसे बढ़ावा मिल रहा था, यह उनकी समझ में नहीं आ रहा था। बाद में काफ़ी सोचने पर उन्हें लगा था कि दरअसल सरकारी नौकरशाही जिस व्यक्ति के विरुद्ध कोई ठोस आपराधिक प्रकरण नहीं बना सकती, लेकिन जिसकी सामाजिक गतिविधियों से ख़ुद को परेशानी में महसूस करती है, उसके लिए उसने नक्सलवाद की श्रेणी बना रखी थी। उसे उसी में डाल दिया जाता था। जबकि डॉ. वाकणकर नक्सलवाद की विचारधारा और उनकी प्रणाली से पूरी तरह से असहमत थे। उनकी आस्था अहिंसा पर ज़बर्दस्त थी। वे हिंसा के किसी भी रूप को नापसन्द करते थे। यहाँ तक कि वे संघ की शाखा में हिन्दू राष्ट्र के निर्माण के लिए स्वयंसेवकों और कार्यकर्ताओं से समूचे समर्पण, सहृदयता और जनसेवा के द्वारा लोगों का हृदय जीतने की बात करते थे। ऐसे में उनके साथ कुछ दूसरे श्रद्धेय बन्धुओं या भाईजीयों की कहा-सुनी भी हो जाती थी। कोतमा में भी डॉ. वाकणकर नें शहर और आसपास के गाँवों के लोगों के मन में अच्छी जगह बना ली थी। लोग उन पर अपना पूरा अधिकार मानते। कोई भी बीमार होता तो डॉ. वाकणकर अगर चिकित्सालय में न हों तो उन्हें घर पर जाकर घेर लिया जाता, बिना यह देखे कि यह रात है या दिन। डॉ. वाकणकर का पारिवारिक जीवन इससे अस्त-व्यस्त हो जाता, लेकिन वे इसे किसी पर ज़ाहिर न करते। वे कोतमा के आसपास के क्षेत्र में भी एक भले, सहृदय और कुशल चिकित्सक के रूप में मशहूर होने लगे थे। एक ऐसा डॉक्टर जिसका इलाज असरदार था और जो मरीज़ों को लूटता नहीं था। ज़ाहिर है, डॉ. वाकणकर के आने के बाद से कोतमा के संघ की शाखा में भी नयी सक्रियता आयी और उसकी गतिविधियों में हिस्सा लेने वाले लोगों की संख्या बढ़ गयी।

लेकिन डॉ. वाकणकर देखते कि सबकुछ के बावजूद संघ की गतिविधियाँ व्यापारियों और सवर्णों के दायरे तक ही सीमित थीं, उनकी बहुत इच्छा होती कि आसपास के गाँवों के साधारण लोग, आदिवासी और अन्य जातियों के व्यक्ति इसमें शामिल हों, लेकिन संघ

की संरचना ऐसी थी कि इसमें न तो इतने अधिक लोगों के प्रवेश की ऐसी सम्भावना थी, न ही स्वयं उन लोगों के भीतर इसके प्रति कोई खास उत्सुकता थी। इस बारे में डॉ. वाकणकर ने ऊपर, राज्य के स्तर तक पत्र-व्यवहार भी किया, लेकिन उनके पत्रों का बहुत ही औपचारिक और संक्षिप्त-सा जवाब दे दिया जाता।

डॉ. वाकणकर को कई बार सन्देह होने लगता कि क्या सचमुच राष्ट्रीय स्वयंसेवक संघ का निर्माण देश-भर में हिन्दू धर्म के मतावलम्बियों के भीतर किसी सामुदायिक क़िस्म की कौटुम्बिक भावना पैदा करने, उनमें नयी जागृति लाने, अपनी रूढ़ियों को त्यागने तथा वेदों, उपनिषदों, पुराणों में वर्णित धर्म के मूल स्वरूप को अंगीकार करने की प्रवृत्ति पैदा करने के लिए हुआ है या इसका कोई दूसरा मक़सद है, जिसे यह बख़ूबी पूरा कर रहा है। इस बात को संघ चालक और दूसरे अधिकारी जानते हैं, इसीलिए वे इतने में ही सन्तुष्ट हैं। डॉ. वाकणकर जितना सोचते, उनके भीतर बेचैनी और असन्तोष उतना ही बढ़ता। वे संघ को अपना मानते थे, अपने जीवन के लगभग पच्चीस वर्ष उन्होंने इसे सौंपे थे। ऐसा कैसे हो सकता था कि वे उससे ख़ुद को निस्संग और उदासीन बना पाते।

बेटियाँ बड़ी हो गयी थीं। दहेज की समस्या सामने थी। हालाँकि डॉ. वाकणकर को विश्वास था कि पढ़ाई में तीनों लड़कियाँ जितनी तेज़ थीं, उससे आगे चलकर उन्हें कोई समस्या नहीं आयेगी।

लेकिन ज्योत्स्ना वाकणकर चिन्तित रहती थीं। वे थक चुकी थीं। डॉ. वाकणकर की ईमानदारी, लगन और मूल्य-निष्ठा का बोझ उन्हें ढोना पड़ा था। कई-कई बार वे अपने भाग्य को कोसतीं। अगर उनका विवाह किसी सामान्य, व्यवहार कुशल, दुनियादार डॉक्टर के साथ हुआ होता तो जीवन में हँसी-ख़ुशी के पल आते। घर की चूलें हर वक़्त इस तरह टूटती-दरकती न लगतीं। आशंकाएँ और आपदाएँ इस तरह हर घड़ी आँगन के ऊपर के आकाश में डैने फैलाये मंडराती न रहतीं।

संघर्ष की भी एक हद होती है। एक उम्र होती है। वे डॉ. वाकणकर को देखकर सिहर जातीं। झुर्रियों में घिरता जाता चेहरा, लगातार कम

और सफ़ेद होते बालों में से झाँकता एक पराजित और मासूम गंजापन। थका हुआ बूढ़ा होता शरीर। ब्लड प्रेशर और दाढ़ों में दर्द।

ज्योत्स्ना का मन होता कि वे अपने पति को पकड़कर उन्हें हिलाएँ, उनसे लिपटकर कहें कि अब बस करो। मान जाओ। मुश्किल से दस-बारह वर्ष और बचे हैं इस जीवन के। देखो...हम दोनों और हमारा परिवार धीरे-धीरे किसी गहरे अँधेरे कुएँ में उतर रहा है। हर क़दम पर मृत्यु और असहायता का अन्धकार घना होता जा रहा है। अपनी इन तीनों बेटियों की ओर देखो। यह उम्र ऐसा त्रस्त और बदहवास चेहरा ढोने के लिए नहीं है। तुम्हारे संघर्षों और आदर्शों ने उनके भीतर एक गहरी असुरक्षा पैदा कर डाली है। हर वक़्त वे किसी अनिष्ट के घटने की भयभीत प्रतीक्षा कर रही हैं।

ज्योत्स्ना वाकणकर रोने लगी थीं। उनके मन में पहली बार एक ऐसी खीज पैदा हो रही थी, जो धीरे-धीरे अपने पति के प्रति घृणा में बदलती जा रही थी। अगर इस आदमी को यही करना था तो इसने विवाह क्यों किया? इतने लोगों का जीवन बिगाड़ने का उसे क्या अधिकार है?

ज्योत्स्ना वाकणकर को लगा कि अपने जिस पति की प्रशंसा वे तमाम लोगों से सुनती रहती हैं, वे सब वास्तव में उनका मज़ाक़ उड़ाने के लिए हैं। उन्हें लगा कि अपनी मूर्खता और जिद्दीपन में डॉ. वाकणकर ने अपने पूरे परिवार को एक ऐसी सामाजिक प्रयोगशाला में बदल डाला है। जिसे हर कोई बड़ी उत्सुकता और हैरत से देख रहा है कि देखो, इस परिवार का अन्त कैसे होता है। ये लोग सामूहिक आत्मघात करते हैं या कहीं भाग जाते हैं या किसी भी स्थापित सामाजिक-असामाजिक ताक़त के द्वारा निगल लिए जाते हैं।

ज्योत्स्ना वाकणकर डर गयीं। उन्हें लगा कि वे पता नहीं कितने वर्षों से एक ऐसे ख़तरनाक और क्रूर तानाशाह की कैद में हैं, जो ऊपर-ऊपर से बच्चों जैसा सरल और सन्तों जैसा वीतराग दिखायी देता है। लेकिन इस तानाशाह की सारी शक्ति ख़त्म हो चुकी है और कभी भी उसके ख़िलाफ़ कोई भयावह बग़ावत हो सकती है।

आह! उस दोपहर के तीन घण्टे

डॉ. दिनेश मनोहर वाकणकर के व्यवहार में कुछ निश्चित परिवर्तन दिखायी देने लगे थे। सुबह वे अब भी जल्दी उठते, हल्का-सा व्यायाम करते, शाखा जाते। वहाँ सामूहिक व्यायाम होता। लौटकर अख़बार पढ़ते, नाश्ता करते और फिर दस बजे तक अस्पताल चले जाते। कोतमा में उनका शासकीय आवास अस्पताल से लगभग दो किलोमीटर दूर रेलवे लाइन की दूसरी तरफ़ था।

अभी तक वही पुराना स्कूटर उनके साथ था। चलते हुए वह एक ख़ास तरह की आवाज़ निकालता। यह कई दशक पुरानी आवाज़ थी। एक ऐसे इंजन की भाषा, जो अब दुर्लभ और विलुप्तप्राय था। समय के साथ मशीन की आवाज़ और उसकी प्रजाति भी बदलती है, डॉ. वाकणकर को लगता। यह स्कूटर पेट्रोल भी बहुत पीता था, लेकिन उसे बेचने की बात डॉ. वाकणकर के मन में कभी न आती। उस लोहे की मूक मशीन से उन्हें एक मानवीय लगाव-सा हो गया था।

उनके स्कूटर की आवाज़ से, बिना देखे ही कोई जान सकता था कि यह डॉ. वाकणकर का आगमन है। डॉ. वाकणकर को शक होता कि उनके जीवन और व्यवहार से भी ऐसी ही, कई वर्ष पुराने किसी इंजन की आवाज़ आती है और लोग इसे जानते हैं। वे चुप रहते हैं, सम्मान प्रकट करते हैं, लेकिन उस सम्मान के पीछे एक ठण्डा मज़ाक़ या विचित्रता-बोध छिपा रहता है। देखो इस अजूबे आदमी को...

कहीं मैं मानसिक रूप से बीमार तो नहीं हो रहा हूँ, डॉ. दिनेश मनोहर वाकणकर एम.बी.बी.एस., एम.डी. ने सोचा। उन्होंने अपने जीवन और व्यक्तित्व पर इस तरह नज़र डालना शुरू किया, जैसे कोई ग्राहक किसी ख़रीदी जाने वाली चीज़ को, फ़ैसले के पहले, अच्छी तरह से, पैनी निगाहों से परखता है। मैं दफ़्तर सही समय पर जाता हूं। मरीज़ों के रोगों के विश्लेषण और पहचान में कोई गम्भीर भूल या गड़बड़ी नहीं होती। दवाइयों का चयन और प्रिस्क्रिप्शन बिल्कुल ठीक रहता है। ढींगर गाँव और कोतमा के बीच के वर्षों में रिसर्च पेपर्स भी प्रतिष्ठित अन्तर्राष्ट्रीय जर्नल्स में छपे हैं। लोग मुझ पर विश्वास करते हैं।

यह विश्वास अगर न होता तो अस्पताल में और घर में भी मेरे पास इतने सारे लोगों का ताँता क्यों लगा रहता। अगर संघ ने मुझे ज़िला बौद्धिक प्रमुख और मेडिकल आफ़िसर्स एसोसिएशन का अध्यक्ष बनाया है तो साफ़ पता चलता है कि मेरे भीतर सांगठनिक गतिविधियों को चलाने, सुनियोजित करने की क्षमता है।

तो फिर ऐसा क्यों है? वे इस तन्त्र द्वारा लगातार विस्थापन और अस्वीकार की कोशिशों को क्यों महसूस कर रहे हैं। उन्हें लगता जैसे वे इस राज्य तन्त्र के शरीर में धोखे से दाख़िल हो जाने वाले कोई विजातीय तत्त्व हैं, जिन्हें तन्त्र उल्टियाँ करके बाहर निकालना चाहता है।

अचानक डॉ. वाकणकर को याद आया कि उन्होंने पिछले सात महीनों से कोई छुट्टी नहीं ली है। शायद यह सही समय है, जब एक लम्बी छुट्टी की ज़रूरत है।

वे साढ़े दस बजे ही अपने शासकीय आवास यानी घर में लौट आये। तीनों लड़कियाँ स्कूल और कॉलेज चली गयी थीं। उन्हें चार बजे तक लौटना था। ज्योत्स्ना वाकणकर सब्ज़ी काटने में लगी हुई थीं।

डॉ. वाकणकर ने घर को अच्छी तरह से देखा। वहाँ हवा ठहरी हुई-सी थी। शहर और दफ़्तर की तेज़ आवाज़ों का कोलाहल नहीं था। एक ताज़ी शिथिलता और विश्राम का पर्यावरण। पिछवाड़े की घास में साढ़े दस बजने के बावजूद अभी भी नमी थी। अमरूद का इकलौता पेड़ अभी तरुण हुआ था और उसकी टहनियों में कच्चापन था।

डॉ. वाकणकर ने पहले अहाते का मुख्य फाटक बन्द किया। स्कूटर को उठाकर पिछवाड़े रखा, जिससे लोगों को यह पता न चले कि वे आज घर पर ही हैं। फिर उन्होंने दरवाज़ा अन्दर से बन्द कर लिया।

इतने वर्षों बाद आज उन्होंने अलमारी से पुराना रिकॉर्ड प्लेयर निकाला। एच.एम.वी. का फिएस्टा पॉपुलर। इसे लगभग पन्द्रह वर्ष पहले उन्होंने तब ख़रीदा था, जब महँगाई भत्ते की कई बकाया क़िस्तों का भुगतान उन्हें एक साथ हुआ था। रिकॉर्ड प्लेयर अभी भी बिल्कुल नया लगता था, लेकिन अब डिस्क बनने बन्द हो गये थे। बाज़ार में कैसेट प्लेयर्स और ऑडियो कैसेट्स का ज़माना आ गया था।

सारे रिकॉर्ड्स ख़ुद उनकी पसन्द के थे।

"हम भी हैं, तुम भी हो...दोनों हैं आमने-सामने...
देख लो, क्या असर, कर दिया प्यार के नाम ने...!"
"हो मैंने प्यार किया, हाय-हाय क्या जुर्म किया
कि आँखों का रंग हो गया गुलाबी, गुलाबी..."

गाने उस ताज़ी शिथिलता से भरे मुक्त पर्यावरण में तैरने लगे। डॉ. वाकणकर बीच-बीच में अपनी आवाज़ गाने में मिला देते थे। ज्योत्स्ना वाकणकर ने सब्ज़ी में छौंक लगा दी थी और वे छींकने लगी थीं। उनकी छींक ने डॉ. वाकणकर के मन में गहरा प्यार और सहानुभूति पैदा की। शायद थोड़ी-सी आसक्ति और वासना भी।

एक छींक ज्योत्स्ना वाकणकर को और आयी, तो डॉ. वाकणकर को हँसी आ गयी। वे उठकर रसोई तक गये। दरवाज़े पर खड़े होकर उन्होंने ज्योत्स्ना को देखा। ज़ीरे और मिर्च की झार से उनकी आँखों से पानी निकल रहा था और नाक लाल हो रही थी। लौकी की सब्ज़ी बन रही थी।

"अब कड़ाही को ढँक दो और चलकर उस कमरे में बैठ लो थोड़ी देर।" डॉ. वाकणकर ने प्यार से कहा। ज्योत्स्ना वाकणकर ने उन्हें उदासीनता के साथ देखा। फिर उन्होंने कड़ाही को थाली से ढँक दिया।

ज्योत्स्ना वाकणकर के बाल सूखे और बिखरे हुए थे। सफ़ेदी जगह-जगह से झाँक रही थी। गोरे शरीर में स्थूलता आ गयी थी और उनके चेहरे पर थकान और क्लान्ति की मुद्रा जैसे स्थिर हो गयी थी। डॉ. वाकणकर ने उनके सिर को सहलाया। हथेली के स्पर्श में ही कुछ ऐसा था कि ज्योत्स्ना वाकणकर की आँखें नम हो गयीं। "कंघी कहाँ रखी है?" डॉ. वाकणकर ने पूछा। फिर कहा, "या फिर चलो पहले नहा लेते हैं।"

नहाते हुए डॉ. वाकणकर ने ज्योत्स्ना वाकणकर के शरीर को देखा। ये दोनों शरीर, जो अब थक चुके थे। थकान और संघर्ष ने जिनमें समय से पहले प्रौढ़ता और स्थूलता भर दी थी, अब भी उनमें जीवन की आभा थी। ज्योत्स्ना के शरीर में पड़ती पानी की धार को देखकर अभी भी लगता कि वह एक ठोस, जीवन्त और मांसल शरीर पर गिर

रही है। डॉ. दिनेश मनोहर वाकणकर ज्योत्स्ना वाकणकर की देह पर साबुन का झाग बनाते हुए उस थके और दुखी शरीर के भीतर के अन्धकार में छुपे यौवन और जीवन के आदिम ताप को अपनी हथेलियों में जागता हुआ महसूस कर रहे थे। "हटो।" अचानक ज्योत्स्ना ने कहा। वे बेतहाशा हँस रही थीं..."गुदगुदी लगती है।"

डॉ. वाकणकर सफल हो गये थे। यह पुष्पा श्रीवास्तव की हँसी थी, जो ज्योत्स्ना वाकणकर के कंठ से निकल रही थी। बचपने से सराबोर, उमंग, उत्तेजना और वासना से भरी एक खुली हुई निश्छल किलकारी। डॉ. वाकणकर ने ज्योत्स्ना की बाँहों को उठाकर उनकी बगल को चूम लिया। साबुन का झाग उनके मुँह में भर गया और वे ख़ुद हँसने लगे। ज्योत्स्ना की देह अचानक कई वर्ष पीछे के अतीत में चली गयी थी। युवा—एक निदाघ और अछूते क़ौमार्य के अजनबीपन से भरी देह, जिसमें अभी भी कई रहस्यों का आकर्षण बाकी था। पानी की नन्हीं-नन्हीं बूँदों में वह शरीर सिहर रहा था।

अलमारी से डॉ. वाकणकर ने ख़ुद सफ़ेद फ्रॉक निकाला। वर्षों से उसे ज्योत्स्ना ने नहीं पहना था। उस सूती फ्रॉक के सफ़ेद रंग में समय का पीलापन चढ़ चुका था, लेकिन जाँघिया अभी भी सफ़ेद था। एक ऐसा सफ़ेद रंग, जो जैविक और प्राकृतिक लगता है। हर रोज़ नया होता हुआ। जीवित और ताज़गी से भरा।

ज्योत्स्ना वाकणकर शुरू में शरमा रही थीं और उनमें हल्की-सी अनिच्छा भी थी, लेकिन धीरे-धीरे वे डॉ. वाकणकर के साथ इस समय से परे ले जाने वाले जादू-भरे खेल में शमिल हो गयी थीं। उन्होंने दो चोटियाँ निकाल ली थीं। लाल रिबन के दो फूल उनकी पीठ और कन्धों पर तितलियों की तरह मँडराने लग गये थे। सफ़ेद फ्रॉक और जाँघिये में बँधकर, उस कसाव में उनका शरीर स्वयं उनके लिए एक अपरिचित उत्तेजना से भर गया था।

रिकॉर्ड प्लेयर में अब पन्नालाल घोष की बाँसुरी बज रही थीं। बाँसुरी की अनुगूँज स्पीकर से नहीं, ख़ुद उन दो शरीरों के भीतर के रहस्यों और अन्धकार से उठती हुई बाहर आ रही थी।

डॉ. वाकणकर ने ज्योत्स्ना की कलाई पकड़ी और उन्हें अपनी गोद में बिठा लिया। "सब ठीक हो जायेगा ज्योति, अब मैं समझौता कर लूँगा। मैं भी उन सब लोगों की तरह हँसना चाहता हूँ। जीना चाहता हूँ।"

फ्रॉक सरक गयी थी और ज्योत्स्ना की कोमल विस्तृत जंघाओं से हल्की रोशनी फूटने लगी थी। ऐसी मद्धिम रोशनी, जिसकी आँच में डॉ. वाकणकर की साँसें गर्म होने लगीं। उन्होंने कसकर ज्योत्स्ना को अपनी छाती में भींच लिया।

बाँसुरी अभी भी विलम्बित में थी। दूर तक जाकर अदृश्य होती हुई तान। फिर उतनी ही दूर से वापसी। पन्नालाल घोष अब जीवित नहीं थे, लेकिन उनकी बाँसुरी में जीवन की वैसी ही स्पष्ट निरन्तरता और प्राणवत्ता थी। वैसी ही बारीक़ी और लोच, जो मृत्यु के बाद सम्भव कभी नहीं हो सकती।

बिस्तर पर ज्योत्स्ना हर आघात के बाद डॉ. वाकणकर को कसकर जकड़ लेती थीं और उनके भीतर से अथाह रुलाई-सा सोता फूट निकलता था। वे रो रही थीं। यह आनन्द थकान, असुरक्षा, पराजय और हताशा के बीच किसी अबोध और अवास्तविक चेष्टा के द्वारा प्राप्त किया जा रहा था। यह सम्भोग इतना दुर्लभ और अवास्तविक था कि कुछ पलों के बाद वह नश्वर हो जाने वाला था। एक ऐसा उड़न-छू, जो हवा की किसी पर्त में तैरता हुआ अचानक उन दोनों के जीवन में कुछ पलों के लिए आ गया था और बस, फिर उसे अदृश्य हो जाना था। वे दोनों हाँफ रहे थे। ज्योत्स्ना के गले से हर बार रुलाई फूटकर बाहर निकलती और सुख की किलकारी में खो जाती। वे दोनों एक-दूसरे के भीतर अपने-अपने खोये हुए जीवन और अतीत की स्मृतियों को खोज निकालने की व्याकुल कोशिश में थे। एक-दूसरे के भीतर वे अपनी सुरक्षा और सार्थकता तलाश रहे थे।

यह एक कठिन और दुर्धर्ष कोशिश थी। आँसुओं में डूबी बेचैन छटपटाहट से पैदा होते क्षणभंगुर सुख का चरम शिखर। समय से मुक्त। यथार्थ से अलग किसी दूसरे लोक का अनुभव। डॉ. वाकणकर ने अचानक ज्योत्स्ना के चेहरे को असंख्य उन्माद-भरे चुम्बनों से भर दिया।

आँसू का खारापन उनके भीतर समा गया और यह स्त्री, जो उनकी पत्नी थी और जो इस समय अपनी देह के नशीले गुरुत्वाकर्षण में उन्हें अपने भीतर खींचे ले रही थी, उनके लिए एक अपूर्व निकटता और आत्मीयता उन्होंने महसूस की।

एकता और आनन्द के चरम क्षणों में पन्नालाल घोष की बाँसुरी द्रुत में आ गयी थी।

खाना खाते हुए डॉ. वाकणकर ने ज्योत्स्ना वाकणकर से कहा कि उन्होंने पन्द्रह दिन की छुट्टी ले रखी है और अगले हफ़्ते तक वे परिवार के साथ पंचमढ़ी चलने की योजना बना रहे हैं।

ये वे दिन थे, जब मध्य प्रदेश ही नहीं देश के अन्य तीन राज्यों में भारतीय जनता पार्टी की सरकार बन गयी थी। डीज़ल से चलने वाले ट्रक के ऊपर रखे गये रथ के मॉडल के साथ एक बूढ़े राजनीतिक हिन्दू नेता ने देश-भर की यात्रा की थी। अयोध्या में मन्दिर-मस्जिद विवाद से पूरे देश का एक अतार्किक, अमानवीय और डरावना ध्रुवीकरण पैदा हो रहा था।

डॉ. दिनेश मनोहर वाकणकर इस समूची उथल-पुथल को अपनी चेतना में महसूस कर रहे थे।

•

जूता, दंगा और पोस्टमार्टम

संघ में इन दिनों स्पष्ट परिवर्तन दिखायी दे रहे थे। शाखा के सदस्य औपचारिकता पूरी करने की जल्दबाज़ी में आते। हिन्दूवादी दल की राजनीतिक विजय हुई थी। संघ इस जीत की नींव में था। यही वह ढाँचा था, जो उस राजनीतिक दल की आत्मा की तरह चुपचाप धीरे-धीरे काम करता रहता था और विपरीत-से-विपरीत परिस्थितियों में भी, उस दल के राजनीतिक बिखराव और विघटन के दौर के बाद किसी फीनिक्स की तरह उस दल को दुबारा पैदा कर देता था।

लेकिन अब वर्षों के बाद वे सत्ताधारी थे। राज्य की सत्ता उनके हाथ में थी। तन्त्र उनके हाथ में था। नौकरशाही, पुलिस और तमाम तरह के वित्तीय संस्थान उनके अधीन थे। उनकी सामाजिक स्थिति प्रत्यक्ष रूप से बदल गयी थी।

संघ का काम अब ज़्यादातर राजधानी में आने वाले किसी मन्त्री की स्टेशन पर अगवानी, जुलूस और जनसभा आयोजित करना, राजधानी में प्रतिनिधिमण्डल भेजना और सरकारी परियोजनाओं को अपने कब्ज़े तथा नियन्त्रण में लेना रह गया था। ज़्यादातर सदस्य और कार्यकर्ता व्यापारी वर्ग से आते थे। इन दिनों हर सदस्य की कोशिश रहती कि शासकीय योजनाओं में होने वाले लाभ ज़्यादा-से-ज़्यादा उसके हिस्से में आ जायें। कई लोगों ने लोक निर्माण विभाग के सड़क, पुल तथा भवन निर्माण के ठेके हासिल कर लिए थे। कई लोगों ने राज्य की लघु उद्योग योजना के अन्तर्गत मिलने वाले आर्थिक अनुदानों और सब्सिडी का फ़ायदा उठाकर अपनी-अपनी फैक्ट्रियाँ खोल रखी थीं। शिक्षित बेरोज़गारों को मिलनेवाला शासकीय लाभ ज़्यादातर संघ के सदस्यों ने हासिल कर लिया था। नयी-नयी दुकानों के परमिट, कई तरह के उत्पादनों और मालों का कोटा, परिवहन का लाइसेंस, दारू और वनोपजों का ठेका भी संघ के ही लोगों ने लेने की होड़ लगा रखी थी। साइकिल पर चलने वाले भाईजी स्कूटर पर और स्कूटर पर चलने वाले कार या जीप में चलने लगे थे। पुलिस वाले उन्हें देखकर नमस्कार करते। तहसीलदार, ओवरसियर, कानूनगो, पटवारी, डॉक्टर अपने-अपने तबादले या प्रमोशन की समस्याएँ लेकर संघ के नेताओं के पास जाते। कलेक्टर और एस.डी.एम. का दौरा होता, तो वे अपने साथ संघ के नेताओं को रखते। उन्हीं के घर पर उनका लंच या डिनर होता।

वह भारतीय प्रशासन, जिसे नौकरशाही कहा जाता था, अपना चरित्र और अपनी वफ़ादारी बदलने में माहिर था। अंग्रेज़ों के ज़माने से लेकर आज तक इसने अपनी अवसरवादिता की अद्‌भुत मिसालें कायम की थीं। वैसे कुछ ऐसे अधिकारी और शासकीय कर्मचारी, जो संघ और हिन्दूवादी राजनीतिक दल की आँख में खटक रहे थे, उनका तबादला सुदूर पिछड़े आदिवासी इलाक़ों में कर दिया गया था। पनिशमेंट पोस्टिंग।

डॉ. वाकणकर को भी मित्रों ने सलाह दी कि यह सही समय है, जब उन्हें तरक़्क़ी हासिल करके किसी अच्छे शहर में अपना तबादला करवा लेना चाहिए। उनका पूरा जीवन जिस संघर्ष में गुज़रा है, संघ

के प्रति निष्ठा के कारण जो-जो परेशानियाँ उन्होंने उठायी हैं, उनका प्रतिदान पाने का वक़्त अब आ गया है।

डॉ. दिनेश मनोहर वाकणकर अपने भीतर एक गहरी उद्विग्नता महसूस करते। संघ को उन्होंने कांग्रेस और दूसरे राजनीतिक दलों से हमेशा अलग माना था। यह संगठन कम्युनिस्टों की तरह ही एक दूरगामी लक्ष्य और आदर्श को लेकर चलने वाला संगठन था, लेकिन सत्ता तक पहुँचते ही यह भिन्नता मिटती नज़र आती थी। सत्ता में पहुँचकर कम्युनिस्ट भी तो भ्रष्ट और जनविरोधी हो गये थे।

इन दिनों डॉ. वाकणकर ने अपनी डायरी में लिखा :

"आजकल संघ में जो स्थिति है, मैं उससे बहुत विचलित हूँ। गुरुजी ने संघ के सदस्यों के लिए कुछ नैतिक और धार्मिक निष्ठाएँ निर्धारित कर रखी हैं। लगता है, उनसे किसी को भी लगाव नहीं है।

क्या राज्य एक ऐसा शक्ति तन्त्र है, जिसका अपना एक सार्वभौमिक स्थायी चरित्र है। यह अपने पास आने वाले हर समूह, दल, संगठन, विचारधारा और दर्शन को अपने उसी स्थायी, सर्वसमावेशी चरित्र द्वारा निगल लेता है। उन सबको अपना ही पुराना, परिचित चेहरा पहना देता है।

मैं इन दिनों संघ में लगातार अलग-थलग पड़ता जा रहा हूँ। सांगठनिक गतिविधियों के विस्तार में किसी की दिलचस्पी नहीं दिखायी देती। लगता है जैसे वर्षों के कुभुक्षुओं और अतृप्त लोलुपों की एक जमात संघ के रूप में एकत्र थी, जो भोज को देखकर अचानक अश्लील और अनैतिक ढंग से उस पर टूट पड़ी है। उल्टे ये लोग मुझे अव्यावहारिक कह रहे हैं।

कभी-कभी सोचता हूँ कि अपने व्यक्तिगत स्वार्थ को लेकर चलना ही मनुष्य की स्वाभाविकता है। जो व्यक्ति इसका परित्याग करता है और इससे परे उठता है, उसे ही औसत लोग अस्वाभाविक मानते हैं।

एक माह पहले ज़िले के जिन भ्रष्ट और रिश्वतख़ोर सरकारी अधिकारियों और कर्मचारियों की सूची हमने तैयार की थी, नेताओं ने उसे दबा लिया है। हीरालाल अग्रवालजी कह रहे थे कि इस सूची के दबाव में संघ अपना हित साध सकता है।

मैं एक गहरी बेचैनी अपने भीतर महसूस करता हूँ। कहीं ऐसा तो नहीं कि मेरा पूर जीवन ही व्यर्थ चला गया?"

उस रात सपने में डॉ. वाकणकर ने भाई मदन सोनीजी को देखा। उसे वे वर्षों से जानतें थे। शुरू-शुरू में अखिल भारतीय विद्यार्थी परिषद् की गतिविधियों से होता हुआ वह संघ में आया था। छोटा-सा दुबला-पतला शरीर, लगभग चौकोर चेहरा जो नीचे की ओर पतला हो गया था। पंचतन्त्र की कथाओं की चालाक लोमड़ी वाली चतुर शक्ल। भाई मदन सोनीजी ने बातचीत करने, मुहावरों और जुमलों का इस्तेमाल करने का कठिन अभ्यास कर रखा था। डॉ. वाकणकर अच्छी तरह से जानते थे कि ऐसे व्यक्ति की निष्ठा किसी भी मूल्य या संगठन से नहीं हो सकती। वह एक फ़र्ज़ी व्यक्तित्व था। उसे वे आजकल संघ के हर बड़े नेता के आसपास बहुत त्वरित गति में दाहिने-बाएँ होते देखते थे। वह संघ के नये नेता के रूप में उभर रहा था। कलेक्टर से लेकर पटवारी तक उसकी पूछ होती।

संघ का भविष्य भाई मदन सोनी था। फ़र्ज़ी, चौकोर चेहरे का चापलूस और बनावटी लोमड़। उसकी नस्ल हर जगह बढ़ रही थी। वह संघ में व्यवहारवाद का युगान्तकारी प्रवेश था।

सपने में मदन सोनी लगातार बोलता चला जा रहा था।

बड़...बड़...बड़...

कोतमा के इतिहास में भूकम्प पैदा कर देने वाली उस विस्फोटक घटना की शुरुआत बेहद मामूली थी। कोई सोच भी नहीं सकता कि बड़ी और गम्भीर घटनाएँ जिस बिन्दु से शुरू होती हैं, वह अकसर एक बहुत मामूली, नगण्य और हास्यास्पद बिन्दु होता है।

घटना यों थी।

कोतमा के महात्मा गाँधी इंटर कॉलेज में ग्यारहवीं कक्षा में पढ़ने वाले एक छात्र नितिन शर्मा ने एक सिन्धी दुकानदार मोतीलाल ठाकरवाणी से जूता ख़रीदा। जूता एक सौ साठ रुपये में ख़रीदा गया। कोतमा के ज़्यादातर सिन्धी राष्ट्रीय स्वयंसेवक संघ में थे। इसका कारण हिन्दूवादी दल के सबसे बड़े राष्ट्रीय नेता का सिन्धी होना था। कोतमा के उसी

इंटर कॉलेज में बारहवीं में पढ़ने वाले एक छात्र मुकेश यादव ने एक दूसरी दुकान से वैसा ही जूता एक सौ बाईस रुपये में ख़रीदा।

शहर बहुत छोटा था और क़ीमत में फ़र्क़ बहुत ज़्यादा था। शहर के छोटा होने के कारण ही दूसरे दिन दोनों छात्र नितिन शर्मा और मुकेश यादव एक-दूसरे से टकरा गये। कोतमा में हर कोई एक-दूसरे को जानता था। दोनों ने एक-दूसरे के जूते के बारे में बातचीत की।

"तूने जूता कितने में ख़रीदा?" मुकेश यादव ने पूछा।

"एक सौ साठ रुपये में?" नितिन शर्मा ने बतलाया।

"तुझे दुकानदार ने लूट लिया। देख, उसी कम्पनी का जूता मैंने एक सौ बाईस रुपये में ख़रीदा।" मुकेश ने कहा। फिर उसने पूछा, "तूने किस दुकानदार से ख़रीदा?"

"मोतीलाल ठाकरवाणी से।" नितिन ने बताया।

"हरामी है साला। चल अभी उससे पैसे वसूलते हैं।" मुकेश ने ताव दिखाते हुए कहा और दोनों मोतीलाल ठाकरवाणी की दुकान की ओर चले गये।

ठाकरवाणी ने पहले बात सँभालने की व्यापारिक कोशिश की, "दोनों की क्वालिटी में बड़ा फ़र्क़ है। एक नकली जूता है और दूसरा कम्पनी का जेनुइन माल है साईं। पहन के देखो महीने-भर में वो वाला जूता टें बोल जावेगा। लिक्ख के ले लो साईं, झगड़ा मत करो। हम जुबान दे रहा है साईं।"

'हमें चूतिया बनाता है! बेवक़ूफ़ समझ रखा है क्या! वही कम्पनी है, वैसा ही जूता है। लूट मचा रखी है। पैसा क्या फोकट में आता है? चल रुपये निकाल।"

मोतीलाल ठाकरवाणी ने थोड़ी-सी ना-नुकुर की तो नितिन शर्मा ने जूता उतारकर उसके मुँह पर मार दिया। मुकेश यादव भी ताव खा गया था। उसने भी गाली बकते हुए मोतीलाल ठाकरवाणी को दो-चार थप्पड़ लगा दिये।

झगड़ा देखकर अगल-बगल के दुकानदार इकट्ठे होने लगे। वह पूरी पट्टी सिन्धी दुकानदारों की थी। चौथी दुकान गुलाबचन्द कुन्दनानी की

थी। मोतीलाल ठाकरवाणी उसका चाचा लगता था। चाचा की बेइज़्ज़ती गुलाबचन्द से बर्दाश्त नहीं हुई। उसने ललकारना शुरू किया, "मारो सालों को। पकड़ो। जाने न पाएँ। गुण्डागर्दी मचा रखी है। दुकान के भीतर घुसकर लूट-पाट मचाते हैं।"

दुकानदारों की तादाद ज़्यादा थी। उन्होंने नितिन शर्मा और मुकेश यादव को पकड़ लिया। नानकचन्द भी बाहर निकल आया था, "अरे साईं, इन लौंडों-लपाड़ियों को ऐसे ही छोड़ते गये तो साले गुल्लक से रुपया निकालने लगेंगे।"

मोतीलाल ठाकरवाणी हाँफ रहा था। उसकी क़मीज़ की बाँह फट गयी थी। गुलाबचन्द कुन्दनानी ने कहा, "इनको थाने ले चला रे। हम सब गवाही देंगे।"

दोनों लड़के ताव-ताव में फँस गये। उन्हें पकड़कर धकियाते हुए थाने ले जाया गया। थाने में उस वक़्त इंस्पेक्टर नहीं था, सिर्फ़ हेड कांस्टेबल पाण्डे था। पाण्डे देवरिया ज़िले का था और चौबीस घण्टे धुत्त रहता था। कोतमा में उसकी अच्छी आवभगत होती थी, क्योंकि वह छुट्टे या अद्धा-पौवा लेकर ही छोटा-मोटा मामला निपटा देता था।

गुलाबचन्द कुन्दनानी अभी जवान था। उसका ख़ून कुछ गर्म था। अपने चाचा मोतीलाल की फ़ज़ीहत से उसे गुस्सा चढ़ आया था। वह हवलदार पाण्डे को अलग ले गया। पचास का नोट उसकी जेब में डाला और कहा कि दोनों लौंडों की थोड़ी-बहुत ठुकाई कर दी जाये। पाण्डे के लिए यह पेशेवरी का काम था।

पाण्डे ने दो घूँट मारे, फिर वर्दी में मुँह पोंछता हुआ नितिन शर्मा के पास गया। "जूता तो तेनू ख़रीदा था, ये तेरा चमचा वहाँ क्यों आया था। तुझे पता नहीं कि ये साला धन्धेबाज चोर है।"

पाण्डे ने मुकेश यादव को तड़ातड़ डण्डे जमाये। "बाप ससुर दुनिया को दूध में पानी मिलाकर चूतिया बनाता है और तू ससुर जजमेंट करने आया था।"

दोनों लड़के डर गये थे। तीन-चार सिपाही थाने में और मौजूद थे। हवलदार पाण्डे ने दोनों के कान पकड़कर उठक-बैठक करवाई और

कहा कि चुपचाप घर चले जाओ। ज़्यादा आँय-बाँय किया तो एक सौ सात-सत्तरा और तीन सौ छप्पन में बन्द कर दूँगा।

शहर छोटा था। जूतों की क़ीमत में फ़र्क़ ज़्यादा था और झगड़े की घटना भी कोतमा के लिए बड़ी घटना थी। देखते-देखते इस कोने से लेकर उस कोने तक ख़बर फैल गयी कि महात्मा गाँधी इंटर कॉलेज के दो लड़कों को सिन्धियों ने और पुलिस वालों ने मारा।

अगले दिन कॉलेज खुला तो वहाँ तनाव था। हर लड़का नितिन शर्मा और मुकेश यादव से घटना के बारे में पूछ रहा था। एक-डेढ़ घण्टे के भीतर-भीतर छात्रों की भीड़ इकट्ठी हो गयी। यह कॉलेज की प्रतिष्ठा का मामला बन गया था। कुछ अध्यापक भी पुलिस वालों द्वारा अपने छात्रों को पीटे जाने के ख़िलाफ़ थे। इन अध्यापकों ने छात्रों को सलाह दी कि वे घटना की रिपोर्ट प्रिंसिपल के पास करें। प्रिंसिपल जगदेव सिंह चौहान थे। उन्होंने भी इसे कॉलेज की इज़्ज़त का मामला माना और छात्रों से कहा कि वे घटना के बारे में एक मेमोरेंडम एस.डी.एम. गुप्ता को सौंपें तथा दोषी हवलदार और सिन्धी दुकानदारों को सज़ा देने की माँग करें।

लगभग डेढ़ सौ छात्रों का जुलूस, जिसमें छात्राएँ भी शामिल थीं, एस.डी.एम. गुप्ता के बँगले की ओर चला। गुप्ता दिल्ली में पढ़ा-लिखा था और पाँच साल के आई.ए.एस. पेपर पर रट्टा मारकर, कोचिंग सेंटर से कोचिंग लेकर दो साल पहले भारतीय प्रशासनिक सेवा में आया था। उसके पिताजी दिल्ली में दो नम्बर का धन्धा करते थे। अपने बेटे की शादी उन्होंने एक मारवाड़ी परिवार की कॉन्वेंट में पढ़ी-लिखी लड़की से की थी और तीन लाख का नकद दहेज तथा फियेट, ज़ेवरात, फर्नीचर और बहुत सारा सामान वसूला था।

गुप्ता और उसकी पत्नी रीतू दोनों अंग्रेज़ी बोलते थे, शराब पीते थे और कोतमा के लोगों को जाहिल, गँवार और पिछड़ा हुआ मानते थे।

बँगले की ओर डेढ़-दो सो छात्रों की भीड़ को आता देखकर एस.डी.एम. गुप्ता जरा-सा घबरा गया, फिर उसने अपनी मंसूरी वाली ट्रेनिंग को याद किया और राजेश खन्ना की तरह मुस्कुराता हुआ फाटक पर आकर खड़ा हो गया।

"हवलदार पाण्डे मुर्दाबाद। कोतमा थाना मुर्दाबाद।"

"पाण्डे को फाँसी दो! फाँसी दो! फाँसी दो!"

लड़कों का जुलूस चीख रहा था। एस.डी.एम गुप्ता ने मौके की नज़ाकत को समझा और उसने अपने गले में सारी ताक़त लगाकर हिन्दी में कहा, "आप लोग थाने पहुँचिए। शान्ति बनाये रखिए। मैं वहीं पहुँच रहा हूँ।"

लड़कों की भीड़ नारे लगाती तब तक इन्तज़ार करती रही, जब तक अपनी फियेट में गुप्ता थाने की ओर रवाना नहीं हो गया।

कोतमा की नीरस एस.डी.एम. की नौकरी में गुप्ता भी अब तक अच्छा-खासा बोर हो चुका था। वह बम्बइया फ़िल्मों, जासूसी उपन्यासों और ब्लू फ़िल्मों का शौक़ीन था। उसके बारे में मशहूर था कि वह अलग-अलग मौकों पर हिन्दी फ़िल्मों के अलग-अलग हीरो लोगों के डायलॉग्स बोलता है। वैसे ज़्यादातर जब वह अपने मातहतों से बात करता था, तो कुछ इस लहजे से बोलता था, जैसे उसे हिन्दी नहीं आती।

"शिट! आई आल्वेज फाइंड डिफिकल्ट टू स्पीक दिस लैंग्वेज...।" वह अकसर कहता।

थाने के फाटक पर पहुँचकर छात्रों की भीड़ रुक गयी। फाटक अन्दर से बन्द कर दिया गया था। कोतमा थाने में सिर्फ़ दस सिपाही, एक इंस्पेक्टर और एक हवलदार थे। दो पुरानी थ्री नॉट थ्री की राइफलें थीं, जिन्हें वर्षों से इस्तेमाल नहीं किया गया था।

एस.डी.एम. गुप्ता अन्दर थाने के गलियारे में इंस्पेक्टर की कुर्सी पर बैठ गया था और पुलिस वालों से बात कर रहा था।

इसी वक़्त छात्रों की निगाह हवलदार पाण्डे पर पड़ी। उसी ने मुकेश यादव को डण्डे से मारा था और नितिन शर्मा से कान पकड़कर उठक-बैठक करवायी थी। वह आज भी अपने फॉर्म में था। नशे में धुत्त। उसकी समझ में स्थिति की गम्भीरता नहीं आ रही थी और वह डण्डा पटकता हुआ बीच-बीच में गालियाँ बकने लगता था। उसे एक-दो बार इंस्पेक्टर ने डाँटा भी, लेकिन थाने के अहाते के भीतर वह बागड़-बिल्ला बना अपनी ठसक में था। दारू के नशे में तो था ही।

एक पत्थर सनसनाता हुआ भीड़ की तरफ़ से आया और हवलदार पाण्डे की कनपटी में लगा। "हाय, मार डाला मादर...ने।" उसने ज़ोरों से चीखते हुए गाली बकी और कनपटी पकड़कर बैठ गया। इतने में तीन-चार पत्थर सनसनाते हुए और आये और एस.डी.एम. गुप्ता के सामने मेज़ पर आकर लगे। थाने के अन्दर भगदड़ मच गयी। एस.डी.एम. गुप्ता मेज़ के नीचे छुप गया और चिल्लाया, "गन्स कहाँ हैं? हथियार निकालो।"

थाना चारों तरफ़ से अहाते से घिरा हुआ था। निकास का एक ही रास्ता था--मुख्य फाटक, वहाँ छात्रों की भीड़ जमा हो गयी थी। वहाँ नारे लग रहे थे और पत्थर चल रहे थे। पुलिस वालों को डरा हुआ और एस.डी.एम. गुप्ता को मेज़ के नीचे छुपा हुआ देखकर लड़कों का जोश और बढ़ गया था।

"हवलदार पाण्डे को बाहर निकालो! बाहर निकालो!

दारूखोर पाण्डे को बाहर निकालो! बाहर निकालो!

छोक़रीबाज़ एस.डी.एम., हाय-हाय! हाय-हाय!"

तीन-चार लड़के फाटक के बाहर खड़ी एस.डी.एम. गुप्ता की दहेज में मिली फियेट के बोनट पर बैठ गये थे और लकड़ी के डण्डों से उसे नगाड़े की तरह बजा रहे थे।

झन्न की आवाज़ के साथ फियेट का शीशा टूटकर बिखर गया। एस.डी.एम. गुप्ता को अपनी कार की फ़िक्र हुई। उसने इंस्पेक्टर से कहा, "आस्क देम टू फ़ायर! हवा में गोली चलवाओ। मेरी कार ख़तरे में है।"

इंस्पेक्टर ने फ़ायर करने के लिए कहा। कोतमा शहर में पहली बार गोली चलने की आवाज़ सुनी गयी।

भीड़ में भगदड़ मच गयी। लड़के इधर-उधर भाग रहे थे, लेकिन भीड़ का एक छोटा-सा हिस्सा अभी भी फाटक पर खड़ा हुआ नारे लगा रहा था।

इसी भीड़ में बाईस साल का लड़का तौफ़ीक़ अहमद खड़ा था। वह लड़कों को शान्त करने की कोशिश कर रहा था और बीच-बीच में एस.डी.एम. गुप्ता की ओर देखकर चिल्लाता था, "सर, आप फाटक

तक आ जाइए। लड़कों से बात करिए। आपको कुछ नहीं होगा। मैं गारंटी लेता हूँ।''

तौफ़िक़ अहमद कोतमा में इसी साल बनी साम्प्रदायिक शान्ति समिति का सदस्य था। प्रेमचन्द और मंटो की कहानियाँ उसे पसन्द थीं। कोतमा में उसे एक संजीदा, समझदार और विनम्र लड़का माना जाता था। पढ़ाई के साथ-साथ उसने पत्र-पत्रिकाओं की एक छोटी-सी दुकान खोल रखी थी।

यह साम्प्रदायिक शान्ति समिति तब बनी थी, जब अयोध्या में मन्दिर- मस्जिद को लेकर तनाव पैदा किया जा रहा था और कुछ दुकानदार एक औरत की ख़तरनाक आवाज़ का कैसेट बाज़ार में ज़ोर-ज़ोर से बजाते रहते थे।

कोतमा में मुसलमानों के मुश्किल से चालीस-पचास परिवार थे। ज़्यादातर ग़रीब थे। कसाई या मनिहारी का काम करते थे। तौफ़ीक़ अहमद की अम्माँ ख़ुद काँच के बक्से में चूड़ियाँ, बालियाँ, काजल, कंघी-काँटे जैसी स्त्रियों के शृंगार की चीज़ें लेकर गाँवों में जाकर बेचती थीं।

एस.डी.एम. गुप्ता ने तौफ़ीक़ को देखा। 'ये लड़का कौन है? लीडर लगता है।' उसने इंस्पेक्टर से पूछा।

हवलदार पाण्डे की कनपटी से ख़ून निकल रहा था और वहाँ पर गूमड़ उठ आया था। ''कटुआ है सर। कुंजड़िन की औलाद। लड़कों को भड़का रहा है।''

दूर से देखने पर गुप्ता को भी यही लगा था कि तौफ़ीक़ लड़कों को समझाने में नहीं, भड़काने में लगा हुआ है। तभी उसने देखा कि चार-पाँच लड़कों का एक झुण्ड एक गैलन में सम्भवतः पेट्रोल लेकर वहाँ पहुँचा। उन लोगों ने गैलन फिगेट पर उलट दी।

तौफ़ीक़ अहमद चीख-चीखकर उन लड़कों को ऐसा करने से मना कर रहा था। ये लड़के छात्र नहीं थे। वह कोतमा के समाज का निष्कासित और अनुपयोगी हिस्सा था, जिसे आज अपनी उपस्थिति और सार्थकता सिद्ध करनी थी।

एस.डी.एम. गुप्ता ने अन्दाज़ा लगा लिया कि अभी उसकी फियेट जलकर राख हो जायेगी। 'फ़ायर' उसने ज़ोर से कहा, "आई, सब डिवीजनल मैजिस्ट्रेट ऑर्डर यू ऑल टू फ़ायर।"

फ़ायर!

फ़ायर!

फ़ायर!

नशे में धुत्त बागड़-बिल्ला हवलदार पाण्डे को अफ़सर के सामने वाली वफ़ादारी और योग्यता दिखलाने का इससे अच्छा मौका और कहाँ मिलता! उसने झपटकर मुरारीलाल कांस्टेबल के हाथ से राइफल झटक ली और निशाना साधकर गोली दाग दी।

धाँय!

धाँय!

गोली सिर के पीछे की ओर लगी। वहीं, जहाँ दिमाग़ होता है।

तौफ़ीक़ औंधें मुँह ज़मीन पर गिर पड़ा। एक अजीब-सा शोर उठा, जैसे भीड़ के सामूहिक गले से कोई डकार निकली हो या शायद कराह। इसके बाद तड़ातड़ लाठियाँ चलीं। आसमानी फायरिंग भी हुई। बहुत-से लड़कों के सिर, कनपटी, आँख, जबड़ों से ख़ून बह रहा था। पिटने वालों में छात्राएँ और लड़कों के अभिभावक भी थे।

डॉ. वाकणकर अस्पताल में ही थे, जब घायल लड़कों के जत्थे वहाँ आने शुरू हुए। अस्पताल में डॉक्टरों की कुल तादाद चार थी। एक छुट्टी पर था। आज से पहले इतने सारे लोगों को एक साथ सँभालने का अनुभव वहाँ किसी को नहीं था। घबराहट फैल गयी।

लगभग सत्रह लड़के ऐसे थे, जिन्हें ज़्यादा चोटें आयी थीं। रक्तस्राव के कारण वे कभी भी बेहोश हो सकते थे। अस्पताल में कुल जमा आठ बेड थे।

बाहर के दालान में दरी बिछा दी गयी और घायलों को वहाँ लिटा दिया गया।

इक्का-दुक्का लड़के अपनी चोटें लिए बाद में भी आते रहे।

डॉ. वाकणकर ने इतने सारे घायलों से निपटने के लिए कोतमा के

कुछ प्राइवेट डॉक्टरों को भी बुला लिया था। तीन लड़कों की हालत गम्भीर थी।

एक तेरह साल की लड़की सुषमा कोरी के दोनों गालों की हड्डियाँ (चीक बोंस) टूट गयी थीं। उसका चेहरा डरावना लग रहा था। जब वह थूकती थी तो उसमें ख़ून के क़तरे होते थे।

डॉ. वाकणकर ओ.पी.डी. रजिस्टर में ख़ुद घायलों के नाम, उम्र, पता और चोट का ब्योरा लिख रहे थे। दोपहर दो बजते-बजते अस्पताल आने वाले घायलों की संख्या बत्तीस पहुँच गयी थी। पता चला ज़िला मुख़्यालय से एस.पी. और पुलिस के दस्ते कोतमा पहुँच चुके हैं। दुकानें बन्द हैं। बाज़ार में सन्नाटा है।

तौफ़ीक़ अहमद सवा दो बजे तक थाने के बाहर उसी तरह औंधे मुँह पड़ा रहा। जैसे वह कोतमा की ज़मीन को चूम रहा हो।

शाम साढ़े तीन बजे पी.डब्ल्यू.डी. की जीप में लादकर तौफ़ीक़ को अस्पताल लाया गया।

तौफ़ीक़ अहमद, उम्र बाईस साल, वल्द रफ़ीक़ अहमद उर्फ़ चचा तहमतिया, पुरानी बस्ती...एलॉटेड बेड नं. तीन एमर्जेंसी।

डॉ. वाकणकर ने उसे चेक किया। डॉ. तिवारी, डॉ. सोनवलकर और डॉ. अग्रवाल ने भी देखा।

पौने चार बजे तक तौफ़ीक़ की क्लिनिकल मृत्यु नहीं हुई थी, क्योंकि उसका दिमाग़ पूरी तरह से नहीं मरा था। इसलिए उसे ऑक्सीजन देने की कोशिशें की गयीं।

चार बजने में पाँच मिनट पर यानी तीन बजकर पचपन मिनट पर उसे मृत घोषित कर दिया गया।

तौफ़ीक़ के पिता चचा तहमतिया और उसकी अम्मा अस्पताल के बाहर बैठी भीड़ में थे। अस्पताल के भीतर किसी को नहीं आने दिया जा रहा था। पुलिस का पहरा था।

किसी ने ख़बर लीक कर दी होगी, क्योंकि बाहर से रोने और विलाप करने की आवाज़ें उठने लगीं।

तौफ़ीक़ की शादी हो चुकी थी। उसकी एक बेटी भी थी।

पाँच बजे के आसपास एस.पी. और ज़िला चिकित्सालय के सिविल सर्जन एक ही जीप द्वारा वहाँ पहुँचे।

सिविल सर्जन बी.एन. गुप्ता ने अस्पताल का मुआयना किया। वहाँ की व्यवस्था देखी, फिर डॉ. वाकणकर को अपने साथ अलग ले जाकर बातचीत की।

“सब ठीक-ठाक तो है न?” सिविल सर्जन ने पूछा।

“जी हाँ, शुरू में थोड़ी दिक़्क़त हुई थी। फिर कुछ लोकल डॉक्टर्स को बुलाकर हमने मैनेज कर लिया।” डॉ. वाकणकर ने कहा।

“आपने ओ.पी.डी. रजिस्टर में सभी घायलों की एंट्री क्यों दिखायी? और अगर एंट्री चढ़ा भी दी तो सारी चोटों का ब्योरा क्यों लिखा...?”

“क्यों? क्या नहीं लिखना चाहिए? नियम तो यही है!” डॉ. वाकणकर थोड़ा-सा चौंके।

“अरे बाबा, आप भी...” सिविल सर्जन गुप्ता झुँझला गये, “क्या आपने कभी ऐसा केस टैकल नहीं किया है, इससे पहले...? करते भी कैसे, ज़िन्दगी-भर तो आप आदिवासी इलाके में पड़े रहे?”

“मैं समझा नहीं सर!” डॉ. वाकणकर की समझ में कुछ नहीं आ रहा था। “इधर आइए जीप में। एस.पी. साहब आपको समझायेंगे।” सिविल सर्जन गुप्ता ने कहा और डॉ. वाकणकर को लेकर जीप की ओर चले गये।

तौफ़ीक़ की अम्मा छाती पीट-पीटकर रो रही थी। उसकी बीवी को कई औरतों ने पकड़ रखा था, वह पता नहीं कहाँ भागकर जाना चाहती थी। उसका चेहरा विरूप हो उठा था।

तौफ़ीक़ की तीन साल की बेटी एरोमा चुप थी। डरी हुई। उसकी समझ में कुछ नहीं आ रहा था या शायद वह अपनी उम्र की सीमा से ज़्यादा समझ गयी थी। इसलिए पत्थर हो गयी थी।

डॉ. वाकणकर, एस.पी. और सिविल सर्जन गुप्ता पी.डब्ल्यू.डी. के रेस्ट हाउस में पहुँचे। पता चला, आधे घण्टे के भीतर कलेक्टर रंधावा वहाँ आने वाले हैं। एस.डी.एम. गुप्ता भी वहाँ मौजूद था। उसके चेहरे पर हवाइयाँ उड़ रही थीं।

सबसे पहले चाय मँगाई गयी, फिर रेस्ट हाउस का कमरा भीतर से बन्द कर लिया गया।

सिविल सर्जन बी.एन. गुप्ता ने ही बात शुरू की।

"देखिए, भोपाल से मैसेज आ रहे हैं। हमें मिल-जुलकर मामले को सँभालना पड़ेगा। इमोशंस में (भावुकता में) आने की बात नहीं है। सीरियस मामला है। एस.डी.एम. गुप्ता की पोस्टिंग यहाँ ऊपर से हुई थी। अपने ही आदमी हैं। थोड़े यंग हैं। इसलिए ग़लती हुई।"

"आप साफ़-साफ़ कहिए" एस.पी. ने कहा। फिर उसने ख़ुद ही कहना शुरू किया, "देखिए डॉ. वाकणकर, आपके बारे में हमने जो सुन रखा है, वो अच्छी रिपोर्ट्स नहीं हैं, लेकिन आज आपको ज़रा समझदारी से काम लेना पड़ेगा।"

"कई लोगों की नौकरी का सवाल है। एडमिनिस्ट्रेशन और पुलिस दोनों के लोग इसमें इनवॉल्व हैं।"

कमरे की हवा अचानक भारी हो गयी। डॉ. वाकणकर को लगा कि बल्ब की रोशनी कुछ मद्धिम हो गयी है। एस.पी. और सिविल सर्जन के चेहरे बहुत दूर दिखायी देने लगे।

एस.पी. की आवाज़ बहुत भारी थी। भारी और सख़्त, जैसे उस आवाज़ में धीरे-धीरे लोहा भरता जा रहा हो।

"थाने का मेन गेट एक ही था। उसे लफंगों ने घेर रखा था। दो सौ की भीड़ थी। अगर फायरिंग न की गयी होती तो उन्होंने एस.डी.एम. और पुलिस वालों को लिंच (काटकर टुकड़े-टुकड़े) कर दिया होता। मैंने मौके का मुआयना किया है। देखिए डॉ. वाकणकर, मैं नहीं चाहता कि इस केस में मेरे लोगों पर आँच आये। इंक्वायरी होगी तो बाद में होगी, अभी तो इसे डिफ़्यूज़ करना है।"

सिविल सर्जन डॉ. वाकणकर को देख रहे थे।

डॉ. वाकणकर ने कहा, "मुझसे आप साफ़-साफ़ बतायें। मुझे क्या करना है? जो हो पायेगा, वह करने के लिए मैं तैयार हूँ।"

"ये हुई न बात!" एस.पी. ने कहा। कमरे की रोशनी लौट आयी। हवा हल्की हो गयी। सिविल सर्जन गुप्ता ने कहा, "चाय मँगाई जाये!" चाय का ऑर्डर हो गया।

"देखिए दो चीज़ें हैं। पहला तो यह कि ओ.पी.डी. रजिस्टर आप यहीं मँगा लें और घायलों की सूची में अपने थाने के सिपाहियों की भी एंट्री चढ़ा दें। हमने सारी ब्रीफिंग दे दी है। दो-तीन एंट्री सीरियस होनी चाहिए।" एस.पी. ने कहा।

"और दूसरा यह...कि" सिविल सर्जन ने चाय का कप मेज़ पर रख दिया। उसका चेहरा बहुत गम्भीर हो उठा था। "दूसरा यह कि तौफ़ीक़ की डेथ पत्थर लगने से दिखानी है। स्टोन इंज्यूरी!"

कमरे में अचानक सन्नाटा छा गया। बल्ब फिर मद्धिम पड़ गये। डॉ. वाकणकर को लगा, जैसे वह किसी बहुत पुराने क़िले में फँस गये हैं और बाहर निकलने का रास्ता भूल गये हैं। यही वह तन्त्र था, जिसके वे भी एक हिस्सा थे।

"पोस्टमार्टम आज ही होना है। पोस्टमार्टम के लिए जो पैनल बना है, उसमें तीन डॉक्टर्स हैं। मैं भी हूँ। ब्लॉक मेडिकल ऑफ़िसर और सीनियर डॉक्टर होने की वजह से आप भी हैं। फ़िक्र करने की कोई बात नहीं। गवर्नमेंट यही चाहती है..." सिविल सर्जन इत्मीनान में थे।

बाहर जीप रुकने की आवाज़ आयी। कलेक्टर रंधावा आ गये। ऊँचा पूरा पंजाबी जिस्म। पचास के आसपास उम्र। संघ के साथ पुराना रिश्ता। एक बार तो यह भी अफ़वाह थी कि वे अपनी नौकरी से इस्तीफ़ा देकर चुनाव लड़ने वाले हैं और स्टेट कैबिनेट में उनके लिए मन्त्री का पद पहले से रिज़र्व है।

"हैलो बॉस! क्या चल रहा है?" रंधावा के चेहरे पर कोई शिकन नहीं थी। "इट सीम्स एवरी थिंग इज़ ऑलराइट।" कलेक्टर रंधावा भी कमरे में बैठ चुके थे। मीटिंग फिर शुरू हो गयी। डॉ. वाकणकर का परिचय उनसे कराया गया।

"ये पूरे देश में हो रहा है। जब से पार्टी पॉवर में आयी है, तब से ये चल रहा है। जगह-जगह दंगे। अब कोतमा जैसे पिछड़े इलाक़े को भी पोलिटिसाइज कर दिया गया।" कलेक्टर रंधावा ने सभी के चेहरे देखे, फिर वे ठहर गये। उनकी नज़र डॉ. वाकणकर के चेहरे पर जम गयी...

"क्या बात है? आपकी तबीयत तो ठीक है न?" रंधावा ने पूछा।

"दिन-भर का एक्जर्शन होगा। सुबह से घायलों को सँभाल रहे हैं..." सिविल सर्जन गुप्ता ने कहा।

"क्या नाम था उस लड़के का...?" कलेक्टर ने पूछा।

"तौफ़ीक़ अहमद!"

"हाँ-हाँ, तौफ़ीक़ अहमद! किस पार्टी ने लगाया था उसे, कुछ पता चला?" सवाल एस.पी. से पूछा गया था।

"हमारी बात अग्रवाल जी से हुई थी। भोपाल से लॉ मिनिस्टर टी.पी. सिंह का भी फ़ोन आया था। मामला पोलिटिकल है। उनकी कांस्टीट्यूएंसी में उनको कमज़ोर करने के लिए ऐसा किया गया है।"

"सिंह साहब आ रहे हैं क्या?"

"हाँ, कल दोपहर।"

एस.पी. ने कलेक्टर रंधावा को देखा, फिर उनसे कहा, "हमने कम्यूनल रॉयट का ही मामला बनाया है। लड़कों के दो गुटों में। जो अलग-अलग कम्युनिटी के थे। आपस में क्लैश हुआ..."

"ठीक है...ठीक है..." कलेक्टर ने कहा, "यही तो हर जगह हो रहा है। जब से ये पार्टी थोड़ी मज़बूत हुई है। यहाँ भी यही था। वो लड़का तौफ़ीक़ किसी का प्लॉट था। अब देखना कल से धरना, भूख हड़ताल और जुलूस शुरू होंगे। सिंह साहब के पुतले जलेंगे...अच्छा। पोस्टमार्टम की टीम बनी...?"

सिविल सर्जन गुप्ता बोलने ही जा रहे थे कि डॉ. वाकणकर सोफ़े पर अधलेटे से हो गये।

"क्या हुआ...?"

"कुछ नहीं, लगता है चक्कर-सा आ गया। मैं ठीक हो जाऊँगा।" डॉ. वाकणकर ने कहा। उनकी आवाज़ कहीं फँस रही थी। लगता था कि वे दूर किसी खँडहर के कोने में टूटी-फूटी चीज़ों के बीच पड़े हैं। उन्होंने अपनी ताक़त समेटी और उस मद्धिम पड़ती जाती रोशनी में दूर दिखायी देते चेहरों से कहा, "सर, मुझे छुट्टी दे दीजिए। सिक लीव! मुझे इस पोस्टमार्टम के पैनल में शामिल मत करिए।"

दो पल के लिए कमरे में फिर सन्नाटा छा गया।

कलेक्टर रंधावा ने स्थिति सँभाली, ''आई अंडरस्टैंड! आप थक गये हैं...एक्जर्शन है। ज़रा-सा आराम कर लीजिए, सब ठीक हो जायेगा।''

इसके बाद कलेक्टर ने मज़ाक़ किया, ''बड़े क़िस्से सुने थे डॉ. वाकणकर के...! संघ के लिए कितना स्ट्रगल किया...प्रधानमन्त्री तक को नचा डाला...हो हो हो!''

''और आज बिना लड़े ही मैदान छोड़ रहे हैं...हो हो...'' एस.पी ने अपना हिस्सा जोड़ा। ''अग्रवाल जी कह रहे थे कि अपोजीशन पार्टियों और माइनॉरिटीज में साँठ-गाँठ है...''

''इसीलिए तो मैं कहता हूँ डॉ. वाकणकर कि अब लड़ाई का असली दौर आ गया है...आप सोचते हैं कोतमा में जो कुछ हुआ, वह जूते के लिए हुआ...? दुनिया इतनी आसान नहीं रह गयी है डॉक्टर साहब...! तौफ़ीक़ विरोधी पार्टियों का एजेंट प्रोवोकेटुयोर था...वह जूते के लिए नहीं, भोपाल में सिंह साहब और अयोध्या में बाबरी मस्जिद के लिए वहाँ मौजूद था...'' कलेक्टर रंधावा की आवाज़ ऊँची हो गयी...''एण्ड आई कैन प्रूव इट! इट वाज ए वेल प्लान्ड हुलिगनिज्म...। इन लोगों को इसी तरह ठीक करना पड़ेगा...''

''डॉ. वाकणकर को थोड़ी देर आराम करने दिया जाये। हम लोग बाहर बैठें।'' एस.पी. ने प्रस्ताव रखा।

कमरे में डॉ. वाकणकर सोफ़े पर अकेले पड़े थे किसी क़िले के भीतर। उनका रक्तचाप असन्तुलित हो गया था। आँखें लाल होने लगी थीं। वे सोना चाहते थे, लेकिन आँखें मूँदते ही एक तेज़ बेचैनी का बवंडर उनके भीतर पैदा हो जाता था। थोड़ी देर बाद वे उठे। बैग से काग़ज़ और क़लम निकाला और एक छोटा-सा एप्लीकेशन सिविल सर्जन बी.एन. गुप्ता के नाम लिखी :

श्रीमान ज़िला चिकित्सा अधिकारी।

महोदय,

निवेदन है कि स्वास्थ्य ख़राब होने के कारण मैं चिकित्सालय आ सकने में असमर्थ हूँ। कृपया मुझे पन्द्रह दिन का अवकाश प्रदान किया जाये।

डॉ. दिनेश मनोहर वाकणकर
एम.बी.बी.एस., एम.डी.
जनपद चिकित्सा अधिकारी
कोतमा।

लाश, धर्म और गहन चिकित्सा कक्ष

छुट्टी की एप्लीकेशन कलेक्टर रंधावा के हाथ में थी। वे पहली बार परेशान दिखायी पड़ रहे थे। उनके गोरे-चिट्टे पंजाबी चेहरे पर पसीने की बूँदें झलक आयी थीं।

"ये क्या है...डॉक्टर? इट्स स्ट्रेंज!"

सिविल सर्जन डॉ. बी.एन. गुप्ता थोड़े गुस्से में थे, "आपको पता है आप छुट्टी नहीं ले सकते। अगर छुट्टी लेनी थी तो आप सुबह से ही ले लेते। आपने सारे घायलों की एंट्री और उनके चोटों के ब्योरे अपने हाथ से लिखे हैं। सारे प्रिस्क्रिप्शंस आपकी हैंडराइटिंग में हैं। कमाल है डॉक्टर...आप अब छुट्टी की बात कर रहे हैं...! अगर आप छुट्टी पर गये तो अफ़वाहें फैल जायेंगी।"

डॉ. वाकणकर की तबीयत कुछ सँभल गयी थी। वे अब थोड़े सन्तुलित लग रहे थे। उन्होंने बहुत तटस्थ आवाज़ में कहा, "मैंने अब तक जो किया, ठीक किया। क्लर्क छुट्टी पर था, इसलिए रजिस्टर मैंने ख़ुद भरा। चोटों के जो डिटेल्स लिखे, वे भी सही और एक्जैक्ट हैं। लेकिन बेहतर है आप लोग मुझे मुक्त कर दें..."

"क्या मतलब?" कलेक्टर रंधावा की आवाज़ ऊँची हो गयी, "आप पोस्टमार्टम के पैनल में नहीं रहना चाहते?"

"ये आपकी ड्यूटी है", सिविल सर्जन ने आधिकारिक ढंग से कहा।

"अगर ये मेरी ड्यूटी है तो मेरी ड्यूटी यह भी है कि मैं तौफ़ीक़ अहमद की मौत का सही क्लिनिकल कारण लिखूँ। आप जानते हैं कि उसकी मौत सिर में गोली लगने से हुई है...सेरेब्रल ब्रेन इंज्यूरी, काज्ड, बाय दि गन शॉट।" डॉ. वाकणकर की आवाज़ में ठण्डापन था, ऐसा ठण्डापन जो किसी निर्णय पर पहुँचने के बाद आता है।

"आप कैसी बात कर रहे हैं?...बच्चों जैसी बातें।" एस.डी.एम. गुप्ता, जिसके आदेश पर गोली चली थी, भी वहाँ मौजूद था।

"आप इन्हें समझाइए एस.पी. साहब...! कई ऑफ़िसर्स और पुलिस वालों के कैरियर का सवाल है।" कलेक्टर रंधावा ने एस.पी से कहा।

एस.पी. ने जेब में हाथ डालकर कुछ काग़ज़ निकाले।

"पता है ये क्या है? ये एप्लीकेशंस हैं, मेमोरेंडम्स हैं। तौफ़ीक़ के घर वालों, उसकी बीवी, माँ और बाप की तरफ़ से अर्जी आयी है कि पोस्टमार्टम डॉ. वाकणकर से करवाया जाये। ये कोतमा के नागरिकों की तरफ़ से भेजी गयी दरख़्वास्त है। अपोजीशन पार्टियों ने भी मेमोरेंडम भेजे हैं। सबकी कापी दिल्ली और भोपाल तक गयी है।"

"आपने लोकल लोगों पर अच्छा चक्कर चला रखा है। आप आर.एस.एस. में हैं और मुसलमान आपसे अपनी लाश का पोस्टमार्टम कराना चाहते हैं?" सिविल सर्जन ने व्यंग्य किया।

डॉ. वाकणकर चुप रहे।

"आप अच्छी तरह से सोच लीजिए। पैनल में तो आपको रहना ही रहना है।" कलेक्टर ने कहा, "एस.पी.साहब! इनको इनके रेज़िडेंस में छोड़ आइए। और हाँ, जब तक आप फ़ैसला नहीं करेंगे, तौफ़ीक़ की लाश यों ही पड़ी रहेगी।"

एस.पी. अपनी जीप से डॉ. वाकणकर को छोड़ने उनके आवास तक गया।

जीप उनके आवास के फाटक पर रुकी। डॉ. वाकणकर उतरकर घर की ओर बढ़ रहे थे कि एस.पी. ने उन्हें वापस बुलाया। इस बार उनका चेहरा बिल्कुल अजनबी हो चुका था। वह एक सपाट, ठण्डा, मशीनी चेहरा था।

उसने कहा, "तौफ़ीक़ अहमद डाइड ऑफ़ स्टोन इंज्यूरी। एक मुसलमान के लिए अपनी सरकार और अपनी फैमिली के सामने प्रॉब्लम मत खड़ी करो...समझ में आयी बात..."

जीप झटके से रवाना हो गयी। थोड़ी-सी धूल और धुआँ अपने पीछे छोड़ती हुई।

डॉ. वाकणकर उसी गर्द और पेट्रोल के धुएँ में घिरे गेट पर खड़े रहे। थोड़ी देर बाद उन्हें घर के अन्दर से अपनी बेटियों के हँसने की आवाज़ सुनायी पड़ी और वे धीरे-धीरे चल पड़े।

पूजा उनके लिए चाय दे गयी थी। वे अपने कमरे में बिस्तर पर चुपचाप पड़े थे। एस.पी. का चेहरा बार-बार उनके सामने आ जाता था। उनकी नाक से पेट्रोल का धुआँ निकलता था और डॉ. वाकणकर का दम घुटने लगता था।

डॉ. दिनेश मनोहर वाकणकर एम.बी.बी.एस., एम.डी., ब्लॉक मेडिकल ऑफ़िसर कोतमा, जिनके लिखे हुए कई रिसर्च पेपर अन्तर्राष्ट्रीय मेडिकल जर्नल्स में छप चुके थे। जिन्होंने उपनिषदों, महाकाव्यों से लेकर बुद्ध और गाँधी तक को पढ़ा था। जिनके अन्दर धर्म के प्रति बहुत गहरी आस्था थी। जिन्होंने अपने जीवन के कई वर्ष हिन्दुओं के पुनर्जागरण और राष्ट्रीय स्वयं सेवक संघ के लिए खर्च कर डाले थे। जिन्होंने अपनी बेटियों का नाम पूजा, उपासना, प्रार्थना और तपस्या रखा था, उन्हीं डॉ. वाकणकर के दिमाग़ में इस समय जैसे कोई फ़िल्म चल रही थी। वे जान गये थे कि कोतमा में घटी ये छोटी-सी घटना उनके अपने जीवन और परिवार के लिए एक भयावह भूकम्प साबित होगी। वे जानते थे कि पूरा कोतमा जानता है कि तौफ़ीक़ की मौत गोली लगने से हुई है। घायल लड़कों ने बताया था कि उन्होंने एस.डी.एम. को फायरिंग का ऑर्डर देते और नशेबाज़ सिपाही पाण्डे को गोली चलाते अपनी आँखों से देखा है।

उनकी आँखों के सामने घायल लड़कों-लड़कियों के चेहरे एक एक कर आने लगे। तौफ़ीक़ अहमद की बीवी का विरूप होता चेहरा दिखायी पड़ा। वह अपने पति की मौत की ख़बर पाकर सब लोगों से

छूटकर कहाँ भागना चाहती थी? क्या वहाँ जहाँ वह अपने बाईस साल के जवान शौहर को एक बार फिर ज़िन्दा देख सके...और उसके ख़ून से सने चेहरे को चूम सके...और तीन साल की वह छोटी-सी लड़की एरोमा, उसने क्या समझ लिया था, जो उसकी उम्र के मुताबिक़ ज़्यादा था और जिसे समझकर वह पत्थर हो गयी थी?

डॉ. वाकणकर जान गये थे कि अब ये घटना साधारण नहीं रह गयी है। कोतमा लॉ मिनिस्टर टी.पी.सिंह का चुनाव क्षेत्र था। संघ और हिन्दूवादी दल के बहुत पुराने कार्यकर्ता, लेकिन अब वे सत्ता में थे और राजनीतिक सत्ता को प्रशासनिक सत्ता की मदद करनी ही थी। नौकरशाही और राजनीतिक तन्त्र। ये राज्य तन्त्र के ही दो हिस्से थे। एक-दूसरे के पूरक। एक-दूसरे से अभिन्न। कोतमा की इस घटना में एस.डी.एम. गुप्ता, इंस्पेक्टर और पुलिस तथा हिन्दूवादी राजनीतिक दल जो अब सत्ताधारी था, एक तरफ़ थे।

डॉ. दिनेश मनोहर वाकणकर के सामने, जिनका जीवन अपने चिकित्सा के पेशे, धर्म और राष्ट्रीय स्वयं सेवक संघ के प्रति निष्ठा और सेवा में गुज़रा था, एक गहरी विडम्बना मौजूद थी।

डॉक्टरी के पेशे में आज तक उन्होंने ईमानदारी और समर्पण की भावना से काम किया था। सरकारी नौकरी में रहते हुए उन्होंने हर नियम, कायदे और प्रशासनिक अनुच्छेदों का पालन किया था। उन्होंने नकली और घटिया दवाइयाँ मरीज़ों को कभी नहीं दीं। सरकारी डॉक्टर होने के कारण मरीज़ों से निजी फ़ीस कभी नहीं ली। प्राइवेट प्रैक्टिस नहीं की, बल्कि सरकारी नियमों की अवहेलना करने वालों, भ्रष्टाचार और बेईमानी करने वालों का एक हद तक विरोध भी किया। फिर जब उन्होंने यह देखा कि यह भी सम्भव नहीं है तो उन्होंने कम-से-कम अपनी नैतिकता और अपने आचरण को तो ठीक रखने की बात सोची। वर्षों आदिवासी, पिछड़े इलाक़ों में रहे। वहाँ रहते हुए भी उन्होंने चिकित्सा शास्त्र के कई पक्षों पर काम किया, अध्ययन किया। संघ में सक्रिय रहते हुए उन्होंने उपेक्षित और पराभूत हिन्दुओं के भीतर उनके कुचले हुए आत्मगौरव और पश्चिमीकरण

की तेज़ आँधी के सामने डगमगाती हुई उनकी धार्मिक आस्था तथा जातीय अभिमान की पुनर्स्थापना की कोशिश की, लेकिन अचानक ऐसा क्यों हुआ? उन्होंने तो ईश्वर का आविष्कार करना चाहा था। वे किसी ईश्वरीय तन्त्र का निर्माण चाहते थे। अचानक वे शैतानों के क़िले में कैसे दाख़िल हो गये।

डॉ. दिनेश मनोहर वाकणकर का रक्तचाप फिर असन्तुलित होने लगा था। उन्होंने देखा कि एस.पी. का चेहरा अनाचक कमरे में उभरा। वह अपनी नाक से पेट्रोल का धुआँ छोड़ रहा था। फिर उन्होंने देखा कि नशेबाज़ कांस्टेबल पाण्डे उनके कमरे में घुस आया है और इधर-उधर दौड़ रहा है। कोने में ज्योत्स्ना वाकणकर रो रही है।

तभी उन्हें दिखायी दिया कि पूजा मिचुड़ा हुआ मटमैला जाँघिया पहने उनकी ओर भागती हुई आ रही है। उसकी उजली, अबोध जंघाएँ ख़ून में लिथड़ी हैं और पीछे-पीछे एक पुरुष दौड़ रहा है।

उन्होंने ग़ौर से देखा। वह विधि मन्त्री टी.पी. सिंह था। संघ का पुराना कार्यकर्ता। उसे वे पिछले पन्द्रह सालों से जानते थे। वह दौड़ता हुआ चीख रहा था, ''मन्दिर वहीं बनायेंगे! हम मन्दिर वहीं बनायेंगे।''

पूजा 'पापा-पापा' कहती हुई उनकी तरफ़ भाग रही थी। उनकी नाक बजने लगी। यह इतनी गहरी नींद थी कि उसे ठीक-ठीक नींद नहीं कहा जा सकता था। वह सम्भवतः एक छोटी-सी मृत्यु थी या अर्द्धमूर्च्छा।

रात के दो बजे होंगे, जब ज्योत्स्ना ने हिलाकर उन्हें जगाया। पूजा और प्रार्थना भी उठ गयी थीं।

''पापा, आप इस तरह सो रहे थे कि आपने हमें डरा ही डाला। इत्ती देर से मम्मी आपको हिला रही थीं।'' पूजा ने कहा।

''आपके लिए एक कप चाय बना दें पापा?'' प्रार्थना ने पूछा।

''बाहर जीप खड़ी है। आपको बुलाने आये हैं। सुना है मिनिस्टर साहब आ गये हैं।'' ज्योत्स्ना वाकणकर ने बतलाया।

''उन्हें तो कल आना था।'' डॉ. वाकणकर फुसफुसाये।

उन्होंने प्रार्थना से एक कप चाय बनाने के लिए कहा और मुँह धोने बाथरूम में चले गये।

विधि मन्त्री टी.पी. सिंह सर्किट हाउस में रुके थे। पता चला कि पेपर मिल ऑनर मलकानी के हेलिकॉप्टर से आधा घण्टा पहले वे कोतमा पहुँचे हैं।

डॉ. वाकणकर जब वहाँ पहुँचे तो कलेक्टर रंधावा, एस.पी., सिविल सर्जन और कुछ दूसरे अफ़सरों के अलावा ज़िले के जाने-माने अपराधी गुंडू भइया भी मौजूद थे। पार्टी बदलकर वे भी इस दल में आ गये थे और टी.पी. सिंह के दाहिने हाथ माने जाते थे।

उन्हें देखकर टी.पी. सिंह खड़े हुए, नमस्कार किया और परेशान आवाज़ में कहा, "आपकी वजह से मुझे यहाँ आना पड़ा भाईजी! आप क्या कह रहे हैं। हमसे इतना पुराना सम्बन्ध है और ये लोग कह रहे हैं कि भाईजी अपोजीशन और फ़िरक़ापरस्तों के मोहरे बने हुए हैं। ये सिर्फ़ मेरे ख़िलाफ़ साज़िश नहीं है। पार्टी के ख़िलाफ़ साज़िश है।"

डॉ. वाकणकर ने टी.पी. सिंह को देखा। चेहरे पर चर्बी चढ़ गयी थी। थोड़ा-सा मोटापा आ गया था। उसका चूने और सीमेंट का थोक व्यापार था। संघ और हिन्दूवादी संगठनों में ज़्यादातर परचूनिये और व्यापारी ही थे।

डॉ. वाकणकर ने कहना शुरू किया, "असल में समस्या यह है भाईजी कि सबकी आँखों में धूल नहीं झोंकी जा सकती। तौफ़ीक़ की मौत को सबने देखा है। मैं अगर पोस्टमार्टम रिपोर्ट में स्टोन इंज्यूरी भी लिख दूँ तो कौन मानेगा?"

एस.पी. अचानक बीच में टपक पड़ा, "किसने देखा है गोली चलाते? आप जानते हैं उसे! उसका नाम बताइए।"

विधि मन्त्री टी.पी. सिंह को हँसी आ गयी, "क्या बच्चों वाली बात कर रहे हैं भाईजी। किसी ने कुछ नहीं देखा है। ऐसी चीज़ें कोई नहीं देख सकता। आपका तो इन बातों से कोई सम्बन्ध भी नहीं है। आपको तो सिर्फ़ पोस्टमार्टम रिपोर्ट लिखनी है..."

डॉ. वाकणकर को किसी चक्रव्यूह में घेर लिया गया था। वे अब लड़ना नहीं चाहते थे। सिर्फ़ छुटकारा चाहते थे, जिससे वे अपने परिवार

के साथ महीने-पन्द्रह दिन के लिए पंचमढ़ी या कहीं और चले जायें और इस दुःस्वप्न से उनका पीछा छूटे।

उन्होंने याचना-भरी कमज़ोर आवाज़ में टी.पी. सिंह से कहा, "भाईजी, मुझे छुट्टी दिला दीजिए। आप लोगों को जो करना है, कीजिए, मुझे इसमें शामिल मत करिए। मैं आपके हाथ जोड़ता हूँ।"

विधि मन्त्री टी.पी. सिंह का चेहरा गम्भीर हो गया, "आप जो कह रहे हैं, वह मैं नहीं कर सकता। सेंटर में हमारी सरकार नहीं है। आपको पोस्टमार्टम की टीम में शामिल करने के लिए तमाम अर्जियाँ और दरख़्वास्तें यहाँ से भेजी गयी हैं। प्रेस वाले भी लगे हुए हैं। मेरी समझ में ये नहीं आता कि आप डर किससे रहे हैं। इतनी बड़ी ताक़त आपके साथ है। आपकी अपनी सरकार है। इसी के लिए आपने वर्षों संघर्ष किया है। पूरे राज्य में संघ के लोग आपके बारे में जानते हैं। हम सब आपका सम्मान करते हैं। यह तो राजनीति है। आप अपने लोगों को, इन सरकारी मुलाज़िमों को जेल भिजवा देंगे, उन्हें सस्पेंड करवा देंगे, मुझे इस्तीफा देने के लिए मजबूर करवा देंगे—तो इससे किसका भला होगा?" टी.पी. सिंह ने पास आकर डॉ. वाकणकर के कन्धे पर हाथ रखा, "अरे भाईजी, पोस्टमार्टम रिपोर्ट तो आप ही लिखेंगे।"

"यक़ीन करिए भाई साहब। मैं इतना बड़ा झूठ नहीं लिख सकता। यह मेरे मेडिकल प्रोफेशन के ख़िलाफ़ है।" डॉ. वाकणकर ने कहा।

"आप संघ में रहे हैं। आप अग्रवाल भाईजी से बात कर लें। सभी इससे सहमत हैं। आपको अपनी सरकार का साथ देना चाहिए..." टी.पी. सिंह ने फिर कहा।

डॉ. वाकणकर का सिर घूम गया यानी सब यही चाहते हैं। कौटिल्य का अर्थशास्त्र भी तो इसी राज्यतन्त्र की परम्परा में रहा है।

पहली बार ज़िले के माफ़िया सरगना गुंडू सिंह की आवाज़ सुनायी पड़ी, "जैसा भाईजी कह रहे हैं, वैसा कर दो भाईजी। आप तो ख़ुद बाल-बच्चेदार हो...ऊपर से हिन्दू हो। काहे को दूसरे लोगों की रोज़ी-रोटी पर लात मारते हो।"

यह आवाज़ ऐसी थी, जिसकी सहजता के भीतर कोई ख़तरनाक-सी आकृति अपना चेहरा उठा रही थी।

क्या यह धमकी थी?

पहले जीप से उन्हें घर छोड़ते हुए एस.पी. ने हिदायत दी थी। अब विधि मन्त्री के सामने अपराधी गुंडू सिंह बोल रहा था।

डॉ. वाकणकर अचानक खड़े हो गये। उन्होंने घूरकर गुंडू सिंह को देखा "आपने मेरे बाल-बच्चेदार होने की बात क्यों कही? क्या आप मुझे धमकी दे रहे हैं?"

टी.पी. सिंह ने उन्हें शान्त करने की कोशिश की, लेकिन डॉ. वाकणकर का रक्तचाप असन्तुलित होने लगा था, "नहीं भाईजी। मेरी फैमिली की याद मुझे एस.पी. साहब ने भी दिलायी थी। आप लोग मुझ पर दबाव डालकर मुझसे ग़लत काम करवाना चाहते हैं?"

"कैसी बात कर रहे हैं आप? आप हमारे अपने आदमी हैं। आपकी फैमिली हमारी फैमिली है। क्या हो गया है आपको...गुस्सा थूकिए... आप नहीं चाहते तो चलिए मैं कोशिश करके आपको पोस्टमार्टम के पैनल से हटवा देता हूँ।"

विधि मन्त्री टी.पी. सिंह ने मुस्कुराते हुए उन्हें प्यार से मनाया।

डॉ. दिनेश मनोहर वाकणकर थोड़ी देर में शान्त हुए। उनके लिए चाय लायी गयी।

रात में लगभग पौने तीन बजे डॉ. दिनेश मनोहर वाकणकर एम.बी.बी.एस., एम.डी. ने पोस्टमार्टम के लिए अपनी स्वीकृति दे दी।

यह विधि मन्त्री टी.पी. सिंह की राजनीतिक जीत थी। तय किया गया कि साढ़े चार-पाँच बजे तक तौफ़ीक़ की लाश की पोस्टमार्टम रिपोर्ट तैयार हो जाये।

एस.डी.एम., पुलिस, संघ, मन्त्रीजी, कलेक्टर सबको थोड़ी-सी राहत मिली। तौफ़ीक़ की लाश ज़िला चिकित्सालय के लिए पहले ही रवाना कर दी गयी थी। बीस मिनट में डॉ. वाकणकर, सिविल सर्जन गुप्ता और डॉ. तिवारी वहाँ पहुँच जायेंगे और पाँच बजते-बजते पोस्टमार्टम पूरा हो जायेगा।

ज़िला चिकित्सालय के लिए रवाना होने से पहले डॉ. वाकणकर मुश्किल से दो मिनट के लिए अपने आवास पर गये थे। वहाँ उन्होंने गणेश की मूर्ति के सामने एक बार हाथ जोड़कर सिर झुकाया था। ज्योत्स्ना को मुस्कुराकर देखा था। बेटियाँ सो रही थीं। उन्होंने सबसे छोटी बेटी तपस्या के माथे को सहलाया था? फिर बाहर अपने इन्तज़ार में खड़ी जीप की ओर रवाना हो गये थे, जो उन्हें ज़िला चिकित्सालय ले जाने के लिए आयी थी।

ज़िला चिकित्सालय के चीरघर में बाईस साल के तौफ़ीक़ अहमद की लाश पोस्टमार्टम के लिए उनका इन्तज़ार कर रही थी।

जीप तेज़ी से भाग रही थी। डॉ. तिवारी भी बगल में बैठे थे। डॉ. वाकणकर ने गुनगुनाना शुरू किया :

"नमस्ते सदा वत्सले मातृभूमे..."

"बहुत अच्छा गाते हैं आप!" डॉ. तिवारी ने कहा, "ज़रा ज़ोर से गाइए।"

"अभी नहीं। रात-भर जागते रहने से मेरा गला ज़रा ख़राब है। सुनाऊँगा आपको...पर बाद में।" डॉ. वाकणकर ने मुस्कुराते हुए कहा। उनका चेहरा अलसुबह की हवा में ताज़ा लग रहा था। "यह ब्राह्म मुहूर्त है डॉ. तिवारी। वह वेला, जब देवता जागते हैं और असुर सोते हैं और असुर का नाम कालनेमि भी होता है। जो ऋषियों का रूप बनाकर रहता है... मरीच भी गेरुआधारी था। राक्षस ही मायावी होते हैं। कुछ समझे आप?"

'सनकी है यह आदमी। ऊल-जलूल बातें करता है।' डॉ. तिवारी ने सोचा। गाता ही रहता तो ग़नीमत थी।

...टेबिल पर तौफ़ीक़ की लाश थी। ज़्यादा चीर-फाड़ करने की ज़रूरत ही नहीं थी। सिर का पिछला हिस्सा टूट-फूट गया था। वहाँ ख़ून से रेत और कोतमा की मिट्टी लिथड़ी हुई थी। औपचारिकता पूरी करनी थी। सो की गयी।

पोस्टमार्टम रिपोर्ट का साइक्लोस्टाइल्ड फॉर्म आ गया। रिपोर्ट डॉ. दिनेश मनोहर वाकणकर, एम.बी.बी.एस, एम.डी., ब्लॉक मेडिकल ऑफ़िसर कोतमा को ही लिखनी थी।

डॉ. वाकणकर ने क़लम निकाला, एक बार उन्होंने डॉ. तिवारी और सिविल सर्जन बी.एन. गुप्ता को देखा, फिर बुदबुदाने लगे–

"प्रणम्य शिरसा देवम् ग़ौरीपुत्रं विनायकम्
भक्तावासं स्मरेनित्येमायुः कामार्थ सिद्धये...
प्रथमं वक्रतुण्डम् च एक दंतम् द्वितीयकम्
तृतीयं कृष्ण पिंगाक्षम् गजवक्त्रम् चतुर्थकम्..."

इसके बाद वे झुके और उन्होंने लिखना शुरू किया :

नाम : तौफ़ीक़ अहमद, एज : ट्वेंटी टू, सेक्स : मेल, फादर्स नेम : रफ़ीक़ अहमद, एनी मार्क : ब्लैक पैच ऑन राइट थाई, काज ऑफ़ दि डेथ :

मौत का कारण?

डॉ. दिनेश मनोहर वाकणकर की क़लम पर सबकी निगाह थी। आठ जोड़ी आँखें। एक जोड़ी आँख एस.पी. की थी, जो अभी-अभी वहीं आ गया था। नियम न होने के बावजूद क़लम फिर चली।

...सेरेब्रल हेड इंजुरी, प्रूव्ड फैटल, कॉज्ड बाय दि गन शॉट, टाइम ऑफ़ डेथ : फाइव मिनट्स टु फोर, पी.एम...

इसके बाद नीचे दस्तख़त–डॉ. दिनेश मनोहर वाकणकर!

"ये आपने क्या किया?" सिविल सर्जन डॉ. गुप्ता ने लगभग हड़बड़ाते हुए कहा। उसे विश्वास नहीं हो रहा था।

"आप लोग भी दस्तख़त कर दीजिए। जो सच है, उसे पुष्ट करिए। मैंने जो किया है, सोच-समझकर किया है।" डॉ. वाकणकर की आवाज़ में कोई कम्पन नहीं था। यह सीधी साफ़-सुथरी, किसी ठण्डी धातु की तरह ठोस आवाज़ थी, जो यहाँ से नहीं, किसी दूसरे ग्रह से आती हुई लग रही थी। उसमें कुछ था, जो अलौकिक था।

...लम्बोदरम् पंचमं, षष्टम् विकटमेवच...
सप्तमम् विघ्नराजं, धूम्रवर्णम् तथाष्टम्...
नवमं...

डॉ. तिवारी और सिविल सर्जन डॉ. गुप्ता जैसे किसी वशीकरण या सम्मोहन में बँधे हुए चुपचाप उठे और उन्होंने पोस्टमार्टम रिपोर्ट पर डॉ. वाकणकर के दस्तख़त के नीचे अपने हस्ताक्षर भी कर दिये।

ऑपरेशन केबिन से जैसे ही डॉ. वाकणकर गलियारे में पहुँचे, एस.पी. ने उनके कन्धे पर हाथ रखा। ठीक इसी वक़्त डॉ. वाकणकर के क़दम डगमगाने लगे।

एस.पी. की नाक से पेट्रोल का धुँआ निकल रहा था। डॉ. वाकणकर ने देखा कि गुंडू सिंह उनके घर की ओर दौड़ता हुआ जा रहा है। फिर उन्होंने ज्योत्स्ना वाकणकर को अपनी ओर भागते हुए देखा। उसके बाल बिखरे हुए थे। भय और बदहवासी में वह चेहरा विकृत हो गया था...!

वह चेहरा शायद तौफ़ीक़ की बीवी का था...उनके कानों में अपनी बेटी पूजा के रोने की आवाज़ आ रही थी। रोती हुई वह गा रही थी, "आपके लिए चाय बनाऊँ पापा! बनाऊँ पापा!! बनाऊँ...पापा!!!"

...दशमं तु विनायकम्, एकादशं गणपतिम्...

डॉ. दिनेश मनोहर वाकणकर फ़र्श पर गिर गये। एस.पी. ने उनकी क़मीज़ पीछे से पकड़ रखी थी।

डॉ. वाकणकर के गले से खर्राहट निकलने लगी, लेकिन उनके चेहरे को देखकर लगता था, जैसे किसी बहुत पुराने तनाव में खिंचती और टूटती हुई उनकी नसें धीरे-धीरे शिथिल होती जा रही हों। चेहरे पर एक शान्त शिथिलता और निश्चित स्मित थी।

एस.पी घबरा गया था। डॉ. बी.एन. गुप्ता दौड़कर वहाँ आये। उन्होंने एस.पी. के हाथ को झटका दिया, झुककर डॉ. वाकणकर को देखा, फिर ज़ोरों से उन्होंने कहा, "स्ट्रेचर लाओ। फौरन। वी हैव टू टेक हिम टू दि इन्टेंसिव केयर यूनिट। मुझे शक है कि यह ब्रेन हेमरेज है!...ही इज़ इन कॉमा।"

स्ट्रेचर में डॉ. दिनेश मनोहर वाकणकर को इमर्जेंसी कक्ष की ओर ले जाया गया...

"ही इज़ ए ग्रेट मिसचीफ...! इतना घाघ चालबाज़! इस शातिरपने की ख़ातिर उसने अपनी जान दाँव पर लगा दी।"

सिविल सर्जन डॉ. गुप्ता की आवाज़ भर्रा रही थी। वे स्तब्ध थे। नाटक के इस अनपेक्षित दृश्य की उन्होंने कल्पना तक नहीं की थी।

अचानक उनकी नज़र एस.पी. की ओर घूमी...''आप यहाँ क्या कर रहे हैं? हू आर यू टू एंटर इनसाइड हॉस्पिटल विदाउट माय परमिशन...? आप उनका कॉलर पकड़ रहे थे...?'' एस.पी. भीतर से हिल गया था। उनकी गरदन नीचे थी।

''इट वाज़ टू मच! उन्हें छुट्टी दे देनी चाहिए थी। पोस्टमार्टम तो फिर भी हो जाता। वी ऑल फोर्स्ड हिम टु...टु...'' डॉ. तिवारी की आँखें भीग गयी थीं।

डॉ. दिनेश मनोहर वाकणकर इन्टेंसिव केयर यूनिट में पड़े थे। बीच-बीच में उन्हें कृत्रिम श्वास दिया जा रहा था और ग्लूकोज़ चढ़ाया जा रहा था। ई.सी.जी. की रिपोर्ट क्रिटिकल थी। स्कैनिंग से पता लगा था कि आन्तरिक रक्तस्राव बन्द नहीं हो रहा है।

उनके गले से निकलने वाली घर्राहट पूरी इन्टेंसिव केयर यूनिट में गूँज रही थी।

स्थानीय अख़बारों में छोटी-सी ख़बर थी, जिसमें तौफ़ीक़ अहमद के पोस्टमार्टम रिपोर्ट की सूचना थी। ये अख़बार वे थे, जिनका संस्करण सुबह छपता था। दूसरी ख़बर यह थी कि कोतमा में कानून और व्यवस्था को बनाये रखने के लिए कर्फ़्यू लगा दिया गया है।

नीचे मुर्दाघर में तौफ़ीक़ अहमद का शव बर्फ़ की सिल्ली पर रखा हुआ था। ज्योत्स्ना वाकणकर और तौफ़ीक़ अहमद के पिता चचा तहमतिया को चिकित्सालय की ओर से इत्तला भेज दी गयी थी।

□□